Mi adorado enemigo

BRENDA NOVAK

Un amor de siempre

Editado por Harlequin Ibérica.
Una división de HarperCollins Ibérica, S.A.
Núñez de Balboa, 56
28001 Madrid

© 2016 Harlequin Ibérica, una división de HarperCollins Ibérica, S.A.
Nº. 2 - 30.8.16

© 2003 Brenda Novak
Mi adorado enemigo
Título original: A Husband of Her Own

© 2004 Brenda Novak
Un amor de siempre
Título original: A Family of Her Own
Publicadas originalmente por Silhouette© Books
Estos títulos fueron publicados originalmente en español en 2008 y 2004

Todos los derechos están reservados incluidos los de reproducción, total o parcial. Esta edición ha sido publicada con autorización de Harlequin Books S.A.
Esta es una obra de ficción. Nombres, caracteres, lugares, y situaciones son producto de la imaginación del autor o son utilizados ficticiamente, y cualquier parecido con personas, vivas o muertas, establecimientos de negocios (comerciales), hechos o situaciones son pura coincidencia.
® Harlequin, HQN y logotipo Harlequin son marcas registradas por Harlequin Enterprises Limited.
® y ™ son marcas registradas por Harlequin Enterprises Limited y sus filiales, utilizadas con licencia. Las marcas que lleven ® están registradas en la Oficina Española de Patentes y Marcas y en otros países.
Imagen de cubierta utilizada con permiso de Dreamstime.com.

I.S.B.N.: 978-84-687-9070-1
Depósito legal: M-27147-2016

ÍNDICE

Mi adorado enemigo 7

Un amor de siempre 209

MI ADORADO ENEMIGO

BRENDA NOVAK

1

–¿Que quieres qué? –Rebecca Wells se incorporó de la encimera donde estaba apoyada y sujetó el teléfono con fuerza, segura de que no había oído bien.

Eran las nueve menos veinte de la mañana y tenía que estar trabajando a las nueve, pero aquella llamada de teléfono pasó a ser prioritaria y atraer toda su atención.

–Creo que deberíamos esperar a finales de enero –le respondió su prometido, Buddy, un tanto indeciso, como temiendo que ella no se lo tomara demasiado bien.

Seguramente porque la última vez Rebecca también perdió los estribos. Ya era la segunda vez que él retrasaba la fecha de la boda.

–Faltan casi cuatro meses para finales de enero, Buddy –dijo ella, sintiéndose inmediatamente orgullosa de la serenidad de su voz al hablar.

Lástima que Delaney se hubiera casado y ya no viviera con ella. Rebecca estaba segura de que, de haberla oído, su mejor amiga la habría aplaudido.

–No es tanto tiempo, cariño –insistió Buddy–. ¿Qué son unos meses más? Eso no cambiará nada a la larga, ¿no?

Claro que cambiaba. Lo cambiaba todo. Rebecca estaba contando los días que le faltaban para abandonar de una vez por todas y para siempre su pueblo natal. Quería irse a vivir a Nebraska con Buddy definitivamente y olvidarse de Dundee. No quería volver a oír a la señora Whittle murmurar cada vez que pasaba a su lado:

–Pobre alcalde Wells. ¿Quién iba a pensar que tendría que cargar con una hija como ésta?

Ni tampoco volver a ver a la señora Reese frunciendo el ceño, sentada en la peluquería donde Rebecca trabajaba, recordando la ocasión en la que Rebecca le había teñido el pelo de azul a propósito. Ni que la señora Millie, la tía de Delaney, le recordara constantemente la vez que se escapó con Billy Red, el jefe de una pandilla de moteros que pasó en una ocasión por el pueblo.

Pensándolo bien, a Rebecca no le importaba recordarlo. Billy Red era un hombre peligroso, temerario e increíblemente atractivo. Solo que a los tres días la dejó plantada; eso fue lo más humillante. Todo el pueblo asumió que ni siquiera un hombre como él era capaz de domesticar a Rebecca Wells. No se dieron cuenta de que, comparada con Billy, Rebecca era una santa.

Rebecca estiró el cuello para aliviar parte de la tensión que se había apoderado de todo su cuerpo.

Tenía que relajarse si no quería estropearlo todo. La última vez que hizo sentir a Buddy toda la fuerza de su desencanto, él pasó más de una semana sin llamarla.

–¿Ahora voy a tener que explicar a todo el pueblo que no me caso para mi cumpleaños porque tu tía abuela no puede venir a la boda hasta después de Navidad? –dijo ella.

Rebecca se sintió orgullosa de nuevo a pesar de su consternación. Acababa de lograr emitir otro argumento razonable en tono tranquilo y sereno, sin alzar la voz, otro de los objetivos que se había propuesto. Como dejar de fumar. La semana anterior decidió dejar de fumar definitivamente, pero en aquel momento un cigarrillo parecía imprescindible para mantener la calma.

–¿Estás diciendo que mi tía abuela no es razón suficiente para esperar? –preguntó él–. Para mí es muy importante, Rebecca.

Rebecca tenía unas cuantas cosas que decir sobre la importancia relativa de la asistencia de una lejana tía abuela, pero se las calló. Abrió un cajón de la cocina, sacó los parches de nicotina y se puso uno en el brazo.

–Creerán que te has echado atrás.

–No me he echado atrás. Además, nos conocimos hace solo

nueve meses. ¿Y cuántas veces nos hemos visto? –preguntó él–. No más de cinco o seis. La gente entiende que una relación a distancia necesita más tiempo porque va más lenta.

Pero la suya no había ido despacio. Casi desde que en enero se conocieron por Internet habían hablado de casarse.

Aunque Rebecca temía que la relación se estaba desvaneciendo con la misma rapidez, y no entendía por qué. Cierto que ella tenía mucho genio, pero dudaba que Buddy encontrara algo mucho mejor. Con apenas un metro sesenta y cinco de estatura y más de treinta kilos de sobrepeso, el pelo rubio y los tiernos ojos azules que no lograban disimular las cicatrices del acné juvenil ni el tamaño de su nariz. Desde luego a ella no le haría volver la cabeza por la calle, teniendo en cuenta que ella medía casi un metro ochenta y le llevaba cinco años.

Precisamente eran las diferencias de carácter lo que Rebecca consideraba un factor positivo en su relación. Buddy no se inmutaba por nada. En una escala de uno a diez, la intensidad de sus emociones estaba por debajo de uno, y evitaba a toda costa cualquier tipo de confrontación. Rebecca, por su parte, nunca había eludido una discusión. Ni tampoco una pelea. Hasta hoy.

«Tranquilízate», se estaba convirtiendo rápidamente en el mantra que se repetía una y otra vez para sus adentros.

–No entiendo el motivo –dijo ella–. ¿Te estás arrepintiendo?

–No... bueno, no. Es que... no veo que haya ninguna necesidad de precipitar las cosas –continuó él.

–No estamos precipitando nada –respondió ella con una calma que la maravilló–. Solo llevaríamos a cabo nuestros planes. ¿Por qué no le enseñamos el vídeo a tu tía cuando venga a vernos? Además, las bodas no son para tanto. Será más agradable conocerla en un ambiente más relajado.

–No es solo ella.

–Has dicho que no te estabas arrepintiendo. Al menos, eso es lo que creo. Después has dicho «no», un «no», que no sé muy bien cómo interpretar. Supongo que significa que te estás arrepintiendo, o...

–Yo no he dicho eso –dijo él–. Además, si esperamos tendremos más dinero ahorrado, y yo más días de vacaciones.

—¿Y yo qué? —Rebecca se pegó un segundo parche de nicotina en el otro brazo—. Ya he avisado en la peluquería, y hay una chica nueva a la que tengo que empezar a formar en unas semanas. Además, me caduca el contrato de alquiler.

—¿Por qué no hablas con el casero para que te deje quedarte unos meses más?

¿No la estaba escuchando? ¡Ella no quería seguir allí! No quería ver el destello en los ojos de su padre cuando le dijera que se había pospuesto la boda por tercera vez. Y desde luego tampoco quería decírselo a sus tres hermanas, tres doñas perfectas casadas y con hijos a las que, solo con verlas, Rebecca sabía que nunca estaría a la altura. Ni a todos los clientes del Honky Tonk, el bar del pueblo y centro de diversión de los fines de semana en Dundee. No quería ser el blanco de todas las burlas. Otra vez no.

—Las invitaciones ya están en la imprenta —dijo ella.

—Seguro que puedes cancelarlas si llamas enseguida.

—Seguro, sí. Aunque también podemos olvidarnos de la boda y casarnos en Las Vegas.

—¿Las Vegas? —la voz de Buddy subió un par de tonos, pero Rebecca continuó.

—Sí. Podemos tomar el primer avión a Las Vegas y casarnos. Olvidarnos del pastel, las flores y todos los invitados.

—Rebecca, mi madre me mataría.

—¿Por qué? Mis padres son los que ya han gastado un montón de dinero.

Sus padres estaban tan encantados de ver por fin casada a su hija, que prometieron pagarle el mismo tipo de bodorrio por todo lo alto que habían pagado a sus hermanas, a pesar de que Rebecca ya había cumplido los treinta y uno. Cuando Rebecca mencionó el precio del vestido a su padre, la vena de la frente de su progenitor se hinchó por un momento, pero solo hasta que su madre acalló rápidamente cualquier comentario negativo con una de sus mágicas miradas de advertencia. En ese momento, su padre asintió sin decir nada y se alejó, y desde entonces no había vuelto hablar del coste de la boda.

—¿Lo ves? —dijo Buddy—. No podemos largarnos. Tus padres se pondrían furiosos.

—Hay cosas como la comida, el local y el fotógrafo que se pueden cancelar. El resto lo pagaré poco a poco.

—¿Y el recuerdo de tu padre acompañándote hasta el altar?

—No creo que a mis padres les importe mucho la boda. Ellos solo quieren que sea feliz.

—Puede, pero yo soy hijo único y mi padre murió cuando tenía ocho años. Es totalmente comprensible que mi madre quiera hacer las cosas de forma más tradicional.

Rebecca empezaba a estar desesperada. Buddy tenía respuesta para todo, aunque eran respuestas que ella no alcanzaba a comprender. Dos personas locamente enamoradas querían estar juntas lo antes posible, y no posponían la boda por una tía abuela.

Era la única vez que a una pareja se le permitía ser egoísta.

O a lo mejor se estaba dejando llevar por la emoción del momento. Quizá no lo veía como todo el mundo. No sería la primera vez.

—Vale —dijo ella, decidiendo reponerse y pasar al control de daños—. ¿Qué tal si me voy a vivir contigo hasta la boda? —sugirió—. Así todos contentos.

—No, no lo creo. A mi familia no le gustaría.

—¿A tu familia? ¿Y a ti, Buddy?

Buddy enseguida percibió la irritación en su voz.

—No es necesario que te pongas así, Beck. Tranquilízate, por favor.

¿Que se tranquilizara? ¿Más todavía?

—¿Qué quieres que diga? —preguntó ella—. La idea no me hace mucha gracia.

De hecho, las burbujas de ira iban ascendiendo inexorablemente hacia la superficie, y Rebecca temió no ser capaz de seguir conteniéndolas. Peor aún, apenas podía recordar por qué era tan importante hacerlo. Si Buddy no la amaba, nada del mundo cambiaría esa realidad. Y no podía amarla si ponía los deseos y sentimientos de los demás por delante de los suyos.

—Intenta entenderlo —dijo él.

Rebecca se pellizcó el puente de la nariz.

—Quiero saber qué ocurre.

–No ocurre nada. Quiero que mi tía venga a la boda, nada más.

–¿Y mi familia? Han enrollado cientos de pergaminos con la tontería de poema que elegimos.

–Lo usaremos –le aseguró él, y tras una breve pausa añadió–: en su momento.

–En su momento –repitió ella, con la sensación de que la tabla de salvación que iba a rescatarla de Dundee se hundía un poco más en el mar.

–Tengo que colgar –dijo Buddy.

–¡Espera! Quiero arreglarlo. Reconozco que estoy enfadada, pero creo que tengo razones para estarlo.

Silencio.

–¿Buddy? Respóndeme, por favor. No solo podemos tener conversaciones agradables. Ni siquiera es realista.

Nada.

–¿Y si una de mis tías no puede venir en enero? ¿Volveremos a posponerla? No podemos contentar a todo el mundo.

–Ya hablaremos en otro momento, ¿vale?

Era evidente que Buddy no quería continuar con la conversación.

–¿Por qué?

–Porque para entonces estarás más tranquila.

–O quizá no. ¿No podemos seguir hablando? Me siento frustrada, y decepcionada, y...

–Seguiría hablando contigo si creyera que iba a servir de algo –dijo él–. Venga, Beck. Solo te pido unos meses más. No tenemos prisa.

Buddy no lo entendía, y Rebecca sabía que no podía explicárselo sin mencionar su pasado. Algo que no quería hacer. Iba a trasladarse a Nebraska para empezar una nueva vida, para empezar desde cero.

–Creía que estábamos enamorados –dijo ella.

–Estamos enamorados. Y estaremos igual de enamorados en enero.

¿Cómo podía responder a eso sin admitir que la espera le parecía bien?

—Supongo.
—Al menos yo seguiré enamorado de ti —añadió él.

Rebecca sintió que se hinchaba por dentro. No quería esperar más, pero si eso hacía feliz a Buddy, ¿cómo podía negarse?

—Está bien —dijo por fin.

—Fantástico —dijo él—. Sabía que lo entenderías. Eres la mejor, cielo, ¿lo sabías? Oye, han llamado a la puerta, tengo que colgar. Hasta luego.

Rebecca se dejó caer en una silla de la cocina y empezó a quitarse los parches de nicotina de los brazos.

—Vale.

La comunicación se cortó con un chasquido y Rebecca permaneció sentada y sumida en un fuerte estupor durante unos segundos, mientras esperaba recuperar el equilibrio emocional. Sí, debía sentirse orgullosa de sí misma. Había reaccionado fantásticamente, manteniéndose calmada en todo momento, y sin perder los estribos. Pero era difícil ponerse a dar saltos de alegría cuando Buddy había vuelto a posponer la boda. Ahora ella tendría que comunicárselo a su familia y sus amigos, hablar con su jefe y con su casero. Y tendría que soportar todos los comentarios sarcásticos y las burlas que iba a tener que escuchar en el Honky Tonk.

Apoyando la barbilla en la palma de la mano, Rebecca miró por la ventana y se dijo que todo se arreglaría. Tampoco sería la primera vez que todo el pueblo se reía de ella a sus espaldas. A la gente le encantaba contar una y otra vez las locuras que había hecho a lo largo de los años, incluso las que se remontaban a su infancia. Pero ella siempre conseguía sonreír al escucharlos, y continuaría haciéndolo. Lo importante, por supuesto, era que nadie se diera cuenta de lo mucho que le dolía.

2

—Me ha llamado Martha. Dice que querías que viniera a cenar para hablar conmigo de algo —dijo Rebecca dejando las llaves del coche en la encimera y sentándose en un taburete en mitad de la enorme cocina blanca de sus padres.

Su madre, con un delantal de cerezas sobre el vestido al más puro estilo años cincuenta, estaba cortando cebollas en la isla central y levantó la cabeza frunciendo el ceño.

—¿Quién es Martha? —hizo una mueca al comprender—. Oh, te refieres a Greta.

—Todas tenemos un poco de Martha Stewart —le aseguró Rebecca a su madre—, aunque algunas de mis hermanas se han quedado con un poco más de lo que les correspondía.

—No hay nada malo en ser una buena ama de casa —respondió su madre.

—Estaría de acuerdo contigo —Rebecca jugueteó con la fruta fresca del frutero—, pero Greta me dejó bizqueando cuando se puso a reciclar y se empeñó en hacer cosas con los restos del papel higiénico. La presentación no lo es todo. Hay cosas que tienen que ser prácticas —añadió dando un mordisco a una manzana—. ¿Qué querías decirme?

Su madre recogió las cebollas cortadas en un plato.

—Solo que he encontrado unas velas perfumadas de vainilla que serían perfectas para la boda.

La forma en que su madre la miró y después apartó los ojos para concentrarse de nuevo en su tarea sugería que tenía algo más que decir. Pero la mención de la boda fue suficiente para que Rebecca se sintiera de lo más incómodo. Por la mañana había llamado a la imprenta de Boise para cancelar momentáneamente las invitaciones, pero todavía no lo había mencionado a nadie más. Después, al recibir la llamada de su hermana para invitarla a cenar a casa de sus padres, pensó que sería el mejor momento de comunicar a sus padres el nuevo cambio de fecha, pero su madre estaba cortando muchas cebollas, y seguramente no sería la única invitada a la cena.

–¿Quién más viene a cenar?
–Greta y las niñas.
–¿Y Randy?
–Tiene guardia.

Con una población de apenas mil quinientos habitantes, Dundee solo contaba con dos bomberos, y Randy, el marido de Greta, era uno de ellos.

–Qué pena –dijo Rebecca, sin esforzarse en ocultar su sarcasmo.

–Ese no es un tono muy adecuado para hablar de Randy –la reprendió su madre–. Es tu cuñado.

También había sido el mejor amigo de Josh Hill en su época de instituto. Aunque sus padres tampoco entendían su opinión de Josh. Desde que la familia de Josh Hill se mudó a vivir en la casa frente a la suya, hacía veinticuatro años, sus padres lo adoraban. Sobre todo su padre. Desde el principio, si Josh se metía en una pelea o hacía novillos para ir a cazar ranas, su padre decía:

–Está hecho todo un muchachote, ¿verdad? evidente –había un orgullo en su voz. Si lo sorprendían con las manos por debajo de la blusa de Lula Jane o metiéndole la lengua hasta la garganta a Betty Carlisle debajo de las gradas del campo de béisbol, al padre de Rebecca no se le ocurría hacer ningún comentario sobre promiscuidad ni tonterías por el estilo. Al contrario, le guiñaba un ojo, y dándole una palmadita en la nalga, le decía que era un fantástico jugador de fútbol.

Probablemente a Rebecca el doble rasero no le habría preocupado si su padre no hubiera deseado tan desesperadamente tener un hijo varón. Pero lo sabía, como también sabía que, siendo la más pequeña de la familia, ella fue la última esperanza de que Doyle Wells tuviera un hijo varón.

La sospecha de que sus padres preferían al hijo de los vecinos a su propia hija menor pronto convirtió a Josh en una auténtica cruz de la existencia de Rebecca. Ésta, decidida a demostrar que era tan buena como él, si no más, se lanzó a una competición contra él que carecía totalmente de sentido. Si Josh se subía a un árbol, ella subía a otro más alto. Una vez ella se cayó y él corrió a ayudarla, pero aquello no consiguió poner punto final a la rivalidad que sentía hacia él, sino que la agudizó todavía más. Si Josh saltaba una valla, o atravesaba un arroyo camino del colegio empapándose toda la ropa, Rebecca tenía que demostrar que era capaz de hacer lo mismo, o más.

Aunque su padre siempre reaccionaba de muchas maneras excepto con orgullo, Rebecca tuvo algunos momentos de gloria. Como el día del noveno cumpleaños de Josh, cuando le regalaron su primera bicicleta de dos ruedas, Rebecca lo retó a una carrera alrededor de la manzana y ganó. Aquel día, el padre de Rebecca sonreía radiante, todo lo contrario que el padre de Josh.

Pero toda su voluntad no podía competir con el tamaño y fuerza de Josh, y Rebecca tuvo que buscar otras actividades para demostrar su valía. Si Josh se presentaba a delegado de curso en el instituto, Rebecca se presentaba contra él, y perdía. Si Josh se apuntaba al club de debate, Rebecca le retaba y gracias a su labia mordaz normalmente ganaba.

Afortunadamente, una vez terminado el instituto, Josh fue a la Universidad de Utah y ella a una escuela de masajes en Iowa antes de dejarlo para dedicarse a la peluquería. Cuando volvieron a Dundee, cada uno siguió con su vida, sin que hubiera ningún tipo de relación entre ellos.

Hasta aquella cálida noche de agosto del verano anterior. Rebecca no podía explicar lo ocurrido. Ni siquiera quería pensar en ello. Solo tenía que reconocer que Josh había cambiado mucho desde los ocho años. Ahora, con metro noventa y cinco de estatura y noventa kilos de peso, era todo músculo y estaba duro como las piedras, algo que ella sabía de primera mano porque tuvo el placer de explorar casi cada centímetro de su cuerpo.

—¿Vas a contestarme o no? —insistió su madre.

Con tan interesante recuerdo, a Rebecca se le había secado la boca y ya no se acordaba de qué estaban hablando.

—¿Qué?

—Te he preguntado por qué no te cae bien tu cuñado.

Rebecca se encogió de hombros.

—No tiene que caerme bien. Yo no estoy casada con él —respondió lavando unas hojas de ensalada.

Rebecca echó las hojas lavadas en una ensaladera que sacó de uno de los armarios. Al igual que todo lo demás, el fregadero, la encimera, los electrodomésticos y las baldosas del suelo, los armarios eran tan blancos que el reflejo del sol del atardecer que se colaba por las ventanas casi la cegaba.

Su madre echó la cebolla cortada en una sartén y añadió una cucharada de mantequilla.

—Pero es un hombre fantástico. ¿Qué es lo que no te gusta de él?

—Nada. Olvídalo —dijo Rebecca.

—Ahora que has sacado el tema, me gustaría saberlo.

—Los recuerdos que tenemos del instituto no son de lo más agradable.

—¿Qué recuerdos?

La mayoría tenían más que ver con Josh Hill que con Randy, pero Randy estaba siempre con Josh, lo que significaba que iba incluido en el lote.

—Tuvimos algunos encontronazos —dijo ella vagamente.

—¿Porque era amigo de Josh Hill?

—Puede —dijo Rebecca, temiendo no ser capaz de atajar una conversación que derivaba peligrosamente hacia Josh.

—Así que no estamos hablando de Randy, en realidad estamos hablando de Josh.

—No, no estoy hablando de Josh. En ningún momento he hablado de él —respondió Rebecca.

Su madre sacó una espátula del cajón y empezó a remover la cebolla.

—Pues ya va siendo hora de que lo hagas —dijo su madre—. Siempre he querido entender el por qué de vuestra enemistad. En esta familia apreciamos mucho a Josh, y a su hermano mayor también. Y sus padres son buenos amigos.

Rebecca suspiró.

—Lo sé, pero ya es muy tarde para mejorar la relación entre Josh y yo, así que olvídalo.

—Puede, pero quiero que entierres el hacha de una vez.

—¿Bromeas? —dijo Rebecca—. Además, ¿para qué molestarme? Nos encontramos muchas veces por el pueblo, pero solo de pasada. Podemos vivir así indefinidamente. No hay razón para cambiar nada.

—Ahora sí. Pronto os veréis algo más que solo de pasada.

Rebecca empezó a confirmar sus sospechas de que tras la invitación de sus padres a cenar había algo más.

—Eso suena muy específico. ¿Cuándo?

—Tus hermanas están preparando una fiesta para nuestro aniversario de boda. Es dentro de dos semanas.

El olor a cebolla se hizo casi insoportable.

—Sabía que no me invitabas solo para hablar de velas —dijo Rebecca sacando un par de tallos de apio de la nevera—. ¿Qué tiene que ver esa fiesta con Josh y conmigo? —preguntó mientras cortaba el apio en tiras—. Los dos somos adultos. Podemos asistir a la misma celebración sin montar una escena.

Su madre la miró menos optimista.

—¿Como en la boda de Delia?

—O sea que es por eso. Me culpas de lo que pasó en la boda de Delia. Ya te lo dije, yo no tuve la culpa.

—¿Entonces quién la tuvo? —quiso saber su madre—. No querrás echarle la culpa a Josh. Le pusiste la zancadilla.

—No le puse ninguna zancadilla, él creyó que se la iba a poner, y por eso se cayó —Rebecca lo había dicho un montón de veces, pero nadie la creía.

—El caso es que se cayó en la tarta y tiró toda la mesa de la comida por el suelo —dijo su madre, con una mueca de dolor al recordarlo.

—Ya te lo he dicho, la culpa fue suya. Cuando pasó por mi

lado, creyó que le iba a hacer la zancadilla y se cayó él solito, yo ni lo toqué.

—Puede, pero cuando fuiste a apartarte de él caíste de bruces en la fuente de ponche y pusiste a tu pobre hermana perdida. Estaba tan pegajosa que tuvo que perderse el final de la fiesta para ducharse y cambiarse de ropa. Cuando se fueron de luna de miel, tenía los ojos hinchados y la nariz roja de tanto llorar. Por no hablar del peinado y el vestido, que quedaron hechos un asco.

—Vale, la parte del ponche quizá fue culpa mía —reconoció Rebecca—. Al caer Josh se sujetó a mí, pero yo solo intenté esquivarlo.

—Mejor que te hubieras caído tú a duchar a la pobre novia en ponche. A Delia no le hizo ninguna gracia...

En ese momento la puerta se abrió de par en par y su padre entró desde el garaje, con el maletín en la mano. Su madre se interrumpió. Con más de metro noventa de estatura, de carácter autoritario, fuerte vozarrón y apabullante seguridad en sí mismo, su sola presencia exigía respeto, algo que no quedaba al margen del hecho de que fuera el alcalde de Dundee desde que Rebecca estudiaba en el instituto.

—¿Te lo ha dicho? —quiso saber el hombre en cuanto vio a Rebecca.

Su madre le dirigió una de sus famosas miradas de advertencia y se aclaró la garganta.

—Bueno, Doyle, precisamente iba a...

—¿Decirme qué? —la interrumpió Rebecca, mirando a su padre directamente a los ojos.

Por mucho que la censurara, Rebecca no pensaba acobardarse ante él como todo el mundo. Y desde luego no pensaba utilizar a su madre como mensajero.

—Que no estás invitada a nuestro aniversario a menos que te comportes como una persona adulta y responsable —le soltó su padre a bocajarro—. Ya estoy harto de esta historia entre Josh Hill y tú. No permitiré que vuelvas a ponerme en ridículo.

Y con eso el alcalde de Dundee salió de la cocina con la cabeza muy alta y dando un portazo.

Rebecca dejó el cuchillo que acababa de lavar en el fregadero.

—No todo el mundo ve a Josh Hill con los mismos ojos que tú, papá —gritó ella tras él.

—Tú debes de ser la única —gritó su padre desde el pasillo—. Todo el pueblo sabe que Josh es un joven ambicioso con un futuro muy prometedor. Ya lo verás.

—¿Y yo no? ¿Es eso lo que estás insinuando? —lo desafió Rebecca, furiosa por tener que oír la misma cantinela por enésima vez.

Su padre no respondió. No era necesario. Aunque a Rebecca le encantaba su profesión, sabía que a los ojos de sus padres, incluso una buena peluquera como ella, no podía compararse con un criador de caballos de pura raza como Josh.

De todos modos, a ojos de su padre Rebecca no había podido competir con Josh desde los siete años. Y tampoco podía competir con él ahora. Ni siquiera sabía por qué continuaba intentándolo.

Después de terminar de preparar la ensalada, la dejó en la mesa y recogió sus llaves.

—¿Adónde vas? —preguntó su madre, alarmada—. ¿No te quedas a cenar?

Rebecca imaginó la llegada de su hermana y sus sobrinos, y se imaginó sentada a la mesa frente a su padre.

—No, papá ya se ha ocupado de lo que me quería decir. Estoy avisada —dijo y se dirigió hacia la puerta.

—¿Rebecca?

Rebecca se detuvo.

—Tu padre no quería decirlo así, cielo —dijo su madre.

—Oh, ya lo creo que quería —dijo Rebecca.

Había muchas cosas de las que Rebecca no estaba segura. Por qué Buddy había vuelto a retrasar la fecha de la boda, por qué ella no encajaba dentro de su propia familia, ni por qué una noche del verano anterior se fue con Josh a su casa, ni siquiera por qué había empezado a bailar con él. Pero de lo que no tenía la menor duda era del significado de las palabras de su padre.

Era algo que la atormentaba desde hacía muchos años.

***

A la caída de la tarde, Rebecca se sentó en el escalón del porche de atrás de su casa y encendió un cigarrillo. Aunque había conseguido no fumar el día anterior a pesar de la llamada de Buddy, la visita a casa de sus padres había sido suficiente para terminar con su firme determinación de dejar de fumar. ¿Qué más daba? No podía cambiar. Incluso si se hacía monja, los ciudadanos respetables de Dundee encontrarían algo para criticarla, su padre el primero.

Por lo menos le quedaba el consuelo de haberse ganado su reputación a pulso, pensó con sarcasmo. Todavía recordaba llenar la taquilla del instituto de Josh de tijeretas y otros bichos, escribir *Josh es un rollo* con pintura en la acera delante de su casa y decir a todo el mundo que tenía un miembro viril de apenas siete centímetros, sin añadir que obtuvo la información diez años atrás en el típico reto infantil de «yo te lo enseño si tú me lo enseñas».

Aunque, contrariamente a lo que todos creían, Josh no era una pobre víctima inocente. Para vengarse, el joven le echó silicona en la cerradura de la taquilla, con lo que ella no pudo presentar un trabajo de lengua y suspendió el trimestre. En otra ocasión, Randy y él le quitaron unas bragas de la bolsa de gimnasia y las izaron a lo más alto del palo de la bandera. Y más adelante, Josh se ofreció a darle una medida más actualizada de su miembro viril, algo a lo que ella se había negado, por supuesto.

En fin, nada de aquello importaría cuando se fuera a vivir a Nebraska, se dijo. Aunque ahora ese razonamiento no tenía la misma fuerza que antes porque ya no estaba segura de ir a Nebraska. Buddy había dejado varios mensajes en su contestador, pero Rebecca no estaba de humor para llamarlo. Solo quería quedarse sentada en el escalón, fumando cigarrillo tras cigarrillo, y viendo las polillas revolotear alrededor de la luz. Ya había llegado el otoño. Las hojas empezaban a cambiar de color, los días eran más cortos, y a ella siempre le había encantado el aire fresco de la montaña. ¿Sería igual en Nebraska? Solo había estado allí una vez, la primavera pasada...

Cuando se fuera echaría de menos el otoño de Idaho. Y también a Delaney.

Haciéndose con el auricular inalámbrico del teléfono que había sacado con ella, Rebecca marcó el número del rancho donde ahora vivía su mejor amiga con su marido, Conner Armstrong.

—Vuelves a fumar —dijo Delaney casi en cuanto la oyó—. Prometiste dejarlo definitivamente.

—Sí, es verdad, pero eso fue antes de ir a casa de mis padres. Da gracias de que solo esté fumando.

—¿Qué ha pasado?

—Nada nuevo —dijo Rebecca tras dar una larga calada al pitillo y expulsar el humo a la vez que lo apagaba—. ¿Qué tal el embarazo?

—El médico dice que estoy bien.

—Me alegro. Cuesta creer que estés casi a punto de dar a luz. Estos últimos meses han pasado volando.

De hecho, más que volando, teniendo en cuenta que, cuando Delaney conoció a Conner, Rebecca y Buddy ya estaba prometidos. Delaney iba a tener un hijo, y Rebecca trataba de armarse de valor para comunicar a todo el mundo que la boda se había retrasado otra vez.

—Sí. Oye, el lunes quiero ir de compras y tú no trabajas. ¿Me acompañas?

El teléfono de Rebecca emitió un pitido interrumpido avisando que tenía una llamada en espera.

—Espera un momento —dijo, y puso la tecla intermitente—. ¿Diga?

—¿Rebecca?

Era su padre. Rebecca se incorporó y sacó otro cigarrillo del paquete, sabiendo instintivamente que lo necesitaba.

—¿Sí?

—Acabo de hablar con Josh Hill y le he pedido que decláreis una tregua.

Rebecca quedó inmóvil un momento y después se metió el cigarrillo en la boca y buscó el mechero.

—No se te habrá ocurrido –dijo, hablando sin soltar el pitillo.

—Por supuesto que sí –confirmó el padre, y tras un momento añadió–: ¿Estás fumando otra vez? Creía que lo habías dejado.

Rebecca dejó caer el cenicero en el regazo y rápidamente se quitó el cigarrillo de la boca.

—Sí.

—Eso espero. Es un hábito repugnante.

—¿Para qué has llamado a Josh? No hay motivo para pedir ninguna tregua –dijo ella–. Lo que pasó en la boda de Delia fue un accidente. Hace años que no nos hacemos nada queriendo.

Excepto la noche que bailó con él en el Honky Tonk y después fue a su casa. Aquella noche se hicieron unas cuantas cosas el uno al otro más que queriendo, y seguramente se habrían hecho mucho más de no haber sido interrumpidos bruscamente. Pero aquella noche no contaba. Magrearse frenética y desesperadamente no estaba en la misma categoría que sus relaciones anteriores.

—Ya me he cansado de estar sobre ascuas cada vez que estáis los dos en la misma habitación –contestó su padre.

—¿Eso le has dicho? –Rebecca jugueteaba nerviosa con el mechero, abriendo la tapa y cerrándola sin poder dar crédito a lo que estaba oyendo.

—Eso le he dicho. Y me ha dicho que está de acuerdo. ¿Qué dices tú?

Qué poco costaba hablar, pensó Rebecca. ¿Por qué no dejar que su padre pensara que su intervención lo había solucionado todo?

—Está bien. Acepto la tregua.

—Genial –era evidente que su padre se sentía muy orgulloso de su logro–. Ya le he dicho que podría convencerte.

—Lo has hecho estupendamente, papá. ¿Algo más? –preguntó ella, deseando colgar y sin tener que pensar en todo aquel asunto.

—Sí, una cosa más –dijo su padre–. Como gesto de buena fe, mañana va a pasarse por la peluquería a cortarse el pelo.

A Rebecca le entró un ataque de tos, como si acabara de tragarse un mosquito.

—Pero siempre se lo corta en la barbería.

—Mañana no. Mañana se lo cortarás tú. Estará allí a las diez en punto. Buenas noches.

—Pe... pero mañana es sábado. El día de más trabajo. No me queda ni un solo hueco libre —protestó ella.

—Ya lo creo que sí. El de las diez en punto —dijo su padre sin ocultar su satisfacción—. Era el mío y se lo he cedido. Hasta mañana, Rebecca —dijo y colgó.

Rebecca sintió cómo se le desplomaba el corazón hasta el suelo. Estupefacta, permaneció en el porche a oscuras parpadeando, sin saber qué pensar.

—¿Era Buddy? —preguntó Delaney en cuanto contactó de nuevo con ella.

—Era mi padre.

—¿Y?

—Mañana tengo que cortarle el pelo a Josh Hill.

Tras un breve silencio, Delaney habló:

—Me tomas el pelo, ¿no? Dudo mucho que Josh se ponga en tus manos cuando vayas armada con un par de tijeras.

Rebecca se mordió el labio y suspiró. Sin pensar, entró de nuevo en la casa.

—Supongo que mañana lo sabremos.

3

Rebecca miró nerviosa por el enorme ventanal de la peluquería rezando para sus adentros para que Josh no apareciera, pero sus esperanzas se desvanecieron cuando oyó abrirse la puerta de la calle y supo sin tener que mirar que era él. El cuchicheo que pasó de Katie, la otra peluquera, a Mona, la encargada de la manicura, y de ésta a Nancy Shepherd, a la que le estaba haciendo la manicura, se lo habría dicho aunque no lo hubiera hecho su sexto sentido.

Pero su sexto sentido funcionaba perfectamente: siempre percibía la presencia de Josh, y cuando él estaba cerca siempre se sentía patosa, nerviosa y poco agraciada.

No era de extrañar que no le cayera bien. Además, desde el primer momento supo que aparecería. Cuando Josh aceptaba un desafío, nunca se echaba atrás.

Rebecca limpió los peines y las tijeras antes de levantar la cabeza. Necesitaba un momento para armarse de valor. Era mucho más fácil odiar a Josh cuando no estaba a tres metros de ella. Desde que cometió el error de ir a su casa con él aquella noche del verano anterior, algo había cambiado entre ellos. No estaba segura de qué era, pero su relación, o ausencia de ella, era mucho más compleja. Claro que besar a un hombre como ella lo había besado, como si deseara meterse en su piel y quedarse allí el resto de su vida, solía complicar el asunto.

—Hola, Josh. ¿Qué te trae por aquí? —preguntó Mona.

Al menos quince años mayor que él, Mona estaba casada y tenía hijos, pero el tono de su voz sugería que todavía sabía apreciar a un hombre atractivo cuando lo veía. Y Josh era desde luego un hombre muy atractivo. Tenía el pelo rubio y abundante que le caía descuidadamente sobre la frente, la piel bronceada, y en sus ojos verdes e inteligentes siempre brillaba un destello de picardía capaz de derretir a cualquier mujer.

Por suerte, Rebecca era desde hacía mucho tiempo inmune a sus encantos varoniles. Aunque no podía explicar el breve lapso de aquel fatídico dieciséis de agosto, pero seguía siendo Rebecca Wells y Josh Hill no iba a poder con ella.

—Tengo una cita a las diez. Con Rebecca —dijo metiéndose las manos en los bolsillos del vaquero.

—No lo dirás en serio, ¿verdad? —dijo Mona riéndose mientras hablaba, convencida de que era una broma.

Todo el pueblo sabía que poner a Josh y Rebecca juntos era como acercar una cerilla a un bidón de gasolina.

Rebecca carraspeó y se volvió a mirarlo con una sonrisa forzada en los labios.

—Josh, me alegro de verte.

Él esbozó una ligera y maliciosa sonrisa, la que le marcaba los hoyitos, e inmediatamente vio la mentira que ocultaban aquellas palabras.

—¿Estás segura?

Por supuesto que no.

—Quiero ser positiva —dijo ella, entrelazando las manos, sin saber dónde ponerlas.

Josh se echó el sombrero vaquero negro hacia atrás.

—Así que la tregua es de verdad.

—Supongo —dijo ella con un encogimiento de hombros.

—Porque, la verdad, después de lo que pasó en la boda de tu hermana... —dijo él con un suspiro.

—¿Cómo se te ocurre mencionarlo? —exclamó ella—. Me tiraste a la fuente de ponche.

—Fuiste tú quien me puso la zancadilla primero.

—¡Ni siquiera te toqué!

—Un momento —dijo Katie—. Lo de la boda fue lo más emocionante que ha pasado en este pueblo en los últimos tres años.

Si declaráis una tregua, nos vamos a morir de aburrimiento. ¿Con quién se peleará entonces Rebecca?

—Rebecca no me necesita para eso —dijo Josh alzando las cejas—. Ella siempre ha sido su peor enemiga.

Katie estaba a punto de reírse, pero Rebecca le dirigió una mirada fulminante para que se callara. Katie se cubrió la boca con la mano para tratar de ocultar la sonrisa. Pero a Rebecca no la engañó. Afortunadamente en ese momento entró la señora Vanderwall e interrumpió la discusión.

Katie fue a atender a su clienta, y Rebecca se volvió a mirar a Josh.

—Tenía que haberme imaginado que harías algún comentario para enrarecer la situación.

—Creía que era lo que te gustaba.

—No, claro que no —protestó ella.

Rebecca estaba segura de que las palabras de Josh no tenían connotaciones sexuales, pero no pudo evitar recordar la noche del dieciséis de agosto del verano anterior. Aquella noche los dos estaban muy excitados, y eso era el único consuelo de toda la experiencia. Puede que se hubiera puesto en ridículo por haber estado a punto de acostarse con el enemigo, pero si la memoria no le fallaba, la atracción había sido más que mutua. Aquel día Josh estaba tan excitado como ella. Y hubo pruebas tangibles de ello.

—Yo no soy la que te estropeó la vida —dijo ella.

—¿Perdona?

—Tú te mudaste a la casa frente a la mía.

—¿Eso es lo que tienes contra mí? —exclamó él—. ¿Que me mudara frente a tu casa? ¿Y cómo hubiera podido evitarlo? Solo tenía ocho años, por el amor de Dios.

No era exactamente lo que Rebecca había querido decir. Josh no arruinó su vida por mudarse enfrente de su casa, sino por ser todo lo que su padre, Doyle Wells, siempre había querido. Pero tratar de explicarlo era ridículo. Ahora ella tenía treinta y un años, y que su padre prefiriera a Josh ya no debería preocuparle.

—Olvídalo —dijo—. ¿Piensas quedarte o no? Porque no hace

falta, la verdad. Le diré a mi padre que en el último momento te entró el canguelo. Estoy segura de que lo entenderá.

–¿El canguelo a mí? –repitió él.

Rebecca sonrió dulcemente.

–¿No lo llamas así?

–Yo diría más bien que es una cuestión de fiarme o no de ti. La idea de tenerte con un instrumento punzante merodeando por mi cabeza me encoge de miedo el corazón.

–Oh, vamos. Para eso tendrías que tener corazón –dijo ella.

En otra parte de la peluquería sonaron unas risitas. Era Mona.

Josh se frotó el mentón como si acabaran de asestarle un puñetazo.

–Desde luego no has cambiado mucho –dijo él.

–Tienes buenos motivos para preocuparte –murmuró Mona desde su silla, mientras seguía afilando las uñas de Nancy.

–Te apuesto cinco pavos a que no se queda –dijo Nancy.

–Yo apuesto diez –dijo Katie.

–¿Cuál es la apuesta? –preguntó la señora Vanderwall, que había estado demasiado ocupada colocándose la faja para seguir la conversación.

Además, con ochenta años, ya no oía como tiempo atrás. Katie empezó a explicárselo, pero la mujer la hizo callar con un gesto.

–Déjalo, no importa. Nadie puede con Rebecca. Apuesto veinte dólares por ella.

Rebecca no se sintió halagada por esa demostración de apoyo. No era tan ogro como todo el mundo creía, a pesar de que en el pasado había perdido los estribos en más de una ocasión. Como cuando Gilbert Tripp golpeó con su coche el coche de Delaney e intentó darse a la fuga mientras ellas estaban comprando en el supermercado. Cuando Rebecca por fin lo localizó, Gilbert le aseguró que la culpa era de Delaney, por aparcar mal. La discusión fue subiendo de tono y, furiosa, Rebecca le asestó al hombre un puñetazo que le dejó el ojo morado, pero este se lo merecía.

–Olvídalo –dijo a Josh–. Vete a la barbería y córtate el pelo allí. Le diré a mi padre que has venido y todo ha ido perfectamente, ¿vale?

Rebecca estaba cansada de ser siempre la mala, cansada de ser el hazmerreír del pueblo. Pero mientras siguiera viviendo en Dundee sabía que le sería imposible escapar a su reputación.

—¿Vale? —repitió al ver que él no respondía.

Josh empezó a moverse y Rebecca pensó que se dirigía hacia la puerta para salir de la peluquería, pero en lugar de eso se quitó el sombrero y se sentó en el sillón.

—Seguramente tienes mucho trabajo y no quiero entretenerte más de lo preciso —dijo él—. Será mejor que empecemos cuanto antes.

Rebecca parpadeó. Habría jurado que Josh se quedaba por ella, para acallar a las otras cotorras. Pero no podía ser. Para eso necesitaría tener intuición y un cierto grado de sensibilidad, y Josh Hill era el rey de la testosterona, el idiota que escribió en la pared del aseo de la hamburguesería: *Si quieres pasarlo bien llama a cualquiera menos a Rebecca Wells*. Aquello inició toda una sección de comentarios mutuos no muy agradables.

Las otras mujeres de la peluquería murmuraron algo sobre haberse equivocado, pero por fin volvieron a sus asuntos. Rebecca asintió con la cabeza.

—Bien. No tardaré mucho.

Con el cuerpo tenso y la espalda recta como una tabla, Rebecca le colocó la capa por los hombros, cubriéndole el polo y parte de los vaqueros. Mientras le cerraba la parte superior, le rozó sin querer el cuello con los dedos y él se volvió a mirarla.

Rebecca alzó las manos para enseñarle que no llevaba nada.

—Solo te estaba abrochando la capa —le dijo.

—No creía que fueras a apuñalarme —murmuró él.

¿Por qué había tenido que reaccionar así? Apenas lo había tocado. En cualquier caso, no pensaba discutir. Solo quería terminar con aquello cuanto antes.

—¿Qué quieres que te haga? —preguntó ella.

—¿Hacerme?

—Al pelo –dijo ella bajando la silla todo lo posible. Era alta, pero Josh le sacaba casi diez centímetros–. ¿Qué quieres que te haga en el pelo?

—Cortar un poco.

—Vale. No quieres que te lo lave, ¿verdad?–Rebecca buscó el rociador de agua–. Terminaremos antes si te lo humedezco un poco y te lo corto.

Él se apartó de ella.

—¿No está incluido el lavado en el precio?

Rebecca titubeó, con el rociador en la mano.

—Sí, lo está, pero… Te lo descontaré.

—No, gracias –dijo él–. Prefiero que me lo laves.

—Oh. Bueno, vale, claro, sí –dijo ella dejando el bote en el carrito. Tenía por costumbre lavar la cabeza a todos sus clientes, pero no quería lavar la de Josh.

—Entonces tendrás que venir aquí conmigo –dijo con resignación.

Josh la siguió más allá de la hilera de secadores de pie hasta los lavabos y se sentó en una silla de plástico negro. Aunque últimamente la clientela masculina había aumentado, Josh estaba totalmente fuera de lugar. Su cuerpo era demasiado grande para la silla, diseñada hacía veinte años para mujeres, y las botas y los vaqueros contrastaban notablemente con los vestidos estampados de algodón que solían asomarse por debajo de las capas de plástico. También olía diferente. Más evocador, una mezcla de piel cálida, cuero y jabón que le recordó la noche del verano anterior cuando bailó con él en el Honky Tonk. Rebecca revivió en su mente la sensación de balancearse junto a él al ritmo de la música y recordó cómo Josh la sujetó posesivamente rodeándole la cintura con las manos, la apretó contra él y la besó en la garganta, justo bajo el lóbulo de la oreja…

Un estremecimiento le recorrió la columna vertebral, y rápidamente Rebecca se obligó a volver al presente. No quería pensar en eso. Aquella noche había sido una excepción, la única excepción a lo que normalmente sentía y pensaba de Josh. Y recordarlo la ponía nerviosa.

—¿Te acuerdas de cuando me pegaste aquel póster central de Playboy en la taquilla? —preguntó él de repente.

A Rebecca el comentario la pilló desprevenida y no supo qué responder.

—Solo fue una broma —dijo por fin casi sin voz, deseando que dejara la conversación.

—Incluso antes de verlo, alguien me denunció al director y me expulsaron tres días del instituto —le recordó él.

Rebecca comprobó la temperatura del agua.

—¿Tres días? No es tanto.

—Eran los exámenes finales —añadió él, aunque no era necesario. Rebecca ya lo sabía.

Rebecca estiró el cuello y cruzó mentalmente los dedos para que Josh dejara de recordar experiencias compartidas del pasado.

—Fueron unos años muy locos.

—¿Eso es todo lo que tienes que decir?

—¿Qué quieres? ¿Una disculpa? Oye, eso pasó hace años.

—Gracias por los remordimientos.

Remordimientos. Rebecca estaba demasiado nerviosa para sentir remordimientos. La idea de tocar a su enemigo de toda la vida estaba provocando una extraña reacción en su cuerpo. Quiso convencerse de que era repugnancia, pero los síntomas, palmas sudorosas y corazón acelerado, no apuntaban en esa dirección.

Después de mojarle la cabeza, se echó champú en la palma de la mano y empezó a enjabonarle el pelo, diciéndose que también le daría el masaje de diez minutos que hacía a todos sus clientes. Después de todo ella era una profesional que sabía comportarse como tal hasta en las circunstancias más difíciles.

Pero, muy a su pesar, no fue capaz de mantener la distancia emocional. Tener allí a Josh, tan accesible y acomodaticio, lo cambiaba todo. Por eso interrumpió enseguida el masaje y le aclaró el pelo. Después le puso suavizante, y casi le regó la cara cuando fue a aclararlo de nuevo.

—¿Qué he hecho ahora? —preguntó él cuando ella le hizo incorporarse tan rápido que casi le provocó un traumatismo cervical.

—Nada —dijo ella echándole una toalla al pelo—. ¿Por qué?

Josh se secó el agua que le caía por las sienes y goteaban en la capa.

—Nunca he visto a nadie lavar la cabeza tan deprisa.

Ella sonrió.

—Ya me conoces.

Josh arqueó las cejas.

—Eso parece, pero siempre te las arreglas para sorprenderme.

—Si te corto un poco más de arriba, podemos aprovechar el remolino que tienes aquí —dijo Rebecca, con un mechón de pelo en una mano y unas tijeras en la otra.

Josh miró su reflejo en el espejo.

—¿Me tomas el pelo? —preguntó él.

Aquel remolino había sido su pesadilla durante buena parte de su infancia. Su madre se había dedicado a luchar contra él todas las mañanas armada con un bote de brillantina, y a sus seis y siete años, Josh parecía más un pequeño ejecutivo que un niño de primer curso. Por suerte, él no tardó en darse cuenta de que para quitársela solo tenía que aclararse el pelo en los lavabos del colegio antes de entrar a clase. Cierto que entonces el pelo se le quedaba de punta, pero no le importaba.

—Es solo pelo —dijo Rebecca poniendo los ojos en blanco con impaciencia—. Si no te gusta, siempre te puedes afeitar la cabeza.

Desde luego no era un comentario muy tranquilizador, pensó Josh, y menos cuando recordó la vez que le pegó chicle en el pelo mientras dormía la siesta en el jardín.

—Haz lo que creas que es mejor —dijo él, sin estar muy seguro de que fuera una buena idea darle tanta libertad.

Pero Rebecca ya había empezado a cortarle el pelo con movimientos precisos y seguros. Casi sin querer, Josh soltó una risita.

–¿Te acuerdas de cuando me pegaste chicle...?
–No.
Era evidente que ella no tenía ninguna gana de hablar del pasado.
–¿No quieres recordar viejos tiempos?
–Contigo no.
–¿Por qué no? Tienes que reconocer que algunas cosas fueron muy graciosas.
–Para partirse –gruñó ella–. Solo que nadie parece acordarse de lo que hacías tú.
–¿Qué hacía yo? –preguntó él.
–Ya lo sabes. Deja de hacerte el inocente.
–Por lo menos yo me arrepiento de mi mal comportamiento –respondió él.
–Seguro.
Rebecca tenía razón. Él se arrepentía tanto como ella. Después de tantos años de gastarse bromas pesadas el uno al otro, ya no había manera de saber quién había empezado. A Josh ya no le importaba. ¿Por qué no intentaban olvidar y perdonar? Los dos eran adultos, y tenían vidas separadas. Sin embargo, cada vez que la veía en la calle o en algún otro sitio, tenía la sensación de que todavía había algo pendiente entre ellos.

Seguramente por la noche del verano anterior, incluso a pesar de que en el fondo no pasó nada. Aquel día llevó a Rebecca a su casa, incluso le quitó casi toda la ropa, y la suya propia. Pero entonces su hermano volvió a casa y al oír el portazo de la puerta, Rebecca se puso de repente en pie, se vistió, agarró su bolso y salió a toda velocidad. Josh sabía que había estado a dos segundos de la mejor experiencia sexual de su vida, tan excitado por ella que casi le suplicó que se quedara. Pero supo que no le serviría de nada. Fue como si de repente Rebecca se hubiera dado cuenta de con quién estaba, y después de eso, no quiso volver a saber nada de él.

Claro que su obsesión con Rebecca no era más que una cuestión de orgullo, un deseo inconsciente de dominarla por fin, se aseguraba él. Rebecca era la chica que le sacaba la lengua cuando se cruzaba con él por los pasillos del instituto o le abucheaba cuando metía un gol.

Sin embargo, siempre le había gustado su agresividad. Era diferente a las demás chicas. Más testaruda, más orgullosa. Josh nunca había visto tanta determinación en nadie como en ella, y aunque sabía lo mucho que odiaba perder, nunca la había visto llorar. Cada vez que le ganaba, ella alzaba la barbilla y le decía que solo había tenido suerte. O lo retaba de nuevo. A veces él incluso la dejaba ganar porque estaba harto de que ella buscara siempre la revancha.

«Olvídate de Rebecca», se dijo, irritado. La conocía desde hacía veinticuatro años, y ella lo seguía desconcertando tanto como el primer día. Los hombres que creían que las mujeres eran criaturas complicadas no conocían ni la mitad, a menos que conocieran a Rebecca Wells.

–¿No te gusta? –preguntó ella por primera vez en veinticuatro años, como si no estuviera tan segura de sí misma.

–¿A qué te refieres?

–La cara que pones. Como si estuvieras a punto de estrangular a alguien.

¿Qué diría si le dijera que estaba pensando en estrangularla a ella?, pensó él. No le sorprendería. Si no estuviera tan concentrada en el corte de pelo, seguro que ella también estaría pensando en estrangularlo. Así era siempre entre los dos.

–Me gusta –dijo él, aunque todavía estaba mojado y apenas se podía apreciar el corte.

Rebecca dejó las tijeras y sacó el secador de su funda.

–Tienes suerte de tener ese remolino –comentó ella–. Te sube un poco el pelo por la frente y te da mucho cuerpo.

–Ya. Pues menciónaselo a mi madre la próxima vez que la veas comprando brillantina en el supermercado –dijo él–. A ver si este año no me cae un bote familiar en Navidad.

–Si me acerco a diez metros de tu madre, seguro que me dispara.

–Ahora que lo mencionas, la verdad es que está un poco enfadada –reconoció el –. Supongo que tendré que aguantarme con la brillantina.

–Si de mí depende, sí –dijo ella, y encendió el secador.

El ruido del aire los dejó a los dos sumidos en sus propios pensamientos, hasta que Katie tocó el hombro de Rebecca.

–Ha venido tu padre –gritó por encima del ruido del secador.

4

—Aquí estás, muchacho —exclamó el alcalde Wells cruzando la peluquería.

Rebecca apagó el secador. Josh se levantó para estrecharle la mano.

—Me alegro de verlo, señor. Tiene buen aspecto, como siempre.

El alcalde se dio unos golpecitos en su prominente barriga.

—Ah, al final siempre te pillan los kilos, que lo sepas. Pero tú no tienes que preocuparte hasta que encuentres a alguien que cocine para ti. ¿Cuándo pensáis Mary y tú pasar por la vicaría?

Josh llevaba seis meses saliendo con Mary Thornton, desde el divorcio de ésta. Glen, su exmarido, se fue a la gran ciudad y Mary volvió con su hijo de nueve años a casa de sus padres. Según los rumores, Glen estaba demasiado ocupado persiguiendo faldas para ocuparse de su hijo, y Mary estaba ansiosa por proporcionar a su hijo un nuevo modelo masculino.

A Josh no le cabía la menor duda de que él era el modelo que Mary tenía en mente, aunque no estaba convencido de dejarse convencer por ella para ir al altar. El pequeño Ricky le caía bien, la mayoría de las veces incluso mejor que su madre, pero eso no era motivo suficiente para un matrimonio.

Josh abrió la boca para decir que Mary y él no tenían planes de futuro, pero Doyle ya estaba hablando con su hija.

—Al menos no se lo has teñido de azul —comentó el hombre—. Eso es una buena señal.

Josh no pudo evitar mirarse al espejo, a pesar de que había

estado observando todo el proceso. Rebecca le había hecho un buen corte de pelo. Aunque todavía no estaba terminado, el pelo estaba lo suficientemente seco para ver cómo iba a quedar, y le impresionó. Llevaba años conformándose con el corte que Ed el barbero hacía a todo el que se sentaba en su barbería, pero ahora el cambio le gustó.

—¿Has venido por algo en particular? —fue la respuesta de Rebecca a su padre—. Como puedes ver, todavía no nos hemos matado, si eso era lo que te preocupaba.

Doyle le dio ligeramente la espalda para excluirla de la conversación, detalle que no le pasó por alto a Josh.

—He leído que tu hermano y tú habéis comprado otro semental de un millón de dólares. Ya tenéis cinco, ¿no? Bien hecho, muchacho —lo felicitó—. Te estás haciendo todo un nombre como criador de caballos.

—Las cosas van bien, gracias —dijo Josh.

—¿Y qué tal va el complejo?

Un ruido le indicó que Rebecca había metido el secador en su funda. Josh la vio cruzarse de brazos y mirar a su padre.

—Solo soy un inversor —dijo él—. No me meto en la gestión diaria, pero parece que Conner lo está haciendo bastante bien.

—¿Quién iba a decir que ese Armstrong cambiaría tanto como para ser capaz de montar un proyecto de esa envergadura? —comentó el padre—. Estoy seguro de que hará mucho bien al pueblo, sí, señor. Da esperanzas a cualquier padre, ¿no?

Al oírlo Rebecca puso los ojos en blanco y aunque Josh escuchó el insulto en las palabras del alcalde, fingió no darse cuenta. Lo que hubiera entre padre e hija no era asunto suyo. Solo pensaba limitarse a cumplir la tregua prometida.

—Por cierto, supongo que ya sabes que Rebecca se casa dentro de unas semanas y se va a vivir a Nebraska —continuó Doyle.

A Rebecca le entró un ataque de tos y rápidamente se alejó murmurando una excusa.

—Algo he oído, sí —dijo Josh, viéndola alejarse y meterse en una pequeña habitación.

—Creía que nunca lo vería —le confió el alcalde.

—Es atractiva —dijo Josh, defendiéndola.
—Oh, el problema no es su físico.

Josh la recordó el verano anterior, tendida en su cama con casi toda la ropa en el suelo. Aunque no tenía los senos grandes, estaban bien formados y firmes. Quizá las caderas eran demasiado estrechas para ser ideales, pero a él le gustaba así. La cara, quizá demasiada angulosa en su infancia, se había redondeado con los años y era el lugar perfecto para sus expresivos ojos verdes. El labio superior quizá fuera demasiado fino, aunque Josh sabía cómo besaba. Cuando bajaba las defensas y lo miraba como lo miró aquella noche, sin la desconfianza y el rencor habitual, era de hecho una mujer muy guapa.

—Es ese carácter que tiene —estaba diciendo Doyle—. ¿Quién va a querer aguantarla?

Josh hubiera podido asentir. El pobre diablo seguramente no sabía en qué se estaba metiendo, pero prefirió mantenerse al margen y no dar su opinión.

—¿Cómo es su prometido? —preguntó él tratando de desviar la conversación de Rebecca.

Doyle hundió las manos en los bolsillos de los pantalones.

—No es de por aquí —dijo—. Lo conoció por Internet, aunque no me quejo. Al menos tiene a alguien. Dios sabe que por aquí nadie querría casarse con ella. Pero me preocupa. Es demasiado blando para ella, en mi opinión.

—¿Lo conoce?

—Solo lo he visto una vez, aunque no lo conozco mucho. Y me temo que ella tampoco —se inclinó hacia Josh y bajó la voz—. No parece tener mucho carácter. Dentro de nada, ya verás cómo es ella la que lleva la voz cantante. Y, es más joven que ella.

—¿Cuánto?

—Mucho más joven.

A Josh le picó la curiosidad, pero no continuó preguntando. No era asunto suyo, y lo único que quería era esperar a que ella se casara y se fuera del pueblo. Sería el final de su eterna rivalidad.

—Pero nos alegramos de que haya encontrado a alguien —continuó Doyle—. A lo mejor ahora cambia, como ese Armstrong.

–Anoche me dijo por teléfono que se había suavizado un poco –le recordó Josh.

El otro hombre sonrió.

–Algo tenía que decirte para que vinieras. Tenemos la fiesta de aniversario dentro de poco, y su pobre madre no podría sobrevivir a otra situación tan embarazosa como la última vez.

Josh se aclaró la garganta. Lo ocurrido en la boda de Delia fue más por su culpa que por la de Rebecca. Rebecca ni siquiera lo tocó.

–Creo que se ha suavizado un poco –dijo él, defendiéndola de nuevo.

–Solo cuando le conviene. Ayer la invitamos a cenar pero se fue de repente, sin dar ninguna explicación –le contó el padre–. Aunque ya debería estar acostumbrado.

–¿A qué se dedica su novio?

–Trabaja con ordenadores. No quiere dejar su trabajo, y por eso se van a vivir a Nebraska.

Rebecca estaba volviendo. Doyle se acercó a Josh y bajó la voz.

–Podría ser peor, supongo. Ha venido Booker Robinson. Pánico me da pensar que podría haberse liado con él.

Booker solía pasar los veranos con su abuela Hatfield en Dundee, y a lo largo de los años había dejado una fuerte impresión en el pueblo. Las travesuras de Josh en su infancia no eran nada comparadas con las salvajes ocurrencias de Booker.

–¿Has dicho que está aquí Booker? –preguntó Rebecca–. ¿Cuándo ha venido? No me ha llamado.

Doyle miró a Josh con preocupación.

–No lo sé exactamente, pero si no me equivoco, seguro que busca a alguien para que sea su compañero de delitos –el alcalde miró significativamente a su hija–. Si hablas con él dile que Tom, el jefe de policía, tiene órdenes expresas mías de que lo tenga bien vigilado.

–Por favor, papá –dijo Rebecca, a punto de perder la paciencia–. Hace más de doce años que no viene por aquí. Y entonces era un niño. Seguro que ha cambiado.

Josh se dio cuenta de que el comentario del alcalde sobre

el posible compañero de delitos de Booker se refería a su propia hija, pero no dijo nada.

–Si conozco a ese Booker, te aseguro que no ha cambiado lo suficiente –respondió Doyle–. Bueno, os dejaré que terminéis. Me alegro de verte, Josh. Si tienes un momento, pásate por el ayuntamiento y comeremos juntos. Y no olvides la fiesta de aniversario.

–Gracias –dijo Josh–. No lo olvidaré.

Rebecca y Josh miraron al alcalde alejarse sin decir nada. Josh no tenía nada que decir. Booker no le caía bien y no le gustaba que Rebecca se relacionara con él. Tampoco le gustaba que fuera a casarse con alguien aparentemente tan distinto a ella, y mucho más joven. Pero lo que menos le gustó fue la actitud condescendiente de su padre hacia ella. Aunque él no podía hacer ni decir nada al respecto, porque la vida de Rebecca no era asunto suyo.

Josh echó un billete de veinte dólares en el tocador y se puso el sombrero en la cabeza.

–¿No quieres que termine? –preguntó ella sorprendida.

–Está bien así –dijo él y salió.

Alto, enjuto y con las piernas un poco arqueadas, con abundante pelo moreno cayéndole sobre las cejas, casi cubriéndole los ojos, Booker T. Robinson no había cambiado mucho. Había crecido, desde luego, y a juzgar por los tatuajes en los brazos, las cicatrices en las manos y la cicatriz alargada en el lado derecho de la cara, la vida no lo había tratado demasiado bien. Además, la ropa que llevaba, una camiseta negra y unos pantalones vaqueros que habían visto mejores tiempos, resaltaban su aspecto de hombre duro.

Era un rebelde, pero a Rebecca le caía bien. Probablemente porque era una de las personas más sinceras que había conocido en su vida. Al menos era sincero consigo mismo. Booker nunca fingió ser lo que no era, y nunca le importó lo que pensaran los demás.

Rebecca nunca se había alegrado tanto de ver a nadie como

se alegró en ese momento de verlo a él. Se hundió en el sillón de mimbre blanco del porche de la abuela Hatfield, apoyó los pies en la barandilla y se sintió a gusto consigo misma por primera vez en meses.

–Cuando mi padre me ha dicho que estabas aquí no podía creerlo. ¿Por qué no me has llamado? –dijo mirándolo con una sonrisa radiante.

Booker le entregó la cerveza fría que le había ofrecido al llegar y se sentó en el balancín del porche a un par de metros de ella.

–No sabía si querrías verme –dijo él después de beber un trago de su cerveza–. Tu padre siempre ha sido muy respetuoso con la ley.

–Sí, y todavía lo es. Y si tiene la oportunidad, igual hasta intenta echarte del pueblo. Pero no te lo tomes a título personal. Y por supuesto no creas que yo soy como él.

Booker se echó a reír.

–Veo que seguís muy unidos.

Rebecca recordó la actitud de su padre hacia ella comparada con la que mantuvo hacia Josh. «Pásate por el ayuntamiento y te invito a comer», le había dicho. De ella prácticamente ni se despidió. Rebecca notó que le ardía la sangre, pero prefirió no hablar de eso. Llevaba todo el día tratando de olvidar el lavado de cabeza de Josh, una experiencia que le había resultado inexplicablemente sexual.

Bebió un trago de cerveza.

–¿Te has casado?

–No.

–¿Tienes hijos?

–No. ¿Y tú?

–De momento no. Aunque voy a casarme. Solo que aún no sé cuándo.

–Suena prometedor. ¿Quién es el afortunado?

–Se llama Buddy y vive en Nebraska.

Booker asintió.

–¿En qué trabajas? –preguntó ella.

–En este momento en nada.

Se hizo un tenso silencio entre los dos y Rebecca se dio cuenta de que Booker prefería no tocar el tema, al menos en ese momento.

—¿Y no te has vuelto loco teniendo que estar aquí solo con tu abuela?

—Aún no. Solo llevo aquí desde el fin de semana, y mi abuela me ha tenido ocupado arreglando la casa —le explicó él. Después miró a su alrededor—. Es más bonito de lo que recordaba.

La finca de los Hatfield lo era. Situada a bastante distancia del pueblo, la propiedad contaba con varias hectáreas de áreas boscosas y una casa de madera en medio con un porche también de madera alrededor.

—Mi padre dice que has venido a cuidar de tu abuela —dijo Rebecca—. ¿Significa que te quedarás una temporada?

Booker sacó un paquete de tabaco del bolsillo y encendió un cigarrillo. Después le ofreció uno.

Rebecca pensó en aceptarlo, pero no lo hizo. Aunque ganas no le faltaban. En cambio, Josh no fumaba, ni mascaba tabaco. En lo referente a malos hábitos, al igual que en todo lo demás, ella siempre quedaba por detrás de él.

—Supongo que es lo mínimo que puedo hacer después de todos los años que se ha pasado intentando salvar mi alma del diablo —dijo Booker—. Por suerte está mejor de lo que me hizo creer por teléfono, pero ahora que estoy aquí, creo que me quedaré una temporada.

—¿Así que consiguió reformarte? —se burló ella sin malicia—. ¿Ahora eres mejor persona?

—Me temo que no he cambiado mucho —le confesó Booker—, aunque tengo la sensación de que tú tampoco.

—¿También tú? —exclamó ella.

—¿Qué quieres decir?

—Llevo años haciendo un esfuerzo para cambiar, y he cambiado, un poco. Lo que pasa es que nadie se ha dado cuenta. Bueno, menos Delaney, quizá. Siempre que pasa algo en el pueblo me echan la culpa a mí —explicó empezando a enfurecerse—. En la boda de mi hermana, Josh Hill tiró la mesa de la comida por el suelo y a nadie se le ocurrió decir: «Ah, este Josh Hill...

No se le puede invitar a ninguna parte». No. ¿Sabes qué fue lo que dijeron? Que estando yo en la boda podía pasar cualquier cosa –Rebecca soltó un bufido de rabia–. Lo único que quiero es vivir tranquila, sin toda esa carga. Por el amor de Dios, tengo treinta y un años. ¿Cuánto va a tardar la gente en verme sin pensar en el pasado? ¿Es que no lo piensan olvidar nunca?

–¿Y por qué quieres que lo olviden? –preguntó Booker.

Booker no lo entendía. Imposible. Era Booker Robinson, y para él tener mala reputación era fantástico. De hecho había hecho un gran esfuerzo para ganarse la suya.

–Olvídalo –gruñó ella–. No lo entiendes.

–Sí, claro que lo entiendo –dijo él, y le dio un consejo–: Pasa de ellos.

–Son mis amigos, mi familia –protestó ella.

–¿Y qué? ¿Por qué no los mandas a todos al infierno?

–Qué buena solución –murmuró ella–. Gracias.

Booker terminó el cigarrillo, lo tiró en el suelo del porche y lo apagó con el pie.

–Eres lo que eres. No puedes pedir disculpas por eso –dijo.

Los dos viejos amigos quedaron en silencio mientras continuaban bebiendo sus cervezas y contemplando el atardecer.

–¿Y Delaney? ¿Sigue por aquí?

–Sí. Se casó con el nieto de Clive, Conner Armstrong, y ahora está embarazada.

–¿Quién es Clive?

–El anterior dueño del rancho Running Y. Ahora el dueño es Conner y está construyendo un complejo hotelero con campo de golf.

–No fastidies. ¿O sea que ahora Delaney está forrada?

–No, pero si las cosas van como deben, lo estará. Y también Josh y Mike Hill. Por lo que me ha contado Mary, han invertido bastante pasta en el proyecto.

–Josh otra vez, ¿eh? –Booker esbozó una sonrisita–. Ya veo que te gusta mucho mencionar su nombre. Por lo que recuerdo jugaba bastante bien al fútbol. ¿Ha llegado a jugar como profesional?

–No –respondió ella, sin querer reconocer que últimamente pensaba en Josh más de lo recomendable–. Jugó unos años en la Universidad de Utah, pero cuando se licenció volvió, compró unas tierras con su hermano y montaron una yeguada.

–¿Y tú, fuiste a la universidad?

–No, yo empecé a aprender a dar masajes, pero enseguida me di cuenta de que con eso no conseguiría vivir, al menos por estas tierras, y me pasé a la peluquería. Nunca he visto una universidad por dentro.

–Ya somos dos.

–¿Conocías bien a Josh? –preguntó ella.

–No.

Rebecca no estaba segura, pero le pareció ver a Booker frunciendo el ceño.

–Aunque nunca me cayó especialmente bien –añadió este.

Rebecca se echó a reír.

–A mí tampoco. Bueno, ¿qué vas a hacer luego? ¿Te apetece ir a tomar algo al Honky Tonk?

5

–¿Para qué voy a querer ver a Booker Robinson? –preguntó Delaney.

–Porque es un viejo amigo –dijo Rebecca sujetándose el teléfono entre el hombro y la oreja y volviéndose para contemplar su reflejo en el espejo de su dormitorio. Aquella noche quería estar guapa; necesitaba estar guapa. Después de los últimos días, necesitaba recuperarse emocionalmente.

–Mío no –le recordó Delaney.

Rebecca se volvió para verse el trasero en el espejo. ¿No la hacían muy gorda aquellos vaqueros? Mejor sería que se pusiera los pantalones de tela negros, los de tiro bajo, los que dejaban ver el tatuaje que se hizo el día que cumplió treinta años.

Aunque no tenía intenciones románticas con Booker, su viejo amigo era del tipo de hombre que sabía apreciar una mariposa rosa tatuada bajo el ombligo de una mujer.

–No lo entiendo –continuó Delaney–. ¿Por qué has quedado con él?

Buddy había vuelto a retrasar la fecha de la boda, sus padres no querían invitarla a la fiesta de su aniversario, y Josh... bueno, Josh también tenía parte de culpa. Aunque aún no sabía por qué.

–Mucho mejor que quedarme sola en casa, ¿no crees?

–En tu caso sí, pero no en el mío, con un embarazo a cuestas de siete meses.

–Venga, Delaney. Hace tiempo que no vamos a ninguna parte. Tráete a Conner al Honky Tonk a tomar algo. Puedes estar en la cama a las doce.

—Lo pensaré —dijo, aunque por el sonido de la voz parecía estar bostezando—. ¿Qué tal te ha ido con Josh esta mañana?

—Bien. Ha venido, le he cortado el pelo, mi padre se ha pasado para ponerme de mal humor para el resto del día, y nada más.

—Bueno, tranquila. Dentro de unas semanas ni te acordarás de su existencia. Buddy y tú estaréis casados y viviendo felizmente en Nebraska.

—Hum, me temo que no. Espera un momento —dijo Rebecca y alejó el teléfono un momento para ponerse el suéter. Era un suéter negro y ceñido, con manga tres cuartos y ligeramente por encima de la cintura, lo que permitía lucir al máximo el corte del pantalón. Y el tatuaje—. Buddy ha vuelto a retrasar la boda. Quiere que venga su tía abuela, y ella no puede venir hasta enero.

Rebecca concentró su atención en el pelo. Le gustaban las mechas rubias que se había dado, aunque el corte que le había hecho Katie, muy corto y muy moderno, no le dejaba muchas opciones para peinárselo. Se dio un poco de espuma y se lo arregló con los dedos.

—Pero ibas a celebrar tu cumpleaños en Cancún durante la luna de miel.

—Supongo que tendré que hacer otra cosa —dijo ella con cierta resignación—. Lo único que me gusta es que podré estar aquí cuando des a luz, aunque aparte de eso, no me ha hecho ninguna gracia.

—Dale un ultimátum —sugirió Delaney.

—Lo he pensado, créeme.

—¿Y?

—Que a lo mejor me manda a freír espárragos. Y entonces tendré que pasarme el resto de mi vida viviendo en este pueblo que cada día soporto menos.

Delaney suspiró al otro lado de la línea.

—No seas exagerada. Podrías conocer a alguien, o irte a vivir a una ciudad grande. Si Buddy no está tan convencido como debería, más vale que lo averigües ahora.

—No, gracias. Ahora prefiero ir a tomar una cerveza con Booker.

—Eso es eludir el problema.

—Pues lo eludo. Necesito salir de casa. Llevo los últimos fines de semana sentada en el sofá, hablando con Buddy por teléfono. O mandándole correos por Internet, o en el Messenger. No puedo pasar cuatro meses más así.

—Pero sigo sin entender que salgas con Booker —insistió Delaney.

Rebecca abrió el zapatero.

—Tranquila. Sigo estando prometida. Además, no estaría bien acostarme con alguien solo para cabrear a mi padre, ¿no crees? —dijo—. ¿Qué me pongo, zapatos planos o tacones?

—¿Cómo es de alto Booker?

—Más o menos como yo.

—Perfecto. Ponte las botas altas de tacón de aguja. Así le dejarás bien claro quién lleva la fusta.

Rebecca sacó un par de zapatos planos y se los puso.

—No creo que eso le intimide. Al revés, le gustará.

—Oye, si no te casas hasta enero, ¿qué harás con la casa? —preguntó Delaney—. ¿No se te acaba el contrato de alquiler?

—Sí. Tendré que hablar con el señor Williams para ver si me lo renueva.

—Lo dudo, Beck. Su hijo lleva un par de semanas viviendo en su casa con su mujer y los dos monstruitos que tienen de hijos. Creo que les ha prometido la casa en cuanto tú te vayas.

—No es verdad —exclamó Rebecca sin poder creer su mala suerte.

—En serio. Se lo oí comentar en el banco a Lisa.

—Lo que significa que tengo que encontrar otra casa —dijo Rebecca dejándose caer en la cama.

—Si quieres puedes venir con nosotros al rancho —le ofreció Delaney.

—Seguro que a Conner le encantaría —dijo Rebecca, echándose unas gotas de perfume detrás de las orejas, en la garganta y en el ombligo.

—No le importaría —le aseguró su amiga.

—No, gracias. Todavía no estoy tan mal como para irme a vivir con mi amiga recién casada.

—Solo sería temporal...
—Tranquila, ya se me ocurrirá algo.
Pero no en ese momento. Mejor dejarlo para el día siguiente. Al día siguiente buscaría una solución. De momento solo quería olvidar sus problemas y salir a bailar por primera vez en meses.
—Bueno ¿vas a venir o no?
—¿En serio que vas a ir?
—Claro. ¿Por qué crees que te he llamado?
—Entonces no puedo permitir que vayas sola —dijo Delaney poniéndose seria.
—No voy sola. Voy con Booker —le recordó Rebecca.
—Precisamente. Estaré allí dentro de una hora.
En cuanto Rebecca colgó, el teléfono sonó de nuevo y ella lo miró con desconfianza. Ignorar una llamada de teléfono iba contra su carácter, pero no quería hablar con Buddy, ni con su padre, ni con ninguna de sus hermanas. Mientras se debatía entre responder o no, oyó la voz de Buddy en el contestador.
—¿Beck? ¿Estás ahí? ¿Estás enfadada conmigo? ¿Qué pasa? No me has llamado. Creía que lo habíamos aclarado todo, pero si estás enfadada por lo de la boda, podríamos adelantarla un par de semanas. Hablaré con mi tía. Llámame, ¿vale? —y colgó.
—¿Un par de semanas? Vaya, qué detalle por tu parte, Buddy —gruñó ella, y fue a ponerse la chaqueta.
Cuando ya tenía el bolso en la mano, llamó a Booker.
—Ahora salgo.
—Nos vemos allí —dijo él y colgó.

—¡Oh, cielo santo! ¿La habéis visto? —exclamó Mary, estirando el cuello para ver por encima de la gente—. Tiene un tatuaje debajo del ombligo.
—No puede ser. ¿Un tatuaje? ¿De qué? —sentada frente a Josh, Candance hizo apartarse a su acompañante, Leonard Green, para ver la pista de baile.
—Parece una mariposa. Está con Booker Robinson —respondió Mary—. Sé que está aquí. Lo vi el otro día en su moto.

—Me lo dijiste –dijo Candance.

Mary los observó durante unos momentos en silencio.

—¿Creéis que se acuestan juntos?

Josh había tratado de ignorar la conversación, igual que trató de ignorar a Rebecca desde el momento que ésta apareció por la puerta del Honky Tonk, pero no pudo aguantarse más.

—No –dijo–. No se acuesta con él.

—¿Cómo lo sabes? –preguntó Mary.

Candance apretó los labios con escepticismo.

—Pues tiene toda la pinta de que sí –aseguró.

—Creía que estaba prometida –dijo Leonard.

—Lo está –dijo Mary–, pero de ella no me extrañaría nada. Le gustan los moteros, ¿no os acordáis? –todos asintieron con la cabeza–. Además, su prometido no es de por aquí, así que tampoco se enteraría.

Josh apretó la mandíbula y dejó la cerveza sobre la mesa.

—No se acuesta con Booker. De hecho, hasta esta mañana no sabía que Booker había vuelto. ¿No podéis dejarla en paz de una vez?

Mary frunció el ceño al oír la impaciencia en la voz de su novio.

—¿Qué te pasa, Josh? Creía que Rebecca no te caía bien.

—Tengo mejores cosas que hacer que pasarme la tarde cotilleando de Rebecca Wells –dijo él–. Estoy harto de oír hablar de ella como si fuera la encarnación del mismísimo diablo. No es tan mala.

Candance arqueó las cejas.

—¿No?

—No. Para empezar, es la persona con más agallas que he conocido.

Mary y Candance intercambiaron una mirada.

—Lo que tú digas, Josh –dijo Mary.

—En serio. ¿Os acordáis cuando estábamos en séptimo y Buck Miller no paraba de meterse con Howie Wilcox?

—Candance y yo todavía estábamos en el colegio.

—Yo sí –dijo Leonard–. Buck siempre se estaba metiendo con el pobre Howie.

—Y con todo el mundo —continuó Josh—. Un día, en gimnasia, el entrenador nos hizo correr dos kilómetros. El pobre Howie estaba tan gordo que apenas podía andar medio kilómetro, mucho menos correr, y Buck no paraba de insultarlo, diciéndole que era la única persona que conocía con más michelines que el Hombre Michelín.

Leonard asintió.

—Sí, me acuerdo.

—Rebecca lo oyó todo y decidió que ya era suficiente. Dejó los libros, se plantó delante de Buck y le dijo que cerrara el pico si no quería que se lo cerrara ella.

—¿En serio? —dijo Candance—. Buck era uno de los chicos más fuertes del instituto.

—¿Y qué pasó? —quiso saber Mary acercando la silla a la mesa.

—Buck empezó a empujarla y a decirle que se metiera en sus asuntos, pero ella lo empujó también. Y en cuestión de segundos se enzarzaron en una pelea de antología.

Mary soltó una carcajada.

—No puede ser verdad —exclamó divertida—. ¿Y cómo terminó todo? ¿Ganó ella?

—No, Buck le dio una buena paliza. Por defender a Howie el Gordo.

—¿Ella y Howie eran amigos?

—No que yo sepa —dijo Josh—. Howie no tenía amigos.

—¿Y por qué no lo dejó cuando vio que Buck podía con ella? —preguntó Leonard, extrañado—. Solo tenía que llamar al director.

—Rebecca no se rendía. Continuaba intentando pegarle una y otra vez. Hasta que un profesor los separó, y los dos fueron expulsados. Siempre me he sentido un poco avergonzado de mí mismo por lo que pasó —reconoció Josh.

—¿Por qué? Tú no hiciste nada —le aseguró Mary.

—Precisamente —dijo él—. Porque no hice nada. Deje que una chica defendiera a Howie y se ganara una buena paliza por ello.

—Nadie hizo nada —recordó Leonard—. Solo teníamos doce años, y todo el incidente nos sorprendió bastante.

A Josh lo dejó boquiabierto. Incluso ahora recordaba la escena a cámara lenta, a pesar de que todo sucedió muy deprisa. A pesar de todo, tendrían que haber hecho algo.

Levantándose, Josh dejó a Mary y sus amigos y se acercó a la máquina de discos. Por él, se iría del Honky Tonk en ese mismo momento, pero sabía que a Mary le encantaba quedar con sus amigos en el bar del pueblo hasta bastante tarde, como si siguieran estando en el instituto. A veces se preguntaba si era consciente de que ya no eran estudiantes en plena adolescencia.

Josh miró la lista de canciones para tratar de apartar de su mente la imagen de Rebecca después de la pelea con Buck. Con una blusa rota y sucia, la nariz sangrando y el pelo enmarañado, Rebecca continuó amenazando a Buck con el puño cerrado y gritando mientras un profesor la apartaba a la fuerza:

–Déjalo en paz, ¿me oyes?

No había nadie como Rebecca. Nadie.

Josh miró a Mary y de repente la vio como lo que era, una mujer totalmente anodina, aburrida y tradicional, con el mismo estilo de vestir conservador que todas sus amigas, algo que hasta ahora a él no le había parecido mal. Sin embargo, en aquel momento deseó que Mary se hiciera un tatuaje. Probablemente lo deseó porque sabía que Mary no se lo haría. Pero si no un tatuaje, algo que demostrara que era capaz de hacer algo diferente, atreverse a ser un individuo, y no un conjunto de rasgos y creencias aprobados por las masas. Cielos, estaba saliendo con una mujer totalmente… homogeneizada.

Josh hundió las manos en los bolsillos. No, no estaba siendo respetuoso ni justo con ella. Solo estaba reaccionando a lo ocurrido aquel día. Por culpa de la tregua que le había pedido el alcalde Wells, Rebecca aparecía de nuevo en su órbita, y él no lo había aceptado bien. Ahora, después de estar meses sin verla, aparte de cruzarse con ella muy de vez en cuando por la calle, había estado sentado en la peluquería durante más de media hora, con los senos femeninos a la altura de sus ojos mientras ella le pasaba los dedos por el pelo. Y ahora estaba allí, en el Honky Tonk, tan sensual y sugerente como la recordaba. El tatuaje era atrevido y muy sexy y le recordó el verano anterior. En ese momento deseó tener por fin la satisfacción de hacerle el amor, de oírla gritar de placer entre sus brazos.

Pero era solo por motivos competitivos, por el deseo de conquistar, se recordó él. Nada más. Solo quería ganar a la única mujer que lo había dejado plantado.

Mary era una mujer atractiva, agradable y una buena madre para su hijo Ricky, y él era muy afortunado por tenerla, se recordó. Josh conocía al menos a media docena de hombres que ocuparían gustosos su lugar.

Entonces ¿por qué no podía dejar de mirar a Rebecca?

Rebecca se alegraba de haber salido. Hacía meses que no se sentía tan libre de preocupaciones. El sonido de la música resonaba en todo el local y la hacía moverse al ritmo de la música. El margarita que estaba tomando la ayudó a relajarse y ya no sentía la urgente necesidad de casarse y dejar Dundee. Buddy quedaba muy lejos y Booker era el compañero perfecto para su estado de ánimo. Su amigo bailaba, hablaba, se reía y razonaba sobre la vida en términos increíblemente sencillos. Mientras esperaban la llegada de Delaney y Conner, Rebecca le contó que Buddy había vuelto a retrasar la fecha de la boda y él le dio la misma respuesta que tenía para todo:

–Mándalo al infierno.

Bien, aquella noche Rebecca estaba mandando al mundo entero al infierno. Tirando de Booker y guiñando un ojo a Delaney, que estaba sentada junto a Conner, le dijo:

–Vamos a bailar otra vez.

Booker la siguió a la pista de baile. Rebecca podía ver a Josh sentado junto a Mary y la amiga de ésta, Candance, con alguien que no conocía. Pero su presencia no le incomodó. De hecho, el corte de pelo que le había hecho le quedaba fantásticamente bien, y ella estaba orgullosa de su pequeña obra de arte. Aunque tampoco era para tanto, Josh siempre estaba guapo.

–Por si te interesa, Josh Hill está sentado ahí –le dijo ella a Booker.

–¿Por qué iba a interesarme?
–Hace mucho que no lo ves.
Booker la hizo girar y miró hacia la mesa de Josh.
–Por lo que veo, no ha cambiado mucho –dijo–. ¿Y ésa que está con él no es Mary, la capitana de las animadoras? ¿Es su mujer?
–No –lo informó Rebecca–, aunque llevan unos meses saliendo.
Booker continuó llevándola por la pista de baile y la echó hacia atrás sujetándola con el brazo.
–Por mí se pueden ir los dos al infierno –dijo Booker–. Nunca me han caído bien y me temo que el sentimiento es mutuo.
A Rebecca le gustaba la filosofía de Booker, aunque no estaba segura de que fuera el mejor modelo de imitación. Por suerte, Delaney estaba allí para ayudarla a controlar sus instintos más salvajes. Para Delaney, Booker era como el temible lobo feroz del cuento, y no estaba dispuesta a que su amiga se convirtiera en el primer cerdito. Y ese era el motivo por el que no se iba, a pesar de que debería estar en la cama y su marido Conner parecía más aburrido que una ostra.
–Pues si Josh sale con Mary ¿por qué no deja de mirar hacia aquí? –preguntó Booker.
–¿Qué? –replicó Rebecca.
–Me gustaría saber por qué ese Josh no deja de mirarte.
–No lo sé. No me había dado cuenta.
–¿Ha pasado algo entre vosotros alguna vez?
–Entre nosotros han pasado muchas cosas.
–Me refiero a si os habéis liado alguna vez.
–No –mintió ella, pensando que lo del verano anterior era una excepción que no merecía ser mencionada.
–Pues le gustas, tía. Le gustas mucho.
Rebecca puso los ojos en blanco y se echó a reír.
–De eso nada. Me odia, que no es lo mismo.
–Solo te digo lo que veo. Si no quieres, no tienes que creerme.
Booker tenía que equivocarse. Seguramente Josh lo estaba mirando a él. A excepción de Rebecca, nadie en el pueblo estaba especialmente contento por su vuelta.

–¿Qué te parece Conner? –le preguntó Rebecca mirando al marido de Delaney.

–Es majo, supongo –dijo Booker–. Delaney sigue estando buenísima. Lástima que esté casada.

–A veces yo pienso lo mismo –reconoció Rebecca con un mohín–. Me alegro por ella, pero echo de menos que ya no podamos vivir juntas. Y ahora que se me ha acabado el contrato de alquiler, voy a tener que mudarme a una casa nueva sola, si es que la encuentro.

–No te vayas a vivir sola –dijo Booker–. Vente al rancho con mi abuela y conmigo.

Rebecca se echó hacia atrás para mirarlo a la cara.

–¿Qué? ¡Estás loco! No puedo hacer eso.

–¿Por qué no? En la casa hay sitio de sobra y a la abuela le encantaría tener otro par de manos que poner a currar.

–¿Haciendo qué?

–Ya sabes, tareas de la casa. Limpiar el jardín, lavarle el coche, preparar la cena de vez en cuando.

–No me importa ayudar –dijo Rebecca–. Me gustaría volver a vivir con gente. Llevo más de cinco meses viviendo sola con el teléfono.

–Hablaré con mi abuela y te llamaré.

–Estupendo –Rebecca sonrió.

Como recurso provisional, la casa de la abuela Hatfield era el lugar perfecto. Quizá su suerte estaba empezando a cambiar.

O quizá estaba vendiendo su alma al diablo a cambio de un techo para dormir, se dijo mirando a Booker.

6

Aquel era un día de cambios, Rebecca estaba segura.

Tras obtener el visto bueno de la abuela Hatfield para instalarse en su casa, con la única condición de realizar una breve lista de tareas diarias, solo necesitaba pedir prestada una camioneta para trasladar parte de sus enseres a un guardamuebles, para lo que llamó a su hermana Greta.

–Claro. Ayer recogimos el arco nupcial para el aniversario de boda de papá y mamá y aún está en la camioneta –le dijo su hermana–. En cuanto lo descarguemos, te lo puedes llevar.

Después de darle las gracias, Rebecca le advirtió que tardaría un poco en ir. Dado que tenía un poco de tiempo, había pensado ir hasta la casa de sus padres haciendo footing. Necesitaba hacer ejercicio. Pero cuando se lo contó a su hermana, ésta soltó una carcajada al otro lado del teléfono. Randy, su marido, no debía de estar muy lejos, porque Greta lo repitió en voz alta y Rebecca lo oyó reírse burlonamente con ella.

–Ya lo veréis –dijo ella como una tonta, terriblemente ofendida.

¿Por qué nadie podía dar crédito a sus planes de llevar una vida más sana?, se dijo furiosa. Sin querer entrar en más discusiones, Rebecca colgó y después llamó a su prometido.

–Por fin –dijo Buddy en cuanto oyó su voz–. ¿Qué pasa? ¿Estás enfadada conmigo?

–Claro que no–dijo ella, orgullosa de sí misma por saber mantener la calma y mentir tan descaradamente.

–¿Y por qué no me has llamado?

—Ayer tuve mucho trabajo.

—¿Y por la noche?

—Quedé con un amigo del instituto al que hacía mucho que no veía para tomar una copa.

—Oh —al otro lado de la línea se hizo una pausa—. ¿Entonces no estás enfadada?

—Claro que no.

—Estupendo. Estaba preocupado —dijo él—. Oye. Aún tengo el billete de avión que compré para la boda, así que nos veremos pronto.

—Mis padres celebran su fiesta de aniversario de boda dentro de un par de semanas —le dijo ella—. ¿Puedes cambiarlo y venir para entonces?

—Puede —Buddy tardó en responder unos segundos. No parecía convencido—. A ver cuánto cuesta.

Tan generoso como siempre. Claro que con lo impulsiva que era ella, necesitaba un hombre ahorrador, lo que era otra buena razón para saber que Buddy era el hombre que le convenía. Porque tenía la cabeza muy bien puesta sobre los hombros.

—Avísame cuando lo sepas —dijo ella—. Ahora voy a salir un rato a correr.

—¿Tú? ¿A correr? —se extrañó él—. Pero si ya estás muy delgada —le aseguró—. Y además fumas como un carretero. ¿Para qué quieres correr?

Otro que tampoco confiaba mucho en su decisión de llevar una vida más sana.

—Ya no fumo —dijo ella haciendo un esfuerzo para no irritarse—. Y quiero estar en forma. ¿Te parece mal?

—No, solo que... —al otro lado de la línea se hizo el silencio— por mí no tienes que hacerlo.

Rebecca no sabía por qué le había entrado de repente la necesidad de ponerse en forma, pero estaba segura de que Buddy no formaba parte de la ecuación. Y eso le preocupó. La última vez que pensó en ponerse a régimen y hacer ejercicio fue después de la noche con Josh Hill, una curiosa coincidencia, teniendo en cuenta que ahora estaba de nuevo presente en su vida.

—Te lo agradezco —dijo ella.

—Te quiero tal y como eres —le aseguró él.

Sí, seguro. Por eso Rebecca tuvo que esperar dos días desde su última conversación para hablar con él y arriesgarse a tener una discusión.

Quizá ir corriendo a casa de sus padres no había sido tan buena idea.

Rebecca se secó el sudor de la frente y miró hacia delante, a la siguiente curva de la carretera, tratando de contar cuántas le faltaban hasta llegar a la casa de sus padres. Los Wells vivían a las afueras del pueblo, tan solo a ocho kilómetros de su casa, pero esa distancia a ella nunca se le había hecho tan larga.

Muchos corredores corrían ocho kilómetros diarios en menos de una hora. Ella llevaba casi cuarenta y cinco minutos corriendo y apenas iba por la mitad.

Claro que esos corredores probablemente no fumaban desde los dieciséis años.

Rebecca oyó el ruido de un motor a su espalda, lo que le dio suficiente adrenalina para continuar corriendo. Aunque acto seguido, un doloroso calambre la obligó a doblarse por la cintura. Trató de recuperarse rápidamente y seguir corriendo por lo menos hasta que el coche la adelantara.

Sin embargo, el coche desaceleró y continuó avanzando lentamente junto a ella. Rebecca volvió la cabeza y vio a Josh Hill sentado al volante de un lujoso todoterreno nuevo, con gafas de sol y una camiseta verde oscuro que le marcaba los músculos del pecho como una segunda piel.

La ventanilla del todoterreno se abrió.

—¿Se te ha estropeado el coche? —gritó él.

Rebecca estaba sin aliento, y no sabía si podría responder.

—No —consiguió decir sin jadear.

—¿Te llevo?

Oh, le encantaría. Tenía los pulmones a punto de estallar. Rebecca echó una ojeada a la tapicería de piel, escuchó la suave música country que sonaba en los altavoces y casi pudo sentir su cuerpo agotado hundiéndose en el mullido y confortable asiento del copiloto. Estaba desesperada por aceptar, y a punto de hacerlo, cuando vio la divertida sonrisa en los labios masculinos. Él tampoco la veía como a una deportista.

–No hace falta –dijo ella, sin dejar de correr.

Pero Josh tampoco apretó el acelerador, sino que continuó avanzando en paralelo a ella.

–¿Vas a casa de tus padres?

–Sí.

–Lo que me imaginaba. Te llevaré.

Rebecca no respondió. Estaba demasiado ocupada en dar órdenes a sus pies para que no se pararan.

–Tienes toda la pinta de estar a punto de desmayarte –continuó él avanzando lentamente en paralelo a ella–. Nunca he visto a nadie con la cara tan roja.

Seguro que estaba de lo más atractiva. Además, había empezado con las sesiones deportivas antes de tener la oportunidad de comprarse uno de esos minúsculos y ceñidos modelitos de gimnasia. Dudaba que la camiseta desgastada y los pantalones vaqueros cortados y deshilachados dieran una buena imagen de ella. Al menos una buena impresión.

–He salido a correr –insistió ella.

Pensó que su respuesta había dado en el clavo. Josh aceleró, pero solo para interceptarla aparcando en la cuneta unos metros más adelante.

Josh se apeó y fue junto a ella, sin sonreír, mientras ella trataba de rodear el vehículo y seguir corriendo.

–Sube al coche –dijo él.

–No –Rebecca se detuvo, en el fondo agradecida por la excusa que le brindaba, y apoyó las manos en las rodillas, jadeando–. Solo tengo... que descansar... un momento y...

Josh rodeó el coche y abrió la puerta del copiloto.

–¿Y qué? ¿Seguir corriendo? Deja de ser tan testaruda. Ya no puedes más.

Rebecca sacudió la cabeza, se incorporó y quiso echar a correr de nuevo, pero él la interceptó sin esfuerzo.

–Cielos, Rebecca –exclamó sujetándola por los hombros–. ¿Sabes cuál es tu problema? Que no sabes lo que te conviene. Si yo fuera Booker, subirías sin pensártelo un momento. Como si Booker fuera un tipo tan encantador –continuó él sin soltarla–. Pero como soy yo, prefieres desmayarte en la cuneta a dejar que te lleve.

–Booker es un tipo encantador –lo defendió ella.

–Y yo no lo soy, ¿eh? –concluyó él–. ¿Quieres explicarme por qué?

Rebecca parpadeó, sorprendida por la vehemencia de sus palabras. ¿Cómo podía importarle su opinión? Todo Dundee sentía auténtica admiración por él. Todos lo consideraban un tipo encantador.

–Tú eres un tipo encantador –dijo ella por fin–. Pregunta a cualquiera.

–Vale –dijo él–. Sube.

–No. Voy a...

–Sube o te subo a la fuerza.

–No te atreverías.

–¿Ah, no?

Josh la alzó en brazos y la depositó sin contemplaciones en el asiento delantero. Aunque Rebecca habría podido apearse cuando él rodeó el coche para sentarse al volante, no lo hizo. Tenía las piernas como mantequilla y no quería darse de bruces contra el suelo.

Josh condujo los cuatro kilómetros siguientes en silencio, tenso y con los ojos clavados en la carretera. Cuando Rebecca recuperó el pulso y pudo hablar dijo:

–¿Puedes explicarme el ataque de ira de hace un momento? –preguntó ella.

Josh se pasó una mano por el pelo, con el ceño fruncido.

–No creo que pudiera aunque lo intentara –reconoció él con sorprendente franqueza.

Josh la dejó delante de la casa de sus padres sin decir palabra.

Rebecca lo vio continuar por la calle y aparcar delante de la casa de ladrillos rojos donde vivían sus padres desde que él tenía ocho años. Cuando se apeó del vehículo, Josh la miró durante unos segundos, después sacudió la cabeza y entró.

Y la gente decía que ella era temperamental, pensó Rebecca.

***

–¡Menuda pinta tienes! –exclamó su hermana Greta en cuanto Rebecca entró en casa de sus padres.

Rebecca oyó la risita de Randy desde el sofá donde estaba leyendo el periódico.

–Cállate, Randy, o no te invitaré a la boda.

–Como Buddy llegue a conocerte un poco mejor, no habrá boda –replicó él.

Greta trató de disimular la sonrisa, pero Rebecca la vio y se alegró al comprobar que al menos había alguien a quien le divertían las constantes pullas entre Randy y ella. Ninguno de los dos solía ofenderse por los comentarios del otro, aunque a veces ambos llegaban a pasarse de la raya.

–¿Es que no podemos tener un poco de paz en esta casa? –dijo Fiona Wells, la madre de las dos mujeres, metiendo una hogaza de pan de ajo en el horno junto a lo que parecía una lasaña.

–Díselo a Randy –dijo Rebecca después de beber un vaso de zumo–. O mejor, dile que se vaya a ver a su amiguito, Josh. Está en casa de sus padres. Seguro que le encantará tener a Randy allí todo lo que queda de tarde.

–No pienso moverme –dijo Randy desde el salón con retintín.

–Oh, la próxima vez que vea a Josh, le diré que no quieres ir a su casa.

Doyle apareció por la puerta del jardín.

–He cerrado los aspersores –dijo a nadie en particular–. No queremos que esté todo lleno de barro cuando descarguemos el arco nupcial.

–¿Dónde están Delia y los demás? –preguntó Rebecca, sentándose a la mesa lo más lejos posible de Randy en la espaciosa estancia que servía de cocina, comedor y sala de estar.

–Delia y Brad han ido a Boise con los niños, y Joey tiene gripe, así que Hillary y Carey no vendrán. No quiero que se la pegue a los niños.

–¿Entonces somos solo a nosotros? –preguntó Rebecca,

que había contado con el continuo ruido y alboroto que solían crear todos sus sobrinos para evitar tener que entrar a fondo en el tema de su boda.

—Somos solo nosotros —dijo Randy—, lo que era perfecto hasta tu llegada.

—Randy... —dijo Fiona a modo de advertencia.

—¿Y cómo vamos a meter el arco nupcial en casa? —exclamó Greta—. Necesitamos más manos. Randy y papá solos no podrán.

—Y menos teniendo en cuenta que Randy es como una niña —añadió Rebecca.

—Rebecca, ya es suficiente —dijo su padre, y Rebecca cerró la boca, alegrándose de no tener que moverse. Todavía no estaba segura de haber recuperado las fuerzas—. Escucha, ve a casa de Josh y dile que lo necesitamos para descargar el arco nupcial.

Rebecca se incorporó de un respingo.

—Randy es su mejor amigo. Que vaya él.

Su padre la miró con severidad, la mirada que decía que no estaba para bromas.

—Te lo he dicho a ti.

—Ayer mismo me dijo que a su madre no le caigo bien.

—No me extraña, después de todos los líos que tuvisteis de niños —dijo su padre.

—Pues debería extrañarte, porque a ti él sigue cayéndote estupendamente.

—Venga, ve —le ordenó su padre—. Quiero bajar el arco cuanto antes y ponerlo a buen recaudo. Antes de que a los niños del vecindario les dé por saltar encima. Y si está Mike que venga también.

Pensando que todavía tenía que hacer el traslado de sus muebles, Rebecca quería terminar con aquel asunto cuanto antes, así que se levantó y aceptó.

—Vale —accedió por fin con un suspiro. Después miró a su madre—. Tengo que cambiarme la camiseta. ¿Me dejas algo para ponerme?

7

Tras el entusiasta esfuerzo de ponerse en forma en un día, Rebecca apenas podía caminar, pero si ir a buscar a Josh significaba volver antes a casa con el la camioneta de Randy, llevar los muebles al trastero y ducharse, estaba decidida a hacer lo que fuera necesario.

La casa de Josh siempre le pareció enorme y sobrecogedora, pero eso había sido en su infancia. La madre de Josh ahora debía de tener por lo menos sesenta años, y dudaba que pudiera alcanzarla corriendo, incluso cansada como estaba. Al llegar a la puerta Rebecca llamó al timbre.

El padre de Josh abrió un momento después.

–Vaya, pero si es la hija de los vecinos. Aunque hace años que no te veo por aquí, gracias a Dios –añadió en voz más baja, como si así ella no pudiera oírlo.

Rebecca alzó la barbilla.

–Mi padre me ha pedido que venga a ver si Josh y Mike pueden ayudarnos a descargar una cosa de la camioneta de Randy.

Larry Hill asomó la cabeza y miró a la calle para confirmar sus palabras. Doyle Wells lo saludó con la mano.

–Mike está de viaje por trabajo–dijo –. Pero os echaremos una mano, iré a buscar a Josh.

–¿Quién es? –preguntó la señora Hill desde el interior de la casa.

El señor Hill dejó la puerta entreabierta y se metió en la casa. Rebecca le oyó decir su nombre.

–Oh, por el amor de Dios, no la dejes sola. Nunca se sabe

lo que puede hacer –dijo la mujer, y apareció enseguida en la puerta.

–Hola, señora Hill –dijo Rebecca con una sonrisa, tratando de entablar una conversación cordial–. Este otoño está haciendo muy buen tiempo, ¿verdad?

–¿Qué te ha pasado? –respondió la mujer viendo el barro en las piernas de Rebecca–. Tienes una pinta horrible.

Rebecca suspiró y, tras una forzada sonrisa, dio media vuelta y volvió a su casa. Había cosas que no cambiarían nunca.

Rebecca otra vez. Josh no podía creerlo. Tras varios años de relativa tranquilidad, había vuelto a aparecer de repente en su vida y ahora parecía estar en todas partes.

Su padre y él fueron a casa de los Wells en silencio. Josh estaba resuelto a mantenerse más distante. Ya se había puesto bastante en ridículo al alzarla en brazos de repente y meterla en el coche, dejándole ver lo mucho que le afectaba.

Por suerte, en cuanto llegaron al jardín de los Wells, Randy le dio unas palmaditas en la espalda y empezó a hablar del equipo de fútbol de la Universidad de Utah. Josh pensó que sería capaz de ignorar a Rebecca por completo, pero entonces vio algo que lo desarmó por completo. Rebecca se había cambiado la camiseta sudada por una blusa de manga larga que le quedaba bastante grande, probablemente sería de su madre, y se la había atado con un nudo unos centímetros por encima del ombligo, dejando al aire el tatuaje de la mariposa y una amplia y excitante franja de vientre liso y bronceado. Y cuando Rebecca se volvió hacia la derecha, Josh vio que no llevaba sujetador. Los pezones se adivinaban erectos bajo la tela, probablemente estimulados por el ligero contacto del tejido al moverse.

A Josh se le secó la garganta. Mary tenía un cuerpo redondeado, de senos firmes y generosos, pero en ese momento le pareció menos atractivo.

–¿Josh? ¿Me vas a responder o no? –preguntó Randy.

Josh apartó los ojos de la blusa de Rebecca y trató de buscar una respuesta, pero al no encontrarla dijo:

—Perdona, mi madre quiere que volvamos cuanto antes a cenar. Será mejor que bajemos ese arco.

—¿Te encuentras bien, tío? —preguntó Randy.

Josh se encogió de hombros.

—Claro. ¿Por qué?

—¿Es por Rebecca? —preguntó su amigo mirando a su hermana política—. Ha estado corriendo. Por eso tiene esa pinta tan horrible.

Lo malo era que para él no estaba horrible en absoluto. Todo lo contrario. Para él, a pesar del pelo sudoroso, la cara sin maquillaje, su pasado común, todo, era una tentación mucho mayor que una cerveza helada el día más caluroso del verano.

—¿Podemos empezar de una vez? —preguntó Rebecca impaciente—. Hoy aún tengo muchas cosas que hacer.

—¿Qué es lo que quieres llevar al guardamuebles? —preguntó Greta mientras todos se reunieron alrededor del vehículo de Randy.

—Mis muebles.

—Pero la boda no es hasta dentro de seis semanas —dijo Greta.

Rebecca no respondió.

—¿Quién va a ayudarte? —preguntó de nuevo su hermana.

La mirada de Rebecca pasó por encima de Josh y se clavó en Randy.

—Randy tendrá que valer para algo.

—Lo siento, monada. Yo valgo para muchas cosas, pero hoy no puedo —Randy bajó la puerta trasera del todoterreno—. Tengo una reunión de los boy scouts.

Rebecca pareció a punto de decir algo, pero Doyle desvió su atención.

—No deberías empezar a mover nada todavía —dijo el padre—. Terminarás recogiendo más cosas de las que necesitas. Espera unas semanas.

Rebecca se subió a la parte posterior de la camioneta. Por un momento, Josh se preguntó por qué quería ayudarlos a descargar el arco nupcial. Greta desde luego no sintió la misma obligación. La hermana de Rebecca empezó a dar órdenes a diestro y siniestro, pero se mantuvo en todo momento a más de tres metros del arco. Ahora que eran cinco hombres, Josh pensó que tampoco necesitaban a Rebecca. Pero era la casa de los Wells, no la suya.

—No quiero esperar unas semanas –dijo Rebecca, trabajando como una más.

—Si intentas hacer mucho sola, terminarás partiéndote la espalda –le advirtió su padre.

«¿Entonces por qué no va a ayudarla?», sintió ganas de preguntarle Josh, que no veía a nadie demasiado interesado en ayudar sinceramente a Rebecca.

Pero no era asunto suyo. Meterse en los asuntos de Rebecca lo alejaba de su objetivo. Al igual que la blusa que llevaba, pero había cosas que no se podían evitar.

—Solo levantaré lo que no pese mucho –dijo Rebecca.

¿Era un sofá lo que estaba empujando Rebecca por la puerta?

Josh frenó un poco y estiró el cuello para ver mejor, pero ya estaba oscureciendo y no había mucha luz. ¿Y qué pensaba hacer cuando lo sacara al porche?, se preguntó. Porque desde luego sola jamás lograría subirlo en la camioneta aparcada delante de la casa.

Con un suspiro de resignación, Josh aparcó y apagó el motor. Había ido hasta allí a pesar de todas las veces que se había repetido que no iría, y ahora que sabía que ella necesitaba su ayuda tanto como supuso en principio, no podía irse hasta terminar de ayudarla a trasladar todas las cosas pesadas.

Se apeó del coche y echó a andar hacia la casa.

—Espera –dijo–. Lo agarraré por este lado.

Rebecca no se había cambiado de ropa desde que dejó la casa de sus padres. Lo que a él no le hacía ningún favor. La blusa, o mejor la franja de piel suave y bronceada que se asomaba debajo, le hacía olvidar algunas realidades muy importantes. Primero que estaba prometida. Segundo, que era una fuente inacabable de problemas. Y tercero, que él también salía con alguien, aunque no se habían prometido aún. Y por último, pero no por ello menos importante, que Rebecca le había dejado totalmente claro que él nunca le había parecido atractivo.

–¿Qué haces tú aquí? –preguntó ella como si acabara de aterrizar de otro planeta.

–Volvía a casa y pensé que podría echarte una mano.

Rebecca arqueó las cejas con escepticismo.

–¿Has venido a ayudarme? –la incredulidad que había en su voz era evidente.

–¿No es lo que hacen los amigos?

–Declarar una tregua no nos convierte en amigos –dijo ella.

–¿Y? ¿Tan malo sería que fuéramos amigos? –preguntó él.

Rebecca apoyó una rodilla en el reposabrazos del sofá, que estaba prácticamente fuera de la casa, y el cuerpo en el marco de la puerta.

–No estamos hechos para ser amigos.

–¿Cómo estás tan segura?

–Tú eres Escorpio.

–Tú cumples los años un día después que yo. Lo que significa que tienes que ser también Escorpio.

–Precisamente. Escorpio es un signo muy radical. Somos personas que lo queremos todo o nada, demasiado intensos para llevarnos bien.

–No sabía que supieras tanto de astrología.

–No sé tanto, pero eso sí.

–Podemos llevarnos bien –dijo él–. Lo que pasa es que no lo hemos intentado nunca.

–Hemos sido vecinos durante años.

–Pero ahora ya no. Quizá fuera ese el problema. Ahora será más fácil.

–Me temo que no.

–¿Por qué no?

–Los amigos no obligan a sus amigos a meterse en el coche a la fuerza, por ejemplo –le recriminó ella sarcástica.

–Lo hacen si es por el bien del amigo. Por ejemplo si está borracho, o en tu caso, si está a punto de desmayarse.

–Yo no estaba a punto de desmayarme –protestó Rebecca.

Josh sonrió y su mirada descendió por el cuerpo femenino, deteniéndose debajo de la blusa. Rebecca se tiró de las puntas atadas con cierta timidez, como si quisiera taparse.

—Además, ni siquiera nos caemos bien —dijo recuperándose rápidamente.

—Sí que nos caemos bien —rodeando el sofá, Josh invadió a propósito su espacio.

Pensó que Rebecca se retiraría, que se metería en la casa, incluso que le diría que se fuera, pero conociéndola como la conocía tendría que haber sabido que no sería así. Rebecca Wells no daba un paso atrás por nada ni por nadie. Y en ese momento permaneció donde estaba observándolo con desconfianza.

—¿Estás seguro? —preguntó ella.

Josh asintió.

—Completamente.

—Me dejaste que te cortara el pelo —dijo ella, mordisqueándose el labio inferior—. Quizá se pueda llamar amistad, sí, pero creo que deberíamos definir el término.

Josh se apoyó en la misma jamba de la puerta que ella, a solo unos centímetros de su cuerpo.

—Bien, defínelo.

Rebecca bajó los ojos, como si sintiera la clara invasión de su espacio, pero no se movió.

—Para empezar, no significa que tengamos que salir juntos.

—O sea que no seremos amigos muy amigos.

—Exacto —dijo ella—. No amigos muy amigos —repitió y se irguió.

¿Un sutil movimiento para apartarse de él sin dar la impresión de que era la primera en retirarse?

—Segundo, los dos nos olvidaremos de los pecados del pasado.

—Que así sea —exclamó él—. Ahora estamos haciendo progresos, sobre todo dado que no sé cuáles son mis pecados del pasado. Al menos pecados que tú puedas perdonar.

—Y tercero —continuó Rebecca ignorando sus palabras—, que seamos amigos no es asunto de nadie. No se lo decimos a nadie, ¿vale? Ya hablan bastante en este pueblo.

—Hecho —Josh cruzó los brazos—. ¿Algo más?

Rebecca frunció el ceño. Los brazos masculinos casi estaban rozándole los senos.

—Así a bote pronto no.

—Bueno, si te hace sentir mejor, no te pediré que lo firmes con sangre —dijo él—. Podemos cambiar las condiciones sobre la marcha.

—Entonces... trato hecho —dijo ella asintiendo.

Josh estiró la mano para estrecharle la mano y supo que había cometido un error en cuanto sintió la mano femenina meterse en la suya. El contacto tuvo el mismo efecto que la cintura desnuda e inmediatamente lo devolvió a la noche del verano anterior.

—¿No hace un poco de frío para esa ropa?—preguntó él apartándose inmediatamente y poniendo cierta distancia entre ellos.

Rebecca se miró, como si hubiera olvidado lo que llevaba puesto.

—Ha refrescado un poco, sí, pero no quiero ensuciar más ropa. Prefiero mover algunas cosas antes de ducharme.

Era una respuesta lógica, pero Josh hubiera preferido que llevara un pijama para poder recordar mejor los límites de su nueva amistad. Aunque seguro que Rebecca no utilizaba ropa tan casta para dormir como él necesitaba. La noche que la llevó a casa el verano anterior Rebecca llevaba un sexy conjunto blanco de tanga y sujetador de encaje que resaltaba sobre la piel bronceada y...

Quizá si pasara una noche con ella conseguiría olvidarla. Aunque dudaba que su incipiente amistad pudiera sobrevivir a un revolcón. Además, primero tendría que cortar con Mary, y además Rebecca estaba prometida.

—Bueno, ¿por qué has venido? —preguntó ella.

Josh le recordó lo ocurrido cuando Doyle fue a la peluquería y decidió poner a prueba la teoría que se le ocurrió al ver la relación de padre e hija.

—Tu padre me ha pedido que viniera a ver si necesitabas una mano.

Rebecca abrió desmesuradamente los ojos.

—¿De verdad?

Al escuchar la esperanza en su voz, Josh deseó que así hubiera sido.

—Sí, si no me importaba, claro —mintió él.

Rebecca sonrió como si acabara de hacerle el regalo más maravilloso del mundo, y el hecho de que una prueba tan mínima de interés paterno pudiera provocar una reacción como aquella en Rebecca Wells, siempre tan de vuelta y por encima de todo, le encogió el corazón. A pesar de todas las discusiones entre padre e hija, Rebecca amaba a su padre mucho más de lo que dejaba ver. Y Josh sospechaba que Doyle Wells no tenía ni idea.

—Bueno, menos mal que no ha venido él —dijo Rebecca agachándose para levantar el sofá—. Tendría que explicarle por qué estoy moviendo todo esto.

—¿Por qué lo estás moviendo? —preguntó él, sujetando el sofá por abajo y echando a andar—. No te casas hasta dentro de seis semanas.

—Ya, pero es mejor estar preparada.

—¿Cómo, sacando los muebles a la calle? —preguntó Josh—. ¿Y que vas a hacer con ellos?

—Booker tiene que venir dentro de un rato. Pensaba pedirle que me echara una mano.

Josh sintió una intensa antipatía repentina.

—Oh. ¿Y sabe tu prometido que sales con Booker?

—Sabe que solo somos amigos —lo corrigió Rebecca—. Además, Buddy no es celoso.

Josh tampoco había sido nunca celoso. Pero detestaba la imagen de Booker bailando con Rebecca la noche anterior, y detestó el hecho de que fuera a pasarse por allí más tarde.

Qué estupidez. Él tenía que estar celoso por Mary, no por una mujer prometida a otro hombre.

—¿Qué más tienes que sacar?

—La mesa de la cocina, pero primero he de ir a buscar unas mantas para envolverla.

Por dentro, la casa de Rebecca no estaba sucia y desordenada como Josh esperaba, al contrario. Incluso a pesar del traslado, todo estaba bastante limpio y ordenado. Algunos muebles eran viejos y no combinaban bien, pero había muestras claras de creatividad: una antigua fresquera hacía de aparador, en la pared colgaba un mosaico de azulejos, bajo la mesa de la cocina había una alfombra tejida a mano de vivos colores. Toda una pared del comedor estaba cubierta de estanterías donde se exponía una colección de botes azules, verdes y amarillos y otra de velas aromáticas de distintos colores, que daba un aspecto muy moderno al lugar. Si tenía que elegir un término para describir la casa de Rebecca, tendría que ser... «única», pensó Josh. Igual que ella.

–Si llevas la mesa de la cocina al guardamuebles, ¿dónde comerás hasta la boda? –preguntó Josh al ver a Rebecca entrar en el salón con un montón de mantas.

–En mi nueva casa.

–¿Qué nueva casa?

–A la que me voy a mudar hasta que me case –dijo ella, dejando las mantas en un sofá.

–¿Dónde está?

Rebecca fue a la cocina y Josh la siguió.

–En el quinto pino –dijo ella levantando una de las sillas de la cocina.

Josh fue detrás de ella con otras dos.

–Déjalas en el césped –dijo ella–. Primero tenemos que subir la mesa. Por cierto, ¿donde está Mary? –preguntó mientras volvían a la casa.

–Creo que en casa con su madre y su hijo.

De hecho lo sabía con certeza. Mary lo había llamado a casa de sus padres para invitarlo a pasarse por su casa, pero él declinó la invitación alegando que estaba cansado. Y lo estaba, sí, pero el cansancio pareció desaparecer al llegar a casa de Rebecca.

–¿Crees que os casaréis pronto? –preguntó ella quitando el jarrón de flores de la mesa de la cocina y dejándolo en la encimera.

Josh levantó los ojos desde el otro extremo de la mesa, sorprendido por el carácter personal de la pregunta.

—Los amigos preguntan esa clase de cosas —dijo ella a la defensiva.

—Sí. Bueno, no lo sé —Josh apoyó las palmas de las manos en la mesa—. ¿Crees que deberíamos?

—¿Me lo preguntas a mí?

—Los amigos preguntan esa clase de cosas.

Rebecca lo pensó por un momento, y después intentó evitar dar una respuesta directa.

—Todo el mundo dice que estáis hechos el uno para el otro. Ya sabes, la jefa de las animadoras y el capitán del equipo de fútbol.

Josh hizo una mueca.

—Ese rollo es de lo más superficial. ¿Es lo mejor que se te ocurre, como amiga?

Rebecca apoyó las manos en la mesa y se inclinó hacia delante. Por un momento, o bastante más, Josh se distrajo por lo que la blusa amenazaba con revelar.

—¿Quieres oír lo que pienso de verdad?

Josh no estaba seguro, pero asintió.

—Vale, como amiga, tengo que decirte que Mary es una oportunista —le dijo con la franqueza que la caracterizaba y que tantos problemas solía crearle—. Solo le interesa lo que le favorece. Si estuvieras en la calle, sin un céntimo a tu nombre, sospecho que pasaría de ti sin pensárselo dos veces para buscar oportunidades más prometedoras.

La respuesta de Rebecca le hizo palidecer.

—Diría que eso es un rotundo «no».

—No he terminado. Si fueras cualquier otra persona, te diría que te alejaras de ella —dijo ella alzando las cejas—. Pero no lo eres. Tú eres Josh Hill.

—¿Por qué me da la impresión de que vas a decir que por eso nos merecemos el uno al otro?

Rebecca se encogió de hombros.

—Yo no he dicho eso. Lo que digo es que tú siempre estás arriba, y que no tienes que preocuparte. Lo más probable es que nunca veas lo peor de Mary.

—¿Quién me habrá mandado preguntar?—refunfuñó él.

Rebecca empezó a levantar la mesa.

–¿Listo?

No, no estaba listo.

–Creo que lo que me has dicho es un insulto.

–¿Por qué?

–Trabajo duro como cualquiera para conseguir lo que tengo.

Rebecca no respondió.

–Rebecca, ¿no crees que me he ganado lo que tengo con el sudor de mi frente?

–No lo sé –dijo ella–. Me has preguntado mi opinión sobre Mary, y te la he dado, ¿vale? ¿Podemos subir la mesa a la camioneta?

Josh tenía la sensación de que solo acababan de arañar la superficie de lo que siempre hubo entre los dos, pero no estaba seguro de querer seguir investigando. Rebecca se marchaba en unas semanas. Seguramente lo mejor sería dejar las cosas como estaban, sin escarbar más.

Entre los dos cargaron la mesa y las cuatro sillas en la camioneta, además de una mesa pequeña, un banco y varias lámparas, todo envuelto en mantas. Después se montaron en el vehículo y Josh lo puso en marcha para ir al guardamuebles.

–¿Puedo decirte lo que pienso de Buddy? –preguntó, Josh todavía molesto por las palabras de Rebecca sobre Mary.

–No lo conoces –respondió Rebecca.

–He oído algunas cosas.

–¿Como qué?

–Que es muy joven para ti.

–¿Quién te ha dicho eso? ¿Mi padre?

Josh miró a los dos espejos retrovisores para asegurarse de que los muebles no se movían, y no respondió.

–¡Claro que ha sido mi padre! –exclamó ella alzando los brazos en el aire en gesto de impaciencia–. Está que alucina con la diferencia de edad. Buddy tiene veintiséis años. No es precisamente un bebé.

Veintiséis era bastante mejor de lo que Josh temió en un principio, pero seguía convencido de que Buddy no era el hombre adecuado para ella.

—No es su edad —dijo—. A juzgar por lo que dicen, es una persona muy afable, de carácter tranquilo.

—A juzgar por lo que dice mi padre, querrás decir —Rebecca se quitó los zapatos y apoyó los pies en el salpicadero—. ¿Y qué tiene de malo ser afable y tranquilo? Es lo que necesito, ¿no?

Josh giró el coche hacia la calle principal.

—No.

—¿Cómo lo sabes?

—Porque tú necesitas un hombre que entienda tu carácter. Alguien que pueda hacerte feliz sin darte demasiada cuerda, por un lado, ni domar tu espíritu, por otro.

—No soy uno de tus caballos, Josh —rio Rebecca.

—El concepto es el mismo. Si Buddy no es capaz de enfrentarse a ti, no podrás respetarlo.

—¿Quién ha dicho que no se va a enfrentar a mí? De momento ya ha retrasado la fecha de la boda un par de veces. Desde luego no me ha hecho ninguna gracia.

—Todavía no está acorralado.

—¿Otra vez los caballos?

Josh la ignoró y continuó hablando.

—Será diferente cuando se sienta comprometido.

—Y tú sabes todo eso porque... —Rebecca dejó la frase en el aire, esperando que fuera él quien completara la explicación.

—Te conozco.

Rebecca lo miró con incredulidad.

—Somos amigos desde hace una hora.

—Me has preguntado mi opinión.

—No, no te la he preguntado —lo corrigió ella—. Tú has querido dármela.

Continuaron el trayecto en silencio durante unos minutos, cada uno concentrado en sus pensamientos.

—Dime, ¿qué es lo que ves en él? —preguntó Josh por fin.

—¿Además de que va a llevarme a casi mil kilómetros de aquí? —preguntó ella haciéndose un remolino con un mechón de pelo.

—Sí, además de eso.

Rebecca dejó caer la mano en el regazo y se volvió a mirar por la ventanilla. Cuando habló, Josh apenas pudo oír sus palabras.

–Quizá me guste el hecho de que empezamos desde el presente.

–¿Qué significa eso?

–Nada –dijo ella.

8

Amigos. Ahora Josh y ella eran amigos. De hecho, él estaba en el salón de su casa, esperando que ella preparara algo de comer, medio tumbado en el único lugar que quedaba para sentarse, un sillón con reposapiés de Delaney cuyo destino era el rancho de su amiga. Booker había cancelado la visita unas horas antes al saber que Rebecca ya tenía ayuda, lo que la dejó sola con Josh para llevar todas sus cosas al pequeño trastero que había alquilado en el guardamuebles de Dundee. Ahora era más de medianoche y ya habían terminado, pero estaban los dos hambrientos y agotados.

–¿Quieres macarrones con queso? –preguntó Rebecca desde la cocina.

–¿No tienes nada más? –preguntó él, no muy entusiasmado, cambiando los canales de la tele, otro de los pocos objetos que aún quedaban en la casa.

–A no ser que quieras un plato de cereales... Mi madre ha mandado pan de ajo que puedo calentar en el horno, si quieres.

–Vale –dijo él–. ¿Quién vendrá a ayudarte mañana? ¿Tienes que llevar más cosas a tu nueva casa?

–No, mi nueva casa está amueblada, y las cajas que me quedan las llevaré en el coche –dijo ella–. Por cierto, tienes que devolverme la llave del trastero que te he dejado antes –le recordó.

–Está en el cenicero de mi coche. La dejé allí al sacar las últimas cajas. Te la daré cuando me vaya.

–¿Y si se te olvida?

—Tú tienes otra, ¿no?

—Sí, pero no es motivo para perder la copia.

—Estoy cansado. Y la llave no va a ninguna parte. Estará allí después de cenar.

—Bueno —continuó ella—, yo puedo con las cajas que quedan. Espero que Randy venga a ayudarme a llevar los muebles de mi habitación.

—Menos mal que somos amigos desde hace poco —dijo él bostezando—. Si fuéramos amigos desde hace tiempo, tendría que volver.

Menos mal, pensó Rebecca. A pesar del acuerdo, no estaba segura de querer ser amiga de Josh Hill. Josh la ponía nerviosa, y la hacía pensar en cosas impropias de una mujer prometida.

Mientras ella cocinaba, Josh pareció decidirse por una película que sonaba mucho a *Terminator*. Aunque él se ofreció ayudarla, Rebecca le aseguró que no hacía falta. Se sentía agradecida por su ayuda y en deuda con él, y prefería preparar la comida en pago a sus servicios.

—La cena esta lista —dijo ella veinte minutos más tarde, asomándose por encima de la barra americana que separaba el comedor de la cocina.

Josh no respondió, así que ella sirvió un plato y se lo llevó al único asiento de la casa.

—¿Josh?

Tampoco obtuvo respuesta.

Rebecca se inclinó hacia delante para verle la cara a la luz de la televisión. Josh tenía los ojos cerrados. Más todavía, estaba dormido.

—¿Josh? —le sacudió el brazo—. ¿No tienes hambre?

Josh abrió ligeramente los ojos y murmuró algo incomprensible, para después volver a cerrarlos de nuevo.

¿Y ahora qué? No podía permitir que se quedara dormido en el sillón de Delaney. Seguramente se despertaría con la espalda destrozada. Además, su coche estaba aparcado delante de su casa. Si lo dejaba allí, a la mañana siguiente todo el pueblo pensaría que estaban liados. Quizá su padre se lo merecía, pero no creía que a Buddy le hiciera mucha gracia.

Aunque de todas maneras iba a instalarse en casa de Booker. Seguro que pronto los rumores sobre ellos dos correrían como la pólvora, pero Buddy era el responsable de que se hubiera visto en esa situación, y además, Rebecca no quería acostarse con Booker.

Lo de Josh era algo muy distinto.

Dejando el plato en el suelo, Rebecca lo sacudió con más fuerza.

–Josh, despierta. No querrás que Mary crea que has pasado la noche conmigo.

–Déjame –murmuró apartándole las manos.

Rebecca se echó hacia atrás y tardó unos segundos en tomar una decisión. Era evidente que no sería capaz de levantarlo de allí, así que lo mejor sería salir a aparcar su coche detrás de la casa para no dar pie a más habladurías.

Cuando Rebecca volvió a la casa, Josh continuaba profundamente dormido. Rebecca buscó una de las mantas de su habitación, se la puso por encima y apagó el televisor. Después se duchó, se secó el pelo con la toalla, se puso una camiseta y se metió en la cama.

Lo había envenenado. Tenía que ser eso, pensó Josh. Nunca había tenido tantas náuseas. Con la cabeza a punto de estallar, apenas podía abrir los ojos. Seguro que le había puesto algo en la comida.

Pero entonces recordó que no había cenado antes de quedarse dormido.

–¿Rebecca?

No obtuvo respuesta.

La casa estaba en la oscuridad. Rebecca había tenido el detalle de ponerle una manta por encima, pero él estaba helado. En ese momento, solo quería tomarse un par de analgésicos y meterse en la cama con una bolsa de agua caliente. Tenía que volver a casa.

Pero no se creía capaz de conducir.

Al volverse, vio sus llaves al lado del teléfono y, apoyándose en la pared, medio tambaleándose, fue hasta la puerta y la abrió. Allí no había nada. Su coche no estaba. Había desaparecido.

—Maldita seas, Rebecca —murmuró apoyándose en la pared y temiendo lo peor.

No tenía fuerzas ni para cerrar la puerta, a pesar de la corriente de aire frío que entraba en la casa y que él estaba temblando incontrolablemente. Lentamente se dejó caer al suelo con la espalda pegada a la pared y se quedó allí sentado.

—¿Josh? —oyó unos momentos después la voz de Rebecca desde el pasillo—. ¿Qué haces? —preguntó cuando lo vio en el suelo—. ¿Por qué está la puerta abierta?

Josh levantó la cabeza y vio que Rebecca llevaba tan solo una camiseta, pero en ese momento habría podido estar totalmente desnuda. Estaba demasiado enfermo para que le afectara.

—Mi coche ha desaparecido.

—No, no, tranquilo. Lo he cambiado de sitio. Está detrás de la casa. ¿Qué te pasa?

—Dime que tú no me has hecho esto.

Rebecca se apresuró a cerrar la puerta.

—¿Qué quieres decir? No he hecho nada.

—Me encuentro fatal —dijo él—. Estoy helado y tengo la cabeza a punto de estallar. Y puede que necesite una palangana.

—Oh, es gripe —dijo ella—. Mi sobrino también la tiene. Ven, te ayudaré a que te encuentres mejor.

Josh se encontraba tan mal que, a pesar de que no estaba seguro de poder confiar en ella hasta ese punto, decidió obedecer, diciéndose que tenía que estar pésimamente mal para ponerse en manos de Rebecca Wells.

—Solo necesito entrar en calor —dijo él.

Rebecca lo llevó por el salón y un corto pasillo hasta su dormitorio, que era la única habitación en la que él no había estado durante la mudanza. Las cortinas estaban echadas, así que apenas se podía ver, pero Josh creyó ver el perfil de una cama de matrimonio, una mesita, un tocador y algo más en una esquina. No sabía si el dormitorio estaría decorado como el resto de la casa, pero lo que sí sabía era que olía maravillosamente.

—Primero te quitaré las botas —dijo ella cuando él se sentó por fin en la cama con un suspiro.

Rebecca se agachó y le quito las botas. Después le quitó la camisa.

—Vale, ahora quítate los vaqueros y métete entre las sábanas.

En ese momento él la miró serio.

—¿Que me quite los vaqueros? Debes de estar de broma.

—¿Quieres encontrarte mejor o no?

Rebecca salió de la habitación y Josh quedó solo durante unos momentos debatiéndose sobre qué hacer. Ya se sentía bastante vulnerable, y no estaba seguro de querer estarlo más sacrificando lo poco que le quedaba de ropa.

—No te has movido —dijo ella cuando volvió a la habitación con una palangana en una mano y un vaso de agua en la otra.

—Creo que estoy mejor con los pantalones. Por si acaso.

—¿Por si acaso qué? —preguntó ella.

—Por si acaso se te ocurre tirarlos por ahí y obligarme a volver a casa en paños menores.

Rebecca sonrió.

—¿Crees que yo haría algo así?

—Desde luego hubo una época en que lo hubieras hecho, sin duda.

Rebecca le dio un par de analgésicos y la palangana.

—Por si acaso —dijo.

Josh se tomó las pastillas y se acurrucó sobre la cama.

—¿Tienes una bolsa de agua caliente?

—Toma, tápate —dijo ella, ayudándolo a meterse bajo las mantas—. Voy a buscar la manta eléctrica y algunas cosas. Espera.

Rebecca encendió un par de velas en la mesita de noche y Josh reconoció la suave fragancia floral de la habitación. Después puso música instrumental y fue a su armario. Unos minutos más tarde, Rebecca volvió a la cama con un bote grande de crema hidratante envuelto en la manta eléctrica.

—Creía que la manta eléctrica era para mí —se quejó él, temblando.

—Entrarás en calor enseguida —dijo ella—. Te voy a dar un masaje para que elimines las toxinas y se te pase el dolor muscular.

Josh recordó que años atrás había oído algo sobre Rebecca estudiando en una escuela de masajes en Iowa. Eso fue mientras él estudiaba en la Universidad de Utah, pero cuando se licenció y volvió a Dundee, ella ya estaba trabajando en la peluquería.

Rebecca desapareció de nuevo en el vestidor y cuando salió llevaba un reposacabezas en forma de flotador que dejó en la cama junto a él.

–Coloca la cara en el hueco –le dijo mientras ella hacía lo mismo con la manta caliente, colocándola entre el pecho masculino y el colchón. Josh la obedeció e inmediatamente sintió el calor de la manta a través de la piel. Estaba a punto de decirle que lo tapara con las mantas y lo dejara dormir, pero entonces ella le echó aceite caliente en la espalda y empezó a darle un masaje.

Suavemente pero con firmeza, Rebecca trabajó cada músculo. Movió las manos por la columna vertebral hasta el cuello y después la cabeza, liberándolo casi por completo de todo el dolor. Por fin, Josh cerró los ojos y lentamente se quedó dormido.

Para Rebecca los masajes eran muy terapéuticos. Estaba convencida de que los masajes tenían amplias propiedades curativas, y también sabía que cada masaje que daba era diferente dependiendo de la persona y le afectaba en distinto grado. De hecho, el masaje a Josh Hill era el que mayor impacto había tenido en ella hasta ese momento.

Respirando profundamente, Rebecca contempló la suave piel morena que brillaba aceitosa a la suave luz de las velas, y no entendió cómo había llegado hasta allí. Hasta hacía apenas un par de días, hacía años que no hablaba con él, aparte de la noche del dieciséis de agosto del verano anterior y algún que otro saludo en la calle. Ahora Josh estaba en su cama y el masaje que ella realizaba de forma tan mecánica a otros se estaba convirtiendo en todo un acto de amor. De hecho las manos le temblaban con el deseo de explorar el resto de su cuerpo...

«Buddy, piensa en Buddy», se dijo.

Buddy era un amante más tranquilo, un buen hombre. ¿Y qué si no disfrutaba con él de la misma manera apasionada y arrebatadora que sintió con Josh? ¿Y qué si durante los minutos que estuvo en brazos de Josh se imaginó profundamente enamorada de él? Aquel día estaba confundida, borracha, y sobre todo sin saber lo que estaba haciendo. Y ahora la reacción de su cuerpo tenía que ver con la suave música y el olor de las velas.

O quizá era tan viciosa como decía todo el mundo.

Después de limpiar el aceite de la espalda de Josh, se levantó y recogió sus cosas. Había sido una tontería aceptar su amistad. Ella estaba prometida, y sin embargo, cuando entraba en contacto con Josh Hill, perdía de vista la bonita y acogedora casa que imaginaba compartir con Buddy en Nebraska.

Afortunadamente todavía no había ocurrido nada de lo que sentirse avergonzada, y ahora solo tenía que mantenerse en el buen camino, es decir, el camino que la condujera hasta el altar nupcial sin tener que arrepentirse. Además, si Josh quería algo de ella, era solo una cosa. Y no precisamente enamorarse ni casarse con ella, como Buddy estaba dispuesto a hacer. Ella no iba a destruir su compromiso por una aventura pasajera, por muchos deseos incontrolables que Josh despertara en ella. Ella era mejor que eso, y también mucho más lista.

Por la mañana le diría que no quería ningún tipo de relación con él, que la dejara en paz a partir de ya...

–¿Rebecca? –murmuró él interrumpiendo sus pensamientos.

Rebecca quedó inmóvil en la puerta del vestidor.

–¿Sí?

–Perdona por no haber confiado en ti –dijo–. Tenía que haberme quitado los pantalones.

Con los hombros hundidos, Rebecca arrastró una manta hasta el salón. Apartarse de él no iba a ser tan fácil. Por mucho que quisiera creer que sus sentimientos hacia él eran exclusivamente físicos, los que despertaba en casi todas las mujeres, sabía que Josh Hill estaba empezando a gustarle mucho.

***

—No quiero que sigamos siendo amigos —anunció Rebecca en cuanto Josh salió de su dormitorio a la mañana siguiente.

Rebecca llevaba unas cuantas horas recogiendo cajas, pensando en el momento más adecuado para decírselo, pero cuando notó el fuerte acelerón de su corazón al verlo, decidió que cuanto antes mejor.

—¿Qué?

Josh se rascó la cabeza y miró a su alrededor, como tratando de saber dónde estaba.

—He dicho que no quiero que sigamos siendo amigos.

Vestido solo con los vaqueros y bostezando, Josh fue hacia ella.

—¿Fue anoche cuando cargamos todos tus muebles? —preguntó él tumbándose en el suelo boca arriba—. Parece que fue hace una eternidad. ¿Qué hora es?

—Casi las doce. ¿No me has oído? —insistió ella.

—Sí, te he oído. No quieres ser mi amiga. Pensaba que lo decías en broma.

Rebecca trató de armarse de valor para no dar marcha atrás.

—No, no lo es.

Josh se quedó en silencio unos segundos.

—No lo entiendo —dijo por fin.

Rebecca envolvió una bandeja en papel de periódico y la metió en una de las cajas.

—No hay nada que entender. No quiero que seamos amigos.

Josh arqueó las cejas.

—¿Por qué?

—Porque no me gustan los cambios. No quiero que me ayudes con la mudanza, no quiero tu coche delante de mi casa, y no quiero que pases aquí la noche —Rebecca hizo una pausa y lo miró con preocupación—. ¿Qué tal te encuentras? ¿Quieres un zumo?

Josh sacudió la cabeza.

—¿No quieres ser mi amiga y me preguntas cómo me encuentro? Cielos, no hay quien te entienda. ¿Que ha pasado entre ayer por la noche y esta mañana? Siento haberme puesto enfermo, si eso es lo que te preocupa.

–No tiene nada que ver con eso. Solo quiero que las cosas vuelvan a ser como antes –dijo ella, sin dejar de empaquetar, sobre todo para tener los ojos ocupados y no tener que mirarlo–. Lo de querer convertir nuestra relación en algo que no puede ser fue un error.

Josh se incorporó para sentarse con las piernas cruzadas.

–¿Y puede saberse cómo se supone que tengo que reaccionar? Porque no tengo ni idea. Es la primera vez que alguien decide que ya no quiere ser mi amigo, así de repente y sin motivo.

–¿Por qué no haces que estos dos últimos días no han existido? –preguntó ella–. Después te vas y dentro de un rato yo podré sentirme orgullosa de haber hecho lo correcto.

–¿Lo correcto? ¡Me estás machacando!

–¡Estoy prometida!

–Lo sé, pero solo somos amigos. No hemos hecho nada malo. Bueno, está lo del verano pasado, que fue... –Josh soltó todo el aire de un soplido– alucinante, la verdad, pero entonces aún no conocías a Buddy y...

–¡No quiero hablar de eso! –lo interrumpió ella, cerrando la caja que acababa de llenar.

Inmóvil, Josh la observó mientras ella buscaba el rotulador para marcar las cajas, y Rebecca pensó que si no se iba pronto terminaría echando todo el desayuno por culpa de los nervios.

–¿Y bien? –dijo ella.

–¿De verdad quieres que me vaya?

Rebecca tragó saliva. No sabía si aquello era lo correcto, lo sentía como una dolorosa separación.

–Sí.

Josh se levantó.

–Entonces ven aquí y dímelo.

Rebecca lo miró desde donde estaba arrodillada en el suelo escribiendo la palabra *Cocina* en la caja.

–Tienes gripe. No quiero que me la pegues.

—Me tienes miedo.

—No es verdad —dijo ella, tapando el rotulador—. ¿Por que iba a tenerte miedo?

—Eso es lo que me gustaría saber a mí.

Rebecca se levantó, se limpió el polvo de los vaqueros y la camiseta, y se acercó a él, dispuesta a repetir lo que había dicho sin pestañear.

A metro y medio de él se detuvo.

—¿Te da miedo acercarte más? —dijo él, provocador.

—¡Has usado mi cepillo de dientes! —exclamó ella al notar el olor a pasta de dientes en el aliento masculino.

—No me ha quedado otro remedio —dijo él—. Soy un maniático de los dientes. Es lo primero que tengo que hacer todas las mañanas.

—Ya, pero un cepillo de dientes es algo muy personal —protestó ella.

—Creo que estás buscando una excusa.

Rebecca se acercó a él, resuelta a no dejarle ver lo mucho que le afectaba.

Cuando estaban a tan solo treinta centímetros de distancia, Rebecca lo miró a los ojos, los ojos verde grisáceo que siempre la habían atormentado, y sintió una atracción magnética que no había experimentado jamás.

No sabía cuál de los dos cerró la distancia que los separaba, pero un momento después estaban tan cerca que Rebecca rozaba con los senos apenas cubiertos por la camiseta de algodón el pecho desnudo de Josh. Con los labios muy cerca de los suyos, Rebecca sintió el aliento masculino en la mejilla y olió el aceite del masaje de la noche anterior y, por un fugaz segundo, imaginó la boca de Josh en la suya en uno de aquellos apasionados besos que tan bien recordaba del verano anterior...

Estaba a solo unos milímetros de caer en la tentación, se dio cuenta.

Y entonces vio con claridad todo lo importante: su autoestima, su compromiso con Buddy, su huida de Dundee, su negación a convertirse en una más de las conquistas de Josh, y se echó hacia atrás.

Josh también debió de pasar por un proceso similar, porque dio un paso atrás casi a la vez.

–Tienes razón –masculló él bruscamente–. Olvídate de la tregua, olvídate de la amistad, olvídate de todo.

Y tras hacerse con las botas y las llaves, se fue sin molestarse siquiera en recoger la camisa.

9

Sentada en el suelo, con la cara en las manos y tratando de entender lo que había ocurrido, Rebecca no se dio cuenta de que Randy había entrado en su casa hasta que habló.

–Dime que el hombre que acabo de cruzarme por la calle no era mi mejor amigo –dijo desde la puerta abierta.

Rebecca levantó la cabeza. La compañía de su cuñado era lo último que necesitaba en ese momento.

–No lo sé, no lo he visto.

–Alto, rubio y conduciendo como si lo persiguiera el diablo. Y creo que iba desnudo. ¿Te suena?

–No –repitió ella, tratando de terminar con aquel interrogatorio–. Randy, no quiero discutir, vale. A lo mejor Josh tiene una nueva novia que vive por aquí, no tengo ni idea. Y ahora, ¿vas a ayudarme o no?

Randy no parecía muy convencido,

–Randy, estoy completamente vestida, en medio de una mudanza, y estoy prometida. ¿No puedes tener un poco más de confianza en mí?

Por fin Randy asintió.

–Sí, y tienes tantas ganas de casarte que no vas a estropearlo todo, claro. No se te ocurriría liarte con ningún otro tío.

–Ni ahora ni nunca –le aseguró ella.

–Vale –aceptó su cuñado por fin–. ¿Dónde hay que llevarlo todo?

–Esta caja va a....

Unos golpecitos en la puerta abierta llamaron su atención.

—Hola, preciosa —dijo Booker entrando—. ¿Estás lista para venir a vivir conmigo?

Randy dejó la caja que estaba a punto de levantar y se incorporó, mirando a Rebecca.

—¿Decías?

A Rebecca le dio un vuelco el estómago.

—Has llegado en el momento más oportuno —dijo a Booker.

—Eh, adivina qué me han contado. Ésta te va a encantar.

Sorprendido por la repentina intrusión de su hermano en la silenciosa cuadra donde estaba cepillando a uno de sus caballos, Josh dio un respingo y se incorporó.

—¿Qué te han contado?

—Rebecca Wells se va a vivir con Booker Robinson.

—¿Qué?

Para Josh fue como si le hubieran asestado un puñetazo en el estómago. Todavía no se había recuperado de la gripe de la noche anterior, pero hasta entonces se había sentido mejor.

—Solo a Rebecca se le ocurriría acostarse con otro tío cuando se casa dentro de seis semanas —continuó Mike—. A su padre seguro que le da un infarto, si es que no se lo ha dado ya. ¿Te imaginas? Tener una hija que…

Mike continuó hablando sobre los rumores que corrían por el pueblo, pero Josh no podía concentrarse en sus palabras. Estaba tratando de recordar partes de la conversación con Rebecca, recordando todas las oportunidades que tuvo ella de decirle que su nueva casa era la de Booker T. Robinson. Incluso cuando le preguntó adónde se mudaba, ella se limitó a responder «al quinto pino».

—¿Te pasa algo? —preguntó Mike observando preocupado a su hermano—. Pensé que te sorprendería pero...

Josh dejó el cepillo. Al margen de que tuviera una tregua con Rebecca o no, no quería que viviera con Booker Robinson. No la quería cerca de Booker. Y desde luego él no iba a ser el idiota que la ayudara con la mudanza.

—Vamos —dijo—. Tenemos que hacer una cosa.

***

—Has tenido que mencionárselo a mi cuñado —se quejó Rebecca a Booker, mientras los dos veían la televisión en el sofá de la casa de su abuela, agotados después de la mudanza.

—No sabía que era un secreto —dijo él—. ¿Qué pensabas hacer, desaparecer sin decir nada?

—No, pero pensaba decírselo dentro de un par de días.

—Te he ahorrado la molestia —dijo él encogiéndose de hombros.

Rebecca puso los ojos en blanco.

—Gracias. Tu abuela dice que mi padre ya ha llamado cuatro veces.

—Si hablas con él, seguro que deja de llamar.

Rebecca no estaba lista para hablar con su padre. Ya había tenido bastantes situaciones difíciles por un día. Primero Josh, después Randy…

—Buddy también ha llamado hace un rato. Cuando me ha oído no se ha quedado un poco extrañado —dijo Booker—. ¿Le has dicho que soy homosexual o algo así?

—No le he mentido. Aunque no estaba demasiado encantado con mi decisión. Dice que será mejor que en el futuro le cuente mis planes, y que la comunicación es clave de toda relación.

Booker sonrió y se rascó la cabeza.

—Me parece que no tiene mucha testosterona.

—No es el típico macho, si es lo que te imaginabas. Es un hombre tierno y discreto, que traerá a mi vida el equilibrio emocional que necesito.

—¿Lo dices porque le da miedo comprometerse?

—No tiene miedo de comprometerse.

—Ha pospuesto la boda tres veces, Rebecca. No hace falta ser psicólogo para ver que se lo está pensando.

—Para nada. Lo que pasa es que está muy unido a su familia y quiere que todos vengan a la boda.

—Seguro que es el niño bonito de mamá.

Rebecca se incorporó en el sofá.

—Deja de ser tan negativo, Booker. Cuando lo conozcas, seguro que te cae bien.

—Rebecca, tu padre al teléfono otra vez —los interrumpió la voz de la abuela Hatfield.

Para ser una anciana menuda de menos de metro sesenta, con el pelo canoso, la piel translúcida y huesos frágiles, la mujer tenía un buen vozarrón. Rebecca se puso en pie.

—Justo estaba saliendo por la puerta, Hatty —dijo—. ¿Te importa decirle que he tenido que ir a mi antigua casa a terminar de recoger las cosas?

—Pero son casi las diez, querida. ¿Estás segura de que quieres ir ahora?

¡Sí! Rebecca querías lavarse las manos de todo su pasado y concentrarse en lo nuevo. Y no quería tener que levantarse pronto por la mañana a terminar de recoger sus cosas. No tenía que trabajar hasta las diez.

—Me temo que son cosas importantes —le dijo—. Dile que pasaré por su despacho mañana a la hora de comer.

Hatty no dijo nada. Rebecca dio un golpe a Booker con la rodilla.

—¿Quieres venir conmigo?

—No especialmente —dijo él—. Estoy cansado.

Ahora que tenía de nuevo un compañero de piso, Rebecca detestaba tener que ir sola.

—Si me acompañas, mañana te invito a un helado —sugirió ella con una sonrisa.

Como resignado a su destino, Booker apagó el televisor, tiró el mando al sofá y se puso en pie.

—Cuando te dije que podrías vivir aquí no me imaginaba que fueras tan pesada —refunfuñó.

Rebecca le dedicó una encantadora sonrisa.

—Sin mí estarías más aburrido que una ostra.

—No me vaciles, solo porque seas la única persona de este pueblo a la que puedo tolerar, además de esa monada de Katie.

—Katie solo tiene veintitrés años —exclamó Rebecca.

—Es mayor de edad desde hace cinco —dijo él siguiéndola a la puerta de la casa y a su coche.

—No creo que te haga mucho caso –dijo Rebecca–. Lleva una eternidad colgada del hermano mayor de Josh Hill.

—¿El hermano mayor? ¿No has dicho que solo tiene veintitrés años?

Rebecca abrió las puertas del coche, se sentó al volante y buscó un suéter en el asiento de atrás.

—Así es.

—¿Y cuántos años tiene el hermano de Josh?

—Pues calculo que… treinta y seis –la música sonó a todo volumen en los altavoces en cuanto puso el motor en marcha.

—Trece años de diferencia. Le deben de gustar los hombres maduros –dijo Booker con una complacida sonrisa–. Como yo, por ejemplo.

Rebecca no pudo evitar una carcajada.

—Buena suerte.

Pasaron quince minutos discutiendo sobre qué emisora de radio escuchar, música country o rock de garaje. Booker seguía tratando de buscar algo especialmente repulsivo cuando Rebecca aparcó en la entrada de su anterior casa de alquiler.

—No me lo puedo creer –murmuró mirando al césped de la entrada con perplejidad.

—Esto sí, esto es música –dijo Booker al encontrar una emisora de guitarras chirriantes y alguien gritando al micrófono.

—La llave. Tenía que haber insistido en que me devolviera la llave –siguió murmurando Rebecca.

—¿De qué estás hablando?

Por fin Booker levantó la cabeza y miró hacia fuera. Y se le cayó la mandíbula a los pies.

—¿Qué es esto?

—Mis muebles –gimió ella–. Todo lo que Josh me ayudó a llevar al guardamuebles. Tenía la copia de la llave de mi trastero, y el muy cerdo lo ha vuelto a traer todo aquí.

Era tarde pero Rebecca no podía dormir. Estaba preocupada por los muebles, que seguían en el jardín de su antigua casa de alquiler, y furiosa.

–Te vas a enterar, Josh Hill –masculló por enésima vez, paseando por la sala de estar de la casa como un gato enjaulado.

Por suerte Booker y su abuela estaban durmiendo, por lo que estaba sola con sus pensamientos, y por fin decidió llamar a Buddy.

–Hola, cariño –le dijo él.

–¿No duermes? –preguntó ella.

–No, estaba en Internet. Mirando juegos nuevos, ya sabes.

–¿Has encontrado algo interesante?

–Pues, sí. En una página de astrología que me dijo mi madre. Iba a mandártela, pero ya que has llamado te la leeré.

–¿Qué es? –preguntó ella.

–La prueba de que estamos hechos el uno para el otro.

–Oh. ¿De verdad?

Eso sonaba muy bien. Y era exactamente lo que Rebecca necesitaba en ese momento.

–Escucha, se titula *Lo que atrae a la mujer Escorpio*, y dice: «El tipo de hombre que te gusta parece inescrutable y posee un carisma y un magnetismo que insinúan pasión y ardiente sexualidad».

¿Ardiente sexualidad?

–Sigue –dijo Rebecca.

Era evidente que Buddy todavía no había llegado a la parte que se refería a él.

–«Eres tenaz y bastante posesiva –continuó él–, y buscas las mismas características en un hombre. Una sutil lucha de poder puede ser un aspecto seductor de la atracción. Los hombres que parecen misteriosos o aparentan tener oscuros secretos te intrigan y te atraen. Con frecuencia te gustan los hombres poderosos o peligrosos…».

–¿Poderosos? –dijo ella.

–Bueno, yo lo interpreto como seguros de sí mismos. Como yo, ¿no te parece?

–Oh, sí, claro, podrías ser tú –dijo ella, que no sabía que más decir. Hasta el momento no había mencionado ninguna de las características de Buddy–. Sí, tú eres… –carraspeó– misterioso, supongo.

—Pues escucha esto. «Si tienes Marte en Escorpio, tendrás pasiones fuertes y rezumarás un magnetismo sexual que atrae sobre todo a otros Escorpio».

—¿Se puede saber por qué me lees eso? —preguntó ella, con la voz un poco chillona—. Tú no eres Escorpio.

Rebecca no sabía si ella tenía a Marte en Escorpio o no, pero Josh Hill era el único Escorpio que conocía. Claro que era una información que no pensaba nunca compartir con Buddy. Su prometido no entendería jamás su relación ni su pasado con Josh.

—Me has interrumpido en lo mejor —dijo él—. Escucha: «Eres una seductora nata y te sientes especialmente excitada por la descarnada energía sexual de un hombre apasionado».

Rebecca se sentó. Tenía los ojos abiertos pero no veía nada. ¿No se había equivocado de número? ¿No sería Josh gastándole una broma?

—¿Lo ves?, eres una seductora —oyó la voz de Buddy.

—Oh —dijo ella—. Y tú eres el hombre con descarnada energía sexual.

—Por supuesto.

¿Entonces por que imaginó la cara de Josh mientras Buddy le leía aquella tontería?

—Después de leer una cosa así —continuó Buddy—, el dinero extra que voy a gastar para ir al aniversario de tus padres es dinero bien gastado, ¿eh?

Rebecca respiró profundamente y trató de tomar cierta perspectiva. Solo era un horóscopo. No significaba nada.

—Tengo muchas ganas de verte, Buddy —dijo—. Pero estoy agotada. Mejor hablamos mañana.

—Adiós, mi preciosa seductora.

Rebecca sacudió la cabeza y colgó. ¿Por qué diablos le había leído aquello? ¿No se daba cuenta de que ninguna mujer lo describiría como sexualmente apasionado? ¿Ni misterioso? Buddy tenía muchas cualidades y sería un excelente esposo, pero la pasión sexual no estaba entre sus fuertes. Ni tampoco ninguna de las otras características que le había leído.

La culpa era de Josh. Si no se hubiera puesto enfermo la noche anterior, obligándola a darle un masaje, no imaginaría su cara y su cuerpo cada vez que oía el término «deseo sexual»...

Rebecca sacó la guía telefónica y buscó el número del rancho donde Josh vivía con su hermano. No le hacía ninguna gracia lo que había hecho con sus muebles, y quería que lo supiera.

El teléfono sonó al menos veinte veces antes de que alguien respondiera, pero Rebecca se dio cuenta enseguida de que era Josh.

–¿Diga?

Rebecca abrió la boca para decir algo de los muebles, pero en realidad en la cabeza solo tenía aquel ridículo horóscopo.

«Si tienes Marte en Escorpio, tendrás pasiones fuertes y rezumarás un magnetismo sexual que atraerá sobre todo a otros Escorpio».

–¿Diga? ¿Quién es?

Rebecca titubeó. Aún medio dormido, Josh resultaba de lo más sexy.

–Tú no tienes energía sexual –le espetó de repente ella, sin poder contenerse–. Ni una pizca. Ni eres tenaz ni posesivo, bueno sí, a lo mejor eres tenaz y posesivo, pero no eres seductor, y no me atraes. De hecho...

–¿Rebecca?

–¿Qué?

–De lo otro no tengo ni idea, pero aquí hay energía sexual de sobra –dijo él –. Cuando quieras pasar de tu prometido y averiguar cuánto, pásate por aquí.

Furiosa y frustrada, Rebecca apretó los puños.

–¡No me acostaría contigo aunque fueras el último hombre de la tierra! –exclamó, y colgó.

–¿Quién era? –preguntó Mike en la puerta del dormitorio de Josh, con los pelos de punta hacia un lado.

Josh se echó a reír y colgó el teléfono.

–Rebecca. Quería darnos las gracias por ayudarla con la mudanza.

10

El edificio del ayuntamiento estaba situado junto al de correos y a solo una manzana de la peluquería. Rebecca terminó con su clienta de las once y fue a ver a su padre. Allí, su secretaria le dijo que su padre la atendería enseguida.

Poco después, la puerta del despacho se abrió y Doyle Wells salió a recibir a su hija.

–Entra –dijo totalmente serio, haciéndose a un lado para que entrara.

La secretaria los miró por encima de las gafas, probablemente tan sorprendida por el tono formal de su voz como Rebecca, pero no dijo nada.

Rebecca siguió a su padre y este cerró la puerta antes de sentarse a su escritorio.

–Siéntate.

Rebecca miró el reloj, deseando no haber ido. La actitud de falsa calma no presagiaba nada bueno.

–Solo tengo diez minutos, papá. Fanny Partridge viene a hacerse una permanente a la una y aún no he comido.

Su padre no respondió. Se sentó detrás de su mesa, unió las manos por las puntas de los dedos y la miró.

–Ya no eres una niña, Rebecca –dijo con una voz inesperadamente serena–. Ya no puedo decirte qué tienes que hacer.

–Lo sé –dijo ella, pensando que había tardado bastante en llegar a esa conclusión.

–Pero lo que te puedo decir es que relacionarte con Booker Robinson es un grave error.

—Booker y yo solo somos amigos, papá.
—Es la oveja negra de su familia. Siempre lo ha sido.
«Y yo de la mía, pensó Rebecca recogiéndose el pelo detrás de las orejas.
—No te preocupes. Cuando me casé me iré.
—¿Sabe Buddy dónde estás viviendo?
—Por supuesto.
—¿Y no le importa?
—No, es solo temporal.

Doyle Wells se levantó y se acercó a la ventana. Allí, apoyando la mano en el alféizar miró hacia el exterior, a los cuidados jardines que rodeaban el edificio municipal.

—Te lo digo en serio, Rebecca, casi me has matado. No sé cuánto más podré soportar.

Rebecca no dijo nada.

—Siempre tiene que ser una cosa u otra, ¿no? —continuó el padre—. Con tus hermanas lo tuve fácil. Incluso los hijos de los vecinos, como Josh y su hermano, se han convertido en personas respetables y responsables —Doyle Wells suspiró y sacudió la cabeza—. No sé en qué nos equivocamos contigo. Lo que sí sé, a ciencia cierta, es que intentamos enseñarte las mismas cosas que a ellas.

Rebecca apretó las manos en el regazo.

—A lo mejor soy como Booker —dijo ella—. La oveja negra de la familia.

Irguiéndose cuan alto era, su padre suspiró.

—Es probable. En cualquier caso, tu madre cuenta con esa boda. Cree que cuando te cases todo se arreglará, así que no se te ocurra hacer nada para estropearlo. ¿Puedes hacernos ese favor, Rebecca?

Rebecca pensó en el nuevo retraso de la boda y supo que, cuando sus padres se enteraran, lo verían como una consecuencia de haberse ido a vivir con Booker. O a su carácter imprevisible e indomable.

Rebecca abrió la boca para decírselo y terminar de una vez, pero recordó la fiesta de aniversario y lo pensó mejor. Si se lo decía ahora, seguro que arruinaría la celebración.

No podía hacerlo. Solo faltaban doce días. Ya la culparían después de la fiesta.

—Lo intentaré, papá —dijo y se fue.

Cuando Rebecca volvió a la peluquería, Katie le dio una llave.

—La ha traído Josh Hill.

Rebecca se quedó mirando a la palma de la mano. Era la otra llave del trastero. Después de lo que había hecho, jamás pensó que Josh tuviera la desfachatez de pasarse por la peluquería a devolvérsela.

—Menudo valor —dijo ella.

—Di todo lo que quieras —dijo Katie—, pero no hay nadie tan guapo como él en cien kilómetros a la redonda. Excepto su hermano, por supuesto.

La puerta se abrió y entró Mary Thornton. Mona le hacía la manicura cada dos semanas

—Hola a todas —dijo la recién llegada con una forzada sonrisa.

—Hola, Mary. Enseguida estoy contigo —dijo Mona, que estaba preparándolo todo en su mesa—. Ven y siéntate.

—Precisamente estábamos hablando de tu novio —dijo Katie.

Mary se quitó las gafas de sol y las metió en el bolso junto con las llaves del coche.

—¿Y qué estabais diciendo de él?

—Que está como un tren.

—Y forrado, lo que desde luego también ayuda —dijo Mary sonriendo orgullosa.

Rebecca apretó los dientes y fue hacia su tocador, con la intención de no entrometerse. No, no iba a decir nada.

—¿Cuándo crees que os casaréis? —preguntó Katie.

Mary se sentó en la silla de la manicura.

—Creo que en diciembre puede ser una buena fecha. Me gustaría darle a Ricky un padre para Navidad. ¿A que estaría bien?

«Fenomenal», pensó Rebecca. Así ella sería la última de su edad en casarse.

—No sabía que estabais prometidos —dijo por fin, incapaz de guardar silencio por más tiempo.

Mary se volvió para mirarla.

—Bueno, no es oficial, pero todo el mundo sabe que es cuestión de tiempo —explicó Mary—. Llevamos juntos seis meses.

Rebecca recordó la respuesta de Josh cuando le preguntó si pensaban casarse pronto, y desde luego no parecía estar tan seguro como Mary. Y también sus palabras por teléfono cuando le dijo: «Si quieres pasar de tu prometido y averiguar cuánto, pásate por aquí».

Ni siquiera mencionó a Mary. Seguramente porque no eran más que palabras, concluyó Rebecca. Josh la había invitado sabiendo que ella nunca aceptaría. Sin embargo, parecía lejos de querer pasar por el altar.

—Bueno, el dinero no lo es todo.

—No, pero Josh lo tiene todo —le aseguró Mary riendo.

Rebecca lo sabía perfectamente. Era lo que llevaba oyendo toda la vida. Sobre todo a su padre. Pero no estaba dispuesta a admitir ante nadie, ni siquiera ante sí misma, que en el fondo estaba totalmente de acuerdo.

—¿Qué hace su hermano últimamente?—preguntó Katie a Mary—. ¿Sigues saliendo con esa mujer de McCall?

Katie trató de formular la pregunta sin mostrar demasiado interés, pero no lo consiguió. Sin embargo, Mary estaba tan atareada en alardear de sus planes de futuro con el hombre más admirado de Dundee que no se dio cuenta.

—Creo que sí —respondió un tanto ausente—. Supongo que también él se casará pronto.

Una expresión de tristeza cubrió el rostro de Katie, pero Mona ya había empezado a hacer la manicura a Mary, y Rebecca fue la única que se dio cuenta.

—Esas cosas nunca se saben, Katie —le dijo con un guiño—. Una boda no es una boda hasta que los dos están delante del altar diciendo «sí, quiero».

Katie sonrió agradecida, pero fue Mary quien respondió.

—Oh, la nuestra es prácticamente como si ya estuviéramos casados —dijo—. Solo nos falta fijar la fecha.

***

Rebecca cerró los ojos, bebió un primer sorbo de café y se dijo que por fin podía relajarse. Estaba en el restaurante Jerry's, a salvo de las exigencias y caprichos de la abuela Hatfield.

—Me dijiste que solo tendría que hacer unas cuantas cosas, nada de especial —se quejó ahora a Booker, sentado frente a ella.

Booker todavía no estaba bastante despierto. Rebecca lo había sacado de la cama antes del alba y arrastrado hasta el pueblo a desayunar para no tener que oír a su abuela aporrear la puerta de su dormitorio a las siete de la mañana para pedirle algún favor. Aunque parecía una mujer frágil y anciana, Rebecca ya se había dado cuenta de que la anciana Hatfield sabía lo que quería y cómo conseguirlo. De momento ya la había ayudado a hacer mermelada, barnizar los armarios de la cocina y etiquetar las estanterías del sótano. Booker tampoco se libraba. A él le había tocado cambiarle el aceite del coche, inflar las ruedas, arreglar unos aspersores, organizar el cobertizo y ahora estaba en proceso de limpiar el garaje, algo que no se había hecho desde la muerte de su abuelo hacía veinte años.

—Antes me encantaba que llegara mi día libre —dijo ella, removiendo la sacarina en el café—. Me levantaba tarde, hacía la colada, iba de compras... —dejó caer la cuchara en la taza—. Oh, Dios mío, y yo que creía que había llegado al tope de mi mala suerte.

—¿De qué estás hablando? —preguntó Booker.

—No te vuelvas, pero acaba de entrar Josh Hill.

Sin molestarse en dejar el tenedor, Booker se volvió inmediatamente en su asiento a mirar a Josh.

—¡Booker! ¡Te he dicho que no mires! —le susurró Rebecca—. No quiero que me vea. Ya estoy harta de él y de su novia.

Pero era demasiado tarde. Josh ya los había visto, y desde luego había reparado en la poco amistosa mirada de Booker porque se la estaba devolviendo con intereses.

—Hola, Josh, ¿hoy solo mesa para uno? —oyó Rebecca decir a Peggy, una de las camareras.

—Para dos —dijo él sin romper el contacto visual con Booker.

—Pasa de él y come —murmuró Rebecca.

Booker le hizo tanto caso como la primera vez. Sonrió malévolamente a Josh mientras la camarera lo acompañaba hasta su mesa. Rebecca se dio cuenta de que no era invisible, así que, cruzando los brazos, alzó la barbilla y observó al enemigo acercarse.

Como era de esperar, Josh reconoció el desafío en su mirada y cuando llegó a su mesa se detuvo y se llevó la mano al ala del sombreo a modo de saludo. ¡Incluso tuvo la audacia de dirigirle una de sus pícaras sonrisas, la que le dibujaba el oyuelo en la mejilla derecha, como si no hubiera dejado sus muebles en la calle, al alcance de cualquiera! Booker y ella tardaron dos días en devolverlo todo al guardamuebles.

—¿Que tal la mudanza? —preguntó.

—Muy bien —respondió ella con la columna rígida como el palo de una escoba y forzando una encantadora sonrisa—. Gracias a mi amigo Booker.

—¿Te dieron la llave? —preguntó él.

—Sí, me la dio Katie.

—Tu mesa es ésa —lo interrumpió brevemente Peggy señalando una mesa a poca distancia.

Josh asintió y la mujer corrió a atender a los clientes que esperaban en la entrada.

—Bueno, la próxima vez que quieras despertarme por la noche, no te molestes en llamar, Rebecca. Mejor te pasas por casa —lo invitó, y le guiñó un ojo.

Después sonrió a Booker y se sentó a la mesa al otro lado del pasillo.

—¿A qué ha venido eso?

—A nada —refunfuñó ella—. Josh debe de tener algún problema, pero no sé cuál.

Booker se metió un trozo de beicon en la boca, y después el otro.

—Yo sí lo sé, ya te lo he dicho.
—¿Cuál?
—Lo tienes loco.
—¡Me dejó los muebles en el jardín!
—¿Y?
—Tienes una visión muy simplista de la vida —dijo ella.
—Ya me lo has dicho.
—Y supongo que crees que debo mandarlo al infierno.
—Exactamente, eso es lo que creo.

Rebecca estaba de acuerdo con él, pero no dijo nada. Mary Thornton acababa de llegar y al pasar junto a su mesa les sonrió con condescendencia.

—Es una pena que sea tan estirada —dijo Booker sacudiendo la cabeza—. Porque tiene un buen trasero.

La camarera les llevó la cuenta y Rebecca enseguida sacó la tarjeta de crédito.

De repente, la casa de Hatty no parecía tan mal lugar. Hacer pepinillos en vinagre era desde luego preferible a ver a Josh y Mary comer en la mesa de al lado.

—No quiero hablar del trasero de Mary —dijo Rebecca cuando la camarera se alejó.

—Vale —dijo Booker metiéndose otro bocado de comida en la boca—. ¿Podemos hablar de Katie? ¿Ya me has conseguido invitación para el fiestorro de tus padres?

—Ni siquiera entiendo por qué quieres ir. Ya sabes que mi padre te detesta, y le ha dicho al jefe de policía que no te pierda de vista.

—Barney Fife puede seguirme todo lo que le dé la gana. Aunque se va a aburrir mucho. No creo que sea muy divertido verme limpiar el garaje de mi abuela.

Rebecca se echó a reír de buena gana. Independientemente de lo que dijeran los demás sobre Booker, a ella le caía cada día mejor.

—Llamaré a mi padre cuando llegue a casa. Lo peor que puede pasar es que me diga que no.

—Así se habla —dijo Booker—. ¿Quieres el resto de mis tortitas?

–No.

Rebecca quería concentrarse en la conversación con Booker, pero no pudo evitar tratar de escuchar la voz de Josh.

–¿Que quieres tomar? –oyó preguntar a Mary.

–Lo mismo que tú –la oyó responder a ella, y Rebecca apretó los dientes.

¿Es que no tenía opinión ni gustos propios?

Se volvió para mirarlos y casi sintió ganas de vomitar. Mary contemplaba a Josh con adoración en los ojos, con una solícita mano apoyada en el brazo masculino.

«Que se casen», pensó ella. El capitán del equipo de fútbol y la jefa de las animadoras del instituto. «Y que tengan un montón de hijos tan bobos y superficiales como su madre». De todos modos ella estaba a punto de largarse de Dundee para siempre.

–¿Rebecca?

–¿Mmm? –dijo ella, todavía ausente.

–¿Puedes decirme por qué te has quedado de repente tan pensativa?

–Por nada –dijo ella sin mirarlo a los ojos–. Nos vamos cuando quieras.

Booker no dijo nada, y cuando ella creyó que el peligro había pasado, levantó los ojos, pero él la estaba observando con detenimiento.

–Empiezas a darme miedo, cielo –dijo.

Rebecca bebió un trago de café, a pesar de que se había quedado helado.

–¿Qué quieres decir?

Booker se inclinó hacia delante y bajó la voz.

–Por un momento me ha dado la impresión de que Josh Hill te gusta tanto como tú a él.

–¿Qué dices? ¡Estás loco!

Booker soltó una risita y no continuó con el tema, pero Rebecca supo que no la creía.

***

Tumbada en la cama, con los pies colgando por uno de los lados, Rebecca miraba el mensaje que le había entregado Hatty nada más entrar.

Buddy no puede venir la semana que viene. Le ha surgido algo. Pero dice que no te preocupes por el billete, que no llegó a comprarlo. Llámalo cuando puedas.

Rebecca arrugó el papel y lo tiró a la papelera. ¡Maldita sea, ¿cómo podía perderse la fiesta de aniversario de sus padres? Le había dicho lo importante que era para ella. Poco después de la fiesta tenía que anunciar que habían vuelto a posponer la fecha de la boda, y para no tener que aguantar el inevitable escepticismo no solo de su familia sino de todo Dundee, necesitaba que Buddy sonriera y la abrazara delante de todos haciéndoles saber que todavía quería casarse con ella. Y ahora que Josh estaba por lo visto a punto de prometerse y solo faltaban unas semanas para que Delaney diera a luz, Rebecca tenía la sensación de que la vida iba pasando dejándola de lado mientras la abuela Hatty la explotaba laboralmente. Casi se podía imaginar a sí misma en la cocina de aquella misma casa etiquetando botes de conserva a los cincuenta y cinco años...

—¿Rebecca? —la llamó Hatty desde abajo—. Quiero que vayas a comprar unas cosas al supermercado, cielo. No te llevará mucho tiempo.

Rebecca se tapó los oídos para no oírla. Eran las ocho de la tarde del lunes, el final de su día libre, y todavía no había tenido un rato para ella.

—Yo voy, Beck —gritó Booker.

Booker llevaba todo el día tratando de convertir un enorme árbol muerto en leña, y Rebecca sabía que tenía que estar el doble de agotado que ella, así que se levantó de la cama.

—No, yo voy, Booker —gritó—. Ahora bajo.

Rebecca miró el teléfono y pensó en hacer una rápida llamada a Buddy. Quería decirle que tenía que ir a la fiesta, aunque dudaba que pudiera convencerlo. Lo más probable era que él lo tuviera decidido desde el principio. Si no, habría comprado el billete de avión.

—¿Qué pasa? —preguntó Booker en cuanto la vio bajar por las escaleras.

—Buddy no viene a la fiesta de aniversario —dijo ella.

Rebecca esperaba algún comentario sarcástico de aquel hombre duro que no solía hacer concesiones, pero en lugar de eso Booker sonrió comprensivo y fue a buscar su abrigo.

—Voy a comprar contigo.

—¿Vais los dos? —a Hatty la idea no pareció hacerle mucha gracia—. Porque quería que echaras un vistazo al lavabo de mi cuarto de baño. Creo que gotea.

—Lo siento, abuela —Booker le dio un beso en la mejilla—. Lo miraré por la mañana. ¿Dónde está la lista de la compra?

La abuela sacó un cuaderno de su bolso.

—Toma, y que me lo pongan en mi cuenta. Y no te olvides de preguntar al encargado si tiene plátanos sueltos. Los venden mucho más baratos, pero hay que preguntar, no los sacan a la frutería. Ah, y tráeme un folleto para ver las cosas que tienen en oferta la semana que viene. Espero que sea carne para estofado. Hace mucho que no la tienen en oferta, y me encantaría preparar uno.

—¿Cuánto se ahorraría con la oferta? —preguntó Rebecca.

—Hasta tres dólares —la informó Hatty con orgullo.

Rebecca no lo entendía. ¿Merecía la pena esperar semana tras semana, mes tras mes, para ahorrar tres dólares?

—¿Crees que Buddy también querrá que busque las ofertas como tu abuela? —preguntó a Booker camino del coche.

—No sé. ¿Te ha dicho por qué no viene a la fiesta?

—Algo de trabajo.

—¿O sea que no era por el billete de avión?

Rebecca sospechaba que tenía mucho que ver, y probablemente por eso le irritó tanto ver la actitud de Hatty con la compra. De repente todo el mundo se había vuelto tacaño.

—No lo sé. No llegó a comprarlo, a pesar de que le dije bien claro que quería que viniera.

—No dice mucho de sus intenciones —dijo Booker.

Rebecca asintió. Ni tampoco el hecho de que hubiera retrasado la fecha de la boda por tercera vez.

Booker le quitó el bolso y la lista de la compra de la mano.

−¿Qué haces? −preguntó ella.

−No vamos a la compra −respondió él, dejando ambas cosas en la entrada de la casa, y señalando hacia su moto con la cabeza−. Tú y yo nos vamos a dar una vuelta en la moto.

−¿Y tu abuela?

−Le traeremos los plátanos sueltos por la mañana.

11

Rebecca había pensado en llamar a su padre para preguntarle si podía invitar a Booker a la fiesta de aniversario, pero desde la reunión en su despacho no había vuelto a hablar con él ni con nadie de la familia, y ahora que ya había llegado el día, era demasiado tarde.

Aparcó el coche detrás de un todoterreno negro y vio tantos coches aparcados en la calle que le entraron ganas de dar media vuelta. Llevar a Booker sin la invitación expresa de su padre no era una idea muy inteligente, pero tampoco creía que su presencia hiciera daño a nadie. Además, ella no podía decirle que no era bien recibido. Después de todo lo que había hecho por ella: no solo ofrecerle una casa para vivir, sino ayudarla con la mudanza y apoyarla cada vez que Buddy se portaba como lo que era, un idiota.

Además, Rebecca sabía perfectamente lo que era ser el centro de todos los reproches y rumores y no iba a distanciarse de Booker solo porque las personas respetables de Dundee no lo consideraran una persona aceptable. Booker era su amigo, y ella estaría a su lado.

Aunque le gustaría que su apoyo no implicara también una alta probabilidad de montar una escena.

–Si no te gusta no nos tenemos que quedar mucho rato –le dijo ella bajando del coche–. Pero yo tenía que venir.

–Vale –dijo Booker con indiferencia.

Rebecca pensó en decirle que quizá no fuera bienvenido, pero prefirió no hacerlo. Estaba segura de que, aunque la desheredaran después de la fiesta, su familia lo trataría con las mínimas reglas de cortesía. Además, Booker se había puesto muy elegante para la fiesta. Peinado, afeitado y enfundado en unos chinos color caqui y un polo a juego, estaba incluso muy atractivo.

Rebecca abrió el maletero, sacó la ensalada de pollo que había preparado para la fiesta y se la dio a Booker. Ella se dirigió a la casa con el regalo de sus padres, una hamaca para el porche de atrás.

Desde el jardín llegaba la música en directo de un grupo local, y a juzgar por las animadas voces más allá de la puerta principal, todo el mundo lo estaba pasando bien, así que cuando Rebecca y Booker entraron, ésta se dijo que el repentino silencio que se hizo era solo fruto de su imaginación.

Lentamente todos se volvieron a mirarlos. Su madre se llevó una mano al corazón, sus hermanas se taparon la boca, y su padre se puso tan rojo que parecía el enanito Gruñón. Algunas personas como Mary Thornton empezaron a cuchichear, mientras otros, como los padres de Josh, no pudieran evitar unas risitas.

Rebecca se dio cuenta enseguida de que llevar a Booker a la fiesta era peor de lo que había imaginado, pero ya estaban allí y no le quedaba más remedio que seguir al pie del cañón y poner al mal tiempo buena cara. Con una radiante sonrisa, pasó un brazo por el de Booker y deseó haber llegado un poco más tarde, al menos cuando estuvieran allí Delaney y Conner, para tener al menos un aliado.

–¿Por qué no llevamos la ensalada a la cocina? –sugirió a Booker como si no hubiera cincuenta pares de ojos clavados en ellos.

Booker miró a los perplejos asistentes y a ella de nuevo, pero antes de poder decir nada, la madre de Rebecca se acercó y besó a su hija en la mejilla.

–Hola, me alegro de que hayáis venido –dijo con su tono más cordial, clara indicación de que pensaba portarse como la perfecta anfitriona–. La comida está en la cocina, y el champán en la mesa del comedor.

Su madre se dirigió a ella como si fuera una simple conocida, no su hija, pero al menos los saludó.

–Gracias –dijo Booker.

Fiona Wells asintió tensa y se alejó.

Greta fue la siguiente en acercarse y, mientras abrazaba a su hermana, le dijo al oído:

–¿Te has vuelto loca? Todo el mundo cree que estáis liados. ¿Cómo se te ha ocurrido traerlo?

Pero cuando se separó sonrió como si no hubiera dicho nada desagradable e inmediatamente se presentó a Booker.

Rebecca buscó a su padre con los ojos, y lo encontró junto al cuenco de ponche mirándolos como si quisiera asesinarlos. Evidentemente nadie le había dicho que tenía que seguir la corriente y guardar su ira para más tarde.

–Ya veo que tu padre se alegra de vernos –dijo Booker en voz baja.

–Pasa de él –dijo Rebecca, apretándole el brazo.

Se dirigía hacia el bufé cuando Rebecca notó que alguien la sujetaba por el codo. Josh Hill. No lo había visto hasta entonces. Sorprendentemente, este les sonreía.

–Booker, me alegro de que hayas venido–dijo.

Booker asintió una vez, y los ojos de Josh se clavaron en Rebecca.

Josh llevaba vaqueros y botas con una camisa roja abrochada hasta el cuello que no se diferenciaba mucho de los vaqueros y camiseta que llevaba normalmente. Pero a él todo le quedaba bien, y el color rojo resaltaba el rubio de su pelo y el gris verdoso de sus ojos.

–Tú estás tan guapa como siempre, Rebecca –dijo Josh.

Rebecca estaba segura de que el cumplido era una forma de decir públicamente que los incluía en su círculo de amistades, al darles su apoyo delante de todos. Pero a ella no le gustó que se sintiera obligado a rescatarla de su propia familia y en su propia casa. Era la humillación definitiva, el contraste definitivo entre sus respectivas posiciones en la comunidad, incluso en la estima de su padre. Además, no iba a perdonarle tan pronto lo de los muebles.

–Lárgate –murmuró ella–. No te necesito.
Al oírla Josh sonrió con sinceridad.
–Bien, gracias –dijo en voz alta–. Gracias por preguntar.
–Me alegro. Así podrás llevar esto a donde vaya –dijo ella entregándole el regalo de sus padres y girando tan deprisa que casi se dio contra Katie, que acababa de llegar detrás de ellos.

Booker sujetó a la joven y guiñó un ojo a Rebecca, como si la hubiera arrojado en brazos de Katie a propósito.

Fingiendo estar encantada donde estaba, Rebecca los presentó. Booker sugirió que fueran a buscar una copa de champán y se llevó a Katie, dejando a Rebecca sola en medio de la fiesta.

¿Por qué no quería ser amiga suya?

Josh observaba a Rebecca jugar al billar en el sótano de la casa de sus padres. Era evidente que tenía buena relación con Billy Joe y Bobby West. Y Perry Paris. Y Booker, por supuesto. A veces se preguntaba si había algo más entre Booker y Rebecca, pero a juzgar por su actitud no lo parecía. De hecho, Booker se había pasado toda la fiesta intentando ligar con Katie, y Rebecca jugando al billar. Y ganando. ¿Cuándo había aprendido a jugar así?

–Estás aquí –dijo Mary acercándose a él por detrás y rodeándole la cintura con los brazos–. No sabía dónde te habías metido.

Josh bebió otro trago de cerveza y deseó que Mary lo dejara en paz al menos quince minutos. Quería ver la partida, y quería hacerlo sin comentarios.

–¿Te apetece jugar? –preguntó Mary, mientras le acariciaba irritantemente el abdomen con los dedos.

–Sí.

–¿No pensarás jugar con Rebecca, verdad?

–Pues sí –dijo apartándose de ella y dejando una moneda en la mesa detrás de la de Bobby West para marcar su turno.

No jugaba al billar con Rebecca desde la época del instituto, y entonces no le costaba ganarle, pero era evidente que la hija del alcalde había mejorado mucho, y ahora él solo jugaba de vez en cuando.

—Si quieres podemos ir al Honky Tonk y echar una partida allí —sugirió Mary, rodeándole de nuevo por la cintura con los brazos—. Y después podemos ir a tu casa.

Josh oyó la sensual insinuación en su voz, pero la idea de terminar en su casa con Mary no era tan tentadora como echar una partida de billar con Rebecca.

—Ahora no, me toca enseguida —dijo él, concentrado.

Billy Joe arañó el tapete y tuvo que sacar otra bola. Rebecca metió una de las dos rayadas que le quedaban, y Billy Joe metió dos lisas cuando a Rebecca solo le quedaba la negra. Rebecca estudió varios ángulos, tiró y sonrió al ver la bola negra entrar limpiamente en su sitio.

—¡Qué tía! —exclamó Billy Joe—. Siempre me ganas.

Rebecca se echó a reír y se metió el dinero de la apuesta del bolsillo.

—¿Crees que tu hermano me ganará?

—Puedes estar segura de que sí, preciosa —dijo Bobby.

Pero Rebecca lo destrozó con la misma facilidad que a su hermano y al terminar la partida se metió otro fajo de billetes en el bolsillo.

Josh apartó los brazos de Mary de su cintura y se metió entre los espectadores. Rebecca arqueó una ceja cuando lo vio.

—¿Lista para un rival de verdad? —le dijo Josh sonriendo a Billy Joe y Bobby.

—Es mejor de lo que crees, tío —le advirtió Billy Joe.

Rebecca lo miró y se apoyó una mano en la cadera.

—¿Cuánto? —preguntó desafiante.

Josh miró lo que tenía en el bolsillo.

—Cien pavos a que gano.

—Que sean doscientos y trato hecho.

—Oh, esta noche está a tope —dijo Billy Joe dejando otra moneda en la mesa.

—Creo que ya es hora de que alguien le baje los humos —dijo Josh, pero sabía que, incluso si ganaba, era muy difícil conseguir que Rebecca se humillara ante nadie.

—¿Ya estamos diciendo tonterías? —preguntó Rebecca.
—Doscientos pavos —Josh sonrió y colocó las bolas. Cuando terminó, le indicó la mesa—. Las damas primero.

Rebecca metió dos bolas lisas pero falló la tercera.

—Buen comienzo —dijo él untando el taco de tiza.

Josh estudió la mesa desde varios ángulos, fue por la número trece y la metió en una esquina. Después metió la diez, pero también la cinco de Rebecca.

—Muchas gracias por la ayuda —dijo ella, sonriendo.

Mary se acercó a él.

—Puedes con ella —le dijo casi con fiereza.

Josh levantó los ojos y vio que cada vez tenían más público, entre ellos su hermano Mike, Booker y Katie.

Rebecca tiró la siete haciéndola rebotar tres veces pero la bola no llegó a entrar. Se quedó a unos centímetros del agujero.

—Casi —murmuró.

Josh rodeó la mesa y estudió sus opciones. La doce estaba en buena posición, pero si la metía, daría a Rebecca la oportunidad perfecta de meter dos bolas más.

—Prueba con la nueve —le dijo Mike.

—La doce me gusta —dijo Josh—. Es peligroso pero me gusta. Creo que voy a ir por la doce.

La metió y entonces quedaron tres a tres.

—¿Qué me has dejado? —murmuró Rebecca, frunciendo el ceño.

Menos de las que a ella le hubiera gustado pero Rebecca logró meter la uno, una bola especialmente difícil, que le dio paso a un tiro fácil por el lado izquierdo, con lo que metió la tres. Después intentó meter la seis, pero, para alivio de Josh, rozó el tapete con el palo.

—Ah, qué lástima —dijo él sonriendo mientras devolvía la bola de castigo a la mesa, en ese caso las tres que había metido en la última jugada.

Estaban de nuevo empatados, pero no por mucho tiempo. Josh colocó la bola blanca delante de la catorce y señaló el agujero de la esquina izquierda.

—Va ahí —dijo, y la metió.

En ese momento, Booker se acercó a la mesa y susurró algo Rebecca.

Josh procuró que aquella muestra de complicidad no le irritara, pero el hecho de haber perdido tan pronto su condición de amigo mientras Booker continuaba manteniendo la suya le dolía profundamente. ¿Qué tenía Booker que no tuviera él? Seguramente unos cuantos tatuajes.

Rebecca pasó delante de él y Josh aspiró la misma suave fragancia de la noche que le dio el masaje en su casa. Era el mismo olor que impregnaba su cama y que se mezclaba con toda la experiencia: las velas, el aceite templado, las manos de Rebecca deslizándose por su cuerpo. Josh había pensado mucho en aquella noche, e incluso más en la mañana siguiente, cuando estuvieron tan cerca que hubiera podido lamerle los labios sin moverse. Pero en ese momento, tuvo que recordar que ella estaba prometida, que él tenía novia, y que Rebecca era la última mujer en el mundo con la que...

—Venga, tío —dijo Mike dándole un codazo—. Te toca.

Josh parpadeó. Rebecca había vuelto a meter las tres bolas. Si no tenía cuidado, Rebecca terminaría ganando la apuesta.

Josh se inclinó hacia delante, apuntó y metió la nueve en una esquina. Después hizo lo mismo con la once y se preparó para la quince. Quedaban dos lisas contra una rayada. Por fin iba ganando.

Levantó la cabeza y vio a Rebecca mordisqueándose el labio inferior. La vio inclinarse hacia Booker y decirle algo, y a este susurrarle algo al oído.

Josh procuró que eso no lo desconcentrara, pero le molestaba que se hubieran hecho tan buenos amigos en tan poco tiempo.

Frunciendo el ceño tiró, pero falló, dando una gran ventaja a Rebecca, quien sonrió a Booker y metió la siete limpiamente en el agujero.

—Te lo he dicho —le dijo Booker riendo—. Ahora mete la bola cuatro aquí... —señaló un lado de la mesa.

—No, la bola ocho está en medio —protestó ella.

Rebecca intentó meter la bola en una esquina y falló.

—Tenías que haberme hecho caso —dijo Booker—. La próxima vez...

—Eh, ¿con quién estoy jugando, con ella o contigo? —le espetó Josh.

Los dos lo miraron sorprendidos.

—¿Te molesta mucho que Booker me dé su opinión?

—No —dijo él, sintiéndose de lo más ridículo por haber perdido tan tontamente los nervios.

Rebecca hizo una indicación a Booker para que se retirara.

—Puedo ganarte sola —dijo—. No necesito a nadie.

Josh se dio cuenta de que su reacción había sido demasiado elocuente y no respondió. Metió la quince en la esquina más cercana y apuntó a la última bola, la negra. Un tiro y la partida habría terminado. Lanzó la negra hacia una esquina, pero sin querer rozó la cuarto de Rebecca y la metió.

—Lástima —dijo Rebecca con una hipócrita sonrisa y se preparó para terminar—. Despídete de tu pasta.

Rebecca metió la bola negra y la partida terminó. Todos la felicitaron, murmurando lo buena que era.

—¿Quieres firmarme un talón? —preguntó Rebecca a Josh.

—No puedo creer que te haya ganado —dijo Mary acercándose a él, con expresión de incredulidad.

Josh miró la mesa vacía y se frotó el mentón. Él tampoco podía creerlo. Y quería la revancha.

—Doble o nada —dijo.

—¡Josh! ¡Son cuatrocientos dólares! —exclamó Mary.

Josh la ignoró.

—¿Qué dices, Rebecca?

Rebecca abrió desmesuradamente los ojos, pero la tentación era fuerte.

—Tienes gente delante.

—No importa —se ofreció Perry—. Ahora me toca a mí. Yo le ofrezco mi turno.

Hubo un murmullo general de aprobación. Raras veces se veía en Dundee una puesta de cuatrocientos dólares por una partida de billar.

–Entonces parece ser que no hay problema –dijo Josh a Rebecca–. ¿Te interesa?
–¿Cuatrocientos dólares? –dijo ella.
–¿Te pone nerviosa?
Rebecca miró a Booker.
–Ni te lo pienses –le aseguró su amigo–. Puedes ganarle otra vez.

12

Le había ganado. Había ganado a Josh Hill. Y la sensación era fantástica. Entonces, ¿por qué le daba otra oportunidad, y por qué arriesgaba cuatrocientos dólares?

Porque ganar una vez no era suficiente. Quería ganarle una y otra vez hasta tener la total certidumbre de que era mejor que él en algo.

–Saca tú esta vez –le dijo Rebecca.

La sonrisa de Josh dejó claro que había entendido perfectamente el motivo del gesto: mostrarle su confianza en ganar de nuevo la partida. Y el dinero.

La partida fue más o menos como la anterior, con Rebecca manteniendo una pequeña ventaja en todo momento. Estaba a punto de ganar, apenas quedaban unas bolas, cuando entró su padre. Hacía un rato que el grupo de música había dejado de tocar y seguramente sus hermanas y su madre estaban esperando que fuera a ayudar a recoger.

–¿Me necesita mamá? –preguntó ella cuando su padre se metió entre el grupo de espectadores y apareció a su lado.

–Cuando termines.

–Dile que voy enseguida.

Pero su padre no se fue. Apoyó los nudillos en el borde de la mesa y estudió las bolas.

–¿Quién gana?

Rebecca, que había estado a punto de tirar, titubeó. No quería jugar contra Josh delante de su padre. No le importaba jugar contra ninguna otra persona, pero recordaba perfectamente la expresión de su padre cuando Josh le ganaba en algo. A veces incluso lo felicitaba dándole unas palmaditas en espalda, prueba evidente de que prefería que ganara él.

–Ella –dijo Josh.

–¿No me digas? –dijo el padre sorprendido.

Rebecca estiró el cuello. Untó la punta del palo de billar con la tiza y estudió la mesa. Estaba demasiado tensa para respirar, pero todo el mundo estaba expectante y tenía que terminar.

Rebecca respiró profundamente, se secó las palmas de las manos en los pantalones y se colocó para tirar. Entonces apuntó con el palo, tiró y falló.

–¿Cómo has podido fallar eso? –exclamó su padre–. Ese tiro estaba chupado.

Rebecca tampoco entendía cómo lo había fallado. Era un tiro prácticamente seguro, al cien por cien. Pero de repente se puso nerviosa. Parpadeó, asintió, se recogió el pelo detrás de las orejas y permaneció con los ojos clavados en la mesa.

Josh preparó el tiro y consiguió meter la bola seis. A Rebecca se le hundió el corazón al verla entrar en el agujero. Ahora solo quedaba la negra.

–Ya te ha ganado –dijo Doyle, en tono asqueado–. Te lo he dicho una y otra vez, tienes que mantener la mano firme. Si sigues jugando así nunca ganarás una partida.

Rebecca no respondió. No importaba que hubiera ganado la partida anterior, ni casi todas las partidas de la noche. Ésa era la partida que su padre estaba viendo, lo que significaba que era la única partida importante.

Josh calculó el tiro, que no era difícil. Un rebote en el extremo izquierdo y la negra se metería limpiamente en el agujero de la derecha. Fácil. Partida ganada.

Josh miró a Rebecca y a su padre antes de tirar. La bola negra rebotó en el lateral izquierdo y se dirigió en línea recta hacia el agujero de la esquina. Rebecca estaba tan segura de que iba a entrar que casi dejó el palo y empezó a sacar el dinero. Pero la bola no entró. Se detuvo al borde mismo del agujero.

Mary gimió y Billy Joe murmuró:

–Dios, casi la tenía.

Booker miró a Rebecca y sonrió. «Ahora es la tuya», le dijo con los ojos. «Puedes ganar».

Con un ligero asentimiento de cabeza, Rebecca metió la última bola a rayas en un agujero lateral, y después hizo lo mismo con la negra, apenas rozándola con la bola blanca.

—He ganado —dijo, mirando aliviada y esperanzada a su padre—. He ganado a Josh.

—Sí, ya. Ve arriba, tu madre te necesita —fue la respuesta de su padre, que en lugar de felicitarla se dio media vuelta y se fue.

—Qué valor, llevar a Booker a la fiesta de aniversario de sus padres —dijo Mary sentada junto a Josh en el todoterreno.

Mary no había parado de hablar desde que subió al coche. Josh solo la estaba escuchando a medias, hasta que la oyó mencionar a Booker y Rebecca.

—Son amigos —dijo él.

—Amigos y amantes, seguramente —lo corrigió ella.

—¿Quieres dejarlo ya? —dijo Josh, frunciendo el ceño—. Booker ha estado toda la noche detrás de Katie. No creo que Rebecca y él sean amantes.

—Seguro que no le importan los tríos —insistió Mary con malicia, volviéndose a mirarlo.

—No lo creo —dijo él, con la sospecha de que la experiencia sexual de Rebecca era mucho menor que la que le achacaba su reputación, reputación a la que él también había contribuido con falsos comentarios e insinuaciones.

—Se fue con aquel motero —le recordó Mary.

Josh detuvo el coche en un semáforo. Johnny Red. Ni siquiera un Ángel del Infierno pudo con ella, pensó él, lo que seguramente demostraba que él era afortunado de que ella no se sintiera tan atraída por él como a veces él lo estaba por ella. Aunque la lógica y las pruebas no siempre ayudaban. Y menos en momentos como aquel en su casa...

—Además, se ha ido a vivir con Booker estando prometida a otro hombre —continuó Mary—. ¿Y has visto la cara de Doyle? Creía que le iba a dar un ataque.

A Josh le preocupaba más la expresión de su padre cuando Rebecca ganó la partida. Una expresión que no reflejaba el placer ni el orgullo que esperó ver en él al fallar el último tiro a propósito. Josh habría pagado gustoso cuatrocientos dólares por ver al padre de Rebecca alegrarse al ver ganar a su hija, pero ni una sonrisa, ni una felicitación salió de sus labios.

Lo peor era que ahora entendía menos que nunca sus sentimientos por ella. En ocasiones, el temor a que ella sufriera le hacía reaccionar de la forma más ridícula, como intentar que se sintiera a gusto en casa de sus propios padres o perder una apuesta de cuatrocientos dólares.

Parte de él quería ser su amigo, pero todo él quería ser su amante, y el poco sentido común que le quedaba le advertía que no debía ser ni lo uno ni lo otro.

–Por no hablar de cómo se están aprovechando de la tía Hatty –continuó Mary, encendiendo la calefacción del coche–. Ya es bastante que Booker se aproveche de su abuela, pero ahora Rebecca también.

–¿Cómo sabes que se está aprovechando de ella? –preguntó Josh, sintiendo la irritación que a veces lo asaltaba cuando estaba con Mary.

–No creo que estén pagando alquiler.

–Eso no lo sabes –dijo él bajando la ventanilla. No podía soportar el aire caliente que salía por los ventiladores del coche–. De todos modos, Rebecca solo estará allí unas semanas, hasta la boda.

Era un alivio pensar que Rebecca no tardaría en casarse. Así terminaría la extraña atracción que sentía por ella. Además, después de la boda se mudaría a Nebraska y pronto podría olvidar lo ocurrido entre ellos aquella noche del verano anterior. Y todo lo demás.

Quizá cuando ella se fuera podría comprometerse con Mary y...

–¿Qué? –dijo cuando se dio cuenta de que Mary estaba callada y lo observaba con detenimiento.

–¿Por qué la defiendes tanto? –preguntó ella–. Nunca os habéis llevado bien.

—No la defiendo, solo que no quiero seguir hablando de ella.

—Ah. Entonces supongo que tampoco querrás saber de lo que me he enterado hoy en la fiesta.

Josh detuvo el coche delante de la casa de los padres de Mary, donde ella vivía desde su divorcio con su hijo Ricky.

—Si son más conjeturas sobre su vida sexual, no —dijo él.

—No. Es sobre la boda.

—No quiero saberlo —mintió él, aunque en el fondo se moriría de curiosidad.

—Vale —dijo ella. Se inclinó hacia delante y lo besó antes de salir del todoterreno—. Buenas noches.

—Buenas noches.

—Llámame en cuanto llegues a casa —dijo ella.

—Te llamaré mañana —dijo él, y bajando del todo la ventanilla se alejó.

Sin embargo, apenas había recorrido la mitad de camino hasta su casa cuando sacó el móvil y la llamó.

—Vale, me rindo, ¿qué es eso de la boda de Rebecca?

—Oh, ya veo que a ti también te pica la curiosidad —dijo ella sonriendo y prolongando el momento.

—Un poco —reconoció él.

—Han retrasado la fecha.

—¿Cómo lo sabes?

—Delaney se lo estaba contando a Conner mientras bailaban, y Candance lo ha oído. Por lo visto Rebecca estaba esperando a decírselo a sus padres hasta después de la fiesta de aniversario.

Josh recordó las palabras de Doyle en la peluquería y supo que al padre de Rebecca no le haría ninguna gracia. Para él, Buddy era el único hombre dispuesto a casarse con su hija, y su única manera de poner definitivamente punto y final a sus obligaciones paternales con su difícil hija menor.

—¿Y para cuándo han fijado la nueva fecha? —preguntó él.

¿Hasta cuándo tendría que seguir encontrándose con Rebecca por todo el pueblo?

—Candance no ha dicho nada —dijo Mary—. ¿Quieres venir y vemos una película?

–Esta noche no –dijo él–. Estoy cansado.
–¿Mañana entonces?
–Vale.

Josh colgó y, sintiendo un repentino estremecimiento, subió la ventanilla. ¿Qué pasaba con la boda de Rebecca? Ya era la tercera vez que retrasaban la fecha. ¿Acaso Buddy no quería casarse con ella?

Quizá su prometido se había dado cuenta de lo que todo Dundee sabía: que jamás podría dominarla. Por lo que le había dicho Doyle, Buddy era demasiado blando para Rebecca. Quizá por fin el joven había abierto los ojos a la realidad.

¡Pero Buddy tenía que casarse con ella, y cuanto antes! Solo así podría él continuar con su vida, sin correr el peligro de perder la cabeza y tomar la peor decisión de su vida: empezar a salir con ella.

Josh abrió el teléfono móvil y llamó a Katie Rogers. Sus madres eran íntimas, y desde pequeña fue como una hermana para él, aunque no tenía mucho contacto con ella, así que lo que quería pedirle iba a sonar un poco raro.

–Hola, Josh, ¿qué hay? –preguntó Katie al descolgar.
–¿Sabes el número de teléfono de Buddy, el prometido de Rebecca? –preguntó él directamente.
–Oh, él ha llamado algunas veces a la peluquería, sí, o sea que estoy segura de que el número estará en algún duplicado del cuaderno de mensajes. ¿Por qué?

Josh frenó y aparcó el coche.
–¿Tienes llave de la peluquería?
–Sí, todas tenemos llave. Nos turnamos para abrir y cerrar. ¿Por qué? –volvió a preguntar Katie.
–Por nada. ¿Puedes reunirte conmigo allí? –Josh encendió la luz interior del coche y miró el reloj. Era casi medianoche.
–Ahora.

Tras una pausa al otro lado del teléfono, Katie habló:
–Puedo –dijo–, pero no pienso ir a ningún sitio hasta que me digas qué le piensas hacer a Rebecca esta vez.
–Tranquila, Katie. No tiene nada que ver con Rebecca –le aseguró Josh–. Esta tarde en la fiesta alguien ha comentado que

Buddy está buscando un buen caballo como semental, y he pensado en llamarlo.

–Oh, vale –dijo Katie, un poco decepcionada de que no fuera algo más jugoso–. Yo tardo cinco minutos en llegar. ¿Dónde estás?

Josh metió una marcha y dio la vuelta al coche para regresar por donde acababa de llegar.

–Yo estoy allí en diez. Espérame.

–¿Quién es? –preguntó Buddy con voz adormecida, a pesar de que eran casi las doce de mediodía.

–Josh Hill. Es posible que Rebecca haya mencionado mi nombre –dijo Josh, de pie junto a la puerta del establo principal de su rancho, sujetando el teléfono con el hombro mientras se quitaba los guantes.

Aunque tenía por costumbre relajarse un poco los domingos, Josh ya llevaba seis horas trabajando y preparando el lugar para las yeguas que empezarían a llegar al rancho en noviembre. Tenía ganas de llamar a Buddy desde el amanecer, pero no todo el mundo tenía sus mismos horarios, y había decidido esperar. Evidentemente, no había esperado lo suficiente.

–No creo –dijo Buddy–. Tu nombre no me suena y tampoco eres el tío con el que está viviendo.

–No, ese es Booker.

Que Rebecca no hubiera mencionado nunca su nombre a su prometido fue un ligero golpe a su vanidad, pero en el fondo era mejor así. Si Buddy no sabía nada de él no sospecharía sus motivos.

–Dentro de unas semanas es el cumpleaños de Rebecca, y algunos hemos pensado en prepararle una fiesta sorpresa e invitarte a ti también –continuó Josh.

–¿Qué día sería? –preguntó Buddy.

Josh había pensado tanto en su principal objetivo, eliminar a Rebecca de su círculo de conocidos lo antes posible, que no llevaba el plan tan meditado como debería y se vio obligado a improvisar.

—Oh, el primer viernes de noviembre —dijo.
—Bueno, yo tengo un billete de avión para el miércoles siguiente.
—Pues cámbialo.
—No puedo. Mi madre está aquí.
—Que venga contigo.
—No, no sería una buena idea —Booker soltó una incómoda risita—. No está muy encantada con la boda. Aunque no conoce a Rebecca, cree que yo no estoy preparado para el matrimonio.

Cielos, ¿no tenía veintiséis años? Cualquiera pensaría que ya era mayorcito.

—En ese caso podemos dejar la fiesta para el viernes siguiente, que ya estarás aquí.
—Eso me vendría bien.

La conversación había llegado a un punto en que Josh debía despedirse quedando en volver a llamarlo para ultimar los detalles, pero siguió hablando.

—Así que tu madre piensa que lo de la boda puede ser un error, ¿eh? —preguntó Josh con cierta curiosidad.
—Sí. Ya sabes cómo son las madres.

Josh sabía cómo era su madre y, aunque la adoraba, nunca permitiría que ella se interpusiera en su matrimonio. Si es que encontraba alguna vez una mujer con quien deseara casarse.

—¿Es muy protectora?
—Bastante, pero no retrasé la fecha de la boda por eso —le confesó Buddy—. Pensé que sería mejor ahorrar un poco más de dinero. Y mi tía abuela tiene muchas ganas de venir, pero no puede venir hasta enero.
—¿Tu tía abuela? —repitió Josh.
—Sí, nunca ha estado en Idaho y pensó que sería una buena oportunidad para conocer el estado.
—Oh.

Buddy pasó del tema de su tía abuela a hablar de planes de ahorro y desgravaciones fiscales, después de ahorrar en alquiler y por fin de dar tiempo a su madre para hacerse a la idea. Pero cada nueva excusa sonaba más débil que la anterior.

Y cuanto más escuchaba aquella ridícula sarta de excusas

infantiles, más convencido estaba Josh de que Doyle Wells tenía razón. Buddy y Rebecca no estaban hechos el uno para el otro. Al contrario. Rebecca era una yegua llena de vitalidad y de energía mientras que Buddy no pasaba de un mulo de carga que apenas podía arrastrar las patas. Josh no se imaginaba a Rebecca con alguien tan... anodino.

–Oye, detesto decirte esto porque Rebecca y yo somos amigos desde hace años –dijo Josh–, pero quizá tu madre tenga razón. Quizá deberías conocer un poco mejor a Rebecca antes de dar un paso tan importante.

Josh apenas daba crédito a sus palabras. Si Buddy decidía esperar, quizá no se casara con Rebecca. Si no se casaba con Rebecca, Josh podría intentar seducirla, y si lo conseguía, podría terminar enamorándose de ella. Y si se enamoraba de ella, entonces estaría totalmente en sus manos y él entregaría su corazón a la única mujer que estaría encantada de pisotearlo a conciencia antes de devolvérselo.

Pero no se la imaginaba con aquel tipo.

–¿Por qué dices eso? –preguntó Buddy, alerta.

–Rebecca es...–Josh buscó la palabra correcta–diferente. Hay que saber cómo llevarla.

Por lo visto la honestidad de su voz hizo mella en Buddy, porque este dejó de fingir que no estaba preocupado.

–¿Qué quieres decir?

–Bueno, es muy temperamental. Probablemente ya sabes cómo era de niña.

–No, no lo sé. Nunca habla mucho de su pasado.

Josh sonrió al ver la gran oportunidad que acababa de caerle encima.

–¿No te ha hablado de cuando casi incendió el instituto?

–No.

–¿Ni de cuando le rompió la nariz a Gilbert Tripp?

–¿Le rompió la nariz? ¿A un hombre?

Riendo al recordar el moratón que cubrió la cara de Gilbert durante tres largas semanas, Josh empezó a narrar a Buddy algunas de las tropelías cometidas por su futura esposa, y ya no pudo parar. Le contó todas las locuras que Rebecca había hecho y después hizo una lista de todas las razones por las que alguien como Buddy nunca sería feliz con alguien como Rebecca. Por fin, cuando terminó, se sintió embargado por una inexplicable sensación de satisfacción que no tenía nada que ver con sus planes originales. Había llamado a Buddy para convencerlo de que se casara con Rebecca, no de que cancelara definitivamente su boda. Pero cualquiera que se dejara convencer para no casarse con Rebecca no aguantaría mucho a su lado.

–Eh, ¿has terminado ya?

Rebecca estaba cerrando con llave la puerta de la peluquería y al oír la voz de Booker levantó la cabeza y lo miró. Para ser domingo habían tenido bastante trabajo, sobre todo por la mañana.

–¿Qué haces aquí? –preguntó sorprendida al verlo esperándola en su moto.

–Venía a ver si quieres gastar algo del dinero que ganaste en la fiesta de aniversario en unas cervezas en el Honky Tonk –dijo él.

–Te doy veinte pavos y vas tú –dijo ella–. Yo prefiero irme a dormir. Estoy muy cansada.

–Venga, son solo las siete. Nos tomamos una cerveza y me cuentas qué dijo tu familia de lo de la boda. Desde el salón no te oía muy bien.

Rebecca arqueó una ceja.

–¿Estabas escuchando? –preguntó ella–. ¿Y por qué no me lo preguntaste anoche cuando volvimos a casa?

–Me di cuenta de que no fue muy bien cuando Greta salió furiosa un momento antes que tú. Además, no te habría gustado oír mi opinión.

Rebecca no estaba preparada para oír la opinión de nadie. Todavía no.

–En el Honky Tonk ya lo sabrá todo el mundo –dijo ella–. Esperaré una semana a pasarme por allí.

–A nadie le importa lo de tu boda, cielo.

Puede, pero seguía existiendo el riesgo de encontrarse con Josh. Por mucho que le hubiera ganado al billar la noche anterior, no fue más que un juego. Y un par de partidas de billar no cambiarían nada. Su padre todavía sabía cómo hacerla sentirse inferior, y a casi todo el mundo.

–No, gracias. Me voy a casa –dijo ella.

–Qué aburrido –protestó Booker.

–Quizá para ti.

–Pues entonces vamos a cenar.

–No tengo hambre –respondió ella.

–O a dar una vuelta en la moto.

–No, gracias.

–Ya veo que solo quieres volver a casa –accedió él–. Entonces, ¿qué te parece si alquilamos una película?

Rebecca se dio cuenta que no iba a librarse de él tan fácilmente.

–Vale –aceptó por fin–. Sígueme hasta el videoclub.

13

En cuanto llegaron a casa de la abuela Hatfield, Rebecca subió a su habitación a ponerse cómoda. Allí, en la cómoda, encontró una nota de la abuela.

Buddy quiere hablar contigo. Dice que es urgente.

–Enseguida bajo –gritó a Booker, que estaba preparando palomitas en la cocina.

Después descolgó el teléfono y marcó el número de Buddy. Este respondió al segundo timbrazo.

–¿Qué ocurre? ¿Qué es tan urgente?

Un silencio significativo siguió a la pregunta.

–No estoy muy seguro –respondió él por fin.

–¿Es urgente y no sabes qué es?

–He estado pensando, y... no sé, no estoy seguro de que nos conozcamos lo bastante para casarnos.

Rebecca empezó a sentir náuseas en el estómago.

–¿No estás seguro?

–No.

–¿Y por qué no si puede saberse?

–He hablado con un amigo tuyo, y la conversación que he tenido con él me ha hecho pensar.

Rebecca se quedó inmóvil.

–¿Qué amigo?

–Prefiero no decirlo.

–¿Por qué?

–Me ha contado algunas cosas que me han dejado muy preocupado.

—¿Qué cosas?

—Cosas que has hecho. La verdad, no sé qué pensar. ¿Qué clase de chica está a punto de incendiar el instituto?

—Eso solo fue porque estaba quemando el símbolo de la fiesta de acción de gracias y...

—O le tiñe el pelo de azul a alguien —la interrumpió Buddy.

—Hay gente a la que le gusta.

—¿También a la señora Reese?

¿Qué sabría él de la señora Reese? Aunque ahí la tenía contra la pared.

—No, Buddy, eso te lo puedo explicar. Verás, le dijo a su hijo que su padre lo despediría del banco si seguía saliendo conmigo. Byron y yo teníamos veinticinco años, y ya éramos mayores para que su madre...

—¿Y por qué no quería que saliera contigo?

Rebecca oía a Booker llamándola desde abajo, pero estaba demasiado asustada para responder. ¿Quién le había contado a Buddy sus pecados del pasado? ¿Su padre?

—Todo eso es agua pasada —dijo ella, tratando de minimizar el daño—. Todos cometemos errores. ¿Nunca has hecho tú algo de lo que te arrepientas?

—Nunca he prendido fuego a un campo de fútbol.

Booker llamó a la puerta con los nudillos y la abrió.

—¿Quién es? —preguntó.

Rebecca lo ignoró, tratando de pensar en cómo convencer a Buddy de que no era tan mala como creía.

—¿Nunca le has afeitado la cabeza a nadie mientras dormía, ni le has puesto bichos en la taquilla? —preguntó Rebecca.

—¿Es Buddy? —preguntó Booker en voz baja.

Rebecca asintió con la cabeza. El corazón le latía a mil por hora.

—Yo nunca le he afeitado la cabeza a nadie —dijo Buddy—. Ni tampoco he tenido nunca ganas de hacerlo.

—Oh, sí. Tú siempre ha sido un santo, ¿no? Yo soy la imprevisible.

—Rebecca, debes entenderlo, me da miedo. Si hubiera sido

una o dos veces, sería diferente, pero nunca he conocido a una mujer que haya hecho tantas barbaridades como tú.

¿Barbaridades? La rabia empezó a sustituir al pánico inicial. Con todo lo que le había consentido. Desde permitirle retrasar la fecha de la boda una y otra vez hasta perdonarlo por no acudir a la fiesta de aniversario de sus padres, y sin embargo seguía dudando.

—Quizá sea mejor que lo olvidemos todo —dijo ella mirando a Booker justo a tiempo para verlo arquear las cejas con sorpresa.

—No estoy diciendo eso —dijo Buddy—. Solo que no deberíamos precipitarnos. ¿Por qué no esperamos un tiempo a fijar la fecha?

Rebecca acababa de anunciar a su padre que la fecha definitiva era el veinticinco de enero. Ya había comprado el vestido y había avisado en el trabajo. Su hermana había empezado a preparar y congelar la comida para el banquete de bodas, y ahora Buddy ni siquiera quería fijar una fecha. ¿Cómo iba a decírselo a su familia por cuarta vez?

—¿Quién te ha contado todas esas cosas?

—¿Qué más da? Ya te lo he dicho, alguien me ha llamado por teléfono.

—¿No habrá sido mi padre, verdad?

—No, aunque él me llamó una vez, y eso es lo que me preocupa. Que no ha sido la única persona de tu pueblo que me llama para avisarme de que hay que saber tratarte.

—De mi padre no me extraña. Ha estado furioso conmigo desde el día que nací.

—¿Por qué?

—Porque no tengo pito.

—¿Qué?

Rebecca casi vio a Buddy dando un salto en la silla.

—Porque fui la última de cuatro chicas —explicó Rebecca—. Cuando yo nací, fui la confirmación definitiva de que mis padres jamás tendrían un hijo varón.

—Qué tontería.

—Exacto. ¿Qué clase de hombre responsabiliza a su hija de

no tener pito? –dijo Rebecca con una ironía cargada de amargura–. O sea que fue mi padre.

–No, no fue tu padre. Pero no te lo voy a decir –respondió Buddy–. Parecía preocupado por mí.

–¿Por qué iba a estarlo? –preguntó Rebecca–. Si ni siquiera te conoce.

–Digamos que me aclaró algunas cosas sobre ti. Me dijo que una mano dura, alguien que sepa hacerte feliz sin darte demasiada cuerda. Y me advirtió que si nos casábamos, ni se me ocurriera intentar domar tu espíritu o tendría que responder ante él.

¿Darle cuerda? ¿Domar su espíritu? Ni que hubieran estado hablando de una yegua...

De repente Rebecca supo quién había hecho la fatídica llamada.

–Josh Hill –masculló–. Fue Josh, ¿no? Quien te contó todas esas cosas horribles, ¿verdad? Fue él quien te llamó.

Silencio. Después, Buddy dijo:

–Beck, no quiero meter en líos a nadie. Escucha...

–Dime la verdad –dijo ella al teléfono, y a Booker –: ¿Quién aparte de Delaney sabe tantas cosas de mí?

Booker se frotó el mentón.

–Parece lo más probable.

–Lo más probable es que no le hizo ninguna gracia perder cuatrocientos pavos delante de todo el mundo –murmuró Rebecca.

–No creo que sea por el dinero –empezó a decir Booker, pero ella volvió a concentrarse en el teléfono.

–¿Fue él? –exigió saber–. ¿Fue Josh Hill?

El silencio de Buddy confirmó sus sospechas.

–Dijo que es un buen amigo y que sus intenciones eran buenas.

Rebecca cuadró los hombros y se levantó.

–Ya hablaremos otro rato –dijo–. Ahora tengo algo que hacer.

–¡Espera! Rebecca...

Rebecca colgó, se hizo con el abrigo y las llaves y trató de pasar por delante de Booker.

—¿Adónde vas? —preguntó él.
—A casa de Josh Hill.
—Esto no puede ser bueno —dijo el —. Será mejor que te acompañe.

—Bueno, ¿qué vamos a hacer? —preguntó Booker sentado junto a Rebecca en su coche.

Rebecca contempló la casa estilo rancho de Josh, una especie de cabaña de grandes dimensiones, con una hamaca colgada en el porche. Después estudió la valla de madera que rodeaba la propiedad, la hilera de árboles a la derecha y los vehículos perfectamente alineados junto al camino. Cómo no, el rancho de Josh tenía que ser el mejor del condado. Pick-ups, todoterrenos, quads, un tractor y varios remolques de caballos estaban aparcados a lo largo del camino que conducía a la parte de atrás. De nueva construcción, detrás de la vivienda, había establos, cuadras y corrales nuevos, para las yeguas y sementales purasangres de los que tanto hablaba Doyle Wells, dos de los cuales habían costado más de un millón de dólares.

Era evidente que Josh había alcanzado un éxito profesional inimaginable para Rebecca. Incluso si llegaba a casarse con Buddy, nunca serían ricos.

Pero ella nunca había pedido un hombre rico. Solo empezar de nuevo con alguien que la amara.

Ahora Josh no quería permitirle ni eso.

—¿Vas a llamar o no? —preguntó Booker.

Rebecca no respondió. Salió del coche y se dirigió hacia el todoterreno de Josh. Ella tenía un coche con más años que la mayoría de las casas del pueblo, mientras que él se sentaba al volante de uno de los todoterrenos más lujosos del mercado. ¿Por qué tenía que tenerlo todo?

—Estos todoterrenos valen al menos treinta mil dólares —dijo al oír a Booker acercarse a ella por detrás.

—Es bonito.

—Todo lo que tiene Josh es bonito —admitió abriendo la puerta del coche y sentándose en el asiento del pasajero.

El interior del todoterreno olía a cuero y sobre todo a Josh. Rebecca notó enseguida el olor de su colonia, y se preguntó por qué, después de todo lo que había ocurrido, de todo lo que le había hecho, seguía sintiendo aquella fuerte atracción por él.

De pie junto al coche, Booker encendió un cigarrillo. La brisa llevó suavemente el humo hacia Rebecca y ella lo aspiró profundamente, ansiando el sabor y saboreando el olor con los ojos cerrados. Hacía casi dos semanas que no fumaba, pero en ese momento no había motivos para negarse el placer que anhelaba. No podía cambiar. Así nunca llegaría a nada.

–Dame uno.

–Lo has dejado, ¿te acuerdas?

–Eso fue ayer.

Booker titubeó un momento antes de darle el paquete de tabaco.

–En fin. Si lo peor que haces es fumar, adelante.

Rebecca encendió un cigarrillo y disfrutó de la primera calada. Booker se apoyó contra el coche y levantó la cabeza hacia el cielo.

–Bueno, ¿qué estamos haciendo aquí?–preguntó tras unos momentos en silencio.

¿Que qué hacían? Rebecca quería vengarse. Necesitaba que Josh pagara por sabotear su compromiso matrimonial. ¿Y todo el amor y atenciones que había perdido por su culpa a lo largo de los años?

«Te lo he dicho una y otra vez, tienes que mantener la mano firme. Si sigues jugando así nunca ganarás una partida», le había dicho su padre. «Con tus hermanas lo tuve fácil... Josh y su hermano se han convertido en personas respetables y responsables... No sé donde nos equivocamos contigo...».

Pero ahora ya era muy mayor para las travesuras escolares que Josh y ella acostumbraban a intercambiarse en el instituto. Y en el fondo, a su pesar, era tan capaz como cualquiera de ver todas las cosas positivas de Josh, por mucho que le afectara lo fácilmente que su vecino había conseguido robar el corazón de su padre.

Rebecca vio con claridad que una nueva venganza no tenía sentido. Mantener aquella tonta rivalidad con Josh era una estupidez que en el mundo de los adultos no conducía a nada. Lanzando la colilla encendida del cigarrillo al aire, Rebecca bajó del todoterreno y cerró la puerta.

–Nada –dijo ahora que su rabia se había consumido como el cigarrillo que se acababa de fumar–. No vamos a hacer nada. Vámonos.

–Bien –Booker le sonrió–. Vamos a tomar una taza de café.

Josh llevaba más de una hora en la cama con solo un par de boxers y la televisión encendida, aunque no le prestaba demasiada atención. No podía dejar de pensar en la conversación con Buddy y cómo se habían torcido las cosas. En lugar de conseguir la confirmación de una boda, prácticamente había espantado al novio.

E interferir en las relaciones personales de alguien era mucho más serio que las bromas, por pesadas que fueran, de su época estudiantil.

¿Qué podía hacer?

Por un momento consideró la idea de llamar a Buddy para pedirle disculpas e intentar arreglar el daño causado, aunque en realidad seguía convencido de que a la larga Rebecca estaría mucho mejor si Buddy rompía el compromiso. Para empezar era un vago, durmiendo a las doce de mediodía, por mucho domingo que fuera. Y tampoco era el más listo de la clase. Se había tragado todo lo que le había contado Josh, una persona que no conocía, sin cuestionarse en absoluto su veracidad.

Además, si lo que Buddy quería era paz y tranquilidad, ¿cómo se le había ocurrido casarse con Rebecca?

Rebecca necesitaba un hombre con más nervio que Buddy. Necesitaba a alguien que entendiera su carácter intempestivo, alguien capaz de sobrellevar las tormentas emocionales, alguien que supiera calmar el sufrimiento que intuía en ella, alguien que…

–¡Josh, ven, corre! ¡Date prisa!

Al oír los gritos de su hermano, Josh saltó de la cama y corrió a la cocina donde estaba su hermano en pantalones de pijama y camiseta mirando estupefacto por la ventana. Desde allí se veía arder algo en el camino.

—¿Qué es eso? —gritó Josh.

—Tu coche —le dijo su hermano.

—¿Esa bola de fuego es mi coche? —Josh echó a correr hacia la puerta y salió.

Allí estaba su precioso todoterreno, envuelto en llamas. Ante la imposibilidad de hacer nada por salvarlo, Josh se sentó en las escaleras del porche incapaz de reaccionar.

—Mi coche, mi coche nuevo —dijo.

—Voy a llamar a los bomberos —dijo Mike descolgando el teléfono.

Después, desolados, los dos hermanos permanecieron en silencio contemplando el terrible espectáculo.

—¿Quién habrá podido ser? —se preguntó Mike por fin.

Josh no podía ni imaginarlo. ¿Quién querría prender fuego a propósito a un coche? ¿Quién sería capaz...?

De repente se dio cuenta y supo con plena certeza que no estaba equivocado. ¿Quién era capaz? La misma joven que lo había atormentado desde que tenía ocho años. Rebecca Wells. Después de su llamada a Buddy, ésta era su venganza.

Josh sacudió la cabeza incapaz de creer que Rebecca pudiera llegar tan lejos. ¿Y qué si le había contado algunos jugosos detalles de su pasado?

Por un momento Josh contempló la idea de llamar al sheriff y presentar una denuncia por destrucción de propiedad privada. Rebecca tendría que apechugar con las consecuencias de sus actos.

Sin embargo, mientras contemplaba cómo las llamas se apoderaban de su coche, Josh supo que nunca haría esa llamada. La guerra entre Rebecca y él había durado demasiado tiempo. Ambos habían hecho cosas muy estúpidas, pero nunca se habían acusado ante las autoridades. Además, tampoco tenía pruebas de que hubiera sido ella. No podía llamar al sheriff y pedirle que detuviera a la hija del alcalde únicamente porque era la única persona de Dundee que no lo soportaba.

Además, si lo contaba, ella contaría a todo el mundo que él intentó sabotear su matrimonio. Buddy confirmaría sus palabras y Mary querría saber por qué se había entrometido en un asunto que no era de su incumbencia. Y él tendría que negar que Rebecca despertaba en él una extraña mezcla de sentimientos. Y...

¿Por qué tuvo que mudarse su familia a una casa justo enfrente de la de Rebecca Wells?

14

Rebecca estudió a Booker por encima de la taza de café. Era más de medianoche, pero no estaba preparada para volver a casa.

–Y dime, ¿cuáles son tus planes para el futuro? –le preguntó.

Booker se encogió de hombros.

–Terminar de pintar el garaje de mi abuela.

–¿Y después?

–Seguro que mi abuela tiene algo más.

–No puedes trabajar para ella eternamente. Tarde o temprano tendrás que conseguir un trabajo –dijo Rebecca–. ¿Qué clase de trabajo te gusta?

–Me gustaría tener un taller mecánico. Se me dan muy bien los motores. Estaba a punto de comprar uno en Milwaukee, pero... –Booker se encogió de hombros.

–¿Qué? –insistió Rebecca.

–Mi abuela me llamó diciendo que no se encontraba muy bien y... –Booker sonrió–, yo me lo tragué. Pero es mayor. Alguien tiene que cuidar de ella.

–¿Y tus padres?

–Están demasiado ocupados con sus vidas.

O sea que Booker había dejado a un lado sus sueños para cuidar de su abuela. Sin duda, eso sorprendería a mucha gente, a su padre entre ellos.

–Por eso tienes tanta paciencia con ella –dijo Rebecca–. Estás aquí porque quieres.

Booker no respondió.

—¿Y cuando ella muera volverás a Milwaukee?

—No lo sé –dijo él–. Quizá monte un taller aquí. Solo tenéis el de Lionel y su hijo y son unos chapuzas.

—¿Y dónde aprendiste tanto?

Booker dejó la taza en el plato y la miró a los ojos.

—En la cárcel.

Rebecca jugueteó con el asa de su taza.

—Eso se ha comentado –dijo ella–. ¿Qué hiciste?

La puerta se abrió y Rebecca vio entrar a Randy, el marido de Greta, seguido de Jeffrey Stevens, el otro bombero de Dundee. Los hombres llegaban sudorosos y enfundados en sus uniformes de trabajo, pero Rebecca desvió la mirada, cruzando los dedos para que su cuñado no la viera. No tenía ganas de hablar sobre el último incendio en el campo.

—Drogas. Cuando tenía veinte años me detuvieron por vender crack. En aquella época estaba hecho polvo –respondió Booker.

—Pero has cambiado.

—Ni me drogo ni me relaciono con gente que se droga.

Rebecca echó otro azucarillo en el café para tener algo que hacer con las manos.

—¿Cómo fue en la cárcel?

—Lo suficientemente horrible como para no querer volver.

Rebecca hubiera continuado preguntando de no haber oído a Jeff hacer un comentario al cocinero que atrajo su atención. Algo sobre el incendio de un coche.

—No ha quedado nada del coche –estaba diciendo Randy sentado frente la barra.

—¿Lo sabe Josh? –preguntó Judy, la camarera.

—Sabe que se ha quedado sin todoterreno. Aunque no sabe cómo pasó.

—Un coche no se incendia sin motivo –dijo el cocinero.

Rebecca sintió un estremecimiento que le recorrió toda la columna vertebral.

—¿Qué coche? –preguntó, olvidando que no quería que Randy la viera.

Su cuñado se volvió a mirarla y al ver a Booker con ella frunció el ceño, pero respondió.

–El todoterreno de Josh Hill ha quedado reducido a cenizas.

¿El mismo todoterreno junto al que se había fumado un cigarrillo hacía un par de horas?

–Nadie sabe qué lo ha provocado –continuó Randy–, pero había una lata de gasolina en la parte de atrás. Josh la llevaba llena para los quads y se le olvidó bajarla. Creo que ese ha sido el motivo.

–¿Estás diciendo que el coche se ha incendiado por combustión espontánea? –preguntó ella.

–No con este frío –dijo Jeff con escepticismo–. Ha tenido que haber alguna chispa.

Rebecca trató de recordar qué hizo con la colilla. Sí, la lanzó al aire encendida y no tenía ni idea de dónde había caído. Quizá en la parte de atrás del todoterreno...

Oh, Dios. Abrió la boca para preguntar si el incendio pudo ser causado por un cigarrillo, pero Booker la interrumpió apretándole la mano.

–Lo sentimos mucho –dijo a Randy y Jeff–, pero Rebecca y yo tenemos que irnos. Es tarde y llevamos aquí mucho rato, ¿verdad, Judy?

En el coche, Booker se volvió a mirarla con expresión seria.

–Ni una palabra de esto –dijo él leyéndole los pensamientos–. Teniendo en cuenta tu pasado y tu reputación, nadie creerá que ha sido un accidente, y yo soy un exconvicto, mi credibilidad está por los suelos. Así que no se te ocurra decir nada. El seguro de Josh le pagará un coche nuevo y se acabó.

Rebecca aporreó la puerta de Delaney siguiendo prácticamente el mismo ritmo que el de los latidos de su corazón.

–Laney, ábreme, soy yo.

Después de volver a casa con Booker, Rebecca se había metido en la cama tratando de dormir, pero al no conseguirlo se levantó, se puso unos vaqueros y un suéter y salió, con la esperanza de hablar con la única persona con la que siempre podía contar. Delaney.

Después de mandar a su marido a la cama, Delaney hizo pasar a Rebecca a la cocina y la obligó a sentarse en la mesa mientras ella preparaba un par de tazas de té.

–¿Qué ocurre, Rebecca?

Con la cabeza baja, Rebecca echó sal sobre la mesa y empezó a dibujar círculos con un dedo.

–He quemado el todoterreno de Josh.

Delaney se volvió hacia ella todo lo rápidamente que pudo dado su avanzado estado de gestación y se llevó una mano al pecho.

–¿Que has hecho qué?

–Ha sido sin querer. Josh ha llamado a Buddy y le ha contado todas las cosas horribles que he hecho. Y Buddy ya no quiere fijar una fecha para la boda –empezó Rebecca. Levantó la cabeza para mirar a su amiga y apretó los puños –. Y me he sentido tan impotente, y frustrada, y furiosa que... Ya sé que no tenía que haber ido a su casa, lo sé, pero no tenía ninguna intención de quemarle el coche.

Delaney limpió los granos de sal de la mesa con la bayeta y los echó al fregadero.

–¿Puedes explicarme exactamente cómo ha ocurrido?

Rebecca le contó cómo salió corriendo hacia casa de Josh, con la intención de enfrentarse a él, y lo inútil que le pareció una vez llegó al rancho. Cuando terminó de explicarle cómo había lanzado descuidadamente al aire la colilla encendida, Delaney la miró con preocupación.

–Cierto que Josh no tenía derecho a hacer lo que hizo. No puedo creer que se metiera en tu vida privada de esa manera, pero no creo que la policía se muestre tan comprensiva contigo.

–Cuando llamó a Buddy, seguro que no le contó todo lo que él me ha hecho a mí a lo largo de los años –murmuró Rebecca–. Y ¿por qué tuvo que llamarlo? –preguntó poniéndose en pie y yendo hasta la ventana de la cocina.

Allí cruzó los brazos y miró hacia el exterior, totalmente a oscuras.

—Eso es lo que no entiendo —dijo Delaney—. ¿Por qué ha tenido que entrometerse de repente?

—No lo sé, hace años que no nos hemos hecho ninguna pifia el uno al otro.

—La última vez fue cuando le robamos el coche y lo dejamos con Cindy en pelotas bañándose en el río —dijo Delaney.

Rebecca sonrió al recordar la noche que encontraron el coche de Josh aparcado cerca del arroyo y con las llaves puestas. Probablemente su novia de entonces, Cindy, y él, se estaban bañando en el río, o algo más. Fuera como fuera, era una oportunidad demasiado tentadora para dejarla pasar.

—Eso fue hace nueve años —dijo.

—Pero no fue el último contacto que tuviste con él —le recordó Delaney.

Rebecca descruzó los dedos, demasiado nerviosa, y empezó a juguetear con el borde del suéter.

—Pero no hice nada malo —dijo—. No sé qué me pasó, pero perdí el juicio y casi le arranqué la ropa del cuerpo y le supliqué que me tomara. No sé por qué eso iba a ponerle furioso.

—Ni idea —dijo Delaney apoyándose en la encimera—. Solo sé que desde aquella noche tú estás distinta.

—¿Cómo?

—Menos volátil, más reflexiva. Y ya no aireas a los cuatro vientos lo mal que te llevas con Josh. ¿Puedo saber por qué te fuiste del Honky Tonk con él?

—Ya lo sabes, estaba borracha —respondió ella, paseando de un lado a otro de la cocina.

—Pues para estar borracha recuerdas muy bien lo que pasó.

Rebecca tendría que estar sorda para no oír el escepticismo en la voz de su amiga.

—El verano pasado no tiene nada que ver con ahora —dijo ella, cambiando rápidamente de tema de conversación.

—¿Cómo lo sabes?

—Lo sé.

—Vale —Delaney alzó las palmas en señal de rendición—. ¿Y qué vas a hacer ahora?

Rebecca se detuvo delante de la ventana de la cocina.

—Necesito un cigarrillo.
—Tranquila. Pronto se te pasará.

Pero lo que no pasaría sería la obligación moral que tenía de reconocer lo que había hecho.

—No es más que un coche, ¿no? —dijo por fin—. Se lo pagaré.

Delaney la miró con los ojos muy abiertos.

—¿Y cómo piensas pagarlo? ¿Firmándole un cheque por valor de treinta mil dólares a cargo de tu abultada cuenta bancaria? ¿O crees que Buddy debería colaborar también cuando os caséis?

Si es que se casaban.

—En parte también es su culpa —declaró Rebecca—. No tenía que haberlo creído. Tenía que haberme defendido. Pero ahora duda que yo vaya a ser una buena esposa.

La voz de Rebecca se entrecortó en la última frase y la actitud de Delaney se ablandó.

—Venga, Beck, a Buddy pronto se le pasará.

—¿Por qué tuvo que llamarlo? —protestó Rebecca. Muy a su pesar, fue incapaz de ocultar el dolor en su voz—. ¿Por qué no iba a quemarle el coche, Delaney? ¿Qué más da? Lo único que quería era empezar desde cero, sin nada que me recordara el pasado, pero ya veo que es imposible. Ni siquiera con Buddy.

—¡No digas eso! Tienes muchas cosas que ofrecer al mundo. No dejes que sus opiniones te hundan, ni las de Buddy —le aseguró Delaney con énfasis—. No sé por qué tuvo que llamar Josh a Buddy, pero eso es problema suyo. Tú puedes ser todo lo que quieras, al margen del pasado y de lo que la gente piense de ti.

Rebecca cerró los dedos y se clavó las uñas en la palma.

—No, no es cierto. Porque acabo de demostrar que la gente tiene razón, ¿no? Soy una desgracia de persona, y las cosas que me pasan a mí no les pasan a la gente normal, solo a las malas personas, como a mí. Ni siquiera sirvo para ser una buena esposa, ni tampoco una buena amiga. Llevé a Booker conmigo, lo que significa que pude meterlo en problemas. Y me merezco seguir trabajando de peluquera en este pueblo perdido de Dios hasta que me muera de vieja —dijo.

Y sintiéndose más hundida que nunca y necesitando estar sola para poder tranquilizarse, Rebecca se fue.

Eran las tres de la madrugada y el olor a humo seguía flotando en el aire cuando Rebecca se detuvo frente a la casa de Josh. Las luces estaban apagadas y el lugar parecía tranquilo. El único indicio de lo sucedido era el todoterreno carbonizado a un lado del sendero que conducía a la vivienda.

Armándose de valor, Rebecca se obligó a acercarse hasta la puerta y llamar.

La luz se encendió y Rebecca rápidamente se ocultó entre las sombras a la vez que la puerta se abría.

–¿Vuelves a prender fuego a la casa? –preguntó Josh, enfundado tan solo en un par de vaqueros.

Rebecca se arrebujó en el abrigo de lana, deseando que se la tragara la tierra, pero era consciente de que por encima de todo tenía que aceptar las consecuencias de sus actos y disculparse.

–Supongo que... –Rebecca se aclaró la garganta– que ya sabes que he sido yo.

Josh cruzó los brazos y se apoyó en el marco de la puerta. Rebecca sabía que tenía que estar muerto de frío, descalzo y sin camisa, pero no la invitó a entrar ni le pidió que esperara mientras él se ponía algo encima.

–Sé que has sido tú, y no me sorprende ni un pelo.

–Ya –dijo ella–. Bueno, he venido a... –de repente sintió que no tenía aire–. A decirte que te lo pagaré.

–¿Sí? –preguntó él sin ocultar su perplejidad. Asomando la cabeza por la puerta, Josh miró a su alrededor como si esperará una emboscada de un momento a otro–. ¿Qué es lo que estás tramando? ¿Me estás tendiendo otra trampa?

Rebecca sacudió la cabeza negativamente.

–No tengo dinero para pagártelo todo ahora, pero te puedo pagar... –Rebecca titubeó, sabiendo que la cantidad que podía ofrecerle sonaría ridícula, pero se obligó a decirlo porque era lo mejor que podía hacer–. Trescientos dólares al mes.

«Por lo menos no volveré a fumar. No tendré dinero para comprar chicles, y mucho menos tabaco», pensó.

Josh se quedó sin saber qué decir.

—A ver si lo he entendido bien —dijo por fin—. ¿Te haces responsable de destruir mi todoterreno y me vas a pagar trescientos dólares al mes?

Rebecca hundió las manos en los bolsillos y asintió.

—Puede pasar por un hecho fortuito —dijo él.

—Fue sin querer —dijo ella.

Él alzó una ceja mirándola con evidente escepticismo.

—Sé que no me crees, pero no quiero dar explicaciones. Yo me hago responsable, es todo lo que necesitas saber.

—Lo habría pagado el seguro.

—Si lo investigan quizá no.

—No hay testigos y dudo que queden huellas dactilares en el coche.

—¿Qué quieres decir?

—Que podrías haberte librado de ésta.

—Lo sé.

Josh se rascó la cabeza.

—¿Entonces qué haces aquí?

Demostrarse a sí misma que no era como él creía, que no era como todo el pueblo creía. Pero ésa era la parte más difícil, la parte que había ensayado tantas veces en el trayecto hasta el rancho.

—He venido a disculparme. No me gusta lo que le contaste a Buddy, pero no tendría que haber venido y...

Dios, ¿tenía que decirlo? Josh se merecía quedarse sin todoterreno. Él siempre había tenido la admiración y el afecto de todo el pueblo. Era sexy, muy atractivo y besaba como el mismísimo diablo. Y ahora además era rico, mientras ella apenas lograba sobrevivir trabajando en la peluquería. Rebecca sabía que siempre viviría bajo su sombra. Incluso su padre lo prefería a la joven desgarbada que era incapaz de hacer nada bien...

Josh esperó. Estaba perplejo pero sentía curiosidad y le dio el tiempo que necesitaba, a pesar de que el frío le estaba poniendo la carne de gallina.

Levantando la barbilla, Rebecca lo miró a los ojos.

–Lo siento –dijo.

Y se pasó una mano por la cara porque tenía la vista tan nublada que apenas podía distinguir los parterres del sendero. Después se apresuró a meterse en el coche y largarse de allí.

15

Josh no podía creerlo. Había logrado abrir una grieta en el caparazón que siempre rodeaba a Rebecca Wells, un caparazón que le daba aspecto de altiva, dura e inalcanzable, y había encontrado a una mujer totalmente diferente, sensible, humana y muy vulnerable.

Era la primera vez que la había visto llorar, y cada vez que cerraba los ojos y lo recordaba, se le hacía un nudo en las entrañas que apenas le dejaba respirar.

«Piensa en lo que le ha hecho al coche», se dijo tendido en la cama y mirando al techo de su dormitorio. Prefería la rabia que sintió al ver su coche envuelto en llamas a la confusión que lo embargaba desde el momento en que ella se fue. Pero Rebecca estaba equivocada. Le había quemado el coche, por el amor de Dios, lo que significaba que tenía que pagárselo.

Aunque él la provocó, tenía que reconocerlo. Por lo visto, la llamada a Buddy había provocado serias consecuencias, quizá incluso Buddy había cortado con ella.

Josh miró el reloj. Apenas faltaba una hora para que amaneciera y todavía no había logrado pegar ojo. Se preguntó por qué nunca se había quedado sin dormir por Mary. Porque era una mujer agradable y sencilla, decidió, lo que eran cualidades positivas, y él sabía cómo tenerla contenta. De hecho, por experiencia sabía que no era difícil hacer feliz a una mujer. Bastaba con ser atento con ella, hacerle unos cuantos cumplidos, un regalo de vez en cuando, invitarla a cenar a la luz de las velas y todo iba como la seda.

Excepto con Rebecca. Con Rebecca no había normas claras. Ella tenía sus propias reglas.

Josh dio un puñetazo a la almohada y decidió llamar a Mary. Mary nunca le hacía sentirse así.

Claro que si era sincero, Mary no le hacía sentir prácticamente nada de nada, y mucho menos pasión. Al menos la pasión que sintió cuando rodeó a Rebecca con sus brazos y estuvieron con los cuerpos medio desnudos pegados, las bocas besándose y buscándose febrilmente. El deseo de poseerla le sorprendió por su ferocidad y su intensidad.

Pero cuando Rebecca se había presentado en su casa hacía un par de horas él no había sentido ganas de arrancarle la ropa. Aquella noche solo había querido abrazarla y suplicarle que lo perdonara, ¡y eso que era él quien había perdido un coche de treinta mil dólares!

—Estoy perdido —exclamó en voz alta, y descolgó el teléfono, decidido a olvidarse para siempre de Rebecca.

—¿Diga? —la voz de Mary era apenas audible.

—Soy, yo —dijo él—. Siento haberte despertado.

—No importa —dijo Mary—. Me gusta que me llames en cualquier momento. Así sé que estás pensando en mí.

Josh hizo una mueca, incapaz de explicar los remordimientos que sentía.

—¿Ocurre algo? —preguntó ella.

—No, no —respondió él. «Aparte del montón de hierros carbonizados que hay aparcado delante de mi casa»—. Pero me gustaría que vinieras —«y me ayudaras a volver a ver las cosas con claridad».

—Pero son las cinco de la mañana —protestó ella.

—Tu madre está con Ricky. Puedes volver a tiempo para llevarlo al colegio.

—Eso es cierto...

—Y tampoco tenemos un horario que diga que solo podemos hacer el amor los viernes por la noche —dijo él, aunque de hecho su relación era así de previsible.

—Oh, no, no es eso. Es que no... no quiero que me veas así —dijo ella—. No voy maquillada.

¿Y qué tenía eso que ver? Cuando se presentó ante su puerta, Rebecca no llevaba ni una gota de maquillaje y se mantuvo delante de él alta y orgullosa, mirándolo con sus ojos azules llenos de lágrimas y....

«¡Olvídate de Rebecca!».

—Da igual que no estés maquillada —insistió él—. Ven, por favor.

Mary soltó una risita.

—Eh, te noto muy ansioso. ¿Has tenido un sueño erótico? ¿O estabas pensando en mí?

«Estaba pensando en Rebecca, y no puedo dejar de pensar en ella, y eso me da mucho miedo. Necesito que me recuerdes por qué estoy contigo. Ayúdame».

—No he tenido una noche muy agradable.

—Pero estoy horrible —repitió ella.

Josh se frotó la sien y tiró la toalla. De todos modos tampoco tenía ganas de verla. Con o sin maquillaje. Y entonces fue cuando se dio cuenta de que estaba mucho más perdido de lo que creía.

—Olvídalo —dijo—. Hablaremos mañana.

El lunes por la mañana Josh apoyó los codos en la mesa y se quedó mirando el montón de papeles y talones que tenía que repasar. Después del terrible fin de semana que había tenido era incapaz de concentrarse. No podía apartar de su mente la imagen de Rebecca en la puerta de su casa, ni tampoco otras imágenes que le afectaban de la misma manera, solo que en sentido distinto. La intensa y excitada reacción de Rebecca con él el verano anterior solo podía significar que no lo odiaba demasiado.

¿O sí? Al menos tenía pruebas de ello.

Sacudiendo la cabeza, empezó a firmar con rabia los talones que tenía encima de la mesa. La mujer acababa de quemarle el todoterreno y él jugando a «me quiere, no me quiere». Claro que Rebecca Wells lo odiaba. Prender fuego a un coche no era normalmente señal de afecto. Y él tampoco sentía nada por ella.

Cierto que había veces por la noche que no podía dejar de pensar en ella. En sus sueños, Rebecca siempre se colgaba de él mientras él le arrancaba gritos de placer una y otra vez. Aunque el sueño de la noche anterior había sufrido una ligera variación. Primero él le secó las lágrimas con sus besos y después la hizo gritar de placer. Pero todos los hombres tenían fantasías. A algunos les gustaban las animadoras de los equipos deportivos, a otros las estrellas de cine. A él la vecinita que le puso miel en el saco de dormir una noche que acampó con sus amigos en el jardín de su casa.

Frunciendo el ceño, Josh se preguntó si sería masoquista.

–Mary está abajo –lo interrumpió Janey, una de sus empleadas, asomando la cabeza por la puerta–. ¿Le digo que suba?

Josh asintió con la cabeza y se apoyó en el respaldo de la silla, esperando. Sabía que Mary esperaba una proposición de matrimonio y que estaba tan impaciente como sus padres, pero ¿cómo iba a casarse con ella cuando en el fondo, tan en el fondo que no podía reconocerlo ante nadie, deseaba a otra? Josh había intentado olvidar a Rebecca, y sabía que era un tonto por no hacerlo, pero con el asunto de Buddy, y el todoterreno, y la visita de la noche anterior...

–Trabajando mucho, ya veo –dijo Mary entrando en el despacho.

A la mujer no le faltaba detalle, desde el pelo negro rizado a la perfección hasta el carmín rosa en los labios, el rímel en las pestañas y un traje chaqueta que marcaba sinuosamente su figura.

–¿Qué haces aquí? –preguntó él–. ¿No tienes trabajo?

–Es mi hora de comer –dijo ella con una pícara sonrisa en los labios, a la vez que se desabrochaba la chaqueta y mostraba un sujetador de encaje que no dejaba nada a la imaginación.

Josh sintió que se le aceleraba ligeramente el pulso y le gustó la repentina infusión de testosterona que sintió cuando ella se sentó en su regazo. No necesitaba a Rebecca. Estaba perfectamente así, se dijo.

Quizá lo que debía hacer era casarse con ella y hacerla gritar de placer cada noche. Aunque algo le decía que si Mary gritaba sería una reacción calculada. Lo haría porque sabía que era lo que él quería oír, y no con el total abandono de Rebecca Wells...

¡Rebecca otra vez! Josh apartó la mano del pecho de Mary y contuvo una maldición.

—¿Qué pasa? —preguntó ella.

Entonces Josh se dio cuenta de que ni siquiera la había besado. Quizá si la besaba...

—Nada —dijo él, e inclinó la cabeza para besarla en los labios.

Pero Mary volvió la cabeza a un lado.

—Nos vas a poner perdidos de carmín a los dos, tonto —rio ella—. Esto tiene que ser un revolcón rápido. Tengo que volver al trabajo.

—Oh, vale.

Cuando él titubeó, Mary le alzó la mano de nuevo al pecho. El pezón de Mary reaccionó a la caricia y Josh se empezó a sentir excitado de nuevo, pero entonces Mary empezó a contarle un incidente sin importancia ocurrido en el trabajo, y Josh estuvo a punto de gritarle que se callara, que si querían llegar hasta el final tenía que concentrarse.

Para no tener que hacer eso, pensó de nuevo en Rebecca, y de repente ya no necesitó concentrarse. Tenía a Mary sobre la mesa y la iba a hacer gritar de placer, o al menos eso era el siguiente paso de su fantasía, cuando ella eligió ese momento para mencionar un vestido de novia que le encantaba.

—Cuando estemos casados no tendrás que esperar a esta hora de comer para conseguir lo que quieres —añadió ella con una risita.

Josh se imaginó a sí mismo haciéndole el amor al cabo de veinte años mientras ella no dejaba de hablar sobre alguna tontería, con los labios pintados y sin permitir que la besara, y en ese momento su deseo se apagó por completo.

Con un suspiro de frustración, Josh se retiró y se abrochó los pantalones.

—¿Qué pasa? —preguntó ella.

—No es por ti. Es que no he tenido un buen día. Anoche alguien me quemó el coche –explicó él por fin, ayudándola a bajar de la mesa y arreglándole la ropa.

–¡No puede ser! –exclamó ella–. ¿Quién iba a hacer una cosa así?

–No lo sé –mintió el.

–Es horrible.

Josh asintió pero empezó a sentirse un poco incómodo cuando notó los ojos de Mary clavados en su cara. Su novia tenía algo que decir, pero Josh no estaba seguro de querer oírlo.

–¿Qué? –preguntó el.

Ella se arregló las solapas de la chaqueta.

–No quiero que creas que voy a pensar mal de ti por lo que ha ocurrido.

–¿Lo que ha...?

–Ya sabes... –Mary señaló con la cabeza hacia la mesa y los papeles que habían arrugado con sus cuerpos antes de abortar la fantasía–. Un incidente como ese puede afectar la capacidad de un hombre para... reaccionar. Así que no lo pienses dos veces. Yo desde luego no lo haré.

Pero ya lo había hecho. Josh oyó el insulto a su virilidad y casi le dijo que habría reaccionado más que adecuadamente si ella hubiera estado pensando más en lo que hacía. Además, parecía que para Mary el sexo era una especie de medida de mantenimiento de la relación, como poner aceite al motor del coche para que funcione bien. Josh no quería que nadie hiciera el amor con él como una especie de favor. Quería la total honestidad y entrega que había sentido con Rebecca. En los pocos minutos que estuvieron juntos, les había faltado tiempo para quitarse la ropa, acariciarse, besarse...

–Gracias por tu comprensión –dijo Josh, hundiendo las manos en los bolsillos, en un gesto que daba por finalizada la visita.

Mejor no seguir hablando del tema. Además, tenía que reconocer que Mary no tenía la culpa de su reacción. Ella había ido a verlo con la intención de darle lo que creía que él deseaba.

Al margen de todo, la visita de Mary le había enseñado una

cosa, y la conclusión no le gustaba demasiado. Su problema no era Mary, era Rebecca. Y no iba a poder hacer nada con su vida hasta que consiguiera olvidarla.

Booker aceptó la cerveza que había pedido mientras Rebecca echaba un vistazo a su alrededor. El Honky Tonk estaba prácticamente vacío, pero aún era temprano. Siendo viernes por la tarde, no tardaría en llenarse de clientes y música. Pero Rebecca pensó que no debería haber ido.

—¿Por qué te he dejado arrastrarme hasta aquí? —gimió ella, con las gafas de sol puestas a pesar de la penumbra del local.

—Han pasado casi dos semanas, Rebecca. No puedes esconderte eternamente.

Buddy había roto el compromiso de manera definitiva dos días después de la llamada de Josh, hacía casi dos semanas, y ella había decidido tomarse unos días libres y apenas había salido de la cama desde entonces, excepto para fumar. Su intención de dejar el tabaco fracasó de la misma manera que su matrimonio con Buddy.

—Pensé que te haría bien salir un poco, escuchar música, echar una partida de billar —dijo Booker.

Rebecca bebió un trago del margarita que le sirvió el camarero.

—No, gracias, no me apetece.

—¿Qué te apetece hacer?

—Nada.

—Eso explica por qué llevas dos semanas sin trabajar.

—Vuelvo a trabajar el martes, si te hace sentir mejor —dijo ella, que no quería hablar de la depresión en que se había sumido desde que Buddy había cortado definitivamente con ella.

—Me alegro —dijo Booker—. Katie estaba preocupada por ti.

Aunque Rebecca sabía que Booker nunca lo reconocería, probablemente él estaba más preocupado que nadie, excepto quizá Delaney, que no paraba de llamarla.

—Si tú lo dices.

Alguien puso un disco de AC/DC en la máquina tocadiscos y el local se llenó de música rock. Booker miró a Rebecca a través del humo de su cigarrillo.

—Si tanto te importa Buddy, ¿por qué no lo llamas? Pídele una segunda oportunidad.

Rebecca negó vehementemente con la cabeza.

—No. No quiere hablar conmigo.

—¿Por qué no quiere hablar contigo?

Rebecca apagó el cigarrillo con gesto rápido y nervioso.

—Por lo del coche de Josh.

Booker estaba a punto de beber otro trago de cerveza, pero al oírla dejó la jarra en la mesa y la miró directamente a la cara.

—¿Cómo se ha enterado?

—En este pueblo los rumores vuelan —le recordó ella con cierta impaciencia, después de beber un trago de margarita.

—Buddy no vive en este pueblo —dijo Booker, algo que ella sabía perfectamente—. ¿Quién se lo ha dicho, Beck?

Rebecca lo ignoró y se puso a contemplar a las parejas que bailaban en la pista de baile al ritmo de rock and roll.

Booker la sacudió por el hombro.

—¿Quién se lo ha dicho? —insistió, aunque en realidad conocía la respuesta.

—Se lo dije yo —reconoció ella por fin.

—¿Y por qué se lo dijiste? —Booker la miró sin comprender, aunque no por mucho rato—. O sea que lo que hizo Josh no fue suficiente. Tú tenías que rematar la faena. En el fondo, querías que cortara contigo.

Rebecca lo miró ofendida al escuchar semejante acusación.

—Por supuesto que no —negó con vehemencia.

—Ya.

—Yo no lo provoqué para que me dejara —insistió—, pero tenía que saber si Buddy era capaz de enfrentarse a mi realidad, y dio la casualidad de que no lo es.

—Ya —Booker le guiñó un ojo, se llevó la mano a la frente a modo de saludo y bebió un trago de cerveza.

—¡Te digo que no lo hice por eso! —repitió Rebecca—. De todos modos, Buddy no habría sido feliz conmigo.

En ese momento se abrió la puerta y Rebecca giró la cabeza para ver a Mary Thornton acompañada de su séquito habitual. Su sorpresa fue mayúscula cuando la antigua capitana de animadoras del equipo de fútbol del instituto se dirigió en línea recta hacia su mesa y se detuvo delante de ella.

–Hace un par de días me encontré con Dilma Greene en la gasolinera y me dijo que fuiste tú quien prendió fuego al coche de Josh. ¿Es eso cierto? –quiso saber la mujer morena echando chispas por los ojos.

Rebecca cerró la boca para no dar rienda suelta a toda la frustración que se había ido acumulando en su cuerpo desde la primera vez que Buddy mencionó a su tía abuela y su padre concertó la estúpida tregua entre Josh y ella. Apretó las manos, pero logró hablar con increíble serenidad.

–Ya me he disculpado por ello y lo pagaré.

–¿Por qué tuviste que quemarle el coche a él, y no a otro?

–Pregúntale a él –respondió Rebecca encogiéndose de hombros.

–Ya lo he hecho –dijo Mary–. Dice que no lo sabe.

–Entonces yo tampoco.

Mary entrecerró los ojos. Estaba a punto de perder los estribos.

–Eres muy lista, ¿verdad? –le recriminó con asco–. Cuando toda la clase estábamos estudiando, tú hacías novillos para irte por ahí con el Lincoln de tu padre. Cuando íbamos de campamento a aprender destrezas de supervivencia, tú te dedicabas a tirar la cartera de Josh por el váter para ver si iba a recuperarla. Cuando estábamos decorando el baile para la fiesta de...

–Eh, que no era tu coche –la interrumpió Booker–. ¿Por qué no dejas que Josh y Rebecca solucionen sus problemas?

–Las cosas de Josh son prácticamente suyas –comentó una voz chillona detrás de Mary.

Por un momento Mary pareció perder la seguridad en sí misma, pero rápidamente se recuperó.

–Tú no te metas en esto –le espetó a Booker cruzándose de brazos desafiante.

–¿O qué? –respondió Booker con una risita.

Mary no tenía respuesta, así que prefirió continuar con su ataque a Rebecca.

–Lo que hiciste le afectó mucho. Me llamó a las tantas de la mañana, y estaba muy raro. Al día siguiente, ni siquiera pudo...

Otra de sus amigas soltó una risita por detrás, y Mary pareció replantearse lo que iba a decir.

–Bueno, no era el mismo. Desde entonces no ha sido el mismo.

–Si te hace sentir mejor, ya ha conseguido su venganza –dijo Rebecca, cansada de todo aquello.

–Ya me he enterado de que Buddy te ha plantado –continuó Mary sonriendo maliciosamente–. Y no creas que no lo entiendo. Nosotros desde luego nunca pudimos creer que quisiera casarse contigo. Pero lo que pasó entre Buddy y tú no tiene nada que ver con Josh.

–¿Eso crees? –preguntó Rebecca.

Entonces se levantó y salió del Honky Tonk, pasando de Mary y de sus amigas, con un intenso deseo de salir al aire libre y respirar aire fresco.

16

Josh estaba bajando del viejo coche que conducía ahora, uno de los viejos pick-ups del rancho que solían utilizar los mozos, cuando vio el coche marrón de Mary en el aparcamiento del Honky Tonk. Aquel fin de semana no tenía pensado verla. Tras lo ocurrido en su despacho un par de semanas atrás, Josh le dijo que quería tomarse algún tiempo para pensar en su relación.

Un ruido seco en la parte posterior del bar llamó su atención. Había alguien entre las sombras detrás del Honky Tonk cuya silueta le resultaba familiar...

Josh cerró la puerta del coche y se acercó, pero cuando llegó ya no había nadie. Quienquiera que fuera se había ido, y Josh no le dio más importancia hasta que dobló la esquina del edificio y casi se tropezó con Booker Robinson, que en ese momento acababa de salir por la puerta principal.

Los dos dieron un paso atrás y se miraron con recelo.

–¿Donde se ha metido? –preguntó Booker.

–¿Quién? –preguntó Josh.

–Rebecca.

En ese momento Josh recordó la silueta que acababa de ver en la parte de atrás y se dio cuenta de que tenía que ser ella. Pero no quiso decir nada sin saber qué la había hecho salir al frío de la noche.

–No lo sé. ¿Por qué? ¿Qué pasa?

Booker le dedicó una mirada cargada de desprecio.

–¿Por qué no se lo preguntas a tu novia?

—¿Le ha dicho algo Mary? —preguntó Josh, que lo que menos deseaba era que Mary se entrometiera en su relación con Rebecca.

Booker no respondió. Estaba demasiado ocupado mirando a su alrededor. Al no ver a nadie, se montó en su moto y salió del aparcamiento.

Josh lo dejó marchar. Tenía que hablar con Rebecca. Llevaba dos semanas queriendo llamarla pero debatiéndose entre hacerlo o no, y ahora era tan buen momento como cualquiera. Por lo menos sabía que estarían solos.

Hundiendo las manos en los bolsillos de la cazadora, rodeó el edificio y se apoyó en una esquina. Buscó con los ojos en la oscuridad, hasta que logró discernir la silueta de alguien sentado en un tronco sobre la hierba helada.

—Booker te está buscando —dijo sin moverse.

No obtuvo respuesta, aunque sabía que Rebecca lo había oído.

—Vamos, Rebecca. Sé que estás ahí.

—A lo mejor quiero estar sola —dijo ella.

Si ella no quería estar con Booker, mucho menos querría estar con él, y menos después de todo lo que había pasado. Pero Josh no se fue. Tenía algo que decir, algo con lo que esperaba borrar por fin de su mente la imagen de las lágrimas resbalando por las mejillas femeninas.

—Quiero hablar contigo —dijo él.

—No tenemos nada que decirnos. Te pagaré el primer plazo a finales de mes.

—No es por el dinero.

—¿Entonces qué?

Josh cruzó el solar de grava y se agachó a unos metros del tronco donde estaba ella, con cuidado de no acercarse más por miedo a ahuyentarla.

—Está un poco oscuro para eso, ¿no? —comentó al ver que Rebecca llevaba puestas las gafas de sol.

Ella se encogió de hombros.

—Mary me contó lo de Buddy —dijo él—. Espero que sepas que no era mi intención que pasara eso.

—Claro que lo era —dijo ella—. ¿Por qué si no tenías que llamarlo?

Buena pregunta, aunque Josh no tenía fácil respuesta. Lo que sí sabía era que no lo hizo para hacerle daño. Lo hizo para… ¿Qué? ¿Qué pensaba conseguir?

—No creía que las cosas llegaran tan lejos —dijo él, apoyándose los codos en las rodillas.

—Pues han llegado —dijo ella—. Ya puedes estar contento.

—No lo estoy —dijo él.

Lo cierto era que Josh se sentía fatal, abrumado por una mezcla de emociones que temía nombrar. En parte remordimientos, por causarle tanto dolor, pero también envidia. A juzgar por la tristeza que embargaba a Rebecca a causa de su ruptura con Buddy, no cabía duda de que Buddy había logrado cautivarle el corazón, mientras que él, después de veinticinco años, solo había logrado despertar su rechazo.

La única excepción había sido la noche del verano anterior, y de no ser por aquellos minutos en sus brazos, no le preocuparía tanto. Porque no habría sabido lo que se perdía. Pero ahora Rebecca estaba continuamente en sus pensamientos, y le irritaba preocuparse por ella como le irritaba el esfuerzo que tenía que hacer para quedar con Mary. Por no hablar del esfuerzo que le estaba suponiendo pedirle que se casara con él.

—Quiero otra tregua —dijo él lanzando una piedra que rebotó varias veces en el suelo hasta detenerse.

—No hace falta. No voy a hacerte nada. Sigue con tu vida y no vuelvas a pensar en mí.

Como si fuera tan fácil. A pesar de todos sus esfuerzos, Josh no lograba apartarla de su mente, y pensaba en ella en los momentos más inesperados, como cuando intentaba hacer el amor a Mary.

—¿Qué tal si somos amigos?

—Tampoco funcionó muy bien la última vez.

Josh lanzó otra piedra, que volvió a rebotar varias veces en el suelo hasta perderse en la oscuridad de la noche.

—Al margen de que seamos amigos o no, no quiero dinero por el coche. Yo empecé la pelea, y acepto la pérdida.

Rebecca permaneció en silencio durante un largo rato.
—¿Estás seguro? —preguntó ella sin volverse a mirarlo.
—Sí.
—Seguro que mi padre se pone muy contento —dijo ella con un sarcasmo que a Josh no le pasó desapercibido.
—No queremos defraudar a Doyle —dijo Josh.
—Tú no lo defraudarías ni aunque quisieras. Siempre ha creído que caminas sobre las aguas —comentó ella sarcástica.

Josh reflexionó un momento sobre esas palabras y las comparó con otros comentarios de Rebecca y su padre en el pasado.

—¿Eso es lo que tienes contra mí, Beck? —preguntó.

Rebecca se tensó.

—Claro que no. A mi padre le cae bien mucha gente que a mí no me gusta. Y no le cae bien mucha gente que a mí me gusta. Yo, por ejemplo —dijo con una carcajada poco convincente.
—¿No pensarás que tu padre no te aprecia? —dijo él.
—No sé lanzar un balón —dijo ella encogiéndose de hombros, como si eso lo explicara todo.
—¿Y qué tiene esto que ver?
—Te sorprendería —dijo ella.

Josh buscó otra piedra y la lanzó en el aire. La piedra rebotó varias veces en el suelo antes de detenerse.

—¿Vas a explicarme qué quieres decir con eso?
—No.
—Entonces explícame por qué me odias tanto. Por qué soy peor que Booker.
—No eres pe... —empezó Rebecca pero enseguida se interrumpió—. ¿Qué más da?—dijo—. Todo el mundo te adora. Tú nunca me has necesitado.

¿Y si la necesitaba ahora?

Josh cerró los ojos y recordó la noche que la tuvo en sus brazos, tratando de respirar de nuevo la sutil fragancia femenina, pero Rebecca estaba demasiado lejos y demasiado envuelta en el abrigo. El único olor que flotaba en el aire era el de la tierra fría y húmeda.

—¿Y el verano pasado, cuando viniste a mi casa conmigo?

—preguntó él, a pesar de la voz que le advertía a gritos que no volviera a tocar ese tema.

Sabía que Rebecca no quería reconocer que habían estado a punto de hacer el amor. Sabía que sería mejor fingir que aquel día no había existido. Pero... tenía tantas preguntas. ¿Por qué lo que hubo entre los dos fue algo tan natural, a pesar de haber sido siempre enemigos? ¿Por qué reaccionó ella con aquella intensidad, como si estuviera enamorada de él desde siempre? ¿Por qué sentir la piel suave y desnuda pegada a la suya, y el cuerpo femenino arqueado hacia él, lo excitó más que el contacto con ninguna otra mujer? ¿Y por qué ella al final se había ido? Cierto que había llegado su hermano, pero Mike no los habría interrumpido.

—¿Beck?

—¿Qué? –dijo ella, recelosa.

—Entonces no parecía que me detestaras tanto.

Rebecca se encogió de hombros, quizá un poco forzada, pero Josh no podía estar seguro.

—No sabíamos lo que hacíamos –dijo ella–. Estábamos borrachos.

Josh tomó una brizna de hierba y se la metió entre los dientes.

—Yo no estaba borracho –le aseguró.

Después se levantó y se alejó para no tener que mirar a las gafas oscuras y ver únicamente su reflejo.

Rebecca se habría quedado en el aparcamiento del Honky Tonk durante horas de no haber vuelto Booker a buscarla. Tenía las manos y los pies entumecidos, pero también los sentidos. Apenas hacía un mes estaba hojeando revistas de novias y planeando su nueva vida en Nebraska. Ahora volvía a su vida de siempre sabiendo que quizá nunca podría huir de Dundee ni de sus errores del pasado. Ahora vería cómo Josh, el ideal de su padre del hijo perfecto, continuaba triunfando en lo personal y en lo profesional. Seguramente se casaría y tendría hijos mientras ella seguía soltera y se pasaría el resto de su vida cortando pelo para llegar a duras penas a fin de mes.

El ruido de una moto anunció la llegada de Booker mucho antes de que los faros iluminaran el aparcamiento. Rebecca se levantó y se sacudió los pantalones.

–¿Me buscabas? –preguntó acercándose a la moto que Booker acababa de aparcar.

–¿Tú qué crees? –dijo él apagando el motor.

–Lo siento. He estado teniendo una íntima y sincera conversación con Josh Hill –dijo ella sarcástica.

–No veo sangre –dijo él quitándose el casco–. Eso es una buena señal.

–Hemos declarado otra tregua.

–Estás sonriendo –observó él–. Debe de haber sido una buena tregua.

–Sonrío porque me ha perdonado la deuda de los treinta mil dólares del coche.

Booker abrió los ojos sorprendido.

–¿Y eso no te dice nada?

–Que no tengo que pagarle el todoterreno.

Tras unos segundos de silencio, Booker continuó.

–La verdad es que dice mucho más que eso –se subió la cremallera de la cazadora de piel–. Pero no importa, ¿eh? Tú le odias. Es el malo de la película.

–Sí, lo es.

Booker sonrió y le dio un casco.

–Está bien que otro sea el malo para variar –comentó–. Nunca he visto a nadie luchar tanto contra esto como vosotros.

–No sé de qué me hablas.

–Claro que lo sabes.

–No, no lo sé –dijo ella, con la esperanza de que él cambiara de tema.

Pero Booker no cambió de tema.

–Entonces ¿por qué no te haces un favor y me demuestras que estoy equivocado?

Rebecca sabía que aquella propuesta no podía tener nada bueno, pero la curiosidad pudo con ella.

–¿Cómo?

–Trata a Josh como si te gustara para variar y a ver qué pasa.

—No pasará nada. Creerá que estoy loca.
—Cobarde —dijo él.
—No soy ninguna cobarde.
—En ese caso, no tienes nada que perder —dijo Booker encendiendo el motor.
—No —dijo ella muy despacio, porque no había una respuesta mejor.

Pero no estaba segura.

Josh miró a Mary sentada frente a él en el restaurante. No se habían prometido nada, sin embargo era como si llevaran años casados. Pero no como de esos matrimonios que llegan a lograr un equilibrio basado en el respeto mutuo, sino en un matrimonio rutinario y sin amor, basado en la monotonía de sus vidas.

Josh miró a Ricky, sentado junto a su madre. Ricky era un gran chaval, pero Josh no podía casarse con Mary por él.

Por un lado era un alivio llegar por fin a verlo con tanta claridad. Por otro, sabía que iba a defraudar a mucha gente, sobre todo a Mary.

—¿Podemos ir a montar a caballo? —preguntó Ricky a Josh, con la boca llena de tortitas.

—No hables con la boca llena —le dijo su madre.

Josh no tenía tiempo para llevar a Ricky a montar a caballo, pero su determinación a mantener una mínima relación con el muchacho, y los remordimientos por lo que iba a decirle a su madre, lo obligaron a decir que sí.

—¡Bien! —exclamó el muchacho con una sonrisa de oreja a oreja—. ¿Me das una moneda para la máquina? —le pidió a Josh extendiendo la palma.

Al niño le encantaba sacar algo de la máquina cada vez que iban al restaurante, ya fueran caramelos, anillos, cadenas o cualquiera de los objetos baratos que iban dentro de la burbuja de plástico que caía al azar con cada moneda, y unas monedas era un precio pequeño por tener un momento de intimidad con su madre. Ahora que Josh sabía que no había futuro con Mary, de nada serviría mantener la relación, y lo mejor era ser franco con ella.

—Toma —le dijo entregándole todas las monedas que llevaba en el bolsillo y varios billetes de dólar que podía cambiar en la caja—. Que te diviertas.

Mary sonrió al ver alejarse a su hijo, evidentemente complacida con la generosidad de Josh.

—¡Cómo lo mimas!

Josh no mimaba a Ricky como lo hacía Mary, pero de repente vio que lo que ella hiciera con su hijo no era asunto suyo, por lo que no hizo ningún comentario.

—Tenemos que hablar de nosotros, Mary —dijo él.

Ella lo miró radiante. Sin duda creía que era la esperada proposición de matrimonio.

—Me parece que ya era hora —dijo ella, sentándose más erguida en la silla, ofreciéndole una radiante sonrisa.

Josh frunció ligeramente el ceño al ver la esperanza e interés en los ojos azules femeninos.

—Esto va a ser difícil —reconoció.

—¿Por qué difícil? —preguntó ella—. Puedes decirme lo que quieras, cariño. Seguramente te conozco mejor que nadie —añadió con una sonrisa insinuante, refiriéndose sin duda a lo ocurrido la última vez que se vieron en su despacho.

—Creo que debemos dejar de vernos —dijo él, sin querer seguir alimentando en vano sus esperanzas.

Mary parpadeó e hizo un esfuerzo para mantener la sonrisa.

—Bromeas, ¿verdad? Todos saben que somos la pareja perfecta. Teníamos que habernos casado hace años, al terminar el instituto, pero yo me lie con ese idiota de Glen y...

Josh le tomó la mano.

—No nos vamos a casar, Mary —dijo él—. He tardado mucho tiempo en darme cuenta, lo sé, y por eso te pido perdón.

—Pero las cosas iban tan bien entre los dos —dijo ella, con una vocecita un poco histérica—. Si es por el incidente en tu despacho hace un par de semanas... yo no tuve la culpa. Bueno...

—Eso no tiene nada que ver, Mary. Me he dado cuenta de que... estaremos mejor como amigos.

Los dedos femeninos se curvaron y Josh sintió las uñas afiladas que se le clavaban en la mano.

–No lo dices en serio –protestó ella, temblando–. Últimamente has estado sometido a mucho estrés. Es una decisión precipitada, Josh. No deberías…

Josh sabía que su decisión no tenía nada de precipitada, pero Ricky ya había vuelto con la boca llena de chicles y los bolsillos a rebosar de juguetes y caramelos. El niño observaba a su madre con curiosidad, y Josh decidió dejarlo para otro momento.

–Hablaremos en otro momento –dijo.

Mary no le soltó la mano.

–Hemos invertido más de siete meses en esta relación, Josh. Eso no puede desaparecer con una conversación de dos minutos.

Josh miró incómodo a Ricky, que ahora los observaba a los dos con los ojos muy abiertos.

–Lo sé.

–¿Entonces lo pensarás mejor? ¿Lo pensarás bien antes de destruir algo que es lo mejor para ti?

–Mary, yo… –intentó decir Josh, pero Ricky empezó a preguntar de qué hablaban y la camarera estaba retirando los platos de la mesa contigua, así que Josh se limitó a encogerse de hombros y dijo–: Claro.

Mary sonrió aliviada.

–Puedo convencerte –dijo ella–. ¿Voy a verte esta noche?

Más aceite al coche.

–No, pero te llamaré en otro momento, ¿vale?

–Vale –Mary miró a su alrededor y bajó la voz–. Sé que puedo hacerte feliz.

Y sujetando su bolso, salió con su hijo del restaurante. Judy, la camarera, le llevó la cuenta.

–¿Quieres algo más? –le preguntó a Josh.

«Huir de Mary sin hacerle daño», pensó Josh.

Pero eso iba a ser bastante difícil, así que le pidió otro café.

17

Josh llevaba llamando a Mary desde el miércoles, pero su madre siempre le decía que no estaba. Probablemente no era cierto, pero si Mary no estaba preparada para aceptar su decisión, él podía esperar. Además, tampoco tenía ganas de hablar con ella. Después de un par de días haciendo papeleo en su despacho, estaba cansado y le dolían los hombros, pero no le apetecía acostarse. Todavía no. Era viernes, apenas eran las diez de la noche, estaba soltero y, aunque en Dundee no había muchos sitios adonde ir ni a él le quedaban muchos amigos solteros con los que salir, no quería quedarse en casa.

Josh consideró las posibilidades antes de descolgar el teléfono. ¿Quién había dicho que un soltero no podía salir a tomar una copa un viernes por la noche?

—Estás sonriendo a Josh Hill otra vez —protestó Delaney.

Conner estaba pasando el fin de semana con su abuelo en California y las dos amigas habían decidido ir al Honky Tonk para recordar viejos tiempos.

Por su lado, Rebecca había estado dándole vueltas al desafío de Booker. ¿Que tratara bien a Josh? ¿Por qué no? Pues aunque una parte de ella creía que Booker estaba equivocado y Josh la odiaba tanto como siempre, otra parte no podía olvidar la última conversación que había tenido con él en el aparcamiento del Honky Tonk, en especial la admisión de que aquella noche de verano de quince meses atrás él no estaba borracho.

Sin duda era un asunto que estaba pendiente, y Rebecca decidió que ya era hora de tratar a Josh como un amigo, sonreírle e incluso intentar seducirlo, para averiguar la verdad sobre aquella noche.

Y, por una vez, el destino parecía haberse puesto de su parte. Josh estaba en el Honky Tonk, solo.

—No le estoy sonriendo —dijo Rebecca, que no pensaba confesar a su amiga que había cambiado de táctica.

Por si las cosas no salían bien.

—Claro que sí, te he visto. No has parado de mirarlo, y él a ti —dijo Delaney.

—No, solo estoy siendo cordial, como una amiga. Hemos declarado otra tregua.

—Eso es más que cordial. Estás flirteando con él —insistió Delaney apoyando una mano en lo que le quedaba de cadera y volviendo la cabeza hacia la zona donde Josh estaba con un par de matrimonios amigos—. Te está mirando. ¿Lo ves? Ahora me ha visto mirando y ha vuelto la cabeza.

—Seguramente estará preguntándose dónde está Conner —dijo Rebecca, echando una moneda en la máquina de discos.

—Seguramente estará preguntándose cómo puedes sonreírle tan encantadora después de prenderle fuego a su coche —replicó Delaney—. ¿Y dónde está Mary? Siempre va con él.

—A mí no me lo preguntes —dijo Rebecca ajustándose la minifalda de cuero negro que había elegido para máximo impacto—. Mary y yo no somos precisamente amigas.

Delaney abrió la boca para decir algo, pero en ese momento Billy Joe y Bobby se abrieron paso entre la gente y se acercaron a ellas.

—Hola, Delaney —dijo Bobby—. ¿Qué tal va el enbarazo?

—Bien, el médico dice que el niño está fenomenal —dijo Delaney—. Solo me falta una semana para salir de cuentas.

Bobby sonrió y sacudió la cabeza. Billy Joe ni siquiera saludó a Delaney. Estaba demasiado ocupado silbando y mirando a Rebecca de arriba abajo con clara admiración.

—Vaya faldita que llevas, cielo —le dijo sonriente—. ¿Qué te parece si damos unos cuantos pasos de baile?

—Por mí bien —dijo Rebecca y se dejó llevar a la pista.

Un momento después, Bobby y Delaney bailaban junto a ellos y, por un momento, las cosas volvieron a ser como antes.

Rebecca empezó a relajarse. Buddy la había plantado, pero no estaba sin opciones, y en ese momento sus opciones no tenían mala pinta. Booker había llevado a su abuela a Boise y probablemente aún no habría vuelto, así que no sabía que ella había aceptado su reto. Por lo visto, Mary también tenía otros planes para la velada, y allí estaba Josh, solo y sin dejar de mirarla con una mezcla de desconfianza y curiosidad que le daba muchas esperanzas.

Y si ella continuaba sonriéndole, seguro que al final la curiosidad ganaría a la desconfianza y ella tendría más oportunidades de conseguir su objetivo. Solo una noche para satisfacer el deseo que Josh despertó en ella hacía más de un año.

La misteriosa sonrisa que Rebecca le ofrecía cada vez que sus ojos se encontraban resultó ser demasiado para Josh y al final la sacó a bailar. Claro que intentó mantenerla a una distancia respetable, pero era ella quien no dejaba de acercarse a él cada vez más. El pelo corto le olía a lluvia y la piel suave brillaba en la penumbra, y no pasó mucho rato antes de que las manos masculinas se deslizaran hacia abajo, se curvaran sobre las suaves nalgas femeninas y la mantuvieran donde estaba, bien pegada a él. Era como fuera su sitio natural.

—Ésta es la clase de tregua que me gusta —murmuró él, sintiendo cómo el deseo le recorría las venas.

Automáticamente recordó el sabor del beso de Rebecca y se obsesionó con su boca. La miró a los labios, y después a los ojos verdes que lo observaban con tanta picardía, y toda la sangre de su cabeza empezó a descender en picado hacia abajo. Quizá el fenómeno le estaba costando la capacidad de raciocinio, pero no entendía qué era exactamente lo que había cambiado entre ellos. ¿Por qué bailaban abrazados, tan pegados? Esta vez el alcohol no tenía nada que ver. No llevaban tanto tiempo en el pub para estar bebidos.

Sin embargo, allí estaba, pegado a ella y reprimiéndose para no doblarla hacia atrás y besarla como si fuera la única mujer en el mundo, a pesar de que estaban en un lugar público.

—Nunca imaginé que pudiéramos respetar una tregua —dijo ella apoyando la mejilla en el hombro masculino—. Pero creo que ésta no va a salir mal.

—Es mucho mejor que encontrarme tijeretas en la taquilla —respondió él, y acto seguido, sin poder resistirse, le trazó la curva del lóbulo de la oreja con la punta de la lengua muy sutilmente.

Rebecca se estremeció y se pegó más a él, y Josh pensó en lo mucho que quería otra oportunidad de tenerla en su cama y de... Deslizó el pulgar bajo la tela de blusa y le acarició la suave piel de la cintura.

—Me encanta tenerte así, Beck.

—Podría ser mejor —dijo ella acariciándole la nuca con los dedos.

—¿Es una invitación? —preguntó él.

—¿Tú qué crees?

—A mí me ha sonado a invitación.

Rebecca lo desarmó con una seductora sonrisa.

—¿No empezamos algo el año pasado que se quedó en el aire? —le recordó moviéndose sensualmente contra él.

Josh parpadeó.

—Tú lo dejaste en el aire.

—¿Y no puedo cambiar de idea?

El primer impulso de Josh fue sujetarla por el brazo, sacarla del Honky Tonk y llevarla directamente a su coche. Pero todavía no había decidido si era prudente llevar lo que había entre ellos al siguiente nivel. Además estaba Mary. Aunque había roto su relación con ella, ella no lo había aceptado.

—No lo sé. La noche es joven —dijo él tratando de ganar tiempo.

Rebecca echó la cabeza hacia atrás para mirarlo y Josh respiró la embriagadora mezcla de menta y alcohol en su aliento. El olor le gustó y se inclinó hacia delante para besarla.

El local era oscuro y estaba lleno de humo, el volumen de

la música era demasiado alto, pero en Dundee una cosa así no pasaba desapercibida. Josh no podía apartarse de ella. Todos sus sueños y fantasías se centraban en Rebecca Wells.

–Eso no es una respuesta –dijo ella.

Él la apretó aún más.

–¿En qué estás pensando exactamente? –preguntó él–. Tu repentina partida la última vez no es precisamente un aliciente. Me gustaría saber si piensas dejarme plantado otra vez.

–Eso depende –dijo ella.

–¿De qué?

–De cómo vayan las cosas.

Con Rebecca las cosas nunca eran fáciles. Incluso cuando la seductora era ella, nunca se rendía. Y él tenía que admitir que era una de las cosas que le gustaban de ella, que fuera tan imprevisible. Hacía que todo fuera mucho más emocionante.

Claro que también podía terminar con la paciencia de un hombre.

–¿Y Delaney? –preguntó él, aunque en realidad su conciencia estaba gritando: «¿Y Mary?».

Rebecca arqueó las cejas y sonrió con cinismo, aunque del modo más femenino. Dios, aquella mujer lo estaba volviendo loco.

–Delaney no puede venir con nosotros –le dijo.

–¿Vas a dejarla aquí?

–Sale de cuentas dentro de una semana. Estará más que encantada de irse a casa pronto –dijo Rebecca.

–¿Le vas a decir que te vienes conmigo? –dijo él, con los labios pegados a su garganta.

Otra sonrisa sexy.

–No, eso será nuestro secreto –sugirió ella con la voz enronquecida.

Josh sintió que su cuerpo se tensaba de deseo, pero no acababa de confiar en ella. ¿Le estaba tendiendo una trampa? Si Rebecca se iba con él, ¿le haría el amor por la noche para abandonarla por la mañana?

Desde luego no podía descartarlo, pero el mañana de repente quedaba muy lejos.

—¿Y? —preguntó ella—. ¿Qué me dices?

¿Que qué le decía? Si se liaba con ella, la vida dejaría de ser un camino plácido y seguro, sin duda, pero sería mucho más excitante y emocionante. Y en el fondo Josh sabía que ella era la mujer a la que podría amar el resto de su vida.

Respirando hondo, Josh la besó en la frente.

—Tengo que hacer una cosa —le dijo—. Manda a Delaney a casa y reúnete conmigo fuera dentro de quince minutos.

Después llamó a Mary y le rogó a su madre que la convenciera para ponerse al teléfono, a pesar de su insistencia de que no estaba en casa. Cuando Mary se puso al aparato, Josh cortó definitivamente con ella. Al salir, le dijo a su hermano que se fuera a un hotel. Tras lo sucedido la primera vez, no quería arriesgarse a otra interrupción. Aquella noche no. Aquella noche Rebecca era suya.

Rebecca ladeó la cabeza para recibir mejor el beso de Josh y hundió los dedos en su pelo. Él olía al cuero de la chaqueta que llevaba, a loción de afeitar, y junto a la sensación del pecho desnudo contra sus senos, la sensación era abrumadora. Rebecca apenas podía respirar por culpa del deseo que amenazaba con consumirla.

No se parecía en nada a lo que tuvo con Buddy. En absoluto. Menos mal que no se había casado con él. No le habría gustado perderse algo tan intenso.

Josh era el motivo por el que no se había casado, pero tampoco iba a agradecérselo, y menos cuando había interferido tanto en su vida solo para hacerle daño.

Josh la hizo rodar en la cama debajo de él, cubriéndola con su cuerpo a pesar de que él todavía no se había quitado los pantalones ni ella la falda. Rebecca le rodeó el cuerpo con las piernas y lo pegó más a ella. Él gimió e intensificó el beso.

—Me encanta cómo besas —dijo él, acariciándole con la lengua el labio inferior y succionándolo suavemente con la boca.

Rebecca hubiera podido decir lo mismo, pero estaba demasiado ocupada disfrutando del peso sólido que la anclaba al colchón. Si Josh era tan bueno en otras cosas como besando, la noche podía ser inolvidable. Dentro de poco podría satisfacer la curiosidad y el anhelo que sentía desde hacía tanto tiempo.

–¿Te gusta? –preguntó él lamiéndole suavemente un seno y sujetándolo para ver la reacción del pezón a la luz del pasillo.

Rebecca lo observaba, atrapada por el erotismo de lo que le estaba haciendo.

–¿Te gusta? –insistió él.

Rebecca esbozó una sonrisa y asintió.

–Entonces dilo. Quiero oírtelo decir –dijo él mirándola con los ojos medio cerrados por la fuerza del deseo.

–Me gusta –dijo ella con la respiración entrecortada.

–¿Quieres más?

–Sí.

–Dime qué más te gusta.

–¿Me quieres oír decir cochinadas?

–No, quiero oírte decir que me deseas, que no sería igual con ningún otro. Que no te vale ningún otro.

Rebecca se sentía más cómoda con la mera relación física. Lo físico era algo que podía controlar, que no podía amenazarla, pero Josh le estaba pidiendo que mezclara el mero hecho de compartir un placer físico con algo mucho más personal, y no podía. No podía desnudar su alma ante Josh Hill. Seguía teniendo altas defensas contra él que no quería derribar, ni siquiera ahora, y precisamente porque lo deseaba, a él y solo a él, y lo quería dentro de su cuerpo como no había deseado tener a ningún hombre, no podía decirle lo que él quería oír.

–No habría venido a casa si no quisiera estar aquí –dijo ella, eludiendo la pregunta.

Josh se apoyó en los codos y la miró serio.

–¿Es lo más que puedes hacer? –preguntó deslizando una mano bajo la falda–. Venga, Becky, quiero oírte decir mi nombre. Quiero estar seguro de que sabes que soy yo quien te hace gritar de placer.

Como ella no contestó, la mano masculina se detuvo a mitad del muslo.

–¿Beck?

–Josh, déjate...déjate de juegos –dijo ella con la voz ronca–. No es como para que nos vayamos a hacer ilusiones, ¿no?

Josh retiró la mano.

–¿A qué ilusiones te refieres?

–A que pueda salir algo de esto. Hemos sido enemigos demasiado tiempo.

Josh la miró con recelo.

–¿Y qué somos ahora?

Rebecca hizo una pausa. Se dio cuenta de que las cosas empezaban a marchar en dirección contraria a la que ella deseaba, pero no sabía cómo devolverlas a su rumbo original sin entregarse demasiado. ¿Qué era lo que quería, una confesión de que por fin lograba la victoria en la guerra en la que se habían enzarzado desde su infancia? Eso no podía dárselo nunca. Era un talismán, su protección contra el carisma devastador que él utilizaba para conquistar a todo el mundo, la única manera de saber que él nunca le encontraría defectos.

–De momento supongo que somos amantes –dijo.

–De momento.

–Sí.

–¿Y mañana?

El interrogatorio la puso aún más nerviosa e incómoda.

–Oye, ya basta de conversación, ¿vale? O vamos a estropearlo todo. Hoy es hoy, y mañana será mañana –dijo estirando la mano hacia la cremallera de los vaqueros, con ganas de continuar con lo que estaban haciendo, pero él le apartó la mano–. ¿Qué pasa? ¿Por qué me has traído aquí si no es esto lo que quieres?

–Es lo que quiero.

–¿Entonces a qué esperas? Yo quiero lo mismo.

Josh sacudió la cabeza.

–No estás preparada –comprendió él, y se levantó de la cama.

Rebecca no podía dar crédito. ¿Cómo que no estaba preparada? ¡Nunca lo había estado tanto!

–Pero ¿qué dices? –exclamó sentándose en la cama y cubriéndose el pecho con la sábana. El rechazo la hizo sentirse muy vulnerable–. ¿Es tu venganza por lo del coche?

–No.

–¿Por dejarte plantado el año pasado?

–No.

–¿Pues por qué? Tienes tantas ganas como yo. No puedes ocultarlo.

–No quiero ocultarlo –dijo él–. Ya lo he reconocido.

–Entonces ¿por qué no me haces el amor?

–Porque quiero que signifique algo. Puedo acostarme con cualquiera, pero es solo un revolcón más, a menos... a menos que sientas algo por mí.

–Me tomas el pelo.

–En absoluto. No volveré a tocarte hasta que me mires a los ojos y me digas que soy el único hombre que deseas, y que darías cualquier cosa por tenerme.

Rebecca apretó la sábana con las manos.

–¿Te has vuelto loco?

Sujetándole la barbilla, Josh le alzó la cara hasta que quedaron nariz con nariz. Rebecca pensó que iba a besarla, cruzó mentalmente los dedos para que lo hiciera. Aquello tenía que ser una broma de muy mal gusto. Muy propio de Josh, provocarla hasta el último momento...

–A lo mejor me he vuelto loco –dijo él–, pero no pasará nada entre nosotros hasta que tengas la valentía de correr el mismo riesgo que yo.

–No lo entiendo –protestó ella.

Josh recogió el sujetador y la blusa del suelo y se los entregó.

–Entonces te lo pondré más fácil. Si no sientes nada por mí, no quiero tener nada contigo. Ahora vístete, voy a llevarte a casa.

De todas las jugadas que Josh le había hecho, aquella era la peor.

«Si no sientes nada por mí...». ¡Como si él sintiera algo por ella! ¡Como si él no estuviera prometido a Mary Thornton! ¡Como si con ella quisiera algo más que un simple revolcón!

Aunque eso lo hubiera podido tener y no lo quiso.

Rebecca ignoró la punzada de dolor en el pecho y continuó mirando por la ventanilla del coche mientras Josh la llevaba a casa. ¿Dónde se había equivocado? En el Honky Tonk Josh él había reaccionado tal y como ella había planeado: la sacó a bailar y después la llevó a su casa. Allí las cosas se pusieron aún mejor, pero de repente las tornas cambiaron y él terminó haciéndose con el control de la situación.

Maldita sea, nunca sería capaz de ser mejor que él.

Josh detuvo el coche delante de su casa y se fue sin decir una palabra.

—Imbécil —murmuró Rebecca antes de meterse a la casa.

Booker estaba durmiendo en el sofá, con la televisión encendida, y ella trató de pasar sin despertarlo, pero no lo consiguió.

—¿Beck? ¿Eres tú? ¿Dónde has estado? —quiso saber él, y se incorporó medio adormecido en el sofá.

—En el Honky Tonk.

—Después de dejar a la abuela en casa he ido al Honky Tonk.

A Rebecca se le cayó el alma a los pies.

—¿Estaba Delaney?

—No, pero estaba Bobby y me dijo que te habías ido con Josh.

—Josh se ha ido antes que yo.

—Sí, pero no habéis engañado a nadie —Booker apagó el televisor y se sentó—. ¿Ha sido todo como creías?

—No.

—Qué lástima.

—¿Por qué?

—Porque todo el mundo te está echando la culpa de que cortara con Mary. Esperaba que al menos sacaras algo bueno de eso.

Un estremecimiento recorrió de repente el cuerpo de Rebecca.

—¿Josh ha cortado con Mary?

—Eso es lo que he oído.

—¿Cuándo lo ha hecho?

–Por lo que dicen esta noche, supongo. Antes de que cerrara el local, Mary ha venido al Honky Tonk buscándolo. Y estaba furiosa –Booker bostezó y se tumbó–. Supongo que él no te lo ha mencionado.

–No –dijo ella–. No me lo ha mencionado.

18

—¿Qué tal anoche?

Rebecca parpadeó y se sentó en la cama, sin saber cómo había logrado descolgar el teléfono dormida.

—¿Delaney? Son las... ¡ocho de la mañana! —exclamó al ver el reloj.

—Estaba impaciente por saber cómo habían ido las cosas con Josh.

Rebecca habría podido esperar mucho más para contárselo.

—No quiero hablar de eso.

—Tan mal, ¿eh?

—Peor. Resulta que no somos compatibles —dijo Rebecca dejando escapar un largo suspiro.

—No lo parecía cuando bailabais pegados como lapas en el Honky Tonk —comentó Delaney—. Aunque después de todo lo que habéis pasado, no me parece tan sorprendente.

Rebecca se quedó un momento en silencio, sin querer recordar en voz alta el fiasco de la noche anterior.

—Aunque hay algo interesante —dijo ignorando el sarcasmo era la voz de su amiga.

—¿El qué?

—Por lo visto Josh cortó con Mary anoche, y según una fuente fiable, fue antes de llevarme a su casa.

—Oh, eso es decente por su parte.

—No creo que Mary esté muy de acuerdo contigo —dijo Rebecca—. Dime, ¿qué tal tú?

—Bien, aunque cada vez más pesada. A lo mejor me pongo de parto para tu cumpleaños.

—Como no voy a ir a Cancún, espero que ese día pase algo. Una fiesta en el Honky Tonk ya no parece tan emocionante como antes.

—¿No me digas que te has cansado de jugar a los dardos con Billy Joe y Bobby?

—Estoy preparada para pedirle algo más a la vida —dijo ella.

Unos días más tarde, Rebecca estaba a punto de ir a trabajar cuando sonó el teléfono. Era su padre.

—¿Dónde te has metido todo este tiempo? —preguntó Doyle Wells malhumorado después de un breve y corto saludo—. Tu madre quiere saber por qué no has venido últimamente por casa.

No había vuelto por allí desde la fiesta de aniversario, porque no quería tener que ver en sus caras lo decepcionados que estaban con ella. Ni tampoco oír más críticas ni burlas sobre lo ocurrido con el coche de Josh. Incluso si su padre no sacara el tema, sus hermanas y sus cuñados querrían saber todos los detalles, y se reirían por lo bajo, intercambiándose miraditas de complicidad que no se creía capaz de soportar.

—He tenido mucho trabajo —dijo ella, con ganas de colgar—. Y ahora tengo que salir si no quiero llegar tarde a trabajar.

—Ayer me llamó Josh Hill —la informó su padre.

Rebecca se detuvo, con una extraña sensación en el estómago. Todo el pueblo sabía que Josh había cortado su relación con Mary, pero él no se había puesto en contacto con ella desde el fin de semana. Y sabía que tampoco lo haría. Tenía que cumplir ciertas condiciones si quería volver a estar con él, y las ganas de capitular y soltarle el típico rollo de «te quiero, te necesito, no puedo vivir sin ti» eran a veces mucho más fuertes que las de fumar un cigarrillo. Pero no pensaba dejarse necesitar a Josh Hill. Si había conseguido dejar de fumar una vez más, también lograría vencer su adicción a Josh, aunque tardara el resto de su vida.

–¿Qué quería? –preguntó ella.

–Al principio pensé que llamaba para pedirme el dinero del todoterreno que le quemaste, pero me dijo que lo había cubierto el seguro. Y después dijo unas cosas que me sonaron de lo más raro.

–¿Qué dijo?

–Quería saber cuánto hacía que no hablábamos.

–¿Tú y yo?

–Sí.

–¿Por qué te lo preguntó?

–No lo sé. Le dije que unas semanas, que no me acordaba exactamente, y él me dijo que te enseñaría a lanzar un balón si eso servía de algo –su padre se aclaró la garganta–. ¿Sabes a qué se refería?

–No –mintió Rebecca y apretó con fuerza el auricular cuando se dio cuenta de que Josh empezaba a ver más allá de su caparazón, y estaba descubriendo su verdadero yo. Pero no era justo.

No era un ataque frontal. Josh estaba rompiendo sus defensas por donde más debilitadas estaban. Ella le había ofrecido su cuerpo, pero no había sido suficiente. Él quería también jugar con su mente. ¿O con su corazón?

Todo sería menos alarmante si Josh se hubiera limitado a un rápido revolcón con ella y hubiera seguido con su vida.

Las noches que Booker salía con Katie, Rebecca se sentía tremendamente sola. Aquel viernes, Hatty se acostó pronto y Rebecca se quedó sola en el salón, primero viendo la tele y después leyendo. Después pensó en llamar a Buddy y preguntarle qué tal le iba todo, porque a pesar de todo lo que había ocurrido, lo que de verdad echaba de menos era su amistad. Quería hablar con él como hablaba con Delaney, quería poder contarle y analizar con él todo lo que había ocurrido con Josh, pero probablemente no era lo más inteligente.

Como tampoco era muy inteligente pensar en Josh. Cada vez que lo hacía, se ponía más furiosa por lo que le había hecho, o mejor dicho, lo que no le había hecho, y se juraba que nunca se dejaría dominar por él.

Después se imaginó cómo reaccionaría él si ella capitulaba y se preguntó si sería tan horrible como temía.

«Móntate en el coche y acércate a su casa. A ver si está o ha salido».

La tentación parecía de lo más inocua, aunque la voz que resonaba en su cabeza era sospechosamente parecida a la que le susurraba continuamente: «Por un cigarrillo no pasa nada. ¿Qué es un cigarrillo?».

—No pienso acercarme a Josh Hill —dijo en voz alta—. No permitiré que me gane.

Y después llamó a Buddy, porque hacerlo era mucho menos grave que ir a espiar a Josh.

Habló con él durante casi treinta minutos sin rencor, y pronto se trataron como viejos amigos, pero cuando colgó no podía dejar de pensar en Josh.

«Acércate. Solo una vez. No pasará nada. Quieres verlo y lo sabes».

Seguro que si Buddy supiera lo que estaba pensando, le diría que estaba loca. Y no solo él, también todos los habitantes de Dundee.

Menos mal que ella nunca hacía caso a lo que dijeran los demás.

Rebecca echó una ojeada al reloj. Eran casi las once de la noche. Sin pensárselo más, se levantó y agarró las llaves del coche.

Sentada en su coche, con el motor encendido, Rebecca miraba con anhelo a la casa de Josh. Al principio aparcó a medio kilómetro de su casa, por si acaso él estaba fuera o tenía compañía, pero no vio coches en la entrada y las luces estaban apagadas. Por eso se acercó un poco más y aparcó no muy lejos de la casa.

¿Qué pasaría si llamaba a la puerta? ¿La invitaría a entrar? ¿Se olvidaría de la ridícula conversación sobre mantener relaciones sexuales sin sentimientos? ¿Pero para qué? Su relación estaba maldita desde el principio. Él tenía que saberlo tan bien como ella.

Hacía días que apenas lograba pegar ojo por las noches. Cierto que estaba preocupada por Delaney. Su amiga había empezado a tener contracciones aisladas en los últimos días, lo que significaba que pronto daría a luz. Además, Booker se negaba a olvidarse de Katie, a pesar de que ésta llevaba toda la vida colgada de Mike Hill. Por muy valiente que fuera, Rebecca sabía que terminaría sufriendo, y no quería verlo así.

Pero por debajo de todo estaba el constante tirón magnético de Josh Hill, aparentemente sin motivo.

Por un momento Rebecca imaginó contarle lo que sentía en su corazón, decir la verdad para no tener el corazón siempre a punto de estallar. Pero no podía decirle que lo amaba. No tenía esperanzas de ser correspondida, y lo que menos quería era volver a ser el hazmerreír del pueblo por creerse capaz de ganar el corazón de Josh. Incluso si empezaran a salir, en el fondo todo el mundo estaría esperando que Josh entrara en razón y la dejara.

Decidido, se dijo metiendo la primera marcha y echando un vistazo al retrovisor. En ese momento un par de faros iluminaron la noche a su espalda. Por un momento sintió pánico. ¿Y si era Josh?

Apretó los dedos y agachó la cabeza, tratando de ocultarse. Con un poco de suerte el coche pasaría de largo. No fue así. El coche siguió acercándose por la carretera y al llegar al sendero donde ella estaba aparcada, giró y pasó junto a su coche.

—Oh, no —murmuró ella.

¿La habría visto? ¿Intentaría sorprenderla acercándose a su ventanilla? ¿Se daría cuenta de que lo estaba espiando como una tonta enamorada?

Roja de vergüenza, Rebecca levantó la cabeza para asomarse por el cristal de la puerta. Y dejó escapar un suspiro de alivio cuando Mike se apeó del coche, cerró la puerta y se dirigió a la casa.

Ah, qué alivio. Rebecca sabía cuándo había tentado demasiado al destino. En cuanto Mike desapareció en el interior volvió a poner el coche en marcha y se alejó todo lo rápido que pudo haciendo el menor ruido posible.

Mary fue al día siguiente a la peluquería a hacerse la manicura. Rebecca trató de concentrarse en la melena de la pequeña Jessica, pero era bastante difícil ignorar a Mary, que la estaba fulminando con la mirada.

–No te muevas –murmuró poniendo un juguete en el regazo de la niña.

Cuando terminó con ella, Rebecca se dijo que era el momento ideal para hacer un descanso e ir a comer, pero apenas había llegado a la puerta cuando la voz de Mary la detuvo:

–Rebecca, ¿puedo hablar contigo un momento?

Rebecca titubeó, tentada a responder con un «no» rotundo, pero entonces se recordó que ya no se iba a Nebraska, ni a ningún sitio, y que era mejor no continuar con una hostilidad tan declarada. Josh no había roto con Mary por su culpa. Rebecca no sabía nada de él desde aquella noche en su casa, y que hubiera roto con ella aquella misma noche era solo una casualidad. Si Mary lo entendía, podrían volver a ser enemigas más discretas.

–Claro –dijo Rebecca–. ¿Quieres que vayamos atrás?

Mary miró a Mona, que las observaba con curiosidad, y negó con la cabeza.

–No. Seguramente les contarás todo lo que te diga en cuanto salga por la puerta, ¿no?

Rebecca no se molestó en negarlo.

–Probablemente.

–Bien, solo quería decirte que podrías haberme dicho que estabas medio liada con Josh, en vez de hacerlo a mis espaldas.

–Entre Josh y yo no hay nada, y no hemos hecho nada tus espaldas –le aseguró ella.

–No me mientas –dijo Mary.

–No miento.

—Mi vecina me dijo que Josh pasó una noche contigo dos semanas antes de romper conmigo.

—¿Y cómo se habrá enterado tu vecina?

—Randy se lo dijo a tu hermana, y ésta a su mejor amiga, que se lo dijo a su madre, que es mi vecina —recitó Mary con aire de suficiencia.

—No es cierto —dijo Rebecca, sin tener remordimientos por la mentira puesto que Josh pasó una noche en su casa pero no como Mary creía.

—¿O sea que no estáis... liados?

—No.

—Bien, entonces no te importará que te diga que tarde o temprano Josh volverá conmigo —le aseguró Mary.

Rebecca sintió que algo se desplomaba en su interior y se detestó por ello. Pero hizo un esfuerzo por ocultarlo.

—¿Ah, sí?

—Por supuesto. Todavía me quiere. Lo único que le pasa es que le ha entrado un poco de pánico. Cuando un hombre está tan cerca del matrimonio, es normal que se ponga nervioso —declaró Mary con total convencimiento—. Solo quería decírtelo para que no te lleves un chasco y termines sufriendo —añadió.

Con eso la morena se miró la manicura recién hecha, se sopló el esmalte de uñas y salió de la peluquería con la cabeza muy alta.

Aquella noche, cuando la abuela Hatfield se acostó, Rebecca y Booker echaron una partida al veintiuno. Aunque ella no se podía concentrar. No dejaba de pensar en la futura reconciliación de Josh y Mary y lo mucho que detestaría encontrarse con ellos por el pueblo. Tampoco podía entender por qué le costaría mucho más superar esa reconciliación que su ruptura con Buddy.

—Deja de pensar en él —dijo Booker.

—¿En quién? —preguntó Rebecca, haciéndose la inocente.

—Ya lo sabes —dijo él simplemente—. ¿Quieres otra?

Rebecca miró las dos cartas que tenía como si no supiera lo que eran: un rey y un dos.

—¿Por qué no? Dame una.

Seguro que con otra se pasaba, pero plantarse con un doce era demasiado conservador para ella.

Booker le dio otra carta. Rebecca vio que era un ocho, y sonrió de oreja a oreja. A veces merecía la pena ser agresiva.

—Me planto —dijo.

Booker giró sus cartas, y toda la alegría de Rebecca se evaporó. Llevaba una reina y una sota.

—¿Qué tal con Katie? —preguntó ella mientras él repartía otra mano.

—Más o menos igual que tú con Josh.

Rebecca estudió sus cartas.

—Al menos tú la llamas y os veis de vez en cuando. Eso es mucho mejor que lo que hay entre Josh y yo.

Booker se detuvo un momento y la miró pensativo.

—Si no estás viendo a Josh, ¿adónde vas cuando sales tan tarde por las noches? —preguntó.

¿Se había dado cuenta? Tendría que haberlo sabido.

—No quieras saberlo —dijo ella—. Es de lo más patético.

Booker esbozó una extraña sonrisa.

—Yo estoy empezando a sentirme bastante patético. Anoche Katie me dijo que estaba enamorada de Mike —le confesó.

—Eso te lo dije yo casi al principio —le recordó Rebecca.

—Pero no es lo mismo que lo diga ella. Y tú supiste elegir mejor el momento.

—¿Por qué lo dices?

—Esperó a decírmelo después de terminar en su cama.

—¡Ay! —exclamó Rebecca mirando de nuevo las cartas. Una reina y un tres. No mucho mejor.

—Menos mal que no estamos en las Vegas —refunfuñó.

—¿Con una carta te pasas?

—Seguramente.

Por supuesto, le dio una jota. Después Booker enseñó sus cartas, una jota y un dos, y recogió todo el dinero de la mesa.

—¿Me has ganado con un doce?

Booker amontonó el dinero delante de él como si fueran fichas.

—Cuando juego contigo, siempre me planto en doce.

—¿Por qué?

—¿Tú por qué crees?

—¿Porque siempre me paso?

Booker sonrió.

—No siempre me paso –protestó ella.

—Siempre que tienes dieciocho o menos pides carta, lo que significa que tu media de pasarte es muy superior a la mayoría de la gente.

—Es que esta noche no sé qué me pasa –dijo Rebecca–. Se acerca mi cumpleaños, y en lugar de pasarlo en una playa de arena blanca en Cancún con Buddy de luna de miel, tendré que estar aquí.

—Buddy y tú no teníais nada que hacer.

Rebecca no quería reconocer que finalmente había aceptado esa realidad, así que no dijo nada.

—Además, Delaney dará a luz cualquier día –le recordó él.

—Cierto. Y no me gustaría perdérmelo.

Booker continuó barajando y repartiendo.

—Una pregunta –dijo ella–. ¿Piensas olvidar a Katie?

Booker la miró con una ceja arqueada.

—Claro. Más o menos cuando tú olvides a Josh.

—Yo no mantengo ninguna esperanza al respecto.

Booker sonrió.

—¿Esa mentira es para mí, o solo para ti?

—Te crees que lo sabes todo –lo acusó Rebecca.

—Lo que sé es que Josh tendrá difícil encontrar algo mejor.

Rebecca lo miró a los ojos y sonrió.

—Katie también.

—Otra vez esta ahí Rebecca –dijo Mike mirando por la ventana.

—Enciende la luz del porche –dijo Josh pensando que bien podía hacerle una pequeña concesión.

—¿Por qué? ¿Quieres que entre? —le preguntó su hermano perplejo.

Josh sintió una reacción en la parte baja del vientre y supo que era eso precisamente lo que más deseaba. Mandarla a su casa aquella noche había sido lo más difícil que había hecho en su vida, pero si se hubiera dejado llevar por sus anhelos más primitivos, seguro que ahora volverían a ser enemigos.

—Sí —dijo.

Mike se rascó la cabeza.

—¿No tuviste suficiente con aquella noche que me mandaste a dormir a un hotel?

—Para nada.

Josh empezaba a pensar que nunca tendría suficiente de ella. Al margen de todo lo que le había hecho a lo largo de los años, sabía que estaban hechos el uno para el otro. No entendía por qué, ni cómo, pero la niña orgullosa que había odiado casi toda su vida había logrado colarse en su corazón e implantarse allí para siempre.

Sin embargo, ella tenía que ir a él, tenía que admitir que también sentía algo por él, o no podrían tener un futuro juntos.

—Aquella noche no me acosté con ella —añadió—. Nunca me he acostado con ella.

—Pues yo diría que eso es una buena cosa —dijo Mike—. ¿Por qué estropear un récord perfecto?

Josh meditó unos momentos las palabras de su hermano mientras se comía otra galleta salada con queso y nata agria.

—No vas a hacerme caso, ¿verdad? —le preguntó Mike—. Quieres que entre.

—Sí.

—Y quieres acostarse con ella esta noche.

Josh apuró el vaso de refresco, se sentó en la silla y cruzó los brazos. Cierto. Pero ¿sería esa noche? En los últimos diez días, Rebecca se había acercado a su casa casi todas las noches, lo que significaba que la tentación estaba ahí. Algo tenía que llevarla hasta allí.

Pero era una mujer muy testaruda. Lograr que se abriera a él emocionalmente le estaba resultando mucho más difícil de lo que él había imaginado. De no ser por sus apariciones a medianoche, Josh habría pensado que jamás lograría conquistarla. Pero era evidente que ella lo quería tanto como él a ella.

Josh sonrió. Las cosas con Rebecca no serían fáciles, pero no le importaba. Lo único que quería era que Rebecca tuviera claro que era suya durante el día tanto como durante la noche.

–Josh, ¿me estás escuchando? –preguntó Mike.

Josh parpadeó y se dio cuenta de que su hermano esperaba una respuesta.

–¿Qué has dicho?

–Te he preguntado si querías acostarse con ella esta noche.

–Quiero acostarme con ella todas las noches –reconoció él, y sonrió al ver cómo su hermano se quedaba con la boca abierta.

19

La luz del porche se encendió y Rebecca se incorporó. Era como un faro en medio de la noche, pero no estaba segura de que la llevara a puerto seguro. Lo que sí sabía era que Josh estaba dentro. Lo había seguido desde el pueblo media hora antes, con mucho cuidado de no ser descubierta. Y después de llevar media hora debatiéndose entre acercarse a la puerta o no, ya había decidido volver a casa cuando la maldita luz del porche se encendió, haciéndola dudar.

No podía evitar recordar la conversación con Mary en la peluquería. ¿Y si tenía razón? ¿Y si la ruptura de Josh no era más que un caso de pánico pasajero? Mary parecía muy segura de que Josh volvería con ella, y además contaba con el apoyo de todo el pueblo. Todo lo contrario que ella.

Rebecca se frotó la nariz. Ahora las noches eran más frías y deseó haberse puesto una cazadora de más abrigo.

Debería volver a casa…

Puso el coche en marcha, pero antes de salir a la carretera vio que algo había cambiado en la casa. Las cortinas de la cocina estaban descorridas y Josh estaba allí de pie, con las manos en las caderas, mirándola. Retándola.

Tal y como sospechaba, Josh había encendido la luz por una razón. Comunicarle que sabía que estaba allí.

La vergüenza que debería haber sentido al ser sorprendida espiando al objeto de su fascinación se desvaneció al mirarlo. Y por mucho que intentó mantener los resentimientos del pasado, se dio cuenta de que se habían desvanecido, y que en su lugar había emociones más profundas contra las que ya no podía hacer nada. Josh Hill le gustaba con locura.

Y no solo para una noche.

Respirando profundamente, apagó el motor, salió del coche y se acercó a la casa.

Josh le ahorró las molestias de llamar. En cuanto ella pisó el primer escalón del porche abrió la puerta de par en par. Después la miró, esperando.

–¿Y bien?

No pensaba ponérselo fácil. Rebecca miró a su coche y pensó en una rápida retirada. Pero aparcó la idea cuando él salió y se lo impidió.

–Oh, no. De eso nada, cobardica.

–Yo no soy una cobarde –protestó ella.

Josh la sujetó por los hombros.

–Si no eres una cobarde di lo que has venido a decir y olvídate de salir corriendo.

Pero Rebecca no iba a ninguna parte. De repente lo supo con la misma certeza que sabía que el sol saldría por la mañana. Rodeando el cuerpo masculino con los brazos, deseó que Josh la besara y se olvidara de las palabras, pero cuando intentó distraerlo con un beso, él la apartó.

–Primero tienes que decírmelo.

Rebecca lo miró, sin entender cómo podía estar tan enamorada sin saberlo.

Josh pareció suavizarse un poco. La besó varias veces en la frente, la sien y las mejillas, y se detuvo junto a sus labios.

–No oigo nada, Rebecca.

–Estoy... dispuesta a arriesgar –murmuró ella.

–¿Arriesgar qué? –insistió él con la boca cerca de la suya.

Cuando él le frotó la nariz con la suya, Rebecca contuvo el aliento y sintió que todo su orgullo y sus temores se desvanecían.

–Arriesgarlo todo –reconoció ella–. Me gustas demasiado.

Josh sonrió y la abrazó.

–Así me gusta –rio él–. No ha sido tan difícil, ¿verdad? Y cada vez será más fácil.

—¿No esperarás que diga esas cosas continuamente? —preguntó ella deslizando las manos bajo la camisa masculina.

Por fin Josh la besó, fuerte y apasionadamente.

—Claro que sí. Y estoy seguro de que algún día me dirás que me quieres —le susurró al oído hundiéndole las manos en el pelo—. Me lo dirás una y otra vez cuando te haga el amor, justo antes de arrancarte gritos de placer. Aunque conociéndote, eso llevará un tiempo —añadió con una sonrisa.

—Espero que no te refieras a lo de los gritos de placer.

—No, me refiero a lo de «te quiero».

—Oh, me parece muy bien. Puedo esperar a que lo digas tú primero —dijo ella, buscándole los labios y fundiéndose con él en otro apasionado beso.

Por fin Josh se apartó para mirarla, y rio mientras le recorría con el pulgar la curva de la mandíbula, en una caricia tan posesiva y tan tierna que Rebecca creyó estar soñando. Josh la estaba acariciando, el hombre a quien estaba segura de odiar con toda su alma.

—Ese día puede llegar antes de lo que crees. Ya estoy medio enamorado de ti —dijo él—. Puede que lo haya estado siempre.

Rebecca lo miró y parpadeó. Quería capturar aquellas palabras y guardarlas dentro de su corazón.

—Repite eso.

Josh se echó a reír y le dio una significativa palmadita en el trasero.

—Ya lo has oído. Ahora ve a mi habitación y quítate la ropa. Quiero ver ese tatuaje.

Rebecca contemplaba a Josh mientras dormía. Dios, qué guapo era. Y cómo lo quería. Tanto que dolía. Tanto que la aterraba. ¿Y si despertaba por la mañana y se daba cuenta de que había cometido un error?

Aunque Josh sabía perfectamente quién era ella cuando le hacía el amor. Se lo había dejado muy claro más de una vez. Le había besado la garganta y el lóbulo de la oreja mientras mur-

muraba que nunca había deseado tanto a una mujer como la deseaba a ella. Y antes de llevarla al clímax, disminuyó el ritmo hasta el punto de volverla casi loca de frustración.

–Mírame –le había ordenado.

Cuando ella había abierto los ojos, Josh le había dicho que aquel era su castigo por todo lo que le había hecho, y después continuó excitándola lenta y tortuosamente hasta llevarla al clímax, y cuando la oleada de placer por fin se derramó por todo su cuerpo lo hizo con tanta intensidad que no pudo recriminarle nada.

Rebecca sonrió con satisfacción al recordar a Josh temblando de placer al borde de su orgasmo. En ese instante final, sus miradas se encontraron y los ojos de Josh se llenaron de una emoción muda que la hizo sentirse femenina y poderosa a la vez. Josh la deseaba. La deseaba con toda su alma. Y no solo eso. Josh conocía cada detalle de su pasado, y eso no parecía importarle.

Rebecca se volvió para verle la cara en la oscuridad, temiendo dormirse por miedo a despertar y que todo fuera totalmente diferente. Por la mañana Josh tendría que enfrentarse a su hermano, a su familia y a todo el pueblo. Por la mañana tendrían que tomar una decisión sobre si aquella noche se podía volver a repetir.

–¿En qué estás pensando? –murmuró Josh.

–En nada–mintió ella.

Josh le recorrió la cara con el pulgar.

–Yo estoy pensando que eres preciosa –dijo él.

Rebecca intentó no sonreír, no entregar más de su corazón, pero era demasiado tarde. Ya no le quedaban defensas. Estaba total e inequívocamente enamorada, y no sabía si eso terminaría siendo algo bueno.

–¿No te parece gracioso? –dijo ella.

–¿El qué?

–Que estemos aquí desnudos juntos después de todo lo que hemos pasado. Yo soy la que dije a todo el instituto que tenías un miembro viril de siete centímetros, ¿te acuerdas?

Josh sonrió.

—Sí, pero eran solo los juegos preliminares.
—¿Y mañana?
—¿Qué pasa mañana?
—Eso digo yo, ¿qué pasa mañana?
—Mañana pienso encontrar la manera de convencerte de que me prepares el desayuno... desnuda —dijo él—. Pero aún tenemos unas horas para abrir el apetito, y pienso aprovechar cada minuto —la rodeó con los brazos, rodó encima de ella y la besó—. ¿Ya estás lista para decirme que me quieres? —susurró apoyando la frente en la de ella.

—Claro que no —negó ella, a pesar de que su corazón estaba gritándolo como loco.

—Qué pena —dijo él—. Supongo que voy a tener que seguir tratando de convencerte.

—No lo conseguirás —insistió ella.

Josh lamió un pezón que ya estaba totalmente duro.

—Veremos lo que dices dentro de cinco minutos.

Rebecca estaba sentada a la mesa de la cocina, cubierta únicamente con una camiseta de Josh, los labios hinchados de sus besos y el pelo despeinado.

«Así es como me gusta más», pensó Josh, tratando de concentrarse en el desayuno y no en ella. Habían hecho el amor varias veces durante la noche, y todavía tenía ganas de llevarla de nuevo a la cama.

—El desayuno está casi listo. ¿Quieres más zumo de naranja?

Rebecca negó con la cabeza.

Josh dio la vuelta a las tortitas.

—Espero que tengas hambre. Aquí hay comida para un regimiento.

Rebecca no contestó.

Sin entender por qué se había quedado tan callada de repente, Josh la miró y la vio con la mirada perdida en la ventana.

—¿Qué pasa? —preguntó.

—Nada.

–Venga, Beck. No te creo. ¿Qué pasa?

Rebecca cruzó los brazos y lo miró con el ceño fruncido.

–Con Mary siempre salíais a desayunar. Es evidente que no te importaba que te vieran con ella.

–Tampoco me importa que me vean contigo.

–¿Y por qué quieres desayunar aquí en vez de ir a Jerry's?

Josh sacó el beicon de la sartén para que no se quemara.

–Eh, tus conclusiones son un poco precipitadas para un día, ¿no crees? Además, pensé que sería más divertido prepararte el desayuno. –dijo–. Cierto que no soy muy buen cocinero, pero el desayuno es lo único que no me sale mal. Y así no tendrías que vestirte –añadió bromeando para animarla un poco.

Pero no funcionó.

–¿No te importaba que Mary se vistiera?

–No.

–¿Por qué no? ¿Porque querías salir con ella y que os viera todo el mundo?

–No.

–¿Entonces por qué?

Josh suspiró. No estaba especialmente ansioso por analizar sus actos. Pero lo que sabía era que llevar a Mary a desayunar a Jerry's marcaba definitivamente el fin de su rato juntos y le permitía empezar a trabajar.

–No lo sé –dijo él poniendo el beicon en un plato y cascando un par de huevos, que echó a la sartén–. No me la imaginaba en la cocina de mi casa mirándome mientras yo le preparaba un desayuno. Supongo que no quería que se sintiera demasiado cómoda en casa.

Rebecca lo estudió unos momentos.

–Yo estoy en la cocina de tu casa mirándote mientras me preparas el desayuno –repitió ella–. Incluso me he puesto una camiseta tuya.

–Lo sé –dijo él–. Y lo más alucinante es que me encanta.

Después de desayunar, Rebecca volvió a casa. Se alegró al ver que no había nadie y, después de arreglarse, fue a trabajar. A las once y media en punto, la puerta de la peluquería se abrió y apareció Booker con su abuela.

—Tengo hora —declaró la abuela Hatfield, como si esperara que Rebecca sacara a la señora Londonberry del sillón de una patada y la atendiera a ella.

Booker miró a Katie con cierta intensidad, y ésta le dio la espalda y empezó a rebuscar en los cajones.

Rebecca notó la tensión entre ellos, pero estaba demasiado preocupada para pensar en eso.

—¿Qué tal la noche? —preguntó Booker a Rebecca desabrochándose la cazadora y acercándose a ella.

Rebecca se aclaró la garganta y miró a su alrededor, para ver si alguien los escuchaba.

—Bien —murmuró.

—¿Solo bien? —preguntó él con una maliciosa sonrisa.

La señora Londonberry dejó la revista que estaba hojeando y los miró.

—¿Qué pasó anoche? ¿Me he perdido algo?

—No pasó nada —dijo Rebecca.

Pero Hatty debía de llevar el audífono a todo volumen porque de repente dijo en voz bien alta:

—Algo debió de pasar, porque en casa no has dormido.

Ashleigh, la nueva peluquera que había empezado a trabajar para ocupar el puesto de Rebecca tras su boda, se volvió hacia ella.

—Eh, Rebecca, ¿ya estás saliendo con otro? ¿Tan pronto? —le preguntó con una sonrisa y un guiño.

Rebecca no quería decir nada. Quería esperar a ver qué pasaba con Josh antes de que todo el pueblo empezara a hablar de ellos.

—Claro que está saliendo con alguien —soltó la abuela Hatty a grito pelado—. Ese chico tan mono, Josh Hill. Booker me dijo que está loco por ella. Que lo tiene loquito dijiste, ¿verdad, Booker?

En la peluquería se hizo un tenso silencio.

—Muchas gracias —murmuró Rebecca a Booker.

—Imposible —exclamó la señora Londonberry—. El chico de

los Hill se va a casar con la hija de Barb y Gene, Mary. Ayer mismo me dijo Barb que estaba segura de que se casarían en Navidad.

–¿No se ha enterado? –dijo Ashleigh recogiendo unas cajas del suelo–. Han roto.

–Sí, han roto porque Josh está loco por Rebecca –repitió la abuela, como si no hubiera quedado claro la primera vez.

–Pero Josh y tú nunca os habéis llevado bien –dijo Katie volviéndose hacia Rebecca, aunque sin poder evitar mirar a Booker–. ¿Es verdad?

–Josh y yo somos... solo amigos –dijo Rebecca encogiéndose de hombros.

–Yo no paso la noche con mis amigos –puntualizó Ashleigh.

Rebecca cerró los ojos consciente de que ahora jamás podría evitar que los rumores corrieran como la pólvora por todo Dundee. Nadie creería que Josh la prefería a Mary. ¡Cómo se burlarían de ella! Y quedaría como una idiota, sobre todo ahora, que ya no estaba segura de si lo ocurrido la noche anterior tenía el significado que había pensado en el momento. El tiempo que había estado con Josh había sido demasiado perfecto.

–Me dijo que Buddy estaba buscando un caballo para criar –musitó Katie, como hablando consigo misma–. ¿Por eso vino a cortarse el pelo?

Rebecca dejó las tijeras en su bandeja y suspiró.

–No. No hay que exagerar nada –dijo–. Mary me dijo que Josh volvería con ella. Así que no es lo que pensáis.

–¿Entonces qué es? –preguntó Mona.

A Rebecca también le gustaría tener la respuesta. Josh dijo que solo se acostaría con ella si eso significaba algo. Y la había tratado como si sintiera algo por ella. De hecho, le había dicho algunas cosas preciosas. Lo que no sabía era si él iba en serio o les decía lo mismo a todas sus conquistas.

–Pues...

Afortunadamente en ese momento sonó el teléfono y Rebecca salió disparada a descolgar, agradecida por la inesperada interrupción.

–¿Rebecca? –dijo Delaney al otro la de la línea en cuanto descolgó.

–Sí, Delaney, ¿qué pasa?

–Es el momento. Las contracciones aún no son muy fuertes, pero ya nos vamos. ¿Vas a venir al hospital?

Rebecca no se lo pensó dos veces.

–Por supuesto, ¿estás bien?

–Sí.

–Nos vemos allí.

Rebecca colgó y después de pedirle a Ashleigh que se ocupara de sus clientas y decirle a Booker que volvería tarde, salió de la peluquería.

20

La habitación del hospital estaba a oscuras y en silencio. Delaney estaba dormida en la cama, y Conner, el nervioso padre, por fin se había quedado adormecido en un sillón junto a la cama sin soltar la mano de su esposa. Rebecca acunaba entre sus brazos a la pequeña Emily, que apenas tenía ocho horas de vida.

Mientras jugueteaba con las diminutas manitas de la pequeña, Rebecca la contempló con la misma veneración que experimentó durante el parto.

—Eres increíble —murmuró besando suavemente la mejilla satinada de la pequeña—. Verte venir al mundo me hace creer en todas las cosas buenas, Em.

—Eh, pareces preparada para tener un hijo —dijo Delaney.

Rebecca levantó la cabeza y encontró a Delaney mirándola con una dulce sonrisa en los labios.

—Primero tendría que encontrar marido, ¿no crees? —dijo Rebecca.

—No es necesario, pero desde luego yo diría que es la mejor manera —Delaney se apoyó en un codo para mirar a Conner, que seguía dormido en el sillón—. Se ha portado muy bien, ¿no crees?

—Desde luego que sí —dijo Rebecca.

Aunque la intención de Rebecca había sido esperar en el vestíbulo con los padres adoptivos de Delaney, ésta insistió para que ella entrara también en el paritorio con Conner y compartiera con ellos la increíble experiencia del alumbramiento.

Una experiencia que le llenó los ojos de lágrimas cuando vio respirar por primera vez a la recién nacida y despertó en ella un instinto maternal que no creía poseer.

La pequeña Emily empezó a moverse, buscando el pecho materno, y a regañadientes Rebecca se la pasó a su amiga.

—Me gustaría que las cosas entre Buddy y tú hubieran salido mejor —comentó Delaney, que había visto el anhelo de los ojos de Rebecca al contemplar a su hija.

—Estamos mejor así —reconoció Rebecca—. Lo nuestro nunca hubiera funcionado. Y... —decir lo que tenía en la punta de la lengua todavía era difícil, pero Delaney era su mejor amiga, y teniendo en cuenta el anuncio de la abuela Hatty en la peluquería ya no tenía sentido ocultar la verdad—. Y creo que al final va a haber algo entre Josh y yo.

Delaney, que estaba mirando a su hija mientras la pequeña buscaba el pezón con la boca, levantó la cabeza de golpe.

—¿En serio? ¿Por fin lo reconoces?

Rebecca asintió.

—¿Ante él? ¿O solo ante mí?

—Anoche me hizo reconocer que quería estar con él.

—¿Y qué dijo cuando se lo dijiste?

—Que algún día le diría que le amaba.

—Vaya, vaya, vaya —exclamó Delaney divertida—. ¿Y tú que crees?

—Creo que podría decírselo ahora mismo y me quedaría corta —dijo Rebecca.

—Oh, no... —murmuró Delaney con preocupación.

—¿Eso es todo lo que se te ocurre?

—¿Y qué más quieres que diga? Casi me da miedo pensar lo que os podéis hacer en el futuro —rio Delaney.

—Pero nunca hemos intentado ir los dos en la misma dirección —dijo Rebecca.

—Eso es cierto, pero... —Delaney se recogió un mechón de pelo detrás de la oreja y se mordisqueó el labio inferior—¿te imaginas casada con Josh algún día? ¿Y ser la madre de sus hijos?

Rebecca bajó la mirada hasta la pequeña Emily y asintió.

—En este momento no puedo imaginarme tener hijos con nadie más.

Josh descolgó el teléfono al primer timbrazo. No sabía nada de Rebecca desde por la mañana, y ahora que ya eran más de las doce de la noche empezaba a preocuparse y temer que lo ocurrido la noche anterior no se volviera a repetir. Teniendo en cuenta el carácter imprevisible de Rebecca, no podía descartar un repentino cambio de opinión y una negativa a volver a verlo. Quizá no le había dejado claro que lo ocurrido por la mañana era algo positivo: por primera vez en su vida no sintió ganas de llevar a la mujer con la que había pasado la noche a desayunar a un lugar más impersonal, sino que quiso tenerla en su casa y compartir el momento con ella en la intimidad.

Aunque al pasar por la peluquería le dijeron que Rebecca estaba en Boise con Delaney, que se había puesto de parto, esperaba que tarde o temprano lo llamara.

—¿Diga? —dijo.

Además, ya eran más de las doce de la noche y quería ser el primero en felicitarla por su cumpleaños. Pero no era Rebecca. Era Mary desde el Honky Tonk para pedirle que la llevara a casa. Y a juzgar por su voz debía de haber bebido bastante más de la cuenta.

—¿Dónde están tus amigas?

—No sé. Me pa... rece que Constante...

Josh apenas lograba entenderla.

—... con Leonard y... Wendy.... No sé.

A Josh le pareció escuchar un sollozo al final de aquellas frases entrecortadas y pensó que estaba llorando.

—¿Ocurre algo?

Pero no logró obtener una respuesta coherente de Mary y suspiró. No quería salir de casa. Todavía esperaba la llamada de Rebecca, y no sabía si ella tenía el número de su móvil. Pero tampoco podía dejar a Mary en aquel estado en el Honky Tonk.

—Ahora voy —le dijo por fin.

***

A aquellas horas, prácticamente a punto de cerrar, el Honky Tonk estaba bastante vacío. Josh miró a su alrededor, y vio a Billy Joe y Bobby jugando a los dardos con un par de amigos. En la barra había dos o tres grupos bebiendo y charlando, y en la pista un par de parejas bailando. Mary estaba en una mesa cerca de la máquina de discos, sola y con un vaso en la mano. Llevaba el rímel corrido y la ropa arrugada. Cuando lo vio, lo miró con desprecio.

–¿Qué haces aquí? –preguntó.

–Me has llamado, ¿te acuerdas? He venido a llevarte a casa.

Mary se quedó mirando a la copa sin responder.

–Mary, ¿quieres que te lleve a casa o no?

–¿Cómo has podido? –quiso saber ella de repente–. ¿Te das cuenta de lo que me has hecho? ¡Todo el mundo pensaba que nos íbamos a casar! ¡Todo el mundo! Y me dejas por esa... esa golfa de Rebecca –sacudió la cabeza como si sus palabras no fueran suficientes para describir su humillación.

–Lo siento –dijo él–. Ya hemos hablado de eso. Seguro que encuentras a alguien mejor que yo que...

–¡No hay nadie mejor que tú!

Josh debería sentirse halagado, pero sabía que Mary lo veía sobre todo como un símbolo de estatus social.

–Y con Rebecca, además –sollozó Mary con desesperación–. Todo el mundo pensaba que no te caía bien.

–Eso pensaba yo también –asintió él poniéndole la mano sobre la suya, tratando de tranquilizarla.

–¿Y cuándo cambiaste de opinión?

Josh sonrió recordando todos los años que había conocido a Rebecca. Desde cuando era una niña que correteaba por el pueblo hasta, años más tarde, cuando se convirtió en una mujer.

–¿La verdad?

–La verdad.

–Creo que fue por aquella pelea con Buck Miller.

—¿Cuándo estábamos en séptimo? —gimoteó Mary.

Josh asintió, aunque sospechaba que había estado enamorado de Rebecca desde antes, desde el día que la vio por primera vez y ella, con apenas ocho años, se había erguido cuan alta era, había alzado la barbilla y lo había mirado con aires de superioridad.

—Es difícil competir con ponerle la nariz como un pimiento a Buck Miller —reconoció Mary sorbiendo la nariz y suspirando—. ¿Y crees que lo vuestro funcionará?

—No tengo ni idea —dijo él—. Rebecca siempre parece hacer las cosas más difíciles de lo que tienen que ser, pero si ella me acepta, vamos a intentarlo.

—Bueno.... —Mary se secó las lágrimas y miró a la pista de baile—. ¿Me concedes al menos un último baile?

Por fin había llegado a Dundee. Rebecca estaba tan cansada que apenas podía mantener el coche en la carretera. Sabía que debería haberse quedado en un hotel en Boise, pero después de todo lo ocurrido estaba ansiosa por volver a ver a Josh.

¿Debía llamarlo en cuanto volviera a casa? ¿O mejor aún, ir directamente a su casa y meterse en su cama? Además de…

Ver el coche de Josh en el aparcamiento del Honky Tonk la devolvió bruscamente a la realidad. ¿Que hacía Josh allí a las dos de la mañana? El aparcamiento estaba prácticamente vacío, ya era casi la hora de cerrar y... entonces Rebecca vio el coche de Mary Thornton aparcado no muy lejos del de él y sin pensarlo dos veces se metió en el aparcamiento y detuvo su coche al lado del de Josh con un frenazo en seco.

Cuando llegó a la puerta principal del bar, la abrió de par en par. El ruido de la puerta al golpear contra la pared llamó la atención de los pocos clientes que quedaban. Pero no de Josh y Mary, que estaban en la pista de baile, bailando lentamente, y tardaron un poco más en reparar en su presencia. Cuando Josh la vio, soltó a Mary y fue hacia ella con una sonrisa.

—Ya has vuelto.

—No te me acerques —dijo ella extendiendo ambas manos hacia delante, furiosa—. ¡Te creí! ¡Confié en ti! ¡Casi... casi te dije que te quiero! —gritó sin poder ni querer reprimirse.

Desde la zona de los dardos, Billy Joe y Bobby ulularon divertidos.

—Cuidado, Josh. No está muy contenta y te lo va a dejar bien claro —gritó uno de ellos.

—Estará bien en cuanto la lleve a casa —dijo él sin inmutarse, mirándola con una satisfecha sonrisa en los labios—. ¿Casi me dijiste que me quieres?

—No, y no te lo diré nunca. No pienso ir a casa contigo. Nunca volveré a ir contigo —respondió ella—. Y no quiero que me perdones la deuda. Te pagaré el maldito todoterreno, hasta el último centavo. Porque no quiero deberte nada. Ni siquiera quiero... ¡Ah!

Al verse lanzada sobre el hombro de Josh, Rebecca enmudeció. Esperaba una pelea, o una disculpa, o una excusa, pero Josh no hizo nada de eso. Simplemente la llevó hacia la salida como si ese tipo de situación fuera una ocurrencia normal.

—¡Déjame! —gritó ella, dándole puñetazos y patadas, aunque sin demasiado entusiasmo.

Quería estar en brazos de Josh. Quería que él la convenciera de que lo que había visto no era lo que parecía.

—¿Adónde la llevas? —preguntó Bobby, que junto con su hermano y Mary contemplaban la escena boquiabiertos.

—Ya te lo he dicho —respondió Josh sin molestarse en volver la cabeza—. A casa.

—¿A qué casa? —preguntó Mary.

—A nuestra casa.

21

–¿Tienes hambre?

La respuesta automática de Rebecca fue negar con la cabeza, pero enseguida se dio cuenta de que apenas había comido en todo el día y estaba desfallecida.

–Un poco.

–¿Qué quieres comer? –preguntó él entrando en la cocina de su casa y yendo hacia la nevera. La abrió y miró al interior–. ¿Una tortilla?

–Vale.

Mientras Josh sacaba los huevos, el queso, las cebollas y los champiñones de la nevera y los llevaba a la encimera, Rebecca se sentó a la mesa de la cocina.

–¿Vamos a hablar de lo que acaba de pasar? –preguntó ella.

–No hay nada que hablar –dijo él–. Has pensado que había algo entre Mary y yo, pero no es lo que parecía. Eso es todo.

–Eso no es todo.

–¿Hay más? –preguntó él sonriendo mientras empezaba a cortar la cebolla.

Rebecca tenía un montón de preguntas, sobre el comentario de «nuestra casa», el hecho de echársela al hombro como si le perteneciera, y algunas más, pero lo pensó mejor y prefirió dejar los asuntos serios para otro momento. Además, era su cumpleaños.

–Supongo que no –dijo.

Josh rompió los huevos en un cuenco, echó un pellizco de sal y empezó a batirlos.

—Bueno, cuéntame lo de la niña de Delaney y Conner —dijo él mezclando todos los ingredientes antes de echarlos a la sartén.

El chisporroteo de los huevos en la sartén junto con el olor a comida era reconfortante y Rebecca se sintió perfectamente a gusto sentada en la cocina de Josh y dejándose cuidar por él.

—Ha sido realmente maravilloso. Nunca había visto nada así, Josh —confesó con los ojos brillantes a pesar del cansancio—. Tan pronto estaba riendo como llorando, y a ratos muy preocupada por Delaney. No sabes las ganas que me han entrado de fumar, pero me he aguantado. Y después, cuando ha nacido la niña y la he tenido en mis brazos, he sentido un anhelo tan fuerte que apenas podía...

Al ver la expresión de perplejidad en el rostro de Josh, Rebecca calló.

—¿Qué? —dijo notando que empezaban a arderle las mejillas.

—¿Un anhelo tan fuerte que apenas podías... qué? —insistió él.

Rebecca trató de buscar algo que restara importancia al deseo implícito en sus palabras. Quería que las cosas con Josh fueran más despacio. Antes de dejarle ver su lado más emotivo y vulnerable tenía que aprender a confiar en él. Pero sus emociones y sentimientos eran tan intensos y estaban tan a flor de piel que no se podían disimular. Además, tampoco se le daba bien.

—Que no podía respirar —terminó.

Josh retiró la sartén del fuego, dejó la espátula y se acercó a ella. Allí se agachó delante de ella.

—¿Quieres tener un hijo, Beck? —le preguntó mirándola a la cara.

Rebecca asintió. Sí, quería un hijo. Quería tener un hijo con él. Quería formar una familia con él.

—¿Puedes esperar a que estemos casados? —preguntó él tomándole ambas manos.

—¿Casados? Solo llevamos juntos un día.

—Nos conocemos prácticamente de toda la vida, y yo no necesito más tiempo —le aseguró—. ¿Y tú?

—No, yo tampoco.

Cuando sonó el teléfono, Rebecca pensó que era el reloj del horno de Hatty. En sueños lo apagó una y otra vez, pero el ruido no paraba. De repente se hizo un silencio y se acurrucó contra el hombro de Josh. Estaba a punto de dormirse de nuevo cuando alguien aporreó la puerta de la habitación.

—¿Josh? ¿Está Rebecca contigo?

Era Mike.

—Sí, estoy aquí —dijo ella incorporándose y retirándose el pelo de la cara. Después sacudió a Josh, todavía dormido a su lado—. Es tu hermano.

Josh se desperezó y se incorporó.

—¿Qué pasa? —preguntó, a la vez que pegaba a Rebecca contra él y hundía la cara en el hueco de su garganta.

—Es Booker al teléfono —respondió Mike.

Josh descolgó el teléfono de la mesita y se lo entregó a Rebecca.

—Es tu querido Booker —refunfuñó.

—¿Celoso? —sonrió ella.

—¿Cómo lo sabes?

Si no dejaba de darle la razón, no iban a poder discutir nunca, pensó ella con el teléfono en una mano y acariciándole el pelo con la otra.

—¿Qué pasa?

—Llamo para avisarte. Tu familia te está buscando. Han hablado con Delaney y saben que dejaste el hospital anoche, así que están a punto de llamar a la policía estatal y a todos los depósitos de cadáveres de Boise —la informó su amigo—. Temen que hayas terminado con el coche en alguna cuneta, y no iba a decirles que estabas durmiendo con Josh.

—Bien hecho —dijo ella hundiendo de nuevo los dedos entre los cabellos de Josh—. Los depósitos de cadáveres, ¿eh? Eso no tiene buena pinta.

—¿Qué no tiene buena pinta? –murmuró Josh.

—Mis padres creen que he desaparecido –dijo ella, aunque no sonaba especialmente preocupada.

Desde luego tenía cosas mejores en las que pensar.

—Oye ¿qué vas a hacer para tu cumpleaños? –preguntó Booker.

Josh la besó en la sien y le tomó un seno en la palma de la mano, con la clara intención de distraerla. Y que dejara de hablar con Booker de una vez.

—Creo que vamos a ir de compras –respondió ella cerrando los ojos y disfrutando de las caricias de Josh.

—¿Quiénes?

—Josh y yo.

—¿Un regalo de cumpleaños?

—No, un anillo de compromiso.

—¿No me digas?

Rebecca sonrió recordando algunos momentos especialmente intensos de la noche anterior con Josh.

—Te digo.

Y después de recordarle que le debía un regalo de cumpleaños, Rebecca colgó y llamó a la casa de sus padres para asegurarles que estaba bien. Después de tranquilizar a Fiona, Rebecca miró a Josh. Este le guiñó un ojo sin dejar de acariciarla, dándole fuerzas para lo que les tenía que decir.

—Me caso –dijo por fin.

—¿Qué?

—Que me caso.

Su madre titubeó un momento.

—Escucha, hija, no sé si ese matrimonio es una buena idea. Tu padre y yo hemos hablado, y no creemos que Buddy sea un buen marido para ti. No sé, si al menos quisiera venirse a vivir aquí... pero creemos que no sería bueno para ti dejar a tus amigos y tu familia –explicó su madre atropelladamente, cada vez más nerviosa–. Si te vas, no nos veremos nunca, ni podremos conocer a nuestros nietos y...

—Tranquila, mamá –la interrumpió Rebecca–. No voy a marcharme a Nebraska.

Su madre quedó en silencio.

—Bueno, eso es... un alivio. Al menos.

—Sí, para mí también —dijo ella—. ¿A qué hora cenamos hoy?

—A las cinco. Y voy a preparar tus platos favoritos, estofado de carne y tarta de chocolate.

—¿Puedo llevar un invitado?

—¿Booker? —preguntó su madre, dejando muy claro que no le hacía ninguna gracia.

—No, mi prometido.

—Oh —el tono de su madre cambió al instante—. Claro. Será un placer volver a ver a Buddy. Doyle quiere hablar con él y decirle unas cuantas cosas.

—Bueno, eso ya lo veremos —dijo Rebecca.

—¿Vamos a anunciarlo hoy? —preguntó Josh colgando el teléfono.

—He pensado que es un buen momento. Toda mi familia estará reunida por mi cumpleaños.

—Entonces más vale que movamos el trasero. Quiero que tengas el anillo.

—Es jueves. ¿No tienes que trabajar? —preguntó Rebecca.

—Eso es lo bueno de trabajar con tu hermano —dijo él—. Hoy, que se ocupe él. Me lo debe, por todos los días que ha estado en McCall.

—Eh, vosotros dos, ¿queréis desayunar? —gritó Mike desde la cocina.

—Chico, menuda suerte de hermano —dijo Rebecca.

—No tanta como la que tengo yo contigo —dijo él abrazándola.

Un momento después gritó a su hermano que desayunara sin ellos.

Josh respiró hondo al aparcar delante de la casa de los Wells y miró a Rebecca.

—¿Estás bien? —preguntó mientras ella recorría con los ojos los coches aparcados delante de la casa.

El monovolumen azul de Randy y Greta estaba detrás del

coche de Doyle y Fiona, y el rojo de Delia y Brad estaba un poco más adelante junto al todoterreno de Carey y Hillary.

–Están todos aquí –dijo Rebecca sonriéndole, aunque con menos confianza en sí misma de la que le gustaría.

–Solo son tu familia –le dijo él–. No pasa nada, ¿vale?

–Vale.

–¿Estás lista?

–Lista.

Rebecca bajó del coche y se dirigió con pasos firmes hacia la casa.

–Eh, ¿a qué viene tanta prisa? –preguntó él echando a correr tras ella.

–Quiero terminar con esto cuanto antes.

Josh la sujetó de la mano y la volvió despacio hacia él.

–Eh, tranquilízate y dime qué es lo que te pasa.

–No se lo van a creer. Y menos mi padre.

–Tenemos la prueba.

Josh le alzó la mano y le enseñó el anillo de oro con un diamante mucho más grande que el que ella había elegido en principio.

–Seguro que intentan convencernos de que no lo hagamos –dijo ella, mirándolo con incertidumbre–. Nos dirán que lo nuestro no puede funcionar, ya lo verás, y yo…

–Por suerte, no son ellos los que tienen que decidir.

Rebecca se mordió el labio inferior. Josh se inclinó y la besó, moviéndose deprisa porque ya oía cómo se abría la puerta principal de la casa y sabía que no les quedaba mucho tiempo a solas.

–Te quiero –le susurró, porque era verdad.

Por primera vez en su vida sentía que podía entregar todo su corazón. Rebecca no sería la mujer más fácil del mundo, eso ya lo sabía, pero también sabía algo más: no podía vivir sin ella.

Una vacilante sonrisa cruzó el rostro de Rebecca al mirar del anillo a él.

–Yo también te quiero.

Josh sabía que a ella todavía le costaba expresar abiertamente sus sentimientos y que prefería evitarlo, pero solo necesitaba un poco de tiempo y apoyo para aprender a confiar plenamente en él.

—Creía que habías dicho que no me lo dirías nunca —le provocó él.

La sonrisa de Rebecca se hizo más pícara.

—Tú lo has dicho primero.

—¿Rebecca? —gritó su padre bajando al primer escalón del porche—. ¿Ese que está contigo es Josh Hill?

—A menos que Buddy haya crecido medio metro desde la última vez que lo vi, ese no es el tío de Nebraska —dijo Randy saliendo a la puerta con el resto de la familia.

—Sí que es Josh —se maravilló alguien.

—¡Dios, ahora sí que lo he visto todo! —exclamó Randy.

Rebecca deslizó una mano para agarrar la de Josh y tiró de él hacia delante. Estaba mucho más tranquila que un momento antes y Josh se sintió orgulloso de tener aquel efecto en ella. El suyo sería un buen matrimonio. Cuidaría de Rebecca, y ella, bueno, cuidaría de que sus vidas fueran de lo más emocionante.

—Quiero presentaros a mi prometido —les dijo a todos. Y después estiró la mano para enseñarles el anillo.

Un coro de «aaahhh» y «ooohhh» resonó a la vez que todos abrían las bocas con perplejidad y empezaban a sonreír divertidos y con los ojos brillantes.

—¿Qué ha pasado con Buddy? —preguntó su padre.

Josh se encogió de hombros.

—Tenía razón. No era el hombre que ella necesitaba.

Doyle mordisqueó un palillo mientras los contemplaba pensativo. Después apartó el palillo a un lado y le preguntó a Josh:

—¿Crees que podrás con ella?

—¿Conoce a alguien que pueda hacerlo mejor que yo?

Doyle se rascó la cabeza.

—Ahora que lo dices, supongo que no —admitió, y continuó mordisqueando el palillo—. ¿Qué van a decir tus padres?

—Que digan lo que quieran.

Doyle aceptó la respuesta sin comentarios, y Josh tuvo la certeza de que era la respuesta adecuada.

–Necesita una mano fuerte.

–Lo sé.

Los ojos de Doyle se iluminaron y su mirada pareció suavizarse al mirar a su hija.

–Aunque tengo que reconocer una cosa.

–¿Qué? –preguntó Josh.

–Que Rebecca merece la pena.

Rebecca debió de escuchar sus palabras porque padre e hija intercambiaron una mirada cargada de significado. Abriéndose paso entre las mujeres que rodeaban a su hija, Doyle abrazó a Rebecca. Era el abrazo más burdo que Josh había visto, pero era un comienzo. Rebecca sonrió.

Por suerte, no oyó el siguiente comentario de su padre.

–Pero con una es suficiente. Reza para que no os salga una hija como ella.

UN AMOR DE SIEMPRE

BRENDA NOVAK

Prólogo

A las diez de una cálida noche de jueves, Booker Robinson estaba sentado en su furgoneta, mirando la pequeña casa de alquiler en la que Katie Rogers vivía. No dejaba de decirse que era una locura estar allí. Él no era el tipo de hombre que pudiera pedir nada. Tenía por costumbre no necesitar a nadie. De niño había aprendido que mostrarse como un ser vulnerable nunca recibía recompensa.

No obstante, se había enterado de que Katie Rogers y Andy Bray estaban prácticamente comprometidos para casarse y que Katie iba a abandonar el pueblo para marcharse con él. Booker sabía que, si lo hacía, estaría cometiendo una gran equivocación. Andy no cuidaría de ella del modo en el que él lo haría. Andy no la amaría como la amaba él. Andy tan solo se amaba a sí mismo.

Booker respiró profundamente y apagó el motor de la furgoneta. Entonces, descendió del coche y se dirigió hacia la entrada de la casa. Había esperado que Katie decidiera regresar con él. Durante unas pocas semanas, habían compartido algo apasionado y embriagador. Estaba seguro de que ella sentía lo mismo que él. Sin embargo, la familia de Katie y la mayoría de sus amigos la habían convencido de que, si aceptaba a alguien como Booker, un hombre con un pasado delictivo y sin demasiado futuro, estaría arruinando su vida. Por eso, estaba a punto de salir huyendo para casarse con otro hombre.

Tal vez terminara casándose con Andy, pero no iba a hacerlo sin saber lo que él sentía por ella. Ya tenía demasiadas cosas de las que arrepentirse...

Tardaron varios minutos en abrir la puerta. Lo hizo Wanda, la mejor amiga de Katie.

–Oh... mmm... Hola, Booker.

–¿Está en casa?

–Mira, no creo que...

Booker la interrumpió antes de que ella pudiera terminar la frase.

–La vi entrando en el garaje.

–Ah –comentó Wanda, con una avergonzada sonrisa–. No estaba segura de que hubiera llegado, pero, si la acabas de ver, seguro que está en casa. Espera un momento.

Mientras aguardaba, Booker sintió que el pulso se le aceleraba. Nunca le había abierto su corazón a ninguna mujer, por lo que no estaba seguro de por dónde debía empezar. No se había permitido amar a muchas personas.

«Eres un estúpido tan solo por intentarlo. Eso ya lo sabes, ¿verdad? ¿Quién eres tú para decir que eres mejor que Andy? Al menos, él viene de una buena familia y tiene un título universitario. ¿Qué tienes tú que ofrecerle?», se decía.

Estuvo a punto de darse la vuelta para marcharse, pero, justo entonces, Katie apareció en el umbral de la puerta.

–¿Booker? –preguntó. Parecía sorprendida al verlo allí. No se había puesto en contacto con él desde que habían tenido aquella fuerte discusión hacía varias semanas, cuando ella le había dicho que se había terminado todo entre ellos y que quería empezar a salir con Andy.

–¿Podemos hablar?

–No lo creo –respondió ella–. No hay nada que decir.

–Estás cometiendo un error, Katie.

–Eso no lo sabes.

Tal vez Booker no lo sabía, pero lo sentía. Dejar que Katie se casara con otro hombre era un error. Había tardado casi treinta años en enamorarse, pero el infierno en el que había vivido aquellas semanas sin Katie no le había dejado duda alguna de sus sentimientos.

–Lo que había entre nosotros era muy bueno.

–Yo... no puedo discutir sobre eso, pero... pero... –se interrumpió Katie. Entonces, se metió un mechón de su largo cabello rubio detrás de la oreja, como si estuviera nerviosa, y miró por encima del hombro–. Lo siento. Ya he tomado una decisión.

Tenía una expresión torturada en sus enormes ojos azules. Booker sabía que estaba dividida entre lo que pensaba, lo que sentía y lo que los demás le decían. Sabía que Katie tenía miedo de lo que él había sido en el pasado. Ni siquiera él mismo desearía que una hija suya se casara con un expresidiario. No podía cambiar su pasado, tan solo su futuro...

–Katie... –susurró él. Entonces, extendió la mano y le acarició suavemente la mejilla. Aquel breve contacto le hizo desear abrazarla y ella pareció sentir algo similar. Cerró los ojos y apretó el pómulo contra la palma de la mano de Booker, como si estuviera deseando sentir sus caricias–. Aún sientes algo por mí. Lo sé. Vuelve conmigo...

Bajo la tenue luz del porche, vio que los ojos de Katie se llenaban de lágrimas.

–No –replicó ella. Entonces, apartó la mano de Booker–. No me confundas. Andy me dice que, cuando lleve unos meses lejos de aquí, todo me parecerá diferente. Nos vamos a casar, vamos a tener una familia...

–Pero tú no amas a Andy. Ni siquiera te imagino con ese imbécil.

–Es un buen hombre, Booker.

–¿Por qué? ¿Porque te ayudó a conseguir el dinero para cambiar el suelo del club Elks?

–Eso fue algo muy importante. Sin él, probablemente no habría podido crear el club de solteros.

–Solo lo hizo para impresionarte. ¿Es que no te das cuenta?

–Booker, no quiero discutir sobre Andy. Estoy tratando de tomar la decisión acertada sobre mi futuro y también sobre el tuyo. Tengo que irme...

–Cásate conmigo, Katie –dijo él de repente, muy apasionadamente–. Sé que puedo hacerte feliz.

Katie abrió mucho los ojos. Sin que pudiera evitarlo, le cayeron dos lágrimas por las mejillas.

–Booker, no puedo. Tú no estás listo para atarte a una esposa y a una familia. Amas demasiado tu libertad. Lo supe desde el momento que empezamos a salir.

–Katie, tal vez no habríamos llegado a esto si...

–Lo siento, Booker –replicó ella, antes de que pudiera terminar la frase–. Tengo que dejarte.

Con eso, le cerró la puerta en las narices. Cuando echó el cerrojo, Booker supo que la había perdido.

1

Dos años más tarde...

Katie Rogers olió el humo que provenía del motor de su coche.

–Vamos, vamos, puedes conseguirlo –musitó, mientras apretaba con fuerza el volante del viejo Cadillac, que era, más o menos, lo más valioso que le quedaba.

Había comprado el vehículo después de vender los últimos muebles que les quedaban a Andy y a ella. Entonces, había recogido sus pocas pertenencias y se había marchado de San Francisco antes de que él pudiera regresar a casa y le suplicara para que le diera una oportunidad. Ya no podía enfrentarse a Andy Bray, y mucho menos cuando venía un niño en camino, cuando le parecía que ella era la única que estaba madurando.

El olor del humo se hizo más pronunciado. Katie arrugó la nariz y recordó, con cierta nostalgia, la hermosa furgoneta que tenía cuando vivía en Dundee. Andy y ella la habían utilizado para mudarse a San Francisco, pero, una vez allí, Andy la había convencido para que la vendieran para conseguir el dinero para un apartamento mejor.

Los faros iluminaron el cartel que daba la bienvenida a Dundee. Al ver el panel que había visto miles de veces en su juventud, lanzó un suspiro de alivio y comenzó a relajarse. Había conseguido llegar a casa sana y salva. Después de haber viajado más de mil kilómetros, tan solo le quedaban quince para llegar a la casa de sus padres...

De repente, el Cadillac lanzó un sonoro bufido. Las luces del salpicadero se apagaron. Katie pisó frenéticamente el acelerador, con la esperanza de avanzar un poco más, pero no le sirvió de nada. El coche se detuvo en medio de una nube de humo.

—¡No! —gritó Katie. Regresar a Dundee en su situación era ya bastante patético. No quería que alguien la viera tirada en la carretera.

Consiguió llevar el coche al arcén. Los neumáticos crujieron sobre la nieve. Entonces, permaneció allí sentada, escuchando cómo el motor lanzaba su último suspiro y observando cómo el humo salía por debajo del capó. ¿Qué iba a hacer? No podía ir andando a la casa de sus padres. El médico no quería que permaneciera mucho tiempo de pie. Tan solo dos semanas antes había experimentado contracciones prematuras y él le había dicho que se tenía que tomar las cosas con calma.

Sin embargo, permanecer sentada en un coche que no podía llevarla a ninguna parte no le iba a servir de nada. Cabía incluso la posibilidad de que el motor comenzara a arder y explotara.

Sacó el equipaje que llevaba en el asiento trasero y lo arrastró hasta llevarlo a una distancia segura. Entonces, se sentó sobre la maleta más grande y, mientras observaba cómo pasaban varios coches, se echó a temblar. No tenía el valor suficiente para ponerse de pie y atraer la atención de los conductores. Había tocado fondo. La vida no podía empeorar aún más. En aquel momento, comenzó a llover.

Booker T. Robinson encendió los limpiaparabrisas. Iba camino de Dundee. Era una fría noche de lunes, por lo que le parecía que aquella lluvia podría convertirse en nieve antes de que amaneciera. En febrero solía nevar con frecuencia en Dundee, pero a Booker no le importaba. Se sentía muy a gusto viviendo en la granja que había heredado de la abuela Hatfield. Además, el mal tiempo era muy bueno para su negocio.

Se metió un palillo en la boca, una costumbre que había desarrollado cuando dejó de fumar hacía un año, y calculó cuánto tiempo le quedaba para terminar de pagar a Lionel Richman.

Decidió que unos seis meses. Entonces, sería el dueño del negocio de reparación de automóviles Lionel e Hijos. Podría comprar el solar de al lado y expandirse. Tal vez incluso le daría su nombre al negocio. Había mantenido el de «Lionel e Hijos» porque se había llamado así durante cincuenta años y a la gente de Dundee no le gustaban los cambios, igual que tampoco les había gustado que él fuera a vivir al pueblo. Sin embargo, desde que se había hecho cargo del negocio había desarrollado una buena reputación por sus conocimientos de mecánica y...

La imagen de un viejo coche aparcado sobre el arcén de la carretera despertó su curiosidad. Frenó. Él poseía la única grúa del pueblo, pero no había recibido ninguna llamada solicitando ayuda. Todavía.

¿Dónde estaba el conductor? No se veía a nadie ni dentro ni en los alrededores del vehículo. Seguramente el dueño de aquel Cadillac habría hecho autoestop o se había marchado andando al pueblo para buscar ayuda. No obstante, el humo que salía del capó parecía indicar que el coche no llevaba allí demasiado tiempo...

Masticó durante un instante el palillo. Entonces, se colocó detrás del coche y dejó las luces encendidas para poder ver. Se bajó de su vehículo y, en aquel momento, se dio cuenta de que no estaba tan solo como había creído. Alguien, por lo que parecía una mujer, estaba observándolo desde el otro lado del coche. Llevaba puesta una enorme sudadera de hombre, con una capucha que la protegía de la lluvia, un par de pantalones vaqueros muy raídos y... ¿sandalias? ¿En febrero? Entonces se dio cuenta de que el coche tenía matrícula de California y lo comprendió todo.

Se quitó la cazadora de cuero y se detuvo a unos pocos metros de ella. No quería asustarla. Solo quería ayudarla a arrancar el coche para poder marcharse a tomar una copa con Rebecca y Josh en el Honky Tonk.

–¿Tiene problemas? –le preguntó.

–No –replicó ella. Entonces, se cubrió un poco más con la capucha–. Todo va bien.

–Pues a mí me parece que ese motor no huele demasiado bien –dijo. Entonces, se percató de que la mujer tenía unas maletas a su lado.

–Solo estaba dejando que el motor se enfriara un poco.

Aquella vez, al escuchar la voz de la mujer, Booker creyó reconocerla. Recordó que el coche tenía matrícula de California. Él no conocía a nadie en California a excepción de... Dios santo... No podía ser...

–¿Katie? –le preguntó, tratando de verle el rostro a pesar de la capucha.

–Sí, soy yo –respondió ella, muy apesadumbrada–. Ahora puedes reírte de mí.

Booker no respondió inmediatamente. En realidad, no sabía qué decir ni cómo sentirse. Sin embargo, reírse de Katie no era lo que quería hacer en aquellos instantes. Principalmente, lo que más quería era marcharse para no tener que volver a verla, pero no podía abandonarla.

–¿Quieres que te lleve a alguna parte?

Katie dudó un instante. Entonces, levantó la barbilla.

–No, no hace falta. A mi padre se le dan muy bien los coches. Él me ayudará.

–¿Sabe que estás aquí?

–Sí –respondió ella, tras otro momento de duda–. Me está esperando. Se imaginará lo que ha pasado cuando no me presente.

Booker volvió a meterse el palillo en la boca. Una parte de él sospechaba que Katie estaba mintiendo. Otra, la más fuerte, sintió un inmediato alivio por el hecho de que ella fuera el problema de otras personas.

–En ese caso me marcharé. Dile a tu padre que puede llamarme si tiene alguna pregunta.

Con eso, regresó rápidamente a su furgoneta, pero ella lo siguió antes de que pudiera escapar. Con un suspiro, bajó la ventanilla.

–¿Quieres algo más?

—En realidad, he llegado un poco antes de lo que había planeado y... bueno —añadió, temblando—, es posible que mis padres no me echen de menos durante un tiempo. Creo que es mejor que acepte tu oferta, si no te importa.

Katie le había dicho que todo iba bien cuando se acercó a ella. ¿Por qué no había podido tomarle la palabra y marcharse? El dolor y el resentimiento que había sentido hacía dos años, cuando ella le dio con la puerta en las narices, amenazó con volver a consumirlo. Sin embargo, sabía que tenía que ayudarla. No le quedaba más remedio.

—¿Por qué llevas esas sandalias? —le preguntó.

—Me las compré en San Francisco. Son únicas y están diseñadas especialmente para mí —respondió ella mientras se miraba los pies empapados—. El día en que Andy y yo compramos estas sandalias fue el mejor de los últimos dos años. El único día que salió tal y como yo había deseado.

Aquellas sandalias eran un símbolo de sus ilusiones perdidas. Gracias a ella, Booker también había perdido muchas ilusiones, aunque nunca había tenido demasiadas. Sus padres se habían ocupado de ello hacía mucho tiempo.

—Sube —le dijo—. Voy por tu equipaje.

Katie permaneció sentada, sin hablar, escuchando el zumbido de la calefacción y el rítmico movimiento de los limpiaparabrisas sobre el cristal. De todas las personas de Dundee, él era la última a la que había deseado ver. Sin embargo, había sido el primero con el que se había encontrado.

Con las manos en el regazo, observó tristemente los familiares edificios frente a los que estaban pasando. El Honky Tonk, donde solía ir los fines de semana. La biblioteca, en la que trabajaba su amiga Delaney, que ya estaba casada con Conner Armstrong. La tienda de ultramarinos de Finlay...

—¿Tienes frío? —le preguntó Booker.

—No —respondió ella, aunque aún no había entrado del todo en calor—. Bueno —añadió, esperando aliviar la tensión que había entre ellos—, ¿cómo ha ido todo desde que yo me marché?

Vio la cicatriz que le recorría el rostro desde el ojo a la barbilla, recuerdo de una pelea con navajas según le había dicho él, y el tatuaje que llevaba en el bíceps derecho. Se le movía cada vez que tensaba los músculos.

—¿Booker? —insistió, al ver que él no respondía.

—No finjas que somos amigos, Katie —le espetó él.

—¿Por qué?

—Porque no lo somos.

—Oh...

Katie sabía que Booker siempre había tenido pocos amigos. Consideraba a todos, menos a Rebecca Wells, Rebecca Hill desde que se había casado con Josh, con cierta desconfianza. Considerando todo lo ocurrido entre ellos, Katie sabía que no debía sentirse sorprendida. Mientras estuvieron juntos, nunca estuvo completamente segura de que él sintiera algo por ella. La paseaba en su Harley y hacía que se divirtiera mucho, pero siempre se mostraba distante. Katie, por su parte, siempre había estado segura de que su relación no iba a durar. Entonces, él se había presentado en su casa y le había pedido que se casara con él. La única explicación que Katie podía encontrar para aquella reacción era que la abuela de Booker, Hatty, acababa de morir. Los dos siempre habían estado muy unidos, por lo que Katie sospechaba que la repentina proposición de matrimonio de Booker tenía algo que ver con su pérdida. Años después, resultaba evidente que él seguía molesto por el hecho de que ella lo hubiera rechazado en un momento tan difícil.

—¿Giro a la izquierda en 500 Sur? —le preguntó él, después de algunos minutos.

—¿Cómo dices? —replicó ella. Estaba distraída observando la lluvia a través de la ventanilla.

—Tus padres siguen viviendo en el mismo lugar, ¿verdad?

Según las últimas noticias que tenía, así era, pero no lo sabía. No había hablado con ellos desde hacía dos navidades, cuando ellos le habían dicho que no volviera a llamar.

—Llevan en Lassiter cerca de treinta años —comentó ella, con tanta confianza como pudo reunir—. Conociéndolos, estarán allí otros treinta.

–Me parece que oí que tu padre decía, no hace mucho tiempo, que iba a construir una cabaña a las afueras del pueblo. ¿Han cambiado de opinión?

La aprensión se apoderó de Katie. Sus padres aún tenían el mismo número de teléfono. Había escuchado la voz de su madre cuando lo había marcado desde una cabina el día anterior. Había querido decirles a sus padres que iba camino de casa, pero le había faltado valor en el último momento.

–Sí, mintió–. Les gusta vivir cerca de su panadería. Esa panadería es su vida.

El Arctic Flyer apareció a su derecha, evocando unos dulces recuerdos. Katie había trabajado allí durante el instituto, porque quería probar algo diferente a la panadería de sus padres. Rompió la máquina de helados el primer día.

Miró a Booker. Los recuerdos que tenía de él no iban tan atrás. Había escuchado las historias que se contaban sobre él cuando visitó el pueblo durante varios meses cuando tenía unos quince años. Había creado suficientes problemas como para que todos los habitantes de Dundee lo consideraran un muchacho problemático. Él mismo había mencionado algunas hazañas sobre aquella visita, como que robó la furgoneta de Eugene Humphries para hacerla trizas unas horas más tarde. Entonces, Katie solo tenía nueve años. No había conocido a Booker hasta años más tarde, cuando él se había ido a vivir con Hatty.

–¿No sientes curiosidad por saber que he regresado? –le preguntó, tratando de entablar conversación.

–Eso es más que evidente –replicó él, tras mirar las dos maletas de Katie.

–En realidad, probablemente no es lo que estás pensando. San Francisco era fabuloso, en su mayor parte. Lo que ocurre es que, en el fondo, sigo siendo una chica de campo, ¿sabes? Decidí que San Francisco es un lugar estupendo para ir de visita, pero no para vivir allí.

–¿Dónde está Andy?

–Él... él está muy ocupado y no ha podido venir.

–¿Ocupado? –replicó Booker.

—Sí, bueno... es que lo atropelló un tranvía —contestó ella, con una sonrisa para que él supiera que estaba bromeando.

Había esperado que él sonriera también, pero Booker permaneció muy serio. Lentamente, se colocó el palillo en el otro lado de la boca.

—Lo que quieres decir es que la vida en San Francisco no era el paraíso que te habías imaginado.

—Bueno, todos cometemos errores —musitó ella, justo cuando él aparcaba frente a la casa de sus padres.

Los dos se bajaron. Booker sacó con facilidad las maletas del asiento y las llevó hasta la puerta. Entonces, apretó el timbre. A continuación, se dio la vuelta y la dejó sola, sin siquiera despedirse de ella.

—¿Acaso no has hecho tú nunca nada de lo que te arrepientas? —le preguntó ella, antes de que se marchara. No tuvo tiempo de obtener una respuesta. La puerta se abrió casi inmediatamente. Por primera vez en dos años, volvió a ver el rostro de su madre—. Hola, mamá —añadió, esperando que Tami Rogers se mostrara más compasiva que Booker.

La expresión del rostro de su madre no resultó muy prometedora. Cuando vio a Booker, los rasgos de su cara se tensaron aún más.

—¿Qué estás haciendo aquí?

—Yo —susurró, rezando para que Booker no pudiera escucharlas. El dolor se apoderó de ella. No podía recordar ni una sola palabra de la disculpa que había preparado durante el viaje. Solo deseaba que su madre la abrazara—. Yo... yo necesitaba regresar a casa, mamá. Solo durante un tiempo...

—Ah, ahora quieres venir a casa —replicó su madre.

—Sé que estás enfadada...

—Andy llamó. Te está buscando —la interrumpió Tami.

—¿Sí?

—Nos dijo que no os habíais casado —dijo la madre. Entonces, se cruzó de brazos y se apoyó contra el umbral de la puerta—. ¿Es eso cierto?

—Sí, pero solo porque...

—También dijo que estabas embarazada de cinco meses.

Instintivamente, Katie se cubrió el vientre con la mano. Aún no había engordado demasiado, por lo que no se notaba que estaba embarazada, sobre todo con la enorme sudadera de Andy.

–No... no fue algo que yo planeara, pero, cuando ocurrió, pensé que tal vez Andy...

–No quiero escuchar nada más. Ésta no es la educación que yo te di, Katie Lynne Rogers. Eras una buena chica, la mejor...

–Sigo siendo la misma persona, mamá –afirmó ella.

–No, tú ya no eres la muchacha que yo conocí.

Katie no supo qué decir, por lo que decidió cambiar de tema.

–Andy no tenía derecho alguno a decirte nada. Fue él quien...

–Es un mentiroso, tal y como te dijimos. Tratamos de que lo comprendieras, pero tú no nos escuchaste. Ahora que te has forjado tu vida, lo mejor que puedes hacer es vivirla –concluyó su madre. Entonces cerró la puerta con decisión.

Katie parpadeó. Se sentía vacía, incrédula. Se había aferrado al pensamiento del hogar de su niñez durante cientos y cientos de kilómetros. No tenía ningún otro sitio al que ir. Se había gastado casi todo el dinero que tenía para llegar a Dundee. Solo tenía veinte dólares en el bolsillo. Ese dinero no le bastaría para poder alquilar una habitación. Ni siquiera podía ir al motel que había a las afueras del pueblo sin poner en peligro la vida de su hijo.

De repente, notó que Booker no se había marchado. Aquello significaba que, seguramente, lo había escuchado todo. Mientras se daba la vuelta se apoderó de ella una vergüenza tan poderosa que casi resultaba dolorosa. Efectivamente, él estaba en la acera, apoyado contra su furgoneta, sin importarle que la lluvia lo estuviera empapando. La miraba fijamente, con sus brillantes ojos negros.

El hecho de que él se enterara del embarazo de aquella manera, que viera a lo que Andy la había reducido... Todo resultaba demasiado humillante. Había roto su relación con Booker porque había deseado más de lo que él podía darle y allí estaba ella...

Se le formó un nudo en la garganta y los ojos comenzaron

a escocerle. Sin embargo, aún le quedaba un poco de orgullo. Se inclinó y tomó la maleta más pequeña. Dejó la grande, porque era demasiado pesada para transportarla con dignidad. Entonces, se cuadró de hombros y comenzó a andar calle abajo. No sabía adónde iba, pero, en aquellos momentos, cualquier lugar era mejor que el lugar en el que se encontraba.

2

Booker no podía creer lo que acababa de escuchar. La suerte no solo había abandonado a Katie, sino que también estaba embarazada. El muy canalla de Andy Bray, que había llegado al pueblo fanfarroneando sobre todo lo que era y todo lo que iba a ser cuando no era nada en absoluto, la había dejado embarazada y la había abandonado para que saliera adelante ella sola.

Deseaba hacer pagar a Andy por lo que había hecho. Entonces, se recordó que no representaba ningún papel en la vida de Katie. Tal vez la había amado en el pasado, pero ella había elegido a otro hombre. Alguien que parecía mucho más respetable que él, con ropas elegantes, una buena familia y un título universitario. Alguien que lo había anulado a él por completo. Tal vez debería marcharse al Honky Tonk y olvidarse de que la había visto.

Decidió que iba a hacer eso precisamente. Se montó en su furgoneta, pero aquella enorme maleta que se había quedado en el porche lo turbaba. Seguramente Tami Rogers cambiaría de idea y acogería a su hija. En cualquier momento, se abriría la puerta y algún miembro de la familia iría tras ella. Booker esperó, pero la puerta no se abrió. Los relámpagos iluminaban el cielo y los truenos rugían en la distancia. Cuando el viento arreció, Tami se asomó furtivamente por la ventana. Booker sintió un rayo de esperanza, pero, cuando la mujer vio que él seguía allí, corrió de nuevo las cortinas.

—No es mi problema –murmuró por fin.

Pisó el acelerador, pero ni siquiera consiguió recorrer una manzana. Entonces, recordó las palabras con las que Katie se había despedido de él. «¿Acaso no has hecho tú nunca nada de lo que te arrepientas?».

Había hecho muchas cosas de las que se arrepentía. De niño había sido tan rebelde que lo habían echado de más colegios de los que podía recordar. Había mandado a un tipo al hospital simplemente porque lo había mirado mal. Se había pasado dos años en la cárcel por robar un coche que ni siquiera quería. Cuando reflexionaba sobre todo lo que había hecho y sentido antes de cumplir los veinticinco años, sabía que era un milagro que hubiera llegado a los treinta. Si no hubiera sido por su abuela, tal vez nunca hubiera conseguido darle un giro a su vida.

Por el retrovisor, vio que Katie doblaba la esquina. Con aquellas ropas tan mojadas debía de estar helada. Además, estaba embarazada.

Frenó bruscamente y dio la vuelta. Se detuvo delante de la casa de los Rogers. Entonces, recogió la maleta de Katie y fue rápidamente tras ella.

Katie oyó que la furgoneta de Booker se le acercaba por detrás. No había conseguido contener las lágrimas, pero, con la lluvia, dudaba que él se diera cuenta.

Él se colocó a su altura y aminoró la marcha. Entonces, abrió la puerta del copiloto.

–¡Entra!

–Vete –replicó ella, sin mirarlo. No quería que Booker viera su dolor.

–Te alojaré en mi casa durante unas cuantas noches hasta que puedas solucionar la situación con tus padres. Entra antes de que enfermes de neumonía.

–Estoy bien –insistió ella, a pesar de que no era así. Se sentía triste, enfadada, avergonzada...

–¿Adónde piensas ir? Son más de las once.

Katie no respondió porque no lo sabía. Tenía amigos en el

pueblo, personas con las que había ido al colegio y con las que había trabajado. Estaba segura de que alguien la dejaría quedarse en su casa durante una noche o dos. Sin embargo, pedirles aquel favor no le resultaría nada fácil cuando no había mantenido el contacto con nadie desde que se marchó, a excepción de su mejor amiga Wanda, que se había casado y se había mudado a Wyoming.

–Va a empezar a nevar muy pronto –añadió Booker.

–Ya lo sé.

–Te estropearás las sandalias.

–Ya se me han estropeado... –susurró. Todo se le había estropeado hacía mucho tiempo. Las sandalias eran lo último.

Booker aceleró el motor. La furgoneta tomó más velocidad y se detuvo justo delante de Katie. Entonces, él descendió y se acercó a ella.

–Dame la maleta.

Katie protegió la maleta con su propio cuerpo, pero él le agarró la mano y se la quitó. Se quedaron durante unos segundos uno frente al otro, bajo aquella lluvia torrencial. Mientras Katie lo miraba, sintió de repente tantos deseos de ver una de las escasas sonrisas de Booker que habría llorado solo por eso.

–Lo siento –dijo ella, suavemente.

La dureza que había reflejada en el rostro de Booker desapareció.

–Todos hemos hecho cosas de las que nos arrepentimos –dijo. Entonces, cargó la maleta en la furgoneta.

La vieja granja Hatfield no había cambiado demasiado. Mientras Booker iba a buscar una toalla, Katie lo esperó en una salita y recordó a la mujer que había vivido allí. Aunque de apariencia frágil, era la mujer más obstinada que Katie había conocido nunca. Hatty había fallecido justo antes de que la joven se marchara. Katie había tenido tantos deseos de irse que no había pensado demasiado en la muerte de la anciana. Sin embargo, sabía que el fallecimiento de Hatty había afectado mucho a Booker.

—Toma —dijo él mientras le ofrecía una toalla y unos pantalones y una camiseta secos. Se había quitado la camisa para ponerse una camiseta que se tensaba sobre su amplio tórax y que mostraba la parte inferior de los tatuajes que tenía en los brazos.

—Yo tengo ropa —comentó Katie, al darse cuenta de que aquellas prendas eran de él.

—No quería rebuscar en tu maleta. Ya me las devolverás por la mañana.

Dejó que se secara mientras él iba a la cocina. Katie oía cómo abría armario y cajones mientras ella se cambiaba. Tenía aún mucho frío y sabía que tardaría un poco en calentarse, pero se alegraba de estar a cubierto.

Entró en la cocina con el cabello recogido con la toalla. La ropa de Booker le estaba muy amplia. Trató de no prestar atención al aroma que impregnaba las prendas, el aroma de Booker, y todas las agradables asociaciones que podía hacer al respecto.

—¿Tienes hambre? —le preguntó él.

—En realidad no —respondió. No quería molestarlo más de lo necesario.

—A mí me parece que no te vendría mal ganar unos kilos.

—Estoy segura de que engordaré bastante en los próximos meses.

—¿Te parece bien huevos y tostadas?

Como en realidad deseaba algo de comer, Katie asintió. No había comido demasiado para dejar todo el dinero para gasolina.

—Te agradezco mucho que me ayudes —dijo ella—. Por cierto, la casa está en muy buenas condiciones.

—Mi abuela la tenía muy bien antes de morir.

—Estoy seguro de que la echas mucho de menos.

Booker rebuscó en un cajón para sacar una espátula.

—¿Qué es lo que hace Andy ahora? —preguntó Booker, cambiando así de tema.

—No lo sé.

—¿Cuánto tiempo hace que lo dejaste? —quiso saber él mirándola como si fuera a atravesarla con los ojos.

–Hace tres días.
–¿Y ya no sabes qué es lo que hace?
–Mira, no quiero hablar de Andy.
Booker se dirigió al frigorífico.
–¿Un huevo o dos?
–Dos.
–¿Cuándo comiste por última vez? –comentó él, tras colocar el cartón de huevos sobre la encimera, al lado de la cocina.
–Hoy.
–¿Hoy?
–Sí, bueno, ya sabes... Hace un rato –respondió ella tratando de evitar darle una contestación concreta–. Huele muy bien.

Booker había echado los huevos en la sartén. Katie escuchó cómo chisporroteaban y, poco a poco, comenzó a entrar en calor.

–¿Y tú? ¿Qué has estado haciendo desde que yo me marché? –preguntó la joven.
–Trabajando.
–¿En qué?
–Es el dueño del taller de reparación de coches «Lionel e Hijos» –dijo una tercera voz.

Katie se dio la vuelta y vio a Delbert Dibbs apoyado contra el umbral de la puerta y frotándose los ojos. Un rottweiler del tamaño de un pony iba pisándole los talones. Delbert iba vestido con un pijama.

–Has regresado –añadió, al reconocerla inmediatamente–. Me alegro mucho, Katie. Te he echado de menos. Te echaba de menos para que me cortaras el pelo.

Katie ni siquiera tuvo tiempo de levantarse. Delbert se acercó a ella rápidamente y la abrazó con fuerza. Nunca habían sido amigos, pero ella le había cortado el cabello de vez en cuando mientras trabajaba en la peluquería. Además, habían ido juntos al colegio hasta que, en el segundo curso, se hizo evidente que Delbert no se estaba desarrollando con normalidad y empezó a asistir a un colegio especial.

–¿Qué estás tú haciendo aquí? –le preguntó Katie, cuando Delbert la soltó por fin.

—Ahora vivo aquí. Vivo con Bruiser y Booker.

Evidentemente, Bruiser era el rottweiler que olisqueaba con tanta curiosidad a Katie. Sin embargo, ella no lograba comprender el vínculo que unía a Booker y a Delbert.

¿Cómo habían terminado viviendo juntos una pareja tan dispar?

—¿Desde cuándo?

Delbert se sentó con una expresión triste en el rostro.

—Mi padre murió. ¿Lo sabías, Katie? Un día regresé a casa y él solo me miraba muy fijamente. No me decía nada.

—Es horrible —dijo ella—. Lo siento mucho. No lo sabía.

La tristeza de Delbert desapareció tan rápidamente como había llegado.

—¿Quieres que te enseñe lo que he hecho?

—Mmm... bueno.

Delbert se levantó rápidamente y salió corriendo de la cocina. Katie interrogó a Booker con la mirada.

—¿Delbert vive aquí contigo? —le preguntó—. ¿Cómo es eso?

—Lo conocí en la tienda cuando me hice cargo.

—¿Y?

—Ya lo has oído. Su padre ha muerto.

—¿Y por eso lo has acogido en tu casa?

—Trabaja para mí. En realidad, he podido enseñarle bastantes cosas sobre los coches.

Enseñarle un oficio a Delbert tenía que ser un proceso lento y frustrante. Que Booker tuviera la paciencia suficiente para hacerlo y se hubiera tomado las molestias cuando nadie más se había preocupado de hacerlo, impresionó mucho a Katie.

—Debe de haber algo más.

—En realidad no. Delbert solo tenía a su padre. Cuando él murió, ya no había nadie que pudiera cuidar de él.

—Es muy amable por tu parte —comentó ella. De algún modo, Booker nunca dejaba de impresionarla—. ¿Qué le habría ocurrido si no hubieras intervenido tú?

—Habría ido a un asilo de Boise.

—La mayoría de las personas habrían dejado que se fuera.

Booker dejó los huevos encima de la mesa y fue a la encimera para untar de mantequilla las tostadas que acababan de hacerse.

—Tal vez, pero a mí no me pareció que estuviera bien. Delbert creció aquí. Dundee le resulta cómodo y familiar. Además, en el asilo no le habrían dejado tener un perro ni trabajar con coches. Delbert vive por esas dos cosas.

Como para confirmar las palabras de Booker, Delbert apreció con una maqueta de un antiguo Ford.

—Mira, Katie —le dijo—. Este es un Model-T, uno de los primeros coches que se fabricaron. Venía desmontado. Booker me ayudó a construirlo.

—¿Sí? —preguntó Katie mientras observaba cómo Booker limpiaba la cocina.

—Sí —contestó Delbert—. Booker es capaz de hacer cualquier cosa.

Katie volvió a mirar a Booker y vio que él tenía una triste sonrisa en los labios.

—Resulta más fácil satisfacer a unas personas que a otras —dijo él.

—¿Dónde estás? —preguntó Rebecca, en cuanto el camarero del Honky Tonk la acompañó al teléfono—. Josh y yo llevamos esperándote más de una hora.

—He tenido una ligera complicación —respondió Booker.

—¿Qué clase de complicación?

—Katie —dijo él, tras mirar a la puerta de la cocina para asegurarse de que estaba solo.

—¿Cómo dices? —exclamó Rebecca, completamente incrédula.

—Katie Rogers ha vuelto al pueblo.

—¡Ni hablar!

—Es cierto

—Pensé que ya te habías olvidado de Katie —replicó Rebecca—. La semana pasada me dijiste que no te hablara más de ella. Me dijiste que ella no se iba a poner en contacto contigo y que no importaba porque tú no...

—Recuerdo perfectamente lo que dije –la interrumpió él.
—¿Y ahora ha vuelto? ¿Así, de repente? ¿Cómo lo sabes?
—Me la encontré en el arcén de la carretera, a unos cuantos kilómetros del pueblo.
—¿Estaba Andy con ella?
—¿Qué te parece a ti?
—Creo que han durado más de lo que hubiera creído. No debería haberte dejado nunca –dijo Rebecca.
—¿Dejarme dices? Prácticamente echó a correr en la dirección opuesta.
—Tal vez sea porque no le das a la gente una oportunidad.
—Ella tuvo más de una oportunidad.
—No es que seas poco sociable exactamente. Tan solo eres algo tosco y testarudo. Y algo cínico...
—Eso es muy bueno viniendo de ti –señaló Booker, aunque Rebecca no lo estaba escuchando.
—¡Oye! ¿Crees que querrá volver a trabajar en el salón de belleza?
—¿No crees que deberías dejar de dirigir esa peluquería? No es que necesites el dinero.
—Ya no dirijo el salón de belleza. Pienso comprarlo. Así será como tener algo que sea solo mío. Me ayuda a seguir siendo Rebecca para que mi personalidad no se pierda siendo la señora de Joshua Hill.
—¿Esperas que comprenda lo que me estás diciendo?
—Lo comprendes –replicó ella, riendo–, y lo sabes.
Booker solo comprendía que Rebecca era una de las pocas personas en las que podía confiar y valoraba mucho su amistad.
—Entonces, lo que quieres es que haga que Katie te llame dentro de un día o dos si está interesada en volver a trabajar, ¿no?
—Espera un momento. Está en casa de sus padres, ¿verdad?
—Te equivocas.
—¡No me digas que está en tu casa!
—Tuve que traérmela a mi casa. Sus padres se negaron a acogerla.

—¿Por qué?

—Porque está embarazada y sigue soltera —contestó, a pesar de que el tema del embarazo resultaba algo difícil para Rebecca. Josh y ella llevaban dos años tratando de tener un niño—. Creo que siguen algo molestos porque ella se marchara de tan mala manera.

—Espera un momento. A mí no me gustaba Andy más que a ti, pero Katie tiene derecho a tomar sus propias decisiones.

—Eso díselo a sus padres.

—Entonces, ¿no vas a poder venir a tomar algo con nosotros esta noche?

—Es bastante tarde.

—No importa. Delaney y Conner han decidido unirse a nosotros.

Delaney era la mejor amiga de Rebecca desde que eran niñas. Ella se había casado con Conner Armstrong hacía casi tres años. Habían tenido una hija casi inmediatamente y se habían construido un hotel en un rancho. A pesar de todo, Delaney y Rebecca siempre estarían muy unidas.

—He ganado a Josh al billar —añadió.

—Pura suerte, nada más —gritó Josh, desde un segundo plano.

—No lo escuches. Es un mal perdedor.

—Si vuelves a jugar conmigo, te mostraré quién es un mal perdedor.

—Mira, tengo que dejarte —comentó Rebecca, refiriéndose a Booker—. Josh quiere que lo humille.

—Buena suerte —dijo él.

—Booker —comentó Rebecca, antes de que colgara.

—¿Sí?

—¿Qué has sentido al volverla a ver?

—Nada de importancia —contestó.

Sin embargo, mientras se iba a la cama, se detuvo brevemente frente a la puerta de la habitación en la que dormía Katie, recordando las noches que habían pasado juntos. No habían sido muchas. Incluso entonces Booker había sabido que estaba librando una batalla perdida por conseguir sus afectos.

A ella le gustaba el hermano mayor de Josh desde hacía mucho tiempo, pero Booker nunca se había sentido intimidado. Había dado por sentado que tendría todo el tiempo del mundo para convencerla de que amar a un hombre que la amaba a su vez era mucho mejor que idealizar a un amigo de la familia que nunca había mostrado ningún interés por ella. Entonces, había aparecido Andy Bray y lo había cambiado todo...

Booker hizo un gesto de dolor al recordar la noche en la que había tratado de convencer a Katie para que se quedara con él. La noche que le había pedido que se casara con él. Ella habría podido convertirlo en un hombre honrado.

«Estuve cerca», pensó. Entonces, se dirigió a su dormitorio. Si la decisión de Katie hubiera sido diferente, podría ser que el niño que llevaba en las entrañas en aquellos momentos fuera de él. Desgraciadamente, aquello no sonaba tan mal como a Booker le hubiera gustado...

3

Katie miró al techo completamente atónita, preguntándose dónde estaba. Observó atentamente el dormitorio y entonces lo recordó todo. Estaba en la granja de la abuela Hatfield, con Booker Robinson, el tipo que había arruinado su reputación antes de que ella arruinara su vida. A sus padres no les había agradado que se comprometiera con Andy. Su único consuelo había sido que, al menos, no había terminado con Booker Robinson.

Se tapó los ojos y lanzó una triste risotada. La ironía del destino había hecho que terminara con Booker porque él había sido más compasivo que sus propios padres. Sin embargo, no se quedaría con él mucho tiempo. Encontraría un trabajo y se mudaría. Tal vez estuviera embarazada y siguiera soltera, lo que la convertía en carnaza para las chismosas, pero iba a volver a levantarse.

Con aquella firme decisión, se levantó de la cama. Cuando se miró en el espejo de la cómoda, vio que tenía el corto cabello de punta, unas profundas ojeras y que estaba muy pálida. Se volvió a sentar en la cama. ¿A quién estaba tratando de engañar? Nadie iba a contratar a una mujer que parecía enferma y que no podía estar de pie mucho tiempo. No podía trabajar en la biblioteca, ni en el supermercado, ni siquiera en el Arctic Flyer. ¿Cómo iba a sobrevivir hasta que diera a luz?

Con cierto resentimiento, pensó que Andy debería estar ayudándola. Era tan responsable de su situación como ella misma, pero el adjetivo responsable sería la última palabra que alguien utilizaría para hablar de Andy. Lo único que podía esperar era que se mantuviera alejado de su vida. Si regresaba con él, se pasaría el tiempo esperando en el pequeño apartamento que tenían en San Francisco, preguntándose si la irían a echar de allí mientras él estaba esnifando cocaína o persiguiendo a otras mujeres. Había caído muy bajo, pero no tanto como para regresar a aquella vida.

Se sobresaltó al oír que alguien llamaba a la puerta. Dio por sentado que era Booker y no se sentía con fuerzas para enfrentarse a él a la luz del día.

−¿Sí?

−Booker me ha pedido que te traiga esto –dijo Delbert mientras entraba con una bandeja que contenía cereales, tostadas y mermelada y con Bruiser pisándole los talones–. Tenemos que irnos a trabajar. Yo trabajo para Booker. Arreglo coches –añadió, como si no lo hubiera mencionado antes.

−Eso es maravilloso. ¿Crees que le vendría bien un poco más de ayuda en el taller?

−¿Quieres arreglar coches? –preguntó Delbert, asombrado.

−En mi situación, sería capaz de hacer cualquier cosa.

−Yo cambio el aceite, los filtros del aire y las bujías. Podría enseñarte cómo se hace...

−Solo estaba bromeando –dijo ella–. No creo que pueda meterme debajo de un coche durante mucho tiempo.

−Oh –replicó Delbert. La miró algo asombrado, pero no preguntó nada más. Se limitó a observarla muy atentamente.

−¿Qué es lo que pasa?

−Booker me dijo que te dijera... que te dijera que las llaves del viejo Buick de Hatty están en la encimera de la cocina –contestó Delbert, con gran concentración–. Por si quieres ir a algún sitio.

−Es muy amable por su parte.

−Booker nunca me ha pegado. Ni siquiera una vez.

Aquella inesperada declaración hizo que Katie se preguntara cómo lo había tratado su padre, pero no quiso preguntar. No estaba segura de poder escuchar la respuesta en aquellos instantes.

–Delbert, nos vamos –lo llamó Booker, desde la planta baja.
–Dale las gracias a Booker de mi parte –dijo Katie.
–Claro que sí. Se lo diré.

Delbert le dedicó una sonrisa antes de marcharse y salió del dormitorio seguido de Bruiser. En el exterior, el motor de la furgoneta de Booker se puso en marcha. Katie se asomó por la ventana y vio cómo el perro saltaba a la parte trasera y se marchaban. Entonces, desayunó y se duchó.

Dobló cuidadosamente la ropa que él le había prestado la noche anterior. Se preguntó si su madre habría salido a buscarla después. Si lo había hecho, ¿por qué no habían llamado a Booker? Estaba segura de que su madre lo había visto. Si sus padres se preocuparan por ella, habrían llamado para ver si...

Un trabajo. Necesitaba un trabajo. Apartó el pensamiento del doloroso comportamiento de sus padres. Si no se centraba en las consideraciones prácticas, el dolor que le había producido su rechazo la inmovilizaría rápidamente.

Abrió la maleta grande y trató de decidir qué ponerse. Había tenido que vender la mayoría de su ropa y de sus zapatos. Afortunadamente, no necesitaba mucho en Dundee, pero tenía que ganarse la vida. Cuanto antes encontrara trabajo, antes podría elegir lo que ponerse.

Desgraciadamente, las noticias de su embarazo ilegítimo viajarían muy rápido, lo que tendría un impacto negativo en sus oportunidades de encontrar empleo, especialmente en un pueblo tan conservador y tan pequeño.

Con la esperanza de derrotar a los rumores, se puso un sencillo vestido negro para no tener un aspecto tan ridículo con las sandalias, que eran los únicos zapatos de los que disponía. Entonces, se peinó y se puso algo de maquillaje. A continuación, fue a buscar las llaves del Buick.

–Bienvenida a Dundee –susurró.

Katie se pasó la mañana buscando trabajo. Probó en la agencia inmobiliaria, en la agencia de seguros, en el colegio, pero la respuesta fue la misma en todas partes. No necesitaban a nadie.

El restaurante de Jerry ocupaba el último lugar en su lista de opciones, pero, cuando había ido a la tienda de ultramarinos de Finley para ver si sabían de alguna vacante, Louise, la cajera, le dijo que hablara con Judy en el restaurante. Louise se había enterado de que la hija de Judy iba a dejar su trabajo en el videoclub para volver a estudiar.

Tras aparcar el Buick en el único espacio libre frente al restaurante, Katie se bajó del vehículo.

—¿No es ese el coche de Hatty?

Katy vio que Mary Thornton estaba de pie bajo la pequeña pérgola del restaurante.

—Hola, Mary.

Mary, que era solo seis años mayor que Katie, andaba y hablaba como si se considerara reina perpetua del baile del instituto. En realidad, solo era una mujer divorciada, con un hijo de once años, que se moría por cazar a uno de los solteros de oro de Dundee.

—No me digas que has vuelto con Booker —dijo Mary, sin dejar de mirar el Buick.

Katie sabía que todos los que la vieran conduciendo el Buick iban a llegar a la misma conclusión. Sin embargo, sabía que no podía recluírse en la vieja granja de Hatty durante mucho tiempo.

—Booker y yo solo somos amigos. Él... él me está ayudando.

—Booker no es el tipo de hombre que hace favores sin pedir nada a cambio —comentó Mary, con una sonrisa.

—¿Y cómo lo sabes tú? —replicó Katie.

Antes de que Mary pudiera responder, Mike Hill salió del restaurante. Estaba metiéndose la tarjeta de crédito en la billetera. Al ver a Katie, el rostro se le iluminó.

—¡Katie! No sabía que habías regresado.

Cuando solo era una niña, Mike Hill había vuelto loca a Katie. A pesar de que solo tenía cinco o seis años, solía esperarlo a la entrada de su casa cuando él iba a repartir el periódico. Seguía siendo uno de los hombres más guapos que había conocido en su vida. Sin embargo, por muy atractivo que fuera,

era trece años mayor que ella. Siempre la había tratado como a una hermana pequeña. Además, Katie había terminado con los hombres. Al menos durante unos cuantos años.

–Hola, Mike –dijo ella–. ¿Cómo estás?

–Muy bien. ¿Qué te trae al pueblo?

Katie no quiso decirle que estaba embarazada y que se encontraba sin dinero, aunque él lo descubriría muy pronto.

–Regresé ayer –comentó, sin responder la pregunta.

–¿De verdad? Entonces, ¿has vuelto a casa para siempre?

–Sí.

–Eso es estupendo.

–Sí, es estupendo volver a estar aquí –mintió.

Entonces, se dio cuenta de que Mary no se había movido y que estaba mirando a Mike como si... como si... ¿como si estuvieran juntos?

–¿Acabáis de almorzar juntos? –les preguntó.

–Así es –replicó Mary, mientras se alisaba un traje que no era ni la mitad de impresionante de lo que ella creía.

¿Habría comenzado Mike a salir con ella cuando su hermano Josh la dejó para casarse con Rebecca? Aquel pensamiento hizo que Katie se sintiera enferma. Ya no le interesaba Mike, pero no sentía simpatía alguna por Rebecca.

En aquel momento, Mike se miró el reloj.

–Deberíamos irnos. Le prometí a Slinkerhoff que no entretendría a Mary más de una hora.

–¿Sigues trabajando en el bufete, Mary? –quiso saber Katie.

–Esta tarde vamos a tomar una declaración –comentó ella, como si aquello la convirtiera en alguien importante.

–¿Quién se va a divorciar? –preguntó Katie. Todo el mundo sabía que Slinkerhoff estaba especializado en casos de separación.

–No se trata de un caso de divorcio. Es un juicio criminal.

–¿Significa eso que Slinkerhoff se ha pasado al derecho penal?

–A su sobrino se le acusa de haber robado dos casas en tu antiguo barrio –explicó Mike.

—¿A su sobrino? –dijo Katie–. No sabía que tenía sobrinos.

—Probablemente lo hayas visto por aquí –comentó Mike–. Debe de tener unos veintidós años.

—Oh...

—¿Piensas volver a trabajar en el salón de belleza? –quiso saber Mike.

—No. Estoy buscando otra cosa –mintió. No quería enfrentarse con la reacción de Mary cuando supiera la verdad.

—Es una pena –dijo Mike quitándose el sombrero–. Nadie corta el cabello tan bien como tú.

—Podría ir a tu casa a cortarte el pelo de vez en cuando –sugirió ella. Cortar el cabello de vez en cuando no podría hacerle daño al bebé. Además, necesitaba el dinero.

—Eso sería estupendo –afirmó Mike–. Llámame cuando te instales.

De repente, Mary entornó los ojos y miró los pies de Katie.

—¿Llevas sandalias por alguna razón en particular? –le preguntó.

—Las compré en San Francisco –respondió ella con una sonrisa, como si llevar sandalias en aquella época del año fuera completamente normal.

—Son muy bonitas –comentó Mike, con aire indiferente.

Mary se echó a reír y sacudió la cabeza.

—El suelo está cubierto de nieve, tonto –replicó Mary. Entonces, tiró del brazo de Mike y se marcharon casi sin que él tuviera tiempo para despedirse de Katie.

Antes de entrar en el restaurante, ella observó cómo se marchaban en un flamante coche de color champán. El local estaba, como siempre, a rebosar. Varias camareras iban de un lado para otro, llevando platos o recogiéndolos, sirviendo bebidas o tomando nota de lo que deseaban los comensales. Judy estaba muy ocupada limpiando la máquina de café, así que Katie se sentó a la barra. Nada había cambiado en el restaurante de Jerry. Momentáneamente, se sintió aliviada.

Deseaba tanto dar marcha atrás en el tiempo...

—Te atenderé en un momento, cielo –dijo Judy mientras iba a corriendo a repartir unos menús.

Mientras tanto, Katie se puso a juguetear con los azucarillos para tratar de distraerse de los deliciosos aromas que salían de la cocina. El estómago le rugía de hambre, pero no pensaba gastarse sus últimos veinte dólares en almorzar cuando había desayunado.

Judy regresó un instante más tarde. Al verla, esbozó una radiante sonrisa.

–¡Así que has vuelto! –dijo–. ¿Cuándo has regresado?
–Anoche.
–¿Cuánto tiempo piensas quedarte?
–Al menos durante unos meses.
–Genial. ¿Qué te pongo?
–Nada, gracias –respondió Katie, a pesar de que la hamburguesa gigante sonaba estupendamente–. He venido para hablar contigo, si tienes un minuto.
–¿Qué es lo que pasa, cielo?
–Louise me dijo que se había enterado de que tu hija iba a dejar su trabajo en el videoclub. Me preguntaba si es cierto.
–Espero que no –replicó Judy–. Tiene que comprar pañales y potitos para Nathan.
–Entonces, ¿no va a volver a estudiar?
–No. No hace más que hablar de ello, pero acabó con sus oportunidades de seguir estudiando cuando se quedó embarazada. Si va a vivir conmigo, tiene que contribuir.
–Entiendo... tienes razón –dijo Katie, tratando de ocultar su desilusión. Desgraciadamente, ya no tenía ningún lugar al que acudir.
–¿Estás buscando trabajo, Katie?
–Sí.
–¿Y lo de la peluquería?
–Yo... En estos momentos no me puedo dedicar a cortar el pelo.
–¿Por qué no?
–No puedo pasar mucho tiempo de pie.
–Pues eso dificulta bastante las cosas...

Katie parpadeó varias veces. Una vez más, sintió que las lágrimas amenazaban con empezar a deslizársele por las mejillas. Quería asegurarle a Judy que todo iba bien, pero no encontraba las palabras.

Al ver el estado en el que se encontraba, Judy se acercó un poco más.

—¿Quieres decirme lo que está pasando?

Katie sabía que podía mentir y dejar que la gente siguiera especulando durante algunas semanas más, o al menos hasta que el embarazo comenzara a notársele. Sin embargo, decidió que no había razón para hacerlo. Ya había buscado trabajo por todas partes y la habían rechazado. Además, tarde o temprano, todo el mundo se iba a enterar, especialmente si su madre y Booker contaban lo que sabían sobre su situación.

—Estoy embarazada —dijo—. El médico me ha dicho que podría perder el bebé si no me tomo las cosas con calma.

—¿Dónde está ese tipo con el que te casaste? —susurró Judy, apoyándose sobre la barra.

—No estamos casados.

—Oh.

—Él sigue en San Francisco.

—Y supongo que no va a regresar.

—No.

—No te preocupes —dijo Judy, con un gesto de compasión en el rostro—. Haré correr la voz de que estás buscando trabajo, pero me temo que no hay muchas oportunidades por aquí.

—Lo sé —contestó Katie. Se levantó y se dispuso a marcharse.

—¿No te pueden dar tus padres trabajo en la panadería?

—No... en estos momentos no.

—Si me entero de algo, ¿dónde puedo ponerme en contacto contigo? ¿En la casa de tus padres?

—No. Estoy en la granja de Hatty.

Judy la contempló atónita.

—¿Quieres decir que estás en la casa de Booker? ¿Estás viviendo con Booker?

—Sí —suspiró Katie.

—Si es así —comentó Judy, con una sonrisa en los labios—, daría cualquier cosa por estar en tu lugar.

—No se trata de eso –aclaró Katie, ruborizándose–. Él... él me va a ayudar durante un tiempo.

—Bueno –afirmó Judy, sin dejar de abanicarse con la mano, como si el mero pensamiento de vivir con Booker fuera suficiente para darle una taquicardia–, sé que no soy la única a la que le encantaría cambiar el puesto por el tuyo.

—No estoy interesada en encontrar un hombre.

—¿Estás loca? ¿A pesar de que ese hombre sea Booker? Yo nunca he visto un par de ojos que sugieran más claramente la intimidad del dormitorio.

Las manos de Booker tampoco estaban mal. Katie sabía por experiencia el placer que podían darle al cuerpo de una mujer. Parecía conocer las caricias que un hombre normal, como Andy, ni siquiera sospechaba. Sin embargo, a sus veinticinco años había cometido ya muchos errores. Había aprendido que la vida no tenía nada que ver con el placer personal, sino con cosas más profundas y duraderas. Ya iba siendo hora de que creciera y comenzara a construir los cimientos adecuados.

—A mí no me interesa eso. Pienso estar sola durante un tiempo.

—En ese caso, te sugiero que te marches de la casa de Booker inmediatamente –dijo Judy–. Si te quedas, te aseguro que terminarás en el dormitorio.

4

Katie regresó a la casa de Booker sobre las cuatro en punto. Se había pasado la tarde en el salón de belleza, poniéndose al día de todos los cotilleos y renovando su amistad con las personas con las que solía trabajar: Mona, la manicura; Erma, que iba a venderle la tienda a Rebecca pero que aún seguiría trabajando media jornada; Ashleigh, que llevaba trabajando allí unos dos años y la propia Rebecca.

Al principio, Rebecca se había mostrado reservada. Considerando lo íntimos que eran Rebecca y Booker, Katie entendía que no se mostrara encantada de verla. Entonces, entró Delaney para que le cortaran el cabello a su hija y Rebecca se había mostrado más animada. Habían estado todas un rato, charlando y riendo, hasta que LeAnn, la prima de Andy, había llegado porque tenía una cita. En aquel momento, Katie decidió que había llegado el momento de marcharse. Mona le dijo que le haría la manicura y la pedicura a cambio de que le cortara el pelo y se lo tiñera, pero Katie creyó que debía tener la cena lista cuando Booker y Delbert llegaran a casa. Tenía que hacer algo a cambio de la generosidad de Booker. Su orgullo se lo pedía.

Además, tenía tanta hambre que casi podría haberse comido un trozo de cartón y no quería tomar nada de los alimentos de Booker sin hacer algo para ganárselo.

Desgraciadamente, la alacena de Booker no estaba demasiado bien surtida. Sal, cereales, unas pocas latas de atún, un trozo de pan... Seguramente los dos comían fuera muy frecuentemente. ¿Qué iba a hacer?

Se sentó porque su estómago vacío la hacía sentirse algo mareada y consideró sus opciones. Podía preparar una ensalada de atún o podía ir a la tienda y gastarse sus últimos veinte dólares en alimentos para poder preparar una cena de la que se sintiera orgullosa.

De algún modo, después de la fría bienvenida de su madre, las dificultades para encontrar un trabajo y el ver a la prima de Andy, necesitaba contribuir más de lo que necesitaba el dinero. Se levantó, agarró el bolso y se dirigió al pueblo.

Al mirar el reloj, Booker se dio cuenta de que eran casi las once. Demasiado tarde para reparar otro coche más. Salió de debajo del Mustang rojo que acababa de arreglar y se dirigió al lavabo.

Chase Gardner, el mecánico que trabajaba con él, se había marchado hacía horas. Delbert se había marchado con Bruiser al Honky Tonk a las nueve para jugar al billar. Sin embargo, él había seguido trabajando. Por una vez, no le interesaba ir al Honky Tonk ni le apetecía regresar a casa. Katie estaba allí. Todo el mundo se estaba enterando de que estaba alojándose con él. Llevaba escuchando comentarios todo el día.

En realidad, había sido muy mala suerte que hubiera sido él el primero en encontrársela en el arcén de la carretera.

Se quitó el mono y se remangó la camisa. Entonces, se enjabonó las manos y los brazos y utilizó un cepillo para quitarse la grasa. Además del Mustang y de un Nissan, había estado trabajando también en el coche de Katie, que había remolcado hasta el taller a primera hora de la mañana.

Sentía la tentación de seguir trabajando toda la noche, pero sabía perfectamente que tenía que regresar a su casa para descansar Si no lo hacía, estaría demasiado agotado para trabajar al día siguiente.

En aquel momento el teléfono comenzó a sonar. Había sonado también sobre las diez, cuando estaba debajo del Mustang, pero no había querido hablar con nadie ni interrumpir lo que estaba haciendo. Tal vez era Delbert, que no había conseguido que nadie lo llevara a casa como solía ocurrir cuando Booker no estaba con él. Se dirigió a la pequeña oficina.

−¿Sí? −preguntó, tras apoyarse el auricular contra el hombro para poder secarse las manos.

−¿Va todo bien?

No era Delbert, sino Katie. Algo sorprendido, Booker arrojó la toalla de papel a la basura.

−¿Por qué?

−Pensé que tal vez había habido una emergencia.

−No.

−Entonces, ¿qué has estado haciendo?

−Trabajando.

−¿Solo trabajando?

−¿Y qué esperabas?

−¿No se te ocurrió llamarme para decirme que no ibas a venir a casa esta noche?

−¿Acaso tenía que llamarte?

−Bueno, yo había dado por sentado... Hice... No importa −susurró.

−¿Qué?

−Nada. Olvídalo −replicó ella. Entonces colgó.

Booker observó atónito el teléfono. Entonces, la llamó, pero Katie no respondió. Se frotó las sienes y suspiró. Un día. Katie solo llevaba allí un día y ya era demasiado... por varias razones.

Booker sacudió la cabeza cuando terminó de leer la nota que Katie había colocado sobre el frigorífico.

Hay comida en el frigorífico si tenéis hambre. K.

−Aquí huele muy bien −dijo Delbert.

Booker abrió el frigorífico. En su interior, vio una enorme lasaña, una ensalada, una barra de pan de ajo y una jarra de limonada. A juzgar por el número de cacerolas que había secándose sobre el escurreplatos, Katie se había tomado muchas molestias.

Se sintió un poco culpable por no haberse molestado en decirle que no iba a ir a cenar. Había pensado en llamarla, pero se había negado a sentirse como si tuviera que darle explicaciones. No le debía nada. Hacía dos años, Booker le había pedido que se casara con él. Ella lo había rechazado de pleno y se había marchado del pueblo con otro hombre. Aquello no le obligaba a nada.

–Hay comida en el frigorífico si te apetece cenar –le dijo a Delbert.

Este estaba alimentando a Bruiser y dándole un poco de agua. A continuación, sacó la lasaña del frigorífico. Por su parte, Booker se dirigió al salón para ver un rato la televisión. Quería hablar con Katie, averiguar si había hablado con sus padres o había tomado alguna decisión sobre el futuro. Admitía que la joven estaba en una situación muy difícil, situación de la que culpaba exclusivamente a Andy. Sin embargo, estaba decidido a no implicarse de nuevo con Katie... a ningún nivel, lo que significaba que tenían que resolver la situación lo antes posible.

Vio que la televisión estaba encendida y que proporcionaba la única luz del salón. Se dio cuenta de que Katie estaba tumbada sobre el sofá, pero, al acercarse un poco, vio que estaba dormida. Estaba decidiendo si despertarla o no cuando el teléfono comenzó a sonar. ¿Quién podría llamar a medianoche?

–¿Sí? –preguntó, tras descolgar el teléfono.

Fuera quien fuera la persona que estaba al otro lado de la línea, colgó inmediatamente.

–¿Eran mis padres? –quiso saber Katie, medio dormida.

–Tal vez –respondió Booker colgando el teléfono–. ¿Por qué? ¿Acaso estabas esperando que te llamaran?

Ella parpadeó. Tenía el rímel corrido, el estampado del sofá marcado sobre el rostro y el pelo de punta. Tenía muy mal aspecto, pero a Booker no le importó. Inmediatamente, su mente conjuró el tacto de sus dulces labios contra los suyos y la expresión que apareció en su rostro cuando le acarició por primera vez un seno...

Se lamentó de cómo habían pasado los años y se recordó que lo que había habido entre ellos se había terminado. Para siempre.

–En realidad no –contestó Katie mientras trataba de atusarse el cabello–. Yo... yo... Solo pensé que tal vez quisieran ponerse en contacto conmigo. Ya sabes, solo para saber cómo estoy.

La frágil sonrisa que se dibujó en sus labios y el tono de su voz no sonaron sinceros, pero Booker se negó a sentir simpatía alguna por ella. Necesitaba librarse de ella tan rápidamente como le fuera posible, antes de que los recuerdos acabaran con los progresos que había hecho en los últimos dos años.

–Tal vez deberías llamarlos por la mañana –sugirió.

–Si quisieran hablar conmigo, ya me habrían llamado, ¿no te parece?

–¿Y tu padre? ¿Has tratado de ponerte en contacto con él? Tal vez sea más razonable que tu madre.

–Tal vez –dijo Katie, a pesar de que el tono de su voz no sugería esperanza alguna–. Yo... yo me pasaré por la panadería mañana.

–Bien. ¿Qué has hecho hoy? –le preguntó, a pesar de que, más o menos, conocía sus movimientos.

–He ido a buscar trabajo.

–¿Has ido al salón de belleza?

–Me pasé esta tarde. ¿Por qué?

–¿Estaba allí Rebecca?

–Estuvo durante un rato. Luego, se metió en la trastienda para tomarse la temperatura. Entonces, se marchó corriendo para ir a buscar a Josh.

Otra vez la historia del niño. Rebecca no se rendía, a pesar de que, cada vez que no funcionaba, se deprimía un poco más.

–¿No te dijo que pensaba volver a contratarte?

–Estuvimos hablando sobre ello.

–¿Y?

–Creo que prefiero trabajar en algo diferente.

–¿Por qué? –gruñó Booker. Por lo que parecía, no tenía dinero. No creía que fuera el momento de que Katie fuera tan selectiva.

—Tal vez necesite un cambio.

—Mira, Katie. Esta mañana remolqué tu coche hasta el taller y he conseguido que arranque, pero...

—¿Cuánto te debo por eso? —quiso saber ella, con un gesto de preocupación.

—Seiscientos dólares —contestó él. El rostro de Katie esbozó un gesto de dolor—. Y eso es dándote un buen precio —añadió—. He tenido que reconstruir todo el motor. A mi mejor mecánico le llevó casi todo el día y yo he estado trabajando un rato en él esta noche. Todavía no hemos terminado. Estoy esperando que me manden otra pieza.

—Te agradezco mucho tu esfuerzo, pero tú ni siquiera me preguntaste si... si quería que lo arreglaras.

—¿Y qué pensabas hacer? ¿Dejarlo en el arcén de la carretera?

—No, yo... Supongo que todavía no lo había decidido.

El silencio cayó entre ellos. Durante unos instantes, lo único que se oyó fue la voz de Delbert hablando con Bruiser en la cocina.

—Si quisiera venderlo, ¿cuánto podría sacar por ese coche? —preguntó Katie tras unos segundos.

—No lo sé —dijo Booker. No podía darle una cifra exacta, pero sospechaba que no sería mucho.

—Bueno, probablemente ya no vale los cuatro mil dólares que pagué por él, pero, en cuanto lo venda, te daré tu dinero.

—No pienso dejar que vendas el coche —afirmó él.

—Si no lo hago no podré pagarte...

Booker había soñado cientos de veces con volver a encontrarse con Katie. Ella le había hecho mucho daño cuando se marchó, por lo que le había parecido que no habría nada mejor que encontrársela arrepentida y sin dinero. Sin embargo, no sintió satisfacción alguna, solo ira, dirigida tanto a Andy como a ella. Tal vez él no tenía la familia de Andy, ni sabía hablar tan bien, pero él jamás hubiera permitido que a Katie le faltara nada.

—¿Qué ocurrió en San Francisco? ¿Por qué no se ha ocupado Andy de ti?

—Estás muy chapado a la antigua –replicó ella–. Yo no necesitaría que nadie se ocupara de mí si no fuera porque estoy embarazada. Estaba trabajando en un buen salón de belleza, ganando mucho dinero. Yo era la que pagaba las facturas, pero entonces... entonces me quedé embarazada. Mi embarazo no ha ido muy bien hasta ahora.

—¿Qué significa eso?

—No puedo estar mucho tiempo de pie...

—¿Qué ocurriría si lo estás?

—Podría perder al niño. Por eso no puedo volver a trabajar como peluquera.

—Y no tienes ahorros –suspiró Booker.

—No. Andy se aseguró de eso. Casi no esperaba a que yo tuviera el dinero para gastarlo.

—¿Y él no llevaba un sueldo a casa?

—No. Traté de hacer que se pusiera a trabajar, pero... no importa. Estoy segura de que no quieres que te lo cuente.

—¿Y los padres de Andy?

—¿Los conoces?

—No, pero, por lo que dicen sus primos, apoyan mucho a su único hijo. Según LeAnn y su hermano Todd, no tuvo que trabajar para pagarse los estudios.

—Sus padres cortaron todo contacto con él unos meses después de que nos fuéramos a San Francisco.

—¿Y por qué hicieron eso después de haberle pagado todo hasta entonces?

—Tenían... tenían sus razones –dijo ella. Inmediatamente, se puso a mirar la televisión, como si no quisiera mirar a Booker.

—¿Y vas a decirme cuáles son?

—Preferiría no hablar al respecto.

—Yo quiero saberlo.

—Muy bien –replicó, con un cierto tono de beligerancia–. Fueron a visitarnos a San Francisco y lo que vieron los desilusionó mucho. En aquellos momentos, Andy no era una persona de la que sentirse orgulloso. Además, casi nunca venía a casa y, cuando lo hacía, venía alegre.

—¿Quieres decir borracho?

–Colocado, aunque también bebía. Se metió en el mundillo de las fiestas de San Francisco casi desde el primer momento que llegamos a la ciudad. Cuando sus padres se marcharon, su madre iba llorando. El padre de Andy le dijo que no se molestara en llamarlos para contarles más mentiras como que lo habían despedido o que había perdido el cheque con su sueldo. Dijeron que no le iban a mandar más dinero y, por lo que yo sé, Andy no ha tenido noticias suyas desde entonces. Supongo que se pondrá en contacto con ellos. No creo que pueda sobrevivir sin que yo pague el alquiler.

–Entonces, ¿sus padres no saben lo del niño?

–Todavía no.

–¿Se lo vas a decir?

–No lo sé. Andy quería que yo abortara. En estos momentos, me parece que este niño es exclusivamente mío.

Maravilloso. La vida de Katie era el desastre con el que él había soñado desde que ella lo abandonó. Sin embargo, Booker no se sentía bien al respecto.

–No te preocupes por pagarme el coche. Necesitas un medio de transporte.

–Booker, no puedo aceptar...

–Ya haremos cuentas cuando tengas el dinero –replicó él. Entonces, se dispuso a marcharse. En cuanto llegó a la puerta, se volvió para mirarla–. ¿Sigues enamorada de él?

Katie se enredó un mechón de cabello en un dedo y lo miró fijamente. Booker vio que los ojos le brillaban como si se le estuvieran llenando de lágrimas, pero el salón estaba demasiado oscuro como para asegurarse.

–Creo que ni siquiera sé lo que es el amor –dijo ella suavemente.

El olor de los donuts recién hechos envolvió a Booker en el momento en el que entró en la panadería de Don y Tami Rogers a las seis de la mañana siguiente. Don lo miró brevemente antes de centrar de nuevo su atención en lo que estaba haciendo.

—Tengo que hablar con usted –dijo Booker.

—No creo que tengamos nada que decirnos –replicó el padre de Katie.

Booker sabía que Don no sentía ninguna simpatía hacia él. Era uno de los pocos que aún seguía llevando su coche al taller de Boise.

—Yo creo que sí –afirmó Booker–. Katie está en mi casa.

—Eso es lo que he oído –comentó Don mientras empezaba a colocar los donuts en la estantería.

—Está embarazada.

—Me temo que ese es su problema. Tratamos de decirle a lo que se exponía con Andy, pero ella no nos escuchó. Andy vivió aquí en Dundee, con sus primos, durante meses y nunca consiguió un trabajo. ¿Qué dice eso sobre él?

—Ustedes son sus padres...

—Es mayor de edad –replicó Don, levantando por fin la mirada para observar a Booker–, así que no vengas aquí pensando que nos puedes criticar. Probablemente no habría cometido tantos errores si no se hubiera implicado contigo en primer lugar.

Booker sintió que la ira se apoderaba de él. Efectivamente, había amado a Katie. Aquello debería haberlo redimido en cierta manera, pero no parecía ser así, a pesar de que su reputación no tenía nada que ver con lo que le había ocurrido a la joven.

—¿Es que no le preocupa lo que le ocurra? –preguntó.

—La amamos lo suficiente para dejar que sienta las consecuencias naturales de sus actos –contestó Don–. ¿Cómo va a aprender si siempre vamos a rescatarla?

—Hay un niño de por medio. Ese bebé no ha hecho nada malo.

En aquel momento, Tami asomó la cabeza por una puerta.

—Yo he estado leyendo esos libros sobre padres e hijos y todos dicen que se tiene que ser duro –afirmó la mujer.

—¿Y qué es ser duro? ¿Decirle a un hijo que se vaya por donde ha venido?

—Estoy seguro de que Rebecca volverá a contratarla en el

salón de belleza –dijo Don–. Al final, Katie conseguirá salir adelante.

–Y cuando lo haga, nos dará las gracias –afirmó Tami–. Habrá ganado la perspectiva y la confianza que necesita por haber solucionado ella sola sus problemas.

Lo único malo de todo aquello era que Katie no podía trabajar. Evidentemente, aquello era algo que sus padres no sabían. Booker pensó en darles la noticia. Quería ver sus rostros cuando se dieran cuenta de que estaban esperando algo que era imposible, pero no lo hizo. La única razón por la que no sabían las dificultades que Katie estaba pasando en su embarazo era lo mal que la habían tratado. Ni siquiera se habían molestado en preguntarle cómo estaba. En opinión de Booker, no se merecían tener contacto alguno ni con ella ni con el bebé.

–Olviden esta conversación. Ella estará mucho mejor sin ustedes –les espetó. Entonces, salió de la panadería.

5

El teléfono sonó.

Katie por fin se despertó a las once de la mañana. En realidad, había abierto los ojos antes, cuando oyó que Booker y Delbert se marchaban a trabajar, pero no había sido capaz de levantarse de la cama. No tenía trabajo ni nadie a quien ver. Ni siquiera sabía si Delbert y Booker irían a cenar aquella noche o si se pasaría el día entero sola.

Recordó que Mona se había ofrecido a hacerle la manicura a cambio de un corte de pelo, pero no tuvo fuerzas para levantarse de la cama. Además, ya se habría corrido la voz de que estaba embarazada y no sabía a quién podría encontrarse en el salón de belleza. Podría encontrarse con su madre, con la madre de Mike y Josh, quien no tendría una opinión mejor de ella que la propia Tami, o incluso con la insoportable Mary Thornton.

Con un gruñido, se tapó la cabeza con las sábanas. No pensaba responder al teléfono. Quien estuviera llamando podía dejar un mensaje en el contestador de Booker. De todos modos, lo más probable era que fuera él.

Después de unos pocos segundos, el silencio volvió a adueñarse de la casa. Katie empezó a quedarse de nuevo dormida... pero el teléfono volvió a sonar. Comprendió que, si quería tener algo de paz, tendría que contestar.

A trompicones, se levantó de la cama y fue lentamente hacia el pasillo.

—¿Sí? —rugió Katie.

—Soy Booker. ¿Dónde estabas?

—Oh... en la ducha —contestó. No quería decirle la patética verdad.
—¿Vas a ir a la panadería para hablar con tu padre?
—Estaba pensándolo —mintió. En realidad, había decidido que sería inútil. Sus padres no se preocupaban en absoluto por ella.
—Pues no lo hagas.
—¿Por qué no?
—Se me ha ocurrido algo diferente. Hablaremos sobre ello cuando yo llegue a casa.
—Bien.

Ocultó un bostezo. Se sentía demasiado indiferente para preguntarse sobre a lo que él se refería y mucho menos preguntárselo a él. Nada de lo que Booker hiciera supondría ninguna diferencia. Ella sola tendría que subsanar el embrollo en el que había convertido su vida, pero no podría hacerlo en ese momento. Se enfrentaría a ello al día siguiente, cuando se sintiera mejor.

—Llegaré a casa a las seis —prometió él.
—Muy bien. Tendré la cena preparada —dijo ella, pero entonces se fue otra vez a la cama y estuvo durmiendo todo el día.

Cuando Booker y Delbert llegaron a casa, la cena no estaba sobre la mesa. La casa estaba muy oscura y parecía vacía.
—¿Dónde está Katie? —preguntó Delbert.

Booker no oía nada. Ni la radio ni la televisión. No había nadie hablando por teléfono.
—¿Katie? —dijo.
—Se ha ido —sugirió Delbert.

Sin poder evitarlo, Booker sintió que la esperanza se adueñaba de él. Tal vez alguien habría ido a recogerla. Tal vez había encontrado otro lugar en el que alojarse y un trabajo que no requiriera que estuviera de pie. Si era así, los problemas de ella, que se habían convertido en los de él, se habrían solucionado... Ojalá tuviera tanta suerte.

Se dirigió a la planta superior de la casa y llamó a la puerta del dormitorio de Katie.

—¿Hay alguien en casa?

No hubo respuesta. Ya había anochecido y, aunque la puerta estaba cerrada, no se veía luz alguna por debajo.

—¿Katie? —insistió.

—¿La has encontrado? —preguntó Delbert, desde el pie de las escaleras.

—Todavía no —respondió Booker. Entonces, abrió la puerta. Vio que había un bulto en medio de la cama, un bulto que se estaba empezando a rebullir.

—¿Qué? ¿Quién es?

Katie parecía estar completamente adormilada. Cuando consiguió sentarse, parpadeó repetidamente para que sus ojos se acostumbraran a la luz que entraba por la puerta.

—Soy yo —dijo Booker—, aunque, teniendo en cuenta que ésta es mi casa, no debería sorprenderte tanto.

—¿Booker?

—Así es.

—Dios... —gruñó ella. Entonces, se dejó caer de nuevo sobre el colchón—. Yo pensé que simplemente estaba soñando que estaba embarazada, que no tenía dinero y que tenía que depender de la piedad de alguien que me odia.

—¿Qué has hecho hoy?

—Nada.

—¿Está ahí? —preguntó Delbert, desde la planta de abajo.

—Sí, está aquí. Ve a hacerte un bocadillo, Delbert.

—¡Qué bien! Está aquí —le dijo este a Bruiser, como si el animal estuviera especialmente preocupado. Entonces, los dos se dirigieron a la cocina.

—¿Qué hora es? —preguntó Katie.

—Las seis y media.

—¡Las seis y media!

—El tiempo vuela cuando uno se está divirtiendo —replicó Booker, tras sacarse el palillo de la boca—. ¿Qué te pasa?

—Me he pasado todo el día durmiendo y estoy demasiado cansada como para levantarme —gruñó ella.

—Dime que tiene algo que ver con el embarazo.

—No lo sé. No he estado embarazada antes, pero tampoco me he visto despreciada y sin dinero. Todo esto es nuevo para mí.

–Lo superarás –afirmó Booker.

–¡Qué fácil resulta decir eso! –exclamó ella, furiosa–. Tú nunca has estado embarazado.

–Pero sí me he visto despreciado y sin dinero la mayor parte de mi vida. Bueno, ¿te vas a levantar?

–No.

–¿Crees que lo harás dentro de un rato?

–No.

–No estás haciendo que me sienta muy cómodo.

No hubo respuesta. Booker se esforzó por encontrar algo más que pudiera decir o hacer.

–¿Sientes ya que se mueve el bebé? –preguntó, por fin.

Evidentemente, aquella pregunta sorprendió por completo a Katie. Se apoyó sobre un codo y lo miró fijamente.

–Sentí que el bebé se movía por primera vez cuando venía en coche hacia aquí.

–¿Y qué notaste?

–Bueno –susurró ella, con expresión más dulce–... como las alas de una mariposa en el vientre. ¿Por qué?

–Porque necesitas recordar ese momento. Mañana, te levantarás por tu hijo –dijo. Entonces se marchó.

El letargo se estaba apoderando de ella como una droga, incapacitándole un músculo detrás de otro hasta que se sintió completamente paralizada. Llevaba dos noches y un día acostada, pero no le importaba. Estaba más cansada que cuando se había metido en la cama. Peor aún, tenía un aspecto terrible, aunque no le importaba. Hasta cepillarse los dientes le parecía demasiado esfuerzo.

Alguien llamó a la puerta. Katie no respondió. Se temía que fuera Booker para que se levantara y no quería hacerlo. Necesitaba más tiempo.

Él entró de todos modos, pero no dijo nada. Se detuvo a los pies de la cama. A continuación, abrió las cortinas y se marchó.

Agradecida de que le hubiera dado un respiro, Katie se dio la vuelta y observó el trozo de cielo azul que él había dejado al descubierto. El sol estaba empezando a salir y pintaba el horizonte de un delicado tono anaranjado. Booker le había dicho que se levantaría por su hijo, pero no lo comprendía. Katie no podía levantarse por nada.

Oyó que la furgoneta de Booker arrancaba en el exterior. «Mañana», se prometió, mientras él se alejaba. Seguramente se sentiría mucho mejor entonces.

—Ese viejo Cadillac funciona, pero no puedo prometerte por cuánto tiempo —dijo Chase, a la puerta de la oficina de Booker.

Él levantó la mirada de su desordenado escritorio para mirar a su mecánico. Chase solo tenía diecinueve años, pero tenía un verdadero talento para los coches.

—Es muy viejo. No podemos hacer nada más.

—¿Quieres las llaves?

—Sí.

Chase se las tiró. Booker las atrapó y se las metió en el bolsillo. Tal vez el Cadillac funcionara, pero el coche no iría a ninguna parte si él no conseguía que Katie se levantara de la cama.

—Empieza con la puesta a punto del todoterreno de Lila Bronwyn —le dijo a Chase. Entonces, apagó la radio y llamó a Katie. Dejó que el teléfono sonara unas veinte veces, colgó y volvió a llamar, pero ella no contestó—. Responde, maldita sea —musitó. Estaba perdiendo la paciencia.

—¿Qué pasa? —preguntó Delbert mientras se limpiaba las manos con un trapo y entraba en la oficina seguido de Bruiser—. ¿Estás enfadado? ¿Estás enfadado conmigo, Booker?

—No estoy enfadado —dijo Booker, aunque sí estaba empezando a preocuparse.

Katie no se levantaba. No comía. No hacía nada... Pensó en sus padres. ¿Debería haberles dicho que su hija no podía trabajar? ¿Habría supuesto aquella confesión un cambio en su actitud?

Sabía que tal vez él no era la persona más adecuada para ocuparse de aquella situación, pero no había nadie más que estuviera dispuesto a ayudarla. Katie había estado fuera demasiado tiempo y, aparentemente, no había mantenido contacto con sus amistades, lo que significaba que él era lo más cercano a un amigo para ella.

De repente, el flamante coche de Mike Hill pasó por delante del taller. Recordó que todos los del pueblo le habían dicho que Katie llevaba enamorada de Mike casi toda su vida. Un día, ella misma le había confesado sin preámbulo alguno que quería casarse con Mike Hill algún día. Nunca había visto que Mike mostrara ningún interés por ella y, de hecho, no se los podía imaginar juntos. Sin embargo, Mike era rico y una persona de fiar. Tal vez lo mejor que Booker podría hacer por Katie y su hijo era dejarlos sobre el regazo de Mike. Un amigo era capaz de hacer algo como eso, ¿no?

Tomó el teléfono y llamó al salón de belleza para hablar con Rebecca.

—¿Sí?

—¿Puedo hablar con Rebecca?

—Hola, Booker —dijo una mujer. Por la voz, él supo que se trataba de Ashleigh Evans.

—¿Cómo te va?

—Bien. ¿Dónde has estado? Te he echado de menos.

El viernes anterior habían estado bailando en el Honky Tonk, pero Booker sabía que, si le decía el poco tiempo que hacía que se habían visto, ella le diría que había pasado una eternidad.

—He estado muy ocupado.

—Me prometiste llevarme a dar un paseo en tu moto, ¿recuerdas?

—Ya me pasaré por el salón en alguna ocasión.

—Me muero de ganas...

El teléfono cambió de manos y, por fin, Booker escuchó la voz de Rebecca.

—Creo que le gustas.

—¿A Ashleigh?

—Sí.

Booker ya lo sabía. Se le había estado insinuando desde que rompió con su anterior novio. Incluso le había invitado a ir a su casa el viernes anterior, pero él se había resistido.

—Necesito un favor, Rebecca.

—¿De verdad? ¡Vaya! Nunca me has pedido nada. Debes de estar desesperado.

—Katie está buscando trabajo —dijo él, sin prestar atención a sus palabras.

—He oído que está embarazada.

—Es cierto.

—¿Por qué no me lo dijiste?

—Me imaginé que lo averiguarías enseguida.

—Algunas tienen una suerte —suspiró Rebecca.

—Estoy seguro de que Katie se sorprendería mucho de oír cómo hablas de su situación —replicó él, al recordar cómo había visto a Katie la noche anterior.

—Sabes que yo haría cualquier cosa por tener un hijo, Booker, especialmente un hijo de Josh. Algunas veces lo amo tanto que ni siquiera puedo respirar y, sin embargo, no le puedo dar lo que los dos más deseamos en el mundo.

—Estás demasiado tensa, Rebecca.

—Casi tengo treinta y tres años.

—Muchas mujeres tienen hijos a los treinta y tres años.

—Y todas las demás van a tener uno también.

—¿Todas las demás?

—Delaney vuelve a estar embarazada.

—¿De verdad?

—No ha querido decírmelo porque esperaba que yo también tuviera buenas noticias, pero ha engordado últimamente y yo lo adiviné.

—Solo tienes que seguir intentándolo —dijo Booker—. Estoy seguro de que a Josh no le importa.

—No, esa parte le gusta. Lo que no le gusta son los disgustos que me llevo cuando no conseguimos nada.

—Lo que tienes que hacer es olvidarte del tema y, entonces, estoy seguro de que ocurrirá.

—Yo no creo que sea así. Voy a empezar a tomar medicación para la fertilidad.
—Haz lo que creas necesario, Rebecca.
—Hay mucha gente que tiene problemas de fertilidad.
—Lo sé... Bueno, sobre lo de ese trabajo...
—Yo ya le he ofrecido a Katie un trabajo. Vino al salón hace un par de días, pero me dijo que no puede estar mucho tiempo de pie.
—Yo no estaba pensando que trabajara en el salón.
—Entonces, ¿dónde?
—¿Qué me dices del hotel?
—Estamos en invierno, Booker. Hay demasiado personal en el hotel, porque Conner y Delaney no quieren despedir a nadie. Están tratando de llegar así hasta el verano, pero me da la impresión de que la economía anda algo justa. .
—¿Crees que Josh y Mike podrían tener alguna vacante en el rancho? Ella podría ocuparse de los libros o de responder a las llamadas de teléfono, ¿no te parece? Katie es una buena amiga de la familia. Estoy seguro de que ellos podrían ayudarla hasta que tenga al bebé.
—Seguramente podrían encontrarle algo que hacer, pero... yo nunca lo habría sugerido por ti. ¿Estás seguro de que quieres que Katie trabaje con Mike, Booker?
—Creo que ya va siendo hora de que Katie consiga lo que desea —replicó él.
—¿Y qué es lo que deseas tú?
—Yo ya tengo lo que quiero.
—Está bien —afirmó Rebecca, a pesar de que no parecía muy convencida—. Llamaré a Josh y volveré a llamarte a ti.

Booker se negó a marcharse. Estaba de pie al lado de la cama de Katie, mirándola con desaprobación. Cuando eso no funcionó, empezó a tirar de la manta.
—Déjame en paz —gruñó ella—. Estoy cansada.
—¿Cómo puedes estar cansada? Son casi las tres de la tarde y llevas dos días durmiendo.

—Creo que me ocurre algo.
—Se llama depresión.
—Yo nunca he tenido problemas con la depresión.
—En ese caso, levántate.

Katie se acurrucó para compensar el calor que había perdido cuando Booker le quitó las mantas.

—Me levantaré mañana.
—Te levantarás hoy mismo. Te he concertado una entrevista de trabajo.
—¿Dónde? —preguntó ella, aunque en realidad no le importaba.
—Mike Hill está buscando una secretaria.

Katie levantó la cabeza y lo miró asombrada.

—¿Mike Hill?
—Eso es lo que he dicho.
—¡Debes de estar bromeando!
—No.
—Yo no sé nada sobre ranchos —replicó ella después de taparse los ojos con un brazo.
—Te ocuparás de llevarle los libros.
—Tampoco sé nada sobre llevar libros.
—Él te enseñará.
—No pienso ir —afirmó Katie. No quería ver a nadie en su estado, pero, muy especialmente, no quería ver al hombre con el que siempre había deseado casarse.
—Claro que sí.
—¿Sabe él que estoy embarazada?
—No tengo ni idea.
—Iré a cualquier parte menos allí.
—Vamos. Estamos hablando del hombre de tus sueños, ¿te acuerdas? —comentó Booker, con ironía.
—Está saliendo con Mary Thornton, así que no me hables de sueños.
—Eso no quiere decir nada —replicó Booker—. Toma —añadió señalando una bolsa marrón—. Ahí tienes un bocadillo. Cómetelo y luego ve a darte una ducha.
—Está bien —dijo Katie, aunque solo para que la dejara en

paz, pero, en cuanto oyó que Booker se marchaba, agarró las mantas y volvió a cubrirse con ellas. Mike Hill... ¡Ni hablar!

–Katie... –le advirtió Booker desde la puerta.

–Pensé que te habías marchado –gruñó ella.

–No me hagas sacarte de la cama.

–¿No tienes que estar en el trabajo?

–Ya he tenido suficiente.

Se acercó a la cama. Apartó con furia las mantas y le agarró los brazos. Entonces, comenzó a incorporarla como si se tratara de una niña.

Katie sintió que las piernas no tenían fuerza suficiente para sostenerla. Estuvo a punto de desmoronarse. Por suerte, Booker la agarró. Durante un instante, antes de que ella recuperara el sentido, se aferró a él... Booker era fuerte y duro. Después de haber vivido con un camaleón como Andy, Katie admiraba aquella cualidad. Booker era probablemente la única persona que conocía que siempre hacía lo que quería y que no mentía a nadie ni ofrecía excusas o disculpas.

Además, podía ser tan amable... Recordó el modo en el que solía acariciarle el cuello mientras veían la televisión y cómo se reía cuando ella lo rechazaba. Entonces, terminaban riendo y peleándose hasta que...

Katie no quería recordar lo que ocurría a continuación. Había estado en lo cierto al romper con Booker. Ojalá su intuición no la hubiera abandonado en lo que se refería a Andy...

Tenía que volver a la cama.

–Ni lo pienses –dijo Booker, cuando ella trató de zafarse de él–. Vas a lavarte y lo vas a hacer ahora mismo.

–Sí, señor –replicó ella. Trató de saludarlo al estilo militar, pero no quería ponerse de pie y mucho menos ir al cuarto de baño.

–Podemos hacer esto por las buenas o por las malas. ¿Qué prefieres?

–Ya te he dicho que me levantaré mañana –afirmó ella–. Solo necesito un poco más de tiempo.

–Lo que necesitas es una ducha.

Booker había hablado con impaciencia. ¿Quién podía culparlo? Él era la última persona a la que debía molestar. Con veinticinco años no debía molestar a nadie, pero no podía vivir con Andy, no podía trabajar y no podía apoyarse en las personas que se suponía que la amaban. No le quedaban muchas opciones.

¿Quién se habría imaginado que un niño supondría una diferencia tan grande? Tendría que haber tenido más cuidado para no quedarse embarazada. Lo habría tenido si Andy y ella hubieran estado haciendo el amor con normalidad. Sin embargo, antes de engendrar aquel bebé, no habían hecho el amor durante semanas. Entonces, un día, Andy había empezado a llorar, había reconocido su necesidad de obtener ayuda, había accedido a ir a rehabilitación y le había suplicado que le permitiera hacerle el amor una vez más para que ella pudiera demostrarle que estaba dispuesta a perdonarlo. Katie había sido tan estúpida como para apiadarse de él y había querido consolarlo. Habían utilizado preservativo, pero no había sido suficiente.

Booker la sentó en la cama y se dirigió al cuarto de baño. Las tuberías comenzaron a hacer ruido cuando él abrió el grifo unos segundos más tarde. Una vez más, ella se envolvió entre las mantas y no prestó atención alguna.

Cuando Booker regresó, no volvió a intentar sacarla de la cama. Simplemente apartó las mantas y comenzó a tirar de la camiseta que llevaba puesta, con solo un par de braguitas, desde hacía dos días.

Ella trató de impedírselo antes de que él pudiera desnudarla.

—¿Qué estás haciendo?

—¿Y a ti qué te parece? Dado que no quieres levantarte para darte una ducha, voy a darte un baño.

—¿No te parece que ya soy algo mayor para eso?

—No me dejas ninguna alternativa.

—Está bien. Buena suerte.

De repente, Katie se sintió completamente indiferente. Booker la había visto desnuda antes y no parecía especialmente interesado en volver a verla sin ropa. Ella no tenía fuerzas con las que enfrentarse a él.

Con una maldición, Booker la dejó con la camiseta puesta y la tomó en brazos. Cuando llegaron al cuarto de baño, Katie se vio en el espejo y lanzó un grito de horror. No era de extrañar que Booker no estuviera interesado en seguir desnudándola. No se había duchado desde hacía tres días y se había lavado los dientes solo un par de veces.

Apartó la cara para no verse el pelo sucio y las enjutas mejillas y permitió que él la dejara sobre la tapa del retrete mientras comprobaba la temperatura del agua. Cuando lo hubo hecho, se colocó las manos en las caderas.

–Quítate la ropa y métete en la bañera –le ordenó. Katie no se movió–. Ahora.

Ella se sentía demasiado entumecida como para sentir nada, así que le sorprendió bastante cuando sintió que las lágrimas comenzaban a rodarle por las mejillas. Una expresión de dolor apareció en el rostro de Booker, pero eso no hizo que se arredrara en su propósito.

–¿Te vas a desnudar o voy a tener que hacerlo yo por ti? –le preguntó–. Katie, creo que sería mejor que lo hicieras tú sola, pero si quieres que te toque por todo el cuerpo entonces...

Katie se secó las mejillas con el reverso de la mano. Entonces, sorbió ligeramente y se quitó la camiseta. Booker bajó brevemente los ojos para observarla, pero mantuvo una expresión impasible.

–Date prisa –dijo.

Tras respirar profundamente, Katie se puso de pie y comenzó a bajarse las braguitas. Por fin, Booker se marchó. Era más fácil obedecer que luchar, especialmente cuando él se pasó los siguientes minutos llamando a la puerta para que se diera prisa.

Cuando terminó de lavarse, Katie quitó el tapón de la bañera. Hicieron falta algunos minutos y otro golpeteo en la puerta para que se pusiera de pie. Tras envolverse en una toalla, abrió la puerta.

Booker la agarró del brazo y la llevó de nuevo a su dormitorio.

–¿Qué te vas a poner?

Pensó en los únicos zapatos que tenía y en el comentario que Mary Thornton había hecho sobre ellos.

–Una camiseta.

–¿Para ir a una entrevista de trabajo? Me alegro de ver que has recuperado tu sentido del humor –comentó Booker. Entonces, se puso a rebuscar en la maleta–. ¿No podías haber colgado todo esto?

–No creí que me fuera a quedar el tiempo suficiente como para eso.

–Por lo que a mí me parece, no creo que te vayas a marchar muy pronto.

–Ese es el problema.

Booker le ofreció unas braguitas y un sujetador limpios, unos vaqueros y un jersey de manga larga.

–¿Te parece bien esto?

–¿Va bien con sandalias?

–¿Y cómo diablos quieres que lo sepa yo?

–Sí, supongo que ese atuendo será más que adecuado –contestó ella. Entonces, se sentó en la cama–. Solo estamos hablando de un rancho.

–Exactamente. Si te dejo sola, ¿puedo confiar en que te vistas?

–Sí.

–Si no lo haces, te llevaré a ver a Mike Hill tal y como estás en estos momentos.

–Dudo que a él, igual que a ti, le afecte verme desnuda –replicó ella.

Algo se reflejó en el rostro de Booker, una expresión que Katie no pudo identificar.

–Date prisa –le dijo–. Tu cita es en menos de una hora y aún tienes que comer. Además, tenemos que parar para comprarte unas botas.

6

Booker sintió un gran alivio cuando Katie salió de la cocina. Se había tomado su tiempo para vestirse y para comer, pero al menos lo había hecho.

En aquellos momentos, con sus ojos azules más vivos que nunca por la palidez de su piel, tenía un aspecto tan frágil que resultaba muy hermoso.

–¿Has comido lo suficiente?
–Sí.
–Bien.
–Esto me parece algo repentino –dijo ella mientras Booker la llevaba hasta la furgoneta–. ¿Es... es una entrevista formal?

Más bien era un favor de Rebecca y de los hermanos Hill, pero Booker se temía que, si le contaba aquel detalle, Katie volvería directamente a la cama.

–No creo que sean muy duros contigo, si es eso lo que te preocupa. Te conocen y saben lo que puedes hacer.
–Corto el pelo.
–¿No sabes cómo utilizar un ordenador? –preguntó él mientras se ponía tras el volante.
–No se me da mal.
–En ese caso, puedes trabajar con un ordenador.
–Sé cómo utilizar Internet. Sé pagar mis facturas online y poner al día mi libro de cheques, pero no sé demasiado sobre los programas relacionados con los negocios.
–Puedes aprender. Al menos, es un trabajo –dijo Booker. Entonces, arrancó el motor del vehículo.

Los dos permanecieron en silencio durante varios minutos.

–Sin embargo, un trabajo no va a resolver nada –dijo ella, cuando ya estaban en la carretera principal–. Al menos, no inmediatamente.

–¿Qué quieres decir?

–Para tener un apartamento, voy a necesitar el alquiler de dos meses y una fianza. Y mi hijo va a nacer dentro de cuatro meses.

Rebecca había mencionado algo sobre un lugar en el que Katie podría vivir, pero no habían concretado nada. Booker esperó que Rebecca pudiera solucionar también aquel tema.

–Lo primero es lo primero. Rebecca me dijo también que deberías encontrar un médico inmediatamente. ¿Tienes idea de quién quieres que te vea? –le preguntó. Katie se encogió de hombros–. ¿No lo sabes?

–Tal vez el doctor Hatcher...

–Por lo que he oído, es un borracho.

–Bueno, pues, a menos que se haya mudado otro médico al pueblo, no tengo mucho donde elegir. Y yo no puedo ir a Boise. Mi coche es demasiado viejo como para hacer repetidamente ese trayecto.

–Tal vez haya alguien del salón que pueda llevarte cada vez que tengas una cita o que te preste su coche –sugirió él. Estaba dispuesto a prestarle el coche de Hatty. Él tenía su furgoneta y su Harley. Sin embargo, estaba tratando de desaparecer de la vida de Katie...

–Hatcher no puede ser tan malo. Me trajo a mí al mundo y creo que me dejaría pagarle poco a poco...

Katie ya estaba teniendo problemas con su embarazo. Booker no podía consentir que corriera ese riesgo. No obstante, lo que Katie hiciera o dejara de hacer no era asunto suyo. Aunque le resultó muy difícil, cerró la boca y aparcó delante de Saba, la única tienda de ropa y de zapatos del pueblo.

Sentada frente al imponente escritorio de Mike, rodeada de caros objetos y de fotografías enmarcadas de los caballos del rancho que habían recibido un premio, Katie esperaba que Mike terminara la llamada de teléfono que los había interrumpido al poco de que ella llegara. Mike colgó a los pocos minutos y le dedicó una sonrisa.

–¿Dónde estábamos?

–Estábamos hablando... de mi horario –dijo ella, recordando con dificultad de qué habían estado hablando.

Se había distraído pensando en los tiempos en los que había seguido a Mike por todas partes. Había envejecido un poco. Las líneas de expresión que enmarcaban sus ojos y su boca eran más pronunciadas, pero no disminuían en absoluto su atractivo.

–Eso es. Del horario. Podrías hacer un horario normal, digamos de ocho a cuatro. O también podrías venir un poco más tarde, si lo prefieres.

–Creo que de nueve a cinco sería un poco mejor. Así tendría algo más de tiempo por las mañanas, en caso de que haya nieve en la carretera. Además, aún no estoy segura de dónde voy a vivir, pero el rancho está bastante lejos de la ciudad. No es que me importe conducir...

–¿No te lo ha dicho Rebecca?

–No.

–Ha reservado una de las cabañas para que vivas allí. No tendrás que tomar el coche para venir a trabajar.

–¿Qué cabañas?

–Las cabañas que construimos hace un año. Principalmente son para los vaqueros que contratamos durante la época de cría, pero...

–¿No se acerca pronto la época de cría?

–Sí, pero estoy seguro de que nos las arreglaremos.

–¿Cuánto es el alquiler?

–No te preocupes de eso. Es parte de tu sueldo.

–¿Vas a pagarme quince dólares a la hora y, además, me vas a proporcionar un lugar en el que vivir? ¿Lo único que voy a hacer es ayudar a la persona que ya se ocupa de contestar tus llamadas y de archivar tus documentos y hacerlo según el horario que sea mejor para mí? –preguntó, incrédula.

–Así es, al menos durante los próximos meses.

–Hasta que tenga el niño, ¿verdad? –dijo ella. Mike no pareció sorprenderse en absoluto.

–Supongo que, después de eso, preferirás volver a la peluquería, ¿no?

Katie supo que él estaba esperando que la respuesta fuera sí. De repente, sintió un fuerte dolor en el estómago, que le recordó a los dolores de parto que ya había sufrido.

–Ésta no es una entrevista de trabajo –dijo.

–¿Cómo dices?

–Es un regalo.

–No es exactamente un regalo, Kate. No hay razón alguna para que lo consideres de ese modo. A nosotros siempre nos viene bien la ayuda extra y, con un bebé de camino, tú... Bueno, no es ningún problema dejar que vivas en una de las cabañas hasta que puedas salir adelante.

–¿Quién te pidió que me contrataras?

–Nadie.

Katie lo miró de un modo que le hizo reconsiderar su respuesta.

–Está bien. Booker se lo mencionó a Rebecca. Rebecca me llamó a mí, pero no me importa. De verdad. Ni a Josh tampoco. Demonios, estoy seguro de que Delaney y Conner dejarían que te alojaras en el hotel si así lo prefieres.

Katie cerró los ojos. ¿Tenía que verse humillada delante de todos los que habían significado algo para ella?

–Gracias por la oferta –dijo, levantándose con tanta dignidad como pudo reunir–, pero me temo que no voy a aceptar.

–Rebecca me dijo que no tenías más opciones –replicó Mike, muy sorprendido–. ¿Qué vas a hacer?

–Voy a salvar todo lo que pueda del respeto que debo sentir por mí misma.

De repente, volvió a sentir el agotamiento que la había mantenido en la cama cada vez que había tratado de levantarse. A pesar de todo, consiguió mantener la cabeza bien alta y marcharse del despacho. Encontró a Booker apoyado contra su furgoneta.

—¿Cómo te ha ido? —le preguntó.

Por el modo en el que se sacó el palillo de la boca y se irguió, Katie supo que Booker sospechaba que algo había ido mal.

—Tal vez pase algún tiempo antes de que pueda pagarte estas botas nuevas.

—¿Qué significa eso?

—Esto no va a funcionar.

—Pero si tenías el trabajo antes de venir a la entrevista.

—Precisamente por eso —replicó ella. Entonces, se metió en la furgoneta y cerró la puerta. Booker hizo lo mismo.

—Entonces, ¿cuál es el plan? —quiso saber él mientras se disponían a salir del rancho.

Katie lo había estado pensando. Respiró profundamente y lo miró.

—Quiero hacer un trato contigo.

Booker detuvo el coche inmediatamente.

—¿Qué trato es ese?

—No tengo dinero y no tengo un lugar en el que alojarme.

—Acabas de rechazar la oportunidad de tener ambos —señaló él.

Katie esbozó un gesto de dolor y miró por la ventana unos segundos antes de volver a mirar a Booker.

—Dejar que me compraras estas botas fue ya bastante duro para mi. No podía... Dime una cosa, ¿podrías aceptar tú tanta caridad?

—Yo nunca he estado embarazado ni he tenido que dejar de trabajar en lo que trabajo normalmente.

—¿Sí o no?

—¿Qué me ofreces?

—Si me dejas quedarme en tu casa, yo me ocuparé de las comidas, de la limpieza y de lavaros la ropa a Delbert y a ti para pagar mi alquiler.

—¿Cómo puedes hacer todo eso sin poner en peligro al bebé?

—Lo haré poco a poco, descansando y con cuidado de no excederme.

—¿Y ese es tu plan?

—No del todo, pero... pero me temo que no te va a gustar la segunda parte.

—Tú dirás —replicó Booker. Ni siquiera estaba seguro de que le gustara la primera.

—Necesito un ordenador. Quiero que me ayudes a vender el Cadillac para que me pueda comprar uno y pagarte por las reparaciones que has hecho.

—¿Quieres un ordenador en vez de un coche?

—Sí.

—¿Para qué?

—Para que pueda empezar a trabajar desde casa.

—¿Desde mi casa?

—Bueno, solo será hasta que consiga suficiente dinero para establecerme sola... —susurró ella, mirándose los nudillos.

—¿De qué clase de negocio estamos hablando?

—Voy a diseñar sitios web. Cuando estaba en San Francisco, trabajé con un diseñador para crear la página web del salón en el que trabajaba. No tengo muchos conocimientos de gráficos ni de ordenadores, pero el diseñador me dijo que tengo buen ojo. También me dijo que es mucho más fácil de lo que parece. Además, a todo el mundo le gustó lo que diseñé.

Se suponía que Katie iba a recoger sus cosas para mudarse al rancho de los Hill...

—¿Cuánto tiempo crees que tardarás en establecer ese negocio?

—Unos seis meses.

—Y el niño va a nacer dentro de cuatro.

—Así es —admitió ella.

—¿Y eso es todo, Katie? ¿Ese es tu plan?

—Eso es todo lo que se me ha ocurrido por el momento.

Booker sabía que sería una locura tener a Katie tan cerca. No quería regresar a su casa y verla con el hijo de Andy en los brazos. Sin embargo, aquello iba más allá de la confusión y del dolor. Se trataba de un corazón, completamente al descubierto, pidiéndole a otro que le echara una mano. Además, solo serían seis meses...

Aquella situación le recordó a Booker lo ocurrido hacía diez años cuando él acababa de salir de la cárcel y no tenía ni un centavo. Si no hubiera sido por Hatty... Su abuela le había ayudado todo lo que había podido, sin permitir que se rindiera. Seguramente, en su honor, podía dejar a un lado sus propias preferencias durante unos pocos meses. Sí. Lo haría por Hatty.

–Está bien. A mí me gusta el pollo frito –dijo, tras lanzar un profundo suspiro–. Y a Delbert el asado de carne.

Tami Rogers miró fijamente el teléfono. Ansiaba tomarlo y llamar a su hija. Algunas veces, había marcado el número de teléfono de Booker solo para escuchar su voz...

–Ni lo pienses –dijo Don. Sabía exactamente lo que su esposa sentía y la tentación que tenía todas las noches.

–Hoy pasé por el salón de belleza y no estaba allí –comentó Tami–. Por lo que sé, no ha estado allí en toda la semana. ¿Cuándo va a empezar a trabajar?

–No lo sé, pero hemos marcado nuestros límites y no podemos cruzarlos. Ya oíste lo que dijo el pastor Richards. ¿Vas a ignorar sus palabras del mismo modo que Katie ignoró las nuestras?

–No, pero...

–Ya hemos hablado de esto antes, Tami. Tenemos que dejar que Katie sufra las consecuencias de sus actos para que sienta remordimientos y decida cambiar de vida. Según nos dijo el pastor Richards, el fin es que ella misma reclame su alma para el Señor. Y nosotros estuvimos de acuerdo con él. ¿No quieres ayudarla a encontrar el sendero del bien?

–Claro que sí, pero...

–¿Pero qué?

–No hago más que verla de pie en el porche, en medio de aquel aguacero, ni dejo de preguntarme por qué no está trabajando.

–Está bien, al menos lo suficiente como para alojarse con Booker Robinson. Lo único de lo que habla la gente de la parroquia es de la desilusión que ha resultado ser nuestra dulce Katie. La presentan como ejemplo para sus propios hijos. Además, ahora estamos teniendo los mismos problemas con Travis. Si no nos mantenemos firmes, seguirá comportándose del modo en el que lo lleva haciendo los últimos meses.

Don siempre lograba convencer a Tami sacando a colación los problemas que estaban teniendo con su hijo de catorce años. Travis se estaba juntando con malas compañías, faltaba al colegio y se estaba metiendo en peleas.

Tami estaba desesperada por evitar que fuera tan rebelde.

—Supongo que tienes razón —dijo. Entonces, a pesar de que solo eran las ocho, se fue a la cama.

Katie oía la televisión desde el salón y, por una vez, no pudo dormir. Suponía que se debía a todos los planes y pensamientos que no hacían más que darle vueltas en la cabeza, pero, fuera lo que fuera, suponía un cambio bastante agradable con respecto a la depresión en la que había estado sumida aquellos días. Si su negocio de Internet salía adelante, podría ocuparse de su bebé y de sí misma ella sola. Podría trabajar con su hijo al lado, lo que significaba que no tendría que contratar a una canguro ni llevarlo a una guardería. Además, si todo iba bien, podría ganar mucho dinero. Incluso más que cortando el pelo.

Aquella idea tenía tantas ventajas que no podía creer que no se le hubiera ocurrido antes. Sin embargo, tenía miedo. Había tantas variables que podían ir mal... ¿Conseguiría suficiente dinero por su coche como para pagar a Booker y comprar el ordenador y los programas que necesitaba? ¿Se las arreglaría bien sin un coche? ¿Conseguiría aprender todo lo que necesitaba saber? La mayoría de los habitantes de Dundee ni siquiera tenían servicio de Internet, así que no podía basar su negocio en contactos locales. Si vendía su coche y su negocio fallaba...

Sintió que el bebé se movía, lo que le recordó que las preocupaciones no la ayudarían en absoluto. Se colocó la mano en el vientre y sonrió probablemente por primera vez desde que la prueba de embarazo había dado positiva.

–Todo va a salir bien, hijo mío. Yo cuidaré de ti...

La televisión se apagó y oyó que Booker subía las escaleras. Le resultaba extraño vivir bajo el mismo techo que él, y era raro que él se mostrara tan indiferente hacia ella después de todo lo que había ocurrido entre ambos.

Recordó una ocasión en la que él la llevó al río. Era otoño y hacía bastante frío, pero, después de almorzar, se retaron para meterse en el agua. Cuando Booker se quitó la camisa y se metió en el agua, ella se dio cuenta de lo hermoso que era su cuerpo. Al ver que ella se negaba a meterse en el agua, él la tomó en brazos y la metió en el río con él. Entonces, la besó por primera vez. Inclinó la cabeza y allí, en medio de aquella agua helada, Katie sintió que el cuerpo entero se le congelaba, a excepción de los labios, que estaban unidos a la cálida boca de Booker.

Besaba muy bien. Tendría que haberse imaginado que, tarde o temprano, terminaría por reclamar su virginidad...

¿Pensaría alguna vez Booker en aquel día? Probablemente pensaba más en la noche en la que ella le había dicho que quería dejar de salir con él para empezar a hacerlo con Andy. Precisamente por eso, le extrañó más su generosidad al permitir que ella se fuera a vivir a su casa, que no tratara de hacerle cambiar de opinión y que no le hubiera recriminado que hubiera rechazado la oferta de Mike. Simplemente, la había escuchado en silencio mientras ella le mostraba el mundo del diseño de sitios web. Cuando le había pedido su opinión sobre el valor del Cadillac, le había respondido que valdría unos tres mil dólares. Incluso se había ofrecido a dejarlo aparcado delante del taller para despertar así el interés de la gente. A Katie le daba la impresión de que no lo hacía porque estuviera preocupado por su dinero.

Se levantó para ir al cuarto de baño y trató de olvidarse de Booker. No quería que nada la confundiera en aquellos momentos. Ya tenía bastante de lo que ocuparse. Sin embargo, cuando cruzaba el pasillo, se encontró con alguien que parecía ir al mismo lugar. Instintivamente, supo que no se trataba de Delbert.

—Adelante —murmuró él.

—Booker... —dijo Katie antes de que él pudiera retirarse a su dormitorio.

—¿Qué?

—¿De verdad crees que sacaré tres mil dólares por ese coche?

—Creo que sí.

—Estupendo. Hoy he llamado al diseñador con el que estuve trabajando en San Francisco...

—¿Es ésa la razón de que dejaras dos dólares y cincuenta centavos sobre la mesa de la cocina?

—Quería pagarte la llamada —contestó Katie. Le había dado el único dinero que tenía—. Bueno, él me dijo que podría conseguir un buen ordenador, con monitor e impresora por unos mil quinientos. Los programas que necesitaré me costarán alrededor de los novecientos dólares...

—¿Qué programas vas a necesitar?

—Me dijo que me podría comprar StudioMX de Macromedia, que incluye Dreamweaver. Es un programa para crear páginas y sitios web. También tiene Fireworks, que sirve para crear gráficos, y Flash, que se utiliza para construir animaciones complejas. Además, incluye otras cosas, pero todavía no estoy segura de lo que significan.

—¿Has solicitado servicio de Internet?

—Todavía no. Estoy esperando hasta que venda el Cadillac. ¿Cuánto tiempo crees que tardaré?

—El mercado no anda muy bien en estos momentos. Por aquí, no te puedo decir.

Booker hizo ademán de regresar a su dormitorio, pero ella volvió a impedírselo.

—¿Te... te ha gustado la cena, Booker? —le preguntó—. ¿Crees que va a estar bien que yo viva aquí?

—La cena estuvo muy buena.

—Esperaba que, tal vez, podríamos ser amigos. Ya sabes, como Rebecca y tú.

–Yo nunca me he acostado con Rebecca. Ni he querido hacerlo.

–Bueno, tú ya no quieres acostarte conmigo. Eso debería servir de algo, ¿no te parece?

–Avísame cuando termines en el cuarto de baño –respondió él.

7

Booker sabía que Katie se sentía mucho mejor. Se levantaba temprano por las mañanas, se duchaba y se marchaba con ellos al pueblo. Allí, se pasaba todo el día estudiando en la biblioteca. Luego, regresaba con ellos o con alguien que fuera en la misma dirección. Entonces, empezaba a preparar la cena antes de ocuparse de la colada y de limpiar la casa. Él se temía que estuviera trabajando demasiado y que pudiera perjudicar al bebé. Además, descubrió que tenerla cerca no era la tortura que había esperado. La vida podía ser mucho peor que tener a alguien que le lavaba la ropa y le preparaba la cena todos los días. Katie y él incluso habían empezado a jugar al ajedrez por las noches mientras Delbert sacaba a Bruiser a dar un paseo.

–¿Has recibido esta tarde alguna llamada por lo del Cadillac? –preguntó Katie, desde el otro lado del tablero de ajedrez, una semana después de que hubieran empezado con aquella nueva disposición.

Booker no había recibido ni una sola llamada desde el día que lo habían puesto a la venta, pero no podía seguir diciéndole que no a Katie. Después de su depresión, se temía que si no recibía pronto buenas noticias, perdería el optimismo y la energía que acababa de recuperar. Fingió estudiar la tabla de ajedrez para no tener que responder, pero ella insistió.

–Un tipo –mintió.

–¿De verdad? –preguntó ella. El rostro se le había iluminado–. ¿Quién?

–Alguien que estaba de paso por la ciudad.

—¿Y qué te dijo?
—Solo se detuvo y lo miró. Nada más.
—¿Te ha hecho una oferta?
—Todavía no.
—¿Crees que podría?

Booker se frotó la barbilla y fingió concentrarse en el juego, esperando que ella se olvidara del tema. Vio un movimiento que podría hacer con su caballo y que pondría en serio peligro la habilidad de Katie para defender su rey.

—¿Y bien? —insistió ella.
—Podría ser. No lo sé.
—Yo puedo bajar hasta los dos mil quinientos. Si alguien te dice una cifra superior o igual a ésa, acepta, ¿de acuerdo?
—Lo tendré en cuenta.
—Gracias —dijo. Entonces, movió la reina a través del tablero y se comió la torre de Booker.
—Eso es lo que me pasa por distraerme —gruñó, al darse cuenta de que ella acababa de estropear el estupendo movimiento que había planeado para el caballo.
—¿Y qué he hecho yo para distraerte? —preguntó ella.

Katie ya casi no entraba en sus vaqueros y tenía que llevarlos desabrochados porque no tenía ropa de premamá. Además, sus pechos parecían crecer día a día. Booker encontraba que esto lo distraía bastante.

—Nada —mintió.

Después de unos movimientos más, consiguió comerle la reina a Katie, lo que le hizo sentirse un poco mejor.

—¿Crees que deberíamos anunciar el Cadillac en una de esas revistas de coches de Boise? —musitó ella.
—Nadie va a venir hasta aquí desde tan lejos solo para ver un coche tan viejo cuando hay tantos en la ciudad —dijo él—. Y mucho menos durante el invierno.
—Tengo que venderlo, Booker. Mi plan se basa exclusivamente en este dinero.
—Lo venderemos —prometió él.

Sin embargo, pasaron dos semanas más sin recibir ninguna oferta. Katie comenzó a preguntar sobre el coche cada vez menos. Booker sabía que era porque no podría soportar la respuesta.

Después de cuatro semanas de ver a Katie retorciéndose las manos, Booker no pudo soportarlo más. Cuando ella lo llamó al taller con el pretexto de preguntarle qué le apetecía para cenar cuando sabía que Booker se comía cualquier cosa, él le dijo que había vendido el Cadillac.

Entonces, hizo que Chase lo siguiera hasta su granja, donde escondió el viejo coche en una hondonada que había a medio kilómetro de la casa bajo un montón de maleza. A continuación, fue al banco.

–¿Me estás diciendo que pagaron el dinero que pedíamos? –preguntó Katie, atónita, mientras observaba el montón de billetes que Booker acababa de entregarle.

Se abrió la puerta y Delbert entró seguido de Bruiser. Venían de jugar bajo los copos de nieve que habían empezado a caer a principios de la tarde.

–¿No es eso lo que necesitabas? –preguntó Booker.

–Sí –respondió ella–, pero no me puedo creer que hayamos conseguido los tres mil íntegros. Estaba empezando a tener miedo.

Delbert frunció el ceño y miró a Booker.

–¿Has vendido el Cadillac?

–Sí –dijo él.

–¿Cuándo?

–Hoy mismo.

–¿Estaba yo allí? –preguntó Delbert mientras se rascaba la cabeza.

–Estabas ocupado.

–Oh...

Pareció que Delbert iba a preguntar algo más, pero guardó silencio. Después de un momento, se puso a dar de comer a Bruiser. Por su parte, Katie no pareció darse cuenta de nada aparte de que ya tenía el dinero.

–Y te han pagado en efectivo –exclamó–. Después de esperar tanto tiempo, no me puedo creer que todo haya sido tan fácil. ¡Gracias a Dios!

–¿Vas a comprar mañana el ordenador? –le preguntó él.

–No estoy segura –respondió. Entonces, contó seiscientos dólares y se los entregó–. Esto es tuyo. Por las reparaciones que le hiciste al coche.

Booker dudó. No le importaba el dinero y sabía que ella lo necesitaba mucho más que él. Sin embargo, Katie parecía tan orgullosa de poder pagarle... Tomó el dinero y se lo metió en el bolsillo mientras ella se metía el resto de los billetes en el bolso.

–Probablemente podré conseguir un mejor precio en Boise –dijo Katie–, pero ya no tengo coche. Necesito que alguien me lleve.

–Yo no puedo. Tengo que trabajar –respondió él–. Puedes llevarte la furgoneta o el coche de Hatty si quieres.

–No resulta muy divertido ir sola. Es decir, más o menos esto es una celebración y puede que necesite la opinión de otro.

–Yo no sé nada de ordenadores –replicó Booker. Entonces, se dirigió al frigorífico y se sirvió un vaso de leche.

–Aun así, puedes ayudarme.

–Tengo un negocio del que ocuparme –gruñó él.

–¿No puede Chase hacerse cargo por un día? Venga. Si me queda dinero, te invito a cenar.

Ir de compras aburriría terriblemente a Booker, pero salir con ella a cenar podría ser divertido. Por alguna razón, el Honky Tonk y Ashleigh ya no tenían el mismo atractivo que antes.

–Ahora me toca a mí hacer un trato contigo –repuso Booker.

–¿Qué clase de trato?

–Olvídate de ir a ver a Hatcher. Quiero que vayas a ver a un médico que sepa realmente lo que está haciendo en lo que se refiere a tu embarazo. Si me lo prometes, mañana te llevaré a todas las tiendas que quieras.

–Pero Hatcher es el único médico que hay por aquí. Boise está demasiado lejos para tener que ir con frecuencia, ¿no te parece? Además, probablemente los médicos de Boise serán más caros.

–Ya veremos.

–No sé, Booker... Siento que dependo demasiado de ti...
–Si quieres que te acompañe mañana, vas a tener que hacerme caso en esto.
–¿Por qué?
–Porque somos amigos, ¿te acuerdas?
–¿Amigos?
–Eso es lo que querías, ¿no? Que fuéramos amigos como lo somos Rebecca y yo.

Katie dudó durante un momento. No estaba segura de que su amistad con Booker pudiera ser como la que él tenía con Rebecca, pero suponía que él tenía razón en lo de Hatcher.

–Está bien. Trato hecho.

El vapor salió flotando del cuarto de baño cuando Booker abrió la puerta a la mañana siguiente. Su cabello oscuro estaba tan húmedo que brillaba.

–¿Qué haces levantado tan temprano? –le preguntó Katie. Le sorprendió encontrárselo a las cinco y media de la mañana.

–Tengo que ir al taller para preparar las cosas para Chase. Me llevaré la moto. Así, tú podrás recogerme con la furgoneta cuando estés lista.

Katie trató de no mirar más abajo de la barbilla recién afeitada de Booker. Solo llevaba una toalla alrededor de sus esbeltas caderas. Además, olía tan bien... Ella sabía que no debía mirarlo. Parecían haber alcanzado un terreno neutral y no iba a permitir que sus pensamientos, ni que sus ojos, pudieran poner en peligro la paz que existía entre ellos. «Piensa en él como si fuera una de tus amigas», se decía. Sin embargo, Booker era demasiado masculino como para parecerse a una amiga.

–Creo que ha estado nevando toda la noche. ¿Estás seguro de que no es peligroso ir en moto? ¿Por qué no te llevas tú la furgoneta y yo voy a buscarte en el coche de Hatty?

–No me pasará nada en la moto.

–Está bien. ¿Quieres que lleve a Delbert a la ciudad?

–Sí. No hay necesidad de que tenga que levantarse tan temprano.

—Seguramente se sentirá desolado porque te hayas marchado sin él. Eres su ídolo.

—No hace falta demasiado para ser su ídolo —dijo, sonriendo afectuosamente al pensar en Delbert.

Aquella reacción sorprendió a Katie. Booker no era el tipo de hombre que se preocupara por alguien como Delbert Dibbs. En realidad, no era el tipo de hombre que se preocupara por nadie. O tal vez no era el tipo de hombre que demostraba sus sentimientos.

—Me da la sensación de que su padre no se portó muy bien con él —dijo Katie.

—Bernie Dibbs era un canalla, igual que mi padre.

Booker nunca le había hablado mucho de sus padres, pero, por lo que él le había dicho y por los chismes que circulaban por la ciudad, Katie sabía que habían bebido en exceso y se habían peleado constantemente cuando Booker no era más que un niño. Se habían separado y se habían vuelto a unir tantas veces que él nunca sabía si sus padres iban a estar juntos o si tendría que marcharse con uno de ellos. Solo Hatty había permanecido a su lado.

—¿Vive aún tu padre? —preguntó Katie.

—Sí.

—¿Sigue con tu madre?

—No. Se separaron definitivamente el año pasado.

—¿Dónde viven?

—No me importa mientras no sea aquí.

Katie quería hacerle más preguntas sobre sus padres, pero resultaba algo extraño estar teniendo aquella conversación mientras Booker estaba prácticamente desnudo. A él no parecía importarle, pero a Katie le estaba costando mucho no fijarse demasiado.

—Te veré dentro de un rato —dijo. Entonces, se puso de lado para pasar al lado de él sin tocarlo, lo que no le resultó fácil teniendo en cuenta lo mucho que le había crecido el vientre. No tenía tanto cuidado para evitar el contacto físico con sus amigas. Sin embargo, ninguna de ellas le resultaba tan atractiva vestida solo con una toalla.

***

—¿Qué hacemos aquí? —preguntó Katie, cuando Booker aparcó frente a un gran centro comercial.

—Vamos a comprarte algo de ropa premamá. Y tal vez otro par de zapatos.

Katie estaba agotada. Se habían pasado el día recorriendo tiendas de ordenadores para conseguir los programas y el ordenador que ella necesitaba al mejor precio posible.

Al final, el ordenador y todos los accesorios solo le habían costado mil cien dólares, por lo que Katie se sentía bastante satisfecha con sus compras. Sin embargo, después de comprar los programas y el acceso a Internet por satélite, solo le quedaban trescientos dólares, que pensaba guardar para comprar artículos para su bebé.

—Estamos casi en abril, así que va a empezar a hacer calor muy pronto. Me compraré ropa cuando consiga mi primer sueldo.

—No creo que te sientas muy cómoda con esos vaqueros tan apretados.

—Bueno, ahora no me los abrocho y este jersey que tú me has dejado es lo suficientemente largo como para taparme la parte superior de los pantalones, ¿ves?

Al ver cómo Booker la miraba de arriba abajo, se arrepintió inmediatamente de haber atraído la atención de él sobre su cuerpo.

—No creo que puedas llevar esa ropa durante más de dos semanas. ¿Crees que habrás cobrado tu primer sueldo para entonces?

—No estoy segura...

—Entonces, no veo razón alguna para esperar. Yo te prestaré dinero si lo necesitas.

—¿De verdad tenemos que hacer esto hoy mismo? —preguntó. La mirada que Booker le dedicó hizo que no necesitara recibir respuesta—. Está bien, pero si no tengo dinero para invitarte a cenar, no me eches la culpa a mí.

El centro comercial estaba muy concurrido. Booker se detuvo para mirar el directorio de tiendas que había cerca de la entrada.

—¿Ves algo? —preguntó Booker, al ver que Katie se ponía a mirar con él.

—Parece que la tienda de diseño premamá de Anna James es la única tienda especializada que tienen, pero creo que será algo cara. Tal vez deberíamos mirar en las tiendas más grandes.

—Veamos lo que tiene.

Se dirigieron al segundo piso y caminaron por el pasillo hasta que encontraron una boutique repleta de ropa premamá muy elegante, pero muy cara. Katie buscó entre las perchas y encontró un atractivo conjunto negro de camisa y pantalones. Se lo mostró a Booker.

—¿Qué te parece este?

—Pruébatelo.

Mientras ella se cambiaba, Booker se puso a hablar con la dependienta, que le buscó prendas que él no hacía más que llevarle al probador. Le sorprendió que, para ser un hombre que se vestía básicamente de vaqueros y cuero, tuviera mejor gusto del que se hubiera imaginado.

Cuando terminó de probarse el primer conjunto, decidió que resultaba muy favorecedor. Salió del probador para que Booker pudiera verla.

—¿Qué te parece? —le preguntó. Él la miró con una expresión inescrutable en el rostro—. No te gusta, ¿verdad?

—No está mal —respondió, en tono de indiferencia.

—Creo que me las arreglaré con lo que tengo hasta ahora —replicó ella. Entonces, se dispuso a entrar de nuevo en el probador.

Booker la agarró por el brazo y le impidió entrar.

—Cómpratelo —dijo. Aquella vez su voz sí que significó algo. Sus miradas se cruzaron y Katie sintió una irrefrenable calidez que se le iba extendiendo por el cuerpo.

—Creo que tal vez a su esposa le guste esto.

La dependienta se acercó con una falda a juego con una chaqueta gris. Booker soltó inmediatamente a Katie. Ella esperó que informara inmediatamente a la dependienta de que no eran pareja, pero no fue así. Booker tomó en silencio la ropa y se la entregó a Katie. Entonces, se dirigió a uno de los asientos que había en la tienda para esperar a que ella se lo probara.

Katie miró las bolsas de ropa y de zapatos que estaban apiladas a ambos lados de la silla en la que se había sentado en el restaurante. Había tratado de contenerse y de ahorrar un poco de dinero, pero Booker había insistido tanto... Se había comprado dos pares de pantalones, dos blusas, un vestido, un jersey, un par de zapatos y ropa interior. Solo le quedaba dinero suficiente para comprar una pizza.

La bolsa de la lencería estaba muy cerca de ella. Con una sonrisa, recordó la reacción que Booker había tenido al ver lo que había en el interior de la bolsa. No se había sentido muy impresionado con su nueva ropa interior, que consistía básicamente en unas enormes braguitas de algodón blanco. Sin embargo, había sonreído al ver los sujetadores. Había tomado uno en la mano y la había mirado directamente al pecho para decir:

—¿Estás segura de que con esto te va a servir?

Ella le había reprendido para que no supiera cómo aquella sugerente mirada le aceleraba el corazón. Había fingido comprar unos sujetadores que eran tan prácticos como las braguitas, pero en realidad había adquirido unos de encaje que resultaban más atractivos y que eran los que a él le habían gustado. Necesitaba sentirse atractiva

Al ver que una llamativa rubia se colocaba en la fila detrás de Booker, frunció el ceño. Era atractiva y esbelta y lo miraba como si prefiriera tomárselo a él para cenar.

Katie se colocó las manos sobre el vientre y suspiró. ¿Qué le ocurría? Booker era solo un... un amigo. Tenía todo el derecho a flirtear con quien quisiera. Sin embargo, pensar que Booker podría terminar haciéndole el amor a aquella rubia en la habitación de al lado le quitó el apetito. Esperaba que, si llegaba a eso, ella ya no estuviera en la casa.

Entonces, de reojo, vio que la rubia abría el bolso y escribía algo que, aparentemente, le estaba dictando Booker. Katie sintió que se le helaba la sangre. Se levantó y le pidió a una anciana que estaba sentada en una mesa cercana que le vigilara las bolsas. A continuación, se acercó a ellos.

Al verla, Booker la miró con perplejidad.

–Los aseos están por ahí, ¿recuerdas?

Katie sabía exactamente dónde estaban los aseos. Para irritación de Booker, ya había ido varias veces.

–No tengo que ir ahora mismo –respondió ella–. Solo... He venido a decirte que...

Miró a la rubia para asegurarse de que era tan guapa como parecía de lejos. Se alivió un poco al ver que la mujer tenía una nariz bastante grande y los dientes algo torcidos. Sin embargo, tenía un cabello precioso y una figura imponente.

–¿Qué? –le preguntó Booker, atrayendo así de nuevo la atención de Katie.

–Me gustaría tomar ensalada con mi pizza.

–Acabas de decirme que no querías ensalada.

–Por eso he venido. He cambiado de opinión.

–Está bien –dijo él. Entonces, se encogió de hombros.

–¿Es... ésta tu esposa? –le preguntó la rubia a Booker.

–No estoy casado –respondió él–. Es mi compañera de casa.

–Entiendo. Así que los dos no estáis... Quiero decir que no...

–No –confirmó Booker.

–Oh –comentó la rubia. Entonces, lanzó una risa de alivio y extendió la mano para saludar a Katie–. Me llamo Chevy.

–¿Chevy? –repitió Katie–. ¿Como el apelativo cariñoso que se le da a los Chevrolet?

–Sí. En mi caso también es un diminutivo. En realidad me llamo Chevelle.

–Chevelle es un nombre muy bonito –intervino Booker. Entonces, miró significativamente a Katie–. ¿Algo más?

–¿Cómo dices?

–Que si querías algo más.

–Oh... no. Solo una ensalada. Nada más.

–Está bien. ¿Por qué no vas a sentarte para que no estés de pie?

—Sí, dentro de un instante —replicó Katie. Entonces, miró a Chevy—. ¿De dónde eres?

—De Cedar Ridge. Solo está a veintitrés kilómetros de Dundee. Le estaba diciendo a Booker que paso por allí cada vez que voy a visitar a mi padrastro.

—¡Qué pequeño es el mundo! —exclamó Katie.

—Estaba pensando en pasarme en alguna ocasión. Booker me ha dado vuestra dirección y vuestro número de teléfono.

—Nos encantaría que vinieras, ¿verdad, Katie? —dijo Booker.

Katie se irguió y esbozó otra falsa sonrisa.

—Por supuesto.

8

Katie siempre se había sentido más cerca del cielo cuando estaba sentada en un oscuro cine, comiendo palomitas y bebiendo un enorme refresco de cola helado. Sin embargo, de algún modo la experiencia no era igual aquella noche. No lograba concentrarse en la película.

–No irás a empezar a salir con esa mujer, ¿verdad? –susurró.

–¿Qué mujer? –respondió él, sin dejar de mirar a la pantalla.

–Chevy.

–No dejo que mis amigas se metan en mi vida amorosa –replicó él mirándola fijamente–. Ni siquiera las buenas amigas.

–Yo no me estoy metiendo en tu vida amorosa. Lo que ocurre es que no me puedo creer que te sientas atraído por esa... esa...

–¿Qué?

–No creerás que es guapa, ¿verdad?

–¿A ti te parece que no es guapa?

–Bueno, es esbelta y...

–Simpática.

–Sí, y...

–Tienes unos ojos muy sensuales.

Katie sabía lo mucho que le gustaban a Booker los ojos. Ojos, labios y piernas, por ese orden.

–No es más que colágeno y silicona.

–¿Cómo lo sabes?

—Tengo visión de rayos X. Soy esteticista. Yo me doy cuenta de esas cosas.

—Tal vez a mí no me molesten unos pequeños retoques médicos. Al menos, es accesible emocionalmente.

—¿Cómo se te ha ocurrido eso? —preguntó. Estaba segura de que aquella frase no era de Booker.

—Me lo dijo ella.

—¿En los diez minutos que estuvisteis guardando cola te dijo que es accesible emocionalmente?

El hombre que había justamente detrás de ellos les dijo que se callaran de muy malas maneras, pero mejoró su actitud en el momento en el que Booker se volvió para mirarlo. Con la cicatriz en el rostro y sus misteriosos ojos, Booker no tenía el aspecto de alguien con el que se pudiera bromear.

—Yo no creo que estuviera hablando de sus emociones precisamente cuando te dijo que era accesible —prosiguió Katie—. ¿Te preguntó también si llevabas preservativos?

—Cállate. Vas a provocar una pelea —le recriminó Booker.

—A ti te gustan las peleas.

—Ya he estado en más de las que me gustaría.

—Probablemente eso también se puede aplicar a las camas...

Booker se limitó a contestarle con una de sus sonrisas. Aquello molestó a Katie más que nunca. Desde que se había ido a vivir con él, no parecía recuperar el equilibrio...

No hacía más que pensar, probablemente porque la película no lograba captar su interés. Tenía muchas peleas de kárate y personas volando coches y puentes. Por supuesto, era Booker quien la había elegido. No obstante, Katie no se podía quejar. Él también había pagado las entradas.

Cerró los ojos para darse un descanso. Solo hasta que los ojos dejaran de escocerle...

Cuando volvió a abrirlos, la película se había terminado y tenía la mejilla apoyada contra el suave algodón que cubría el hombro de Booker.

***

—No me puedo creer que te hayas quedado dormida durante la película —dijo Booker, cuando ya estaban casi en la granja.

—¿Tan buena fue?

—Tenía algunas de las escenas de peleas más sorprendentes que he visto nunca.

—Siento habérmelas perdido —comentó ella, con un cierto sarcasmo que no pasó desapercibido para Booker.

—Está bien —dijo él—. La próxima vez veremos algo que nos haga llorar. ¿Te hará eso más feliz?

Katie no respondió. Antes había tratado de empezar una discusión, pero el impulso parecía haber pasado.

—¿Por qué estás tan callada? —preguntó él, unos kilómetros después—. No me digas que estás todavía cansada. Has estado durmiendo toda la película y casi todo el trayecto a casa.

—No estoy cansada. Solo estaba tratando de imaginarte llorando durante una película. En realidad, simplemente trataba de imaginarte llorando.

—Siento haber preguntado.

—¿Te ha ocurrido alguna vez?

—Claro que no. Soy demasiado malo —respondió él, con una sonrisa que parecía indicar que estaba mintiendo.

—Creo que eso significa que sí has llorado. Háblame de la última vez. ¿Qué te ocurrió?

—¿Quieres saber por qué he llorado? Antes tendrás que contarme algo que yo quiera escuchar.

—¿Como qué?

—Como por qué tardaste dos años en dejar a Andy si él empezó a consumir drogas justo después de que llegarais a San Francisco. ¿Consumías tú también?

—No.

—Entonces, ¿soportaste que Andy fuera adicto a las drogas durante dos años?

—Supe que había cometido un error casi en el momento en el que llegué a la ciudad...

—Sin embargo, te quedaste.

—Me había comprometido. Me sentía responsable por la mala

decisión que había tomado y estaba decidida a tratar de hacer que todo cambiara para mejor. Además, en parte estaba mi orgullo. No quería rendirme y regresar a casa con el rabo entre las piernas... como he tenido que hacer ahora tras quedarme embarazada.

–¿Y entonces qué?

–Entonces, lo pillé en la cama con una de las estilistas que trabajaba conmigo.

–No sería en tu cama, ¿verdad?

–No, en la de ella –respondió Katie. Entonces, se giró hacia la ventana y observó los copos de nieve que estaban empezando a caer–. Fui a su casa para darle una propina que había llevado una de sus clientes. Era una propina muy importante y yo me imaginé que se pondría muy contenta porque necesitaba el dinero. Cuando llegué, Andy estaba allí. Supongo que no hace falta que te diga que los dos se sorprendieron mucho al verme.

–¿Y ya estabas embarazada entonces?

–Sí. Fue un día horrible, pero... ahora me alegro de que ocurriera.

–¿Te importa explicarme eso?

–Así me vi obligada a tomar una decisión. ¿Iba yo a hacer un favor a mi hijo si me quedaba con aquel hombre? No. Ni siquiera lo quería. No hacía más que tratar de convencerme para que abortara. Así el bebé no interferiría en nuestras vidas. Por eso, al fin me decidí a marcharme de allí. Bueno, ahora te toca a ti.

–¿Que me toca a mí?

–Me debes un secreto.

–¿Qué clase de secreto?

–No sé... algo jugoso. ¿Cuántos años tenías cuando perdiste la virginidad?

–Quince.

–¿Quién fue ella?

–La madre de mi mejor amigo.

–¿Cómo dices? –preguntó ella, atónita. Nunca habían hablado de aquel tema antes.

—Estaba divorciada y supongo que estaba aburrida y que deseaba volver a sentirse deseada.

—¿Cómo se te insinuó? Porque se te insinuaría ella, ¿verdad? ¡Vamos, no creo que se te ocurriera a ti seducirla solo con quince años!

—No. Efectivamente yo no tenía tanta seguridad en mí mismo a esa edad. Fue ella la que realizó la seducción.

—¿Cómo? –insistió Katie.

—Hizo que Gator me invitara a pasar la noche. Estuvo flirteando conmigo, frotándose contra mí cuanto podía. Yo hubiera podido notar su interés desde el otro lado de la sala. No hacía falta ser un genio para imaginarse lo que quería.

—Tus padres debieron enfadarse mucho cuando se enteraron.

—¿Estás de guasa? –le espetó él–. Nunca supieron lo que pasaba en mi vida. Estaban demasiado ocupados matándose el uno al otro.

—¿Sigue viva la madre de tu amigo?

—Sí. Por aquel entonces solo tenía unos treinta y tantos.

—¡Se podría haber quedado embarazada!

—Estaba tomando la píldora.

—¿Has tenido algún contacto con ella recientemente?

—Claro que no. Ni pienso hacerlo.

—¿Se enteró Gator?

—Dios, espero que no –respondió Booker mientras tomaban el desvío que llevaba a la granja.

—¿Dónde vive él ahora?

—No lo sé. Perdí todo contacto con él cuando me metieron en la cárcel.

Katie se volvió para mirarlo

—¿Cómo fue la cárcel? –preguntó. Nunca habían hablado de esa época antes.

Booker agarró con fuerza el volante y se tensó.

—Muy solitaria.

—¿Fue entonces cuando lloraste?

Él la miró un instante a los ojos antes de concentrarse de nuevo en la carretera.

—No.

Katie quería saber más detalles, pero, cuando los faros iluminaron la entrada a la granja, vieron que había alguien sentado en el porche, acurrucado para combatir el frío.

Tras inclinarse hacia delante, Katie aguzó la vista y vio cómo un muchacho, de no más de trece o catorce años, se ponía de pie. Era alto y delgaducho, tenía el cabello rubio y...

—¡Dios mío! Es Travis —dijo.

En cuanto Booker aparcó, ella descendió inmediatamente del vehículo.

—Travis, ¿qué estás haciendo aquí? —le preguntó mientras corría hacia la casa.

Su hermano pequeño tenía las manos metidas en los bolsillos. Mostraba una actitud tensa y hosca, por lo que Katie dedujo que no se trataba de la visita de cortesía que llevaba deseando desde su regreso.

—¿Qué pasa? —insistió cuando se acercó lo suficiente para ver el gesto preocupado que tenía en la cara.

—Son mamá y papá. Yo solo... —susurró. Se sacó las manos de los bolsillos y las apretó con fuerza, como si quisiera pegar a alguien.

—¿Qué?

—Me han echado de casa.

—¡Pero si solo tienes catorce años!

—No les preocupa. Ya no les preocupa nadie.

Booker se acercó sigilosamente y, en silencio, se colocó detrás de Katie.

—¿Qué ha pasado? —le preguntó ella a su hermano.

—Me han echado del colegio. Otra vez.

¿Otra vez? Por lo que Katie sabía, Travis nunca había sido un magnífico estudiante, pero tampoco había tenido problemas de comportamiento.

—¿Por qué?

—Por llevar luchacos al colegio.

—¿Luchacos? —preguntó ella. No sabía a lo que se refería su hermano.

—Son armas para las artes marciales —explicó Booker.

—¿Y dónde conseguiste eso, Travis? No hay instructores de kárate en Dundee.

—Se los compré a un chico que se ha venido a vivir de Utah.

—Oh... ¿Y no te diste cuenta de que no te dejarían tener eso en el colegio?

—No creí que fuera tan importante. No golpeé a nadie con ellos.

—Menos mal. ¿Cómo has llegado hasta aquí?

—Hice autoestop hasta el desvío y luego vine andando.

—No debes hacer autoestop. Es peligroso.

—Me recogieron Billy Joe y Bobby Westin.

—Tal vez eso no fuera problema alguno durante el día, pero Billy Joe y Bobby suelen estar borrachos a estas horas de la noche.

—¿Por qué no entraste en la casa? —le preguntó Booker—. ¿Acaso no está Delbert en casa?

—Supongo que no —respondió Travis—. Llamé al timbre, pero no respondió nadie.

—A Delbert le gusta jugar al billar. Vendrá enseguida —dijo Booker. Entonces, les indicó la puerta—. Vamos dentro donde podamos estar más calientes.

Katie siguió a su hermano y a Booker al interior de la casa. Estaba pensando que tal vez debería llamar a sus padres para que fueran a recoger a Travis, pero no le apetecía demasiado hablar con ellos después del modo en que la habían tratado. Además, sabía que a su hermano tampoco le iba a hacer demasiada gracia. Sin embargo, no le quedaban muchas opciones. Ella ya era una invitada en casa de Booker. No podía decirle a Travis que se quedara con ella.

—¡Vaya! Estás ya muy embarazada —dijo Travis. Se había fijado en el vientre de Katie en cuanto Booker encendió la luz.

—No estoy tan gorda —replicó ella.

—Yo... Yo no podía imaginarte así. Mamá y papá llevan semanas criticándote porque vas a tener un niño, pero yo no te había visto hasta ahora.

—¿Criticándome, Travis? No digas eso.

—¿Por qué no me llamaste?

—No quería disgustar a mamá y a papá.

—Pues hiciste lo correcto. Además, no creo que nos hubieran dejado hablar. Me dijeron que me tendrían castigado durante tres semanas si tenía algún contacto contigo.

—Seguro que ya no les importa. Prácticamente te han arrojado a mis brazos.

—No comprenden nada... —susurró Travis. Entonces, miró a Booker como si esperara que estuviera de acuerdo con él. Sin embargo, Booker no dijo nada—. Bueno, ¿os importa que me quede esta noche aquí con vosotros? —añadió, algo nervioso.

Katie se negó a mirar a Booker.

—Mmm... No lo sé... Verás... ¿Por qué no vas a ver un rato la televisión mientras yo hablo con Booker?

—De acuerdo.

Travis se marchó de la cocina. Katie esperó a que la televisión se hubiera encendido para mirar a Booker.

—Sé que esto no tiene muy buen aspecto —dijo ella—, pero creo que, si dejamos que Travis pase aquí la noche yo podría solucionarlo todo con mis padres mañana por la mañana.

—Como os lleváis tan bien...

—No, no nos llevamos bien, pero esta situación es algo diferente a la mía. Yo soy una mujer adulta y mis padres tuvieron todo el derecho del mundo a rechazarme, pero Travis solo tiene catorce años y...

—Puede quedarse.

—Estoy segura de que comprenderán que...

Katie había estado tan concentrada en pensar en lo que iba a decir a continuación que tardó un momento en darse cuenta de que ya no tenía que decir nada. Ya había conseguido lo que deseaba. Por su parte, Booker volvió a dirigirse a la puerta.

—Voy al pueblo para ver si puedo encontrar a Delbert. Bruiser y él deberían estar ya aquí. Tal vez no haya podido encontrar a nadie que lo traiga hasta aquí.

¿Booker iba a dejar que Travis se quedara en su casa e iba a ir a buscar a Delbert? Katie estuvo a punto de soltar una carcajada. ¿Quién habría sospechado que un tipo tan duro y con tan mala fama como él se preocupara tanto por los demás? Primero Delbert y Bruiser, luego ella, por último Travis...

–¿Te importa decirme qué es lo que te hace tanta gracia? –le preguntó Booker.

–Después de todo, no creo que seas tan malo...

–¿De verdad? Sigue riéndote. Cuando me quede sin camas tú serás la primera en marcharte –gruñó. Luego, salió por la puerta.

Booker aminoró la marcha al llegar a las afueras de Dundee. A la policía del pueblo, que consistía tan solo en tres miembros, le gustaba detener a los que sobrepasaban el límite de velocidad. Él sabía muy bien que era mejor no encontrarse con ellos. Desde que rompió el sistema de riego del jefe de policía, a los quince años, cuando iba conduciendo el coche de Hatty, el sheriff Clanahan no sentía ninguna simpatía hacia él. Aquel sentimiento lo compartían los oficiales Bennett y Orton. Además, si iba despacio tenía más posibilidades de encontrar a Delbert.

Se dirigió al Honky Tonk, que permanecía abierto hasta las dos durante los fines de semana. Delbert nunca se quedaba hasta tan tarde, pero era el mejor sitio para empezar a buscar. Cuando entró en el aparcamiento, vio al oficial Orton sentado en su coche patrulla. Al verlo, bajó la ventanilla.

–¿Qué estás haciendo aquí a estas horas, Booker? –le preguntó Orton.

–¿Has visto a Delbert? –replicó Booker.

–Estuvo aquí durante un rato. Su perro estaba atado a la puerta, como siempre.

–¿Cuándo se marchó?

–Creo que hará una hora más o menos –respondió el policía mientras se frotaba la barbilla.

–¿Iba a pie?

–¿Acaso no va siempre andando?

Booker empezó a subir su ventanilla, pero se detuvo cuando Orton volvió a dirigirse a él.

—¿Qué es lo que hay entre ese retrasado y tú? —añadió—. ¿Acaso la prisión te cambió los gustos?

Booker apretó los músculos de la mandíbula para no utilizar aquella energía en romperle a Orton la mandíbula.

—Si te estás insinuando, no me interesa —dijo, y se marchó.

Se dirigió hacia el centro del pueblo y se detuvo en la nueva gasolinera. A Delbert le gustaba comprar caramelos y jugar a los videojuegos allí, pero, cuando Booker no vio a Bruiser en el exterior, supo que Delbert tampoco estaba dentro. No obstante, decidió ver si estaba de todos modos. Cuando abrió la puerta, Shirley Erman, la dependienta del turno de noche, levantó la cabeza de la máquina de helados que estaba limpiando.

—Hola, Booker. ¿Qué haces por aquí?

—Estoy buscando a Delbert. ¿Lo has visto?

—Vino justo cuando empecé mi turno. Se compró un paquete de chicles. Entonces, creo que se fue al Honky Tonk.

—Gracias.

Booker recorrió el centro del pueblo varias veces, sin suerte. Entonces, se dirigió hacia las callejuelas del extrarradio. Delbert había vivido en una caravana cuando su padre estaba vivo. Tal vez había ido allí por alguna razón. O podría ser que hubiera ido al cementerio. No parecía echar mucho de menos a su padre, sobre todo porque él no se lo merecía, pero algunas relaciones personales eran más complicadas que otras. Aquello era algo que Booker comprendía perfectamente.

Antes de llegar al cementerio o al lugar en el que estaba la caravana, los ladridos de un perro llamaron su atención. Estaba pasando cerca del parque y se veía algo de movimiento en la zona más alejada.

Aminoró la marcha y trató de discernir lo que estaba ocurriendo. Entonces, se dio cuenta de que acababa de encontrar a Delbert.

9

¿Dónde estaban Booker y Delbert? Katie sentía deseos de pasear de arriba abajo por el salón para calmar sus nervios, pero le dolía la espalda por todo lo que habían andado en el centro comercial. No había estado tan preocupada desde que había regresado a Dundee.

Se obligó a permanecer sentada delante de la televisión, pero no hacía más que consultar el reloj cada pocos minutos. Travis se había ido a la cama y estaba dormido porque eran ya cerca de las cuatro de la mañana. Booker se había marchado hacía más de tres horas.

Agarró el teléfono y marcó el número del Honky Tonk para ver si quedaba alguien allí. Necesitaba averiguar lo que estaba pasando. Hacía frío y las carreteras estaban resbaladizas. No hacía más que imaginarse a Booker metido en una zanja de la carretera, desplomado sobre el volante, muriéndose poco a poco de frío...

No creía que hubiera sido un accidente. Booker era un buen conductor, pero estaba muy cansado y un accidente le podía ocurrir a cualquiera...

«¡Por Dios que no esté herido!».

Como se había imaginado, nadie respondió en el Honky Tonk. Ya no le quedaban muchas posibilidades. ¿A quién podía llamar? Decidió llamar a Rebecca. Cuando saltó el contestador, no dejó mensaje alguno ya que, probablemente, estaba dormida, lo que significaba que Booker tampoco estaba allí.

Pasaron otros quince minutos. Entonces, Katie decidió que ya no podía esperar más. Decidió llamar a la policía.

—Departamento de Policía de Dundee. Le habla el oficial Orton.

—¿Podría... podría decirme si ha habido esta noche algún accidente en el que se haya visto implicado un todoterreno negro? —preguntó, sin molestarse en identificarse ni en saludar a pesar de que conocía a Orton.

—Que yo sepa no.

—¿Y podría ser que no se hubiera enterado?

—Supongo que es posible si ha ocurrido en alguna de las carreteras de menor importancia, pero...

—Oficial Orton, soy Katie Rogers.

—Oh, sí. Mi esposa me contó que había regresado a la ciudad —comentó, en un tono de voz no especialmente amable.

—En ese caso, estoy segura de que también sabrá que me alojo en la granja de Booker.

—Eso es exactamente lo que me habían contado.

—Bueno, la razón por la que llamo es que Booker salió hace algunas horas para ir a buscar a Delbert y ninguno de los dos ha regresado...

—Estarán en casa dentro de unos minutos.

—Entonces, ¿los ha visto? —preguntó Katie. No se sintió aliviada porque no le gustó el tono de la voz de Orton.

—Sí, señorita.

—¿Qué ha ocurrido?

—Dejaré que se lo cuente Booker cuando llegue a casa, pero debería tener a mano una bolsa de hielo. Y tal vez también quiera llamar a un buen abogado.

Orton se echó a reír. Antes de que Katie pudiera decir nada, colgó el teléfono.

El corazón de Katie comenzó a latir a toda velocidad cuando escuchó que la furgoneta de Booker se detenía en el exterior. Se alegraba de que los dos estuvieran en casa, pero tenía miedo por lo que Orton le había dicho... ¿Qué podría haber pasado?

Rápidamente abrió la puerta. Bruiser se dirigió a su lado en cuanto Booker apagó el motor. El animal meneaba la cola a modo de saludo, pero regresó con Delbert y le lamió las manos mientras él se acercaba a la casa. Cuando la luz del porche iluminó el rostro de Delbert, Katie comprendió por qué Bruiser no había querido abandonar a su dueño. Delbert tenía un ojo morado y se estaba aplicando un pañuelo lleno de sangre contra la nariz. Se movía con dificultad, como si le doliera el lado derecho.

–¡Delbert, estás herido!

–Hola, Katie –dijo él, con voz triste.

–¿Qué te ha pasado?

–No lo sé.

–¡Tienes que saberlo! Dime dónde has estado.

–Estuvimos en la comisaría... El oficial Orton... metió a Booker en la cárcel –susurró Delbert, con lágrimas en los ojos–. No me creían. Traté de explicárselo, Katie. Traté de decirles que no había sido culpa de Booker, pero no quisieron escucharme.

–Estoy segura de que todo saldrá bien –murmuró Katie. Entonces, le dio un abrazo para reconfortarlo.

En aquel momento, Booker llegó al porche. Katie pudo verle por fin el rostro y comprobó que no estaba en mejor estado que el de Delbert. Tenía un corte encima del ojo, un labio hinchado y una marca roja sobre la mejilla. Al contrario que las manos de Delbert, que no presentaban herida alguna, las de Booker estaban más machacadas que su rostro.

–¿Te encuentras bien? –le preguntó ella.

–Sí.

Entró en la casa con una economía de movimientos que le dijo a Katie que estaba muy magullado. La tensión que emanaba de su cuerpo le dijo que también se sentía furioso.

Booker se tomó un poco de agua y se dirigió hacia las escaleras. Katie lo dejó marchar, porque sabía instintivamente que él quería estar solo. Entonces, hizo que Delbert se sentara frente a la mesa de la cocina para poder limpiarle las heridas.

—Háblame de esa pelea, Delbert —dijo mientras empezaba a aplicarle un antiséptico—. ¿Cómo empezó?

—Yo iba camino del cementerio. No me estaba metiendo con nadie. Había algunos hombres en el parque. Cuando me vieron, me preguntaron si mi perro sabía hacer trucos. Yo les dije que no. Entonces, me dijeron que era un perro de... Bueno, dijeron algo muy malo acerca de Bruiser. Yo traté de decirles que es un buen perro, pero me dijeron que se apostaban cincuenta dólares a que podían hacer que se volviera contra mí. Él nunca lo haría, ¿verdad, Katie? Bruiser nunca se volvería contra mí.

—Claro que no. Te quiere mucho.

—Sí, me quiere mucho.

—¿Qué ocurrió entonces?

—No dejaban que me marchara. Dos tipos se colocaron delante de mí y otros dos detrás. Me dijeron que me darían un poco de vodka si yo le pegaba una patada a Bruiser. Yo les dije que no tenía sed y que no pegaría patadas a Bruiser.

—Bien hecho, Delbert.

—Eso hizo que se enfadaran mucho. Me empujaron y Bruiser comenzó a gruñir. Me dijeron que era mejor que lo atara a un árbol porque... porque si no la policía se lo llevaría.

—Y tú lo hiciste, ¿verdad? —comentó Katie. Delbert quería tanto al perro que no se dio cuenta de que el animal era su única defensa.

—Tuve que hacerlo, Katie. No quería que Bruiser mordiera a nadie. Entonces, alguien me pegó y me caí. Empezaron a pegarme y a darme patadas... Hasta que llegó Booker. Él los apartó de mí. Entonces, todos empezaron a pelearse. Yo me fui corriendo al Honky Tonk. El oficial Orton estaba allí, pero, cuando fue al parque, se llevó a Booker a la cárcel. No debería haber ido a buscarlo...

—Tú no lo sabías, Delbert. No debes sentirte mal por ello. ¿Y los otros chicos?

—Supongo que se fueron a casa.

—¿No fueron a la comisaría con vosotros? —preguntó Katie, muy extrañada.

–No. El oficial Orton les dijo que se marcharan. «Podéis iros, chicos. Saluda a tu padre de mi parte, Jon».
–¿Jon Small? ¿El hijo del concejal Small?
–Sí.
–¿Quién más estaba allí?
–No lo sé.

No era de extrañar que Booker estuviera tan furioso. Katie se levantó y se dirigió a un armario. Entonces, sacó un par de analgésicos y se los dio a Delbert con un vaso de agua.

–Tómate estas pastillas y vete a la cama. Todo habrá pasado por la mañana.

–Eso espero, Katie –dijo Delbert tras ponerse de pie–. ¿Se va a poner bien Booker?

–Yo me aseguraré de ello –le prometió Katie, con una sonrisa en los labios.

–Bien. Muy bien, Katie. Tú ocúpate de Booker. Asegúrate de que se va a poner bien.

Katie oyó que el grifo de la ducha se cerraba. Estaba esperando en el dormitorio de Booker, sentada en la cama con el botiquín en el regazo. Se imaginaba perfectamente cómo se sentía Booker. El hijo del concejal Small no era ningún estúpido adolescente. Tenía al menos treinta y cinco años y no tenía ningún derecho a atormentar a un hombre que era más bien un niño y mucho menos a pegar a alguien cuando la diferencia era de cuatro contra uno. ¿Qué creía Orton que estaba haciendo? ¿Cómo había podido llevarse a Booker a la cárcel en vez de a Jon Small y a sus amigos?

De repente, la puerta del cuarto de baño se abrió. Sabía que Booker la vio inmediatamente, pero él se negó a reconocer su presencia. Apagó la luz y se quitó la toalla, como si quisiera decirle que era problema suyo si veía algo que no deseaba, dado que estaba en su dormitorio sin permiso.

A oscuras, Katie no pudo ver mucho. Él se puso rápidamente los calzoncillos y se metió en la cama. Entonces, se tapó con las mantas y se dio la vuelta.

Katie quería hablar de lo que había ocurrido, pero sabía que Booker se sentía muy magullado y no solo por sus heridas. También sabía que no quería hablar de lo ocurrido, al menos no por el momento.

Sin embargo, respiró profundamente y se dirigió al otro lado de la cama.

—Acércate —le ordenó.

—Katie...

—Acércate, te he dicho —insistió. Aquella vez, él hizo lo que ella le había pedido.

Katie abrió el botiquín y encendió la luz. Entonces, se sentó a su lado.

—¿Tienes que hacer esto? —preguntó Booker tras cubrirse los ojos con el brazo—. He estado en muchas peleas. Estoy seguro de que sobreviviré sin tu ayuda.

—No tardaré mucho, aunque supongo que tampoco tengo que deslumbrarte con esta luz.

Se levantó y abrió la puerta para que entrara la luz del pasillo. Entonces, volvió a la cama y apagó la lámpara. A continuación, le bajó las mantas hasta la cintura para poder ver la extensión de sus heridas.

Había visto antes el cuerpo de Booker. Sabía que tenía un físico que las mujeres admiraban y que los hombres envidiaban. A ella le gustaba especialmente su nervudo torso y el vello oscuro que lo cubría tan perfectamente. No se había sentido excitada desde hacía más de un año, por lo que no esperaba sentir el deseo que se apoderó de ella.

Se lamió los labios. Entonces, se dio cuenta de que Booker la estaba observando. El tiempo pareció detenerse mientras los dos se miraban. Katie deseaba tocarlo, que él le hiciera el amor... pero Booker no realizó movimiento alguno. Simplemente cerró los ojos y apartó la cara.

No estaba interesado. ¿Cómo iba a estarlo? No podía culparlo. Estaba embarazada de seis meses. ¿Cómo iba él a desearla cuando podía tener a alguien con un cuerpo como el de Chevy? ¿A una mujer sin responsabilidades en su futuro?

Se echó un poco de crema antiséptica en los dedos y se la

aplicó sobre el corte que Booker tenía sobre la ceja. Entonces, hizo lo mismo con el que tenía en el labio. Mientras lo hacía, sintió la dureza del nacimiento de su barba, la suavidad de sus labios...

—La mano se te está hinchando mucho —dijo ella apresuradamente, al notar que él había vuelto a mirarla—. No la tendrás rota, ¿verdad?

—No.

—¿Por qué estás tan seguro? ¿Te la han mirado?

—¿Quieres decir si me han hecho alguna radiografía? No.

—Tal vez deberíamos llevarte al médico.

—No.

—¿Por qué no?

—Porque ahora voy a dormir un rato.

—Podemos ir por la mañana, cuando te despiertes.

—Cuando me despierte me voy a ir a trabajar.

—Booker, tú trabajas con las manos —le dijo Katie. Él no respondió—. Está bien, si no consientes en que te hagan una radiografía de la mano, yo no pienso ir al ginecólogo de Rebecca. Iré directamente al doctor Hatcher —añadió, con todo amenazante.

—No puedes hacer eso.

—¿Por qué no?

—Porque eso ya lo habíamos acordado. No voy a consentir que cambies de opinión.

—Está bien. Haremos otro trato.

—¿Cuál?

—¿Qué es lo que quieres? —quiso saber ella. Booker le miró el vientre—. ¿Qué? —añadió, al ver que no decía nada.

—Déjame sentir al bebé.

—¿Hablas en serio?

—Claro.

—Eso podría tardar un rato, Booker. El bebé no se mueve exactamente cuando se le ordena.

—¿Tienes prisa?

—No...

—Entonces, ¿cuál es el problema?

—No hay ningún problema —respondió ella. Booker tendría que colocarle las manos sobre el vientre...–. Bueno, supongo que podríamos intentarlo.

Booker se movió un poco para dejarle sitio. Ella se sentó a su lado y apoyó la espalda sobre el cabecero.

—Creo que estarás más cómoda si te tumbas —dijo él. Entonces, le cubrió las piernas con las mantas.

—No. Estoy bien así... —susurró ella. El aroma de Booker resultaba tan atrayente...

Él se acercó un poco más. Katie respiró profundamente y le ayudó a colocar la mano debajo de la camisa. Tuvo que colocársela en varios sitios hasta que encontró el lugar perfecto para sentir al bebé. Sin embargo, el niño parecía haberse quedado dormido y no se movía. Entonces, Booker se deshizo de las manos de Katie y empezó a explorar él solo. Ella se sintió tan vulnerable... Cerró los ojos y reclinó la cabeza contra la pared. Solo le estaba tocando el vientre, pero no hacía más que recordar las otras ocasiones en las que Booker había respondido instintivamente a sus deseos...

—El... El bebé está rodeado por una especie de saco lleno de un líquido, por lo que resulta difícil sentirlo. Será más fácil a medida que me vaya engordando más la tripa. Creo que tenemos que dejarlo para otra ocasión.

—No hables.

—¿Por qué no?

—El silencio forma parte del acuerdo.

—Eso no lo habías dicho antes.

—¿Quieres cambiar de opinión?

—No, claro que no. Estoy bien —mintió, a pesar de que la piel le ardía donde Booker le estaba tocando y donde no. Las sensaciones que estaba experimentando eran agridulces, pero no quería que él se detuviera.

—En ese caso, relájate.

¿Relajarse? No podía relajarse. Veía cómo le brillaban los hombros bajo la tenue luz que entraba por la puerta, el fuerte perfil de su rostro. Deseaba tanto alisarle su espeso cabello con los dedos... No se atrevió a hacerlo. Booker solo sentía curiosidad por el bebé. Además, parecía que a él le gustaban sus caricias. Después de unos minutos, cuando había dejado quietas las manos sobre el vientre de Katie, el bebé se movió.

Ella lo miró para ver si él lo había notado. Sin embargo, notó que las oscuras pestañas le descansaban plácidamente sobre las mejillas. La respiración se le había hecho más profunda y regular.

Demasiado tarde. Booker se había quedado dormido.

10

Booker se sentía como si lo hubiera atropellado un mercancías.

—Me estoy haciendo demasiado viejo para esto —musitó mientras se miraba el corte y el rostro magullado en el espejo.

El olor del beicon frito le indicó que Katie ya se había levantado. Se preguntó cómo estaría Delbert. Durante el tiempo que estuvieron en la cárcel, no había dejado de llorar.

Se lavó las manos y los dientes. No dejaba de pensar en la pelea y deseó haber tenido tiempo de infligir más daño antes de que Orton llegara. Si alguien se merecía una buena paliza, ese era Jon Small. Era una mala persona, tanto si estaba borracho como si estaba sobrio, y siempre conseguía esconderse detrás del nombre de papá. Era un cobarde y no había nada que Booker odiara más en un hombre...

El teléfono empezó a sonar. Booker agarró su sudadera y se la puso. Entonces, bajó las escaleras. No se había molestado en afeitarse. Aquel día no pensaba abrir el taller.

Cuando se acercó a la cocina, oyó que Katie estaba hablando por teléfono.

—Creo que está bien. Un momento —dijo. Entonces, se dispuso a ir a buscarlo. Estuvo a punto de chocarse con Booker—. ¡Oh! ¡Estás aquí! Rebecca quiere hablar contigo.

Al verla, Booker recordó el tacto de su vientre y decidió pensar en otra cosa. Se sentía fascinado por el bebé.

Era la primera mujer embarazada con la que había estado y los cambios que veía en ella día a día eran sorprendentes.

–¿Sí? –dijo, preguntándose si sería el bebé lo único que le interesaba.

–¿Qué te ocurrió anoche? –quiso saber Rebecca.

–¿No te has enterado? Seguro que ya lo sabe todo el pueblo.

–He oído el rumor de que te arrestaron por haber atacado al hijo del concejal Small. Josh se ha enterado en la tienda de ultramarinos y me ha llamado. No son exactamente las noticias que me gusta escuchar sobre mi mejor amigo a primera hora de la mañana, especialmente cuando no me lo creo.

–Jon necesitaba aprender una lección.

–Y tú se la enseñaste.

–Hice lo que pude. Desgraciadamente, sus hermanos estaban con él y también un primo.

–¿Y te enfrentaste a todos ellos? ¿Estás loco?

–Fue por un tema sobre el que estoy bastante sensibilizado.

–Hasta ahora me gusta la historia. ¿Qué más hay?

Booker oyó que Katie comenzaba a poner los platos sobre la mesa y sintió que el estómago comenzaba a protestarle. Había hecho galletas y salsa. Olía todo tan bien...

–¿Booker? –dijo Rebecca.

–Estoy aquí –afirmó él–. Más o menos eso es todo. Orton llegó, interrumpió la pelea y me llevó a mí a la cárcel.

–¿Solo a ti?

–Sí.

–El final no es tan bueno. ¿Por qué la tomó contigo? ¿Acaso empezaste tú la pelea?

–No, pero ya sabes que Orton me odia.

–Orton es un imbécil –gruñó Rebecca–. ¿De qué se te acusa?

–De mala conducta.

–¿Crees que te meterán en la cárcel?

–Supongo que es posible, pero yo creo que se inclinarán más bien por una multa.

–¿De qué cuantía?

–Unos quinientos dólares. Había cuatro, así que resulta difícil multar a un hombre por llevarse la mayor parte de los golpes.

—No me puedo creer que ellos fueran cuatro y que te llevaran a ti a la cárcel.

—Lo sé. Delbert se disgustó mucho. Estuvieron a punto de arrestarlo porque no quería separarse de mí.

—¿Dices que Delbert estaba allí?

—Estaba allí antes que yo. Los Small se estaban divirtiendo un poco a su costa. Eso fue lo que motivó la pelea.

—¡No me lo puedo creer! ¿Está bien?

—Sobrevivirá, pero no quiero ni pensar lo que le habría pasado si yo hubiera tardado más.

—¿Dónde estaba Bruiser?

—Siendo el buen tipo que es, Delbert ató al perro a un árbol para que no mordiera a nadie.

—Lo ocurrido es asqueroso y patético. Se lo voy a decir a mi padre —anunció Rebecca. Su padre era el alcalde de Dundee, precisamente el que le había dicho a la policía que vigilara a Booker cuando este se mudó al pueblo hacía dos años.

—Creo que estás pasando algo por alto.

—¿El qué?

—Tu padre también me odia, ¿ya no te acuerdas?

—En realidad, creo que ahora que estoy casada está empezando a suavizar un poco su carácter. Hace un par de días, me dijo que te preguntara si podrías echarle un vistazo a su coche. Hace un ruido muy raro.

Booker se llevó el teléfono a la cocina y se sentó al lado de Travis.

—Dile que me lo lleve al taller —dijo. En aquel momento, Katie le puso un enorme plato de beicon, huevos, galletas y salsa delante de él.

—Lo haré —prometió Rebecca—. ¿Estás bien, Booker?

—Sí.

—Katie dijo que tenías muy mal aspecto.

—Es ella la que tiene mal aspecto. Está engordando mucho —bromeó. Al oír aquello, Katie trató de retirarle el plato, pero Booker se lo impidió.

—Solo una cosa más –dijo Rebecca–. Prométeme que no vas a hacer nada para vengarte de Jon.

—Eso no te lo puedo prometer.

—Booker, no te puedes meter en líos. No dejes que...

—Tiene que comprender una cosa, Rebeca.

—¿El qué?

—Que si vuelve a tocar a Delbert, necesitará mucho más que el nombre de su papá para protegerse de mí.

El domingo, Katie estaba sentada en el restaurante de Jerry con Travis. Gracias a Booker, aparte de ropa y zapatos nuevos, tenía veinte dólares en el bolsillo, con los que él había insistido en pagarle el trabajo que hacía en la casa. Todo iba bien, pero no pudo reprimir la ansiedad al ver entrar a sus padres.

—Aquí están –le dijo a Travis.

—No entiendo por qué tenemos que reunirnos con mamá y papá. A mí me gusta vivir contigo y con Booker –replicó Travis antes de meterse una patata frita en la boca.

Katie había permitido que se quedara dos noches. Travis había querido quedarse más tiempo, pero su hermana sentía que era el momento de que él hiciera las paces con sus padres y se marchara a casa.

—En estos momentos, Booker ya tiene bastantes personas a su cargo.

—A Booker no le importa que me quede. Es genial. Esta mañana me dio un paseo en su Harley.

—Tienes catorce años, Travis. Tienes que estar en casa y regresar al colegio.

—Hablas como mamá –gruñó el muchacho.

Katie no tuvo tiempo de responder. Sus padres habían llegado a la mesa donde los dos estaban sentados.

—¿Querías vernos? –preguntó su padre, con voz cortante, mientras los dos tomaban asiento.

—Sí, yo... Creo que Travis debería estar en casa con vosotros.

—Ya sabe lo que tiene que hacer si desea vivir con nosotros –replicó su padre.

Tami no hablaba. No hacía más que mirar a Katie. A ella le dio la impresión de que su madre sentía mucha curiosidad por el bebé, pero la mesa le ocultaba gran parte del vientre y, además, se había cruzado de brazos para tapar el resto. Su madre no había querido saber nada de su embarazo antes, por lo que Katie no sentía inclinación alguna a compartir nada con ella en aquel instante.

–Yo esperaba que repasarais con él las reglas una vez más.

–Se las hemos recordado una y otra vez –replicó su padre.

–Tiene que asistir al colegio, aprobar sus exámenes y hacer sus tareas todos los sábados –intervino su madre–. Nada de música rap, ni llegar a casa tarde ni meterse en líos.

–A mí no me parece que eso sea mucho pedir, Travis –le dijo ella a su hermano

–¿Cómo pueden ellos dictar la música que yo escucho? –repuso Travis.

–¿Has oído alguna vez la letra de esas canciones? –le espetó su padre–. Yo no he escuchado tanta basura en mi vida.

–Esas canciones suelen tener advertencias cuando contienen un lenguaje insultante o explícito. ¿Qué os parece si Travis accede a no comprar ni escuchar nada que tenga una de esas advertencias?

–Con eso no basta –contestó su padre–. El rap no es nada más que un grupo de gamberros gritando obscenidades en un micrófono

–Tal vez el gusto de Travis sea diferente –señaló Katie. Para su sorpresa, su madre estuvo de acuerdo.

–Yo creo que ahí sí podríamos ceder –dijo.

Don miró a Tami. Evidentemente, no se encontraba muy satisfecho con su intervención. Sin embargo, él también decidió ceder.

–Está bien, pero es mejor que no encuentre ni un solo CD que contenga advertencias. Ni uno.

–¿De acuerdo, Travis? –le preguntó Katie.

–Me han puesto las once como hora de vuelta a casa los fines de semana –se quejó el muchacho–. Todos mis amigos se pueden quedar hasta la medianoche.

—No pienso modificar eso a menos que me demuestres que puedes ser responsable, jovencito —replicó su padre.

—¿Cuánto tiempo tendría que estar sin meterse en líos hasta que pudierais confiar en él para que llegara a casa una hora más tarde? —preguntó Katie.

Sus padres intercambiaron una mirada.

—No creo que sea capaz de... —comenzó Don, pero Tami lo interrumpió.

—Tres meses —afirmó.

—¿Puedes estar tres meses sin meterte en líos para que te dejen volver más tarde? —le preguntó Katie a su hermano.

—Supongo que sí.

—Estupendo.

Judy, la camarera, se acercó para servirles un café a Don y Tami. Katie, por su parte, empujó su plato.

—Si mantenéis vuestros compromisos, todo debería ir mejor en casa a partir de ahora. Booker trató de decirle a Travis cómo...

—Booker no tiene ningún derecho a decirle nada a Travis —le espetó su padre.

—Booker ha sido muy bueno con él —replicó Katie—. Y también lo ha sido conmigo.

—Booker no es mejor que Andy. La otra noche lo metieron en la cárcel por pelearse.

—No emitas juicios sobre algo que desconoces.

—Sé lo suficiente como para...

Tami tocó el brazo de su esposo. Cuando él quedó en silencio, miró a Katie.

—¿Y tú, Katie?

—¿Y yo qué?

—¿Has aprendido la lección?

—Sí, últimamente he aprendido varias lecciones —replicó ella, recordando cómo se había sentido cuando sus padres le cerraron la puerta en las narices.

—Entonces, ¿estás lista para regresar a casa?

Katie notó la nota de esperanza que había en la voz de su madre, pero aquella oferta llegaba demasiado tarde.

–No voy a regresar a casa, mamá. Nunca. Tú me has preguntado si he aprendido la lección. Sí. He aprendido que la gente no es siempre lo que parece y que no puedo contar con vosotros si cometo un error alguna vez. Tal vez cuando sea perfecta, os llame.

Tami dejó caer la taza sobre el platillo y derramó el café, pero Katie no le prestó atención alguna. Solo había accedido a llamar a sus padres por su hermano. Se levantó de la silla y le dio un abrazo a Travis.

–Sé bueno –dijo. Entonces, arrojó el billete de veinte dólares encima de la mesa.

Booker levantó la mirada en el momento en el que Katie entraba por la puerta de su despacho. Había estado pagando a sus proveedores, pero ya había terminado. Rápidamente metió la chequera en el cajón de la mesa.

–¿Cómo te fue con tus padres?
–Estupendo –respondió, con una sonrisa.
–¿Van a volver a admitir a Travis en la casa?
–Sí, mientras él cumpla con las reglas que le impongan.
–Afortunadamente, él no se puede quedar embarazado.
–En realidad, me dijeron que yo también podía regresar –dijo ella, riendo.

El pánico se apoderó de Booker, aunque se dijo que se debía solo al hecho de que echaría de menos sus guisos y su limpieza. No tenía nada que ver con ella a nivel personal...

–Entonces, ¿vas a regresar con ellos? –preguntó. Dedicó toda su atención a los papeles que tenía encima del escritorio.
–Lo haré si tú así lo deseas.
–La decisión es solo tuya.
–Entonces, ¿quieres saber lo que me gustaría hacer?
–Sí –contestó él. Se atrevió a mirarla a pesar de que sentía una fuerte tensión en el vientre.
–Preferiría quedarme contigo.

El alivio se apoderó de él, pero Booker no estaba dispuesto a que Katie se diera cuenta.

—Si te quedas conmigo, irás a ver al médico esta misma semana.

—Booker, ya sabes que primero tengo que encontrar un médico que me permita pagar...

—Vamos a ir al ginecólogo de Rebecca —concluyó él—. Delaney también ha estado en su consulta y las dos lo han recomendado. Si no te permite pagarle a plazos, le pagaré yo.

El miércoles, tres días más tarde, Katie fue a visitar al médico. Según la enfermera, tenía bien la tensión, su peso estaba dentro de lo previsto y el bebé parecía estar creciendo muy saludable. Ella sintió que estaba en buenas manos y se alegró de que Booker hubiera insistido en llevarla allí hasta justo antes de marcharse. Entonces, el médico le sugirió que empezara las clases de preparación al parto inmediatamente y le preguntó si tenía una amiga o un familiar que pudiera ayudarla.

Katie pensó en sus antiguas compañeras del salón de belleza. Seguramente se lo podía pedir a alguna de ellas. También, pensó brevemente en su madre. Sin embargo, a pesar de los muchos rostros que repasó, no hacía más que pensar en uno: el de Booker. Desgraciadamente, no se lo podía imaginar en las clases de preparación al parto y mucho menos acompañarla en el alumbramiento. Además, no sabía cómo podría pedírselo.

—¿Ocurre algo? —le preguntó Booker mientras regresaban a casa.

—No —mintió ella—. ¿Por qué?

—No me has hablado mucho del médico. ¿Te ha parecido bien?

—Sí. Es muy agradable.

—¿Qué te hicieron?

—Me pesaron, midieron al bebé... Ese tipo de cosas.

—¿Nada más?

—Nada más.

Después de unos instantes, ella sintió que volvía a ser el centro de la atención de Booker, por lo que se volvió para mirarlo.

—¿Qué pasa?

—¿Vas a decirme lo que te ocurre? —insistió él.

—No pasa nada...

En realidad, se sentía muy mal. Estaba aterrorizada de tener un niño para el que no estaba preparada, aterrorizada de tener que experimentar tantas primeras veces sola. Solo le quedaban tres meses para que naciera su hijo. Entonces, tendría que enfrentarse al parto, levantarse por la noche para darle el pecho a su hijo, preocuparse por todas las cosas que podían ir mal... Además de todo eso, estaba viviendo con su exnovio.

De repente, su existencia le pareció muy precaria. Se había sentido tan emocionada por el hecho de aprender cómo construir sitios web, tan optimista, que no se había parado a pensar en lo que se iba a convertir su vida. ¿Cómo iba a cuidar de un recién nacido y lanzar un negocio al mismo tiempo? No tenía ni cuna, ni ropa, ni siquiera una bolsa de pañales.

—¿Has estado alguna vez con un bebé recién nacido? —le preguntó a Booker.

—No —respondió él.

Tal y como ella se había imaginado. ¿Y si no le gustaban todos los inconvenientes? ¿Y si le pedía que se marcharan el bebé y ella?

«Cuando me quede sin camas, tú serás la primera en marcharte...».

Sabía que Booker no había hablado en serio al hacer aquel comentario, pero no había promesas entre ellos. Más o menos, él le había dado seis meses, pero podía pedirle que se marchara en cualquier momento, momento que seguramente llegaría cuando encontrara una mujer con la que quisiera salir. Entonces, ¿adónde se iría ella? ¿Cómo cuidaría de su hijo?

Por primera vez desde que se había quedado embarazada, Katie consideró lo impensable. ¿Era ella la mejor persona para criar a aquel niño?

11

El lunes, Booker había instalado el sistema informático de Katie. A continuación, ella había cargado los programas, pero había tardado varios días en recibir la conexión a Internet. Por fin, el viernes, ya estaba todo preparado, por lo que deseaba crear un sitio web como ejemplo para experimentar con sus nuevas herramientas. Sin embargo, no podía concentrarse. Desde que realizó la visita al médico, se pasaba largos espacios de tiempo mirando al vacío, preguntándose qué era lo mejor para su hijo.

Con toda seguridad, una familia tradicional proporcionaría una base más sólida. No necesitaba un psicólogo para darse cuenta de eso. Una pareja con un hogar, al menos un trabajo y algunos ahorros. Una pareja como Josh y Rebecca.

Sin embargo, Katie no sabía cómo iba a poder desprenderse de su hijo. Ni siquiera para entregárselo a Josh y Rebecca.

El teléfono comenzó a sonar. Lo contestó sabiendo que era Booker. Ella lo había llamado antes porque necesitaba escuchar su voz, pero él estaba con un cliente y Delbert había tomado el mensaje.

–¿Sí?

–¿Me has llamado? –preguntó él. Parecía muy ocupado, lo que hizo que Katie se sintiera culpable por haberlo molestado.

–Solo quería decir que ya me ha llegado la conexión a Internet.

–Genial. ¿En qué estás trabajando?

Katie miró a la pantalla en blanco.

–Estoy creando un sitio web como ejemplo. Necesito tener algo que mostrar a los posibles clientes.

–Me parece una buena idea.

Se produjo un largo silencio. Katie sabía que Booker estaba esperando que terminara la llamada o que le dijera la razón por la que lo había llamado. Sin embargo, no estaba segura de cuál era la razón. Solo necesitaba... algo.

–Bueno, te dejo en paz –dijo ella.

–Katie...

–¿Sí?

–¿Te sientes bien?

–Sí, claro –respondió. Y colgó el teléfono.

Jon Small, su esposa y sus dos hijos vivían en una hermosa casa muy cerca de la de sus padres, sus hermanos y su primo. Booker los conocía a todos y no sentía simpatía por ninguno de ellos. Se bajó de su furgoneta y se dirigió hacia a puerta principal de la casa de Jon. Estaba algo preocupado por Katie. Decidió que regresaría al taller para recoger a Delbert y a Bruiser y luego se marcharía a su casa. Sin embargo, antes tenía unas cuantas cosas que decirle a Jon.

Leah, la esposa de Jon, abrió la puerta. En cuanto vio de quién se trataba, lo miró como una niña asustada.

–Booker, ¿qué estás haciendo aquí?

–Estoy buscando a tu esposo –respondió–. ¿Está en casa?

–¿Qué quieres de él? No necesitamos problemas. Los niños están en casa.

–No deseo causar ningún problema. Solo quiero hablar con él.

–No... no está aquí.

–¿Acaso no es su coche el que está aparcado frente a la casa? –preguntó Booker señalando un Chevrolet recién estrenado.

Con un suspiro, Leah cerró la puerta. Booker oyó que echaba el cerrojo, pero estaba dispuesto a esperar. Sabía que Jon terminaría por aparecer tarde o temprano.

Efectivamente, Jon apareció unos minutos más tarde... con un labio partido y un ojo morado.

–¿Qué estás haciendo aquí? –le preguntó.

–¿Tienes un minuto? –replicó Booker.

–Mira, Booker, en el pasado nunca hemos tenido problemas –susurró Jon. No parecía tan valiente en aquellos momentos, cuando estaba sobrio y solo. Entonces, salió al porche y cerró la puerta–. No veo por qué eso tiene que cambiar ahora.

–No tiene que cambiar, Jon, mientras tú recuerdes una cosa.

–¿De qué se trata?

–Mantente alejado de Delbert Dibbs. Si no, la situación terminará mucho peor que la última vez.

–¿Por qué tienes que meterte en este asunto? Delbert no es familia tuya. Además, solo estábamos un poco borrachos. Solo nos estábamos divirtiendo.

–Te sugiero que, a partir de ahora, te diviertas de otro modo.

En aquel momento, una furgoneta se detuvo frente a la casa. Era el hermano de Jon, al que todo el mundo llamaba Smalley por su apellido, que significa «pequeño» en inglés, y por el hecho de que pesaba casi ciento cincuenta kilos.

–¿Qué está pasando aquí, Jon?

Booker sabía que Smalley no se había presentado por casualidad. Leah, o tal vez Jon, lo habían llamado. Jon no respondió, pero se irguió un poco más y se puso más ufano.

–Eres un hijo de perra al venir aquí y amenazarme, Booker –le dijo, hablando en voz alta y clara por primera vez desde que había salido–. Si no tienes cuidado, vas a enfadarme de verdad.

–¿Y crees que eso me importa? –replicó Booker. Se volvió a mirar a Smalley, para que supiera que su mensaje iba dirigido a los dos–. Dejad a Delbert en paz u os estaréis metiendo en más líos de los que podéis salir.

Tras hacerle una seña de despedida a Leah, que estaba observando la escena desde una ventana, se dirigió a su furgoneta.

***

Cuando Booker llegó a casa, acompañado de Delbert y Bruiser, Katie estaba trabajando con su ordenador. Desde su habitación, les dijo que tenían ensalada, costillas y judías a la barbacoa para cenar. Sin embargo, no bajó para reunirse con ellos. Booker no la vio ni durante la cena, ni cuando se puso a ver la televisión.

Era comprensible que estuviera preocupada. Por fin podía centrarse en su proyecto de trabajo. No obstante, se había acostumbrado tanto a su compañía y a su atención que la echaba de menos.

—¿Quieres que baje Katie? —le preguntó Delbert, al ver que se retorcía en el sillón para mirar las escaleras—. ¿Quieres que juegue al ajedrez contigo?

—Solo me estaba preguntando qué estaría haciendo —mintió Booker. Si hasta Delbert se daba cuenta de lo que le pasaba, era mucho más transparente de lo que había pensado.

Treinta minutos más tarde, Delbert se fue a su habitación para jugar con la consola que Booker le había regalado por Navidad. Booker siguió viendo la televisión, pero sin saber qué era exactamente lo que estaba mirando.

Consultó el reloj. Decidió que podía ir un rato al Honky Tonk. Después de todo, era viernes y no había ido desde hacía semanas. Lanzó otra mirada escaleras arriba, hacia la habitación de Katie. En realidad no quería ir a ninguna parte, pero decidió que no podía depender tanto de ella. Apagó la televisión y fue a darse una ducha.

Con una cerveza fría en la mano, Booker estudió la multitud que llenaba el bar. No era muy aficionado a la música country, pero aquella canción tenía buen ritmo y le gustaba a pesar de que a él le iba más el rock. Suponía que, si pasaba unos años más en Dundee, terminaría llevando sombrero y botas de vaquero.

Estaban los rostros de siempre, pero el flujo constante de cara nuevas debido al toro mecánico que se había instalado en el bar ofrecía posibilidades que resultaban bastante interesantes, sobre todo para la economía de Dundee. Sin embargo, aquella noche nada parecía atraer el interés de Booker. No podía dejar de pensar en Katie, ni en lo que estaría haciendo. ¿Habría terminado ya y le apetecería tal vez jugar al ajedrez? Aburrido y enfadado consigo mismo por preferir una noche tranquila en casa en vez de bailar, beber y charlar con la gente, se obligó a quedarse un rato más. Sin embargo, lamentó aquella decisión en el momento en el que escuchó a alguien gritar:

–¡Eh, Andy! ¿Qué tal te ha ido por San Francisco?

¿Andy? Booker sintió que se le helaba la sangre. Se giró y, efectivamente, vio a Andy Bray con sus primos al otro lado de la barra. ¿Cómo no lo habría visto antes?

Andy Bray había regresado. Booker se lo tendría que haber imaginado. De repente, no supo si marcharse o quedarse. Se tomó de un trago su cerveza, pero pidió otra rápidamente. No iba a hacer nada. No le importaba que Andy hubiera regresado al pueblo. Solo había estado ayudando a Katie como amigo. Nada más. No se había implicado con ella emocionalmente, lo que significaba que no tenía nada que perder.

Se estaba terminando la segunda cerveza cuando sintió una mano en el hombro.

–Aquí estás –dijo Ashleigh–. Supongo que una chica te tiene que suplicar para que vengas al Honky Tonk estos días.

Ella le sonrió muy coqueta y pestañeó. Booker decidió que había estado loco por haberse encerrado en la granja durante aquellas semanas. ¿En qué había estado pensando?

–¿Querías que viniera por alguna razón en particular?

–Creo que ya sabes lo que quiero –respondió ella, con franqueza. Entonces, tras colocarse en una postura muy provocativa, se pasó la lengua por los labios.

–¿Por qué no me lo dices en voz alta? –replicó él. Entonces, se tomó la cerveza de un trago y soltó unos billetes encima del mostrador.

–Bueno, quiero saber si eres tan bueno como indica tu reputación –susurró ella, acercándosele un poco más para que pudiera admirar su amplio escote.

–¿Y mañana?

—No hay ataduras, pero si nos lo pasamos bien, supongo que no habrá nada de malo en...

—¿Estás segura? —le preguntó a Ashleigh. Casi le parecía escuchar a Andy fanfarroneando de todo lo que había hecho en la gran ciudad.

—Segurísima.

—En ese caso, sugiero que bailemos.

Agarró a Ashleigh del brazo, se olvidó del padre del bebé de Katie, se olvidó también de la propia Katie y llevó a su acompañante a la pista de baile.

Booker se despertó en la cama de Ashleigh a la mañana siguiente muy temprano. Al recordar lo ocurrido la noche anterior, lanzó un gruñido. No se había emborrachado de aquella manera desde la muerte de su abuela. Había vuelto a su antiguo comportamiento, pero no había significado nada, a pesar de su largo periodo de abstinencia. Además, al final ni siquiera había podido cumplir con Ashleigh...

Se sentó en la cama y sintió un fuerte dolor de cabeza. Entonces miró a Ashleigh, que estaba medio dormida sobre la cama. Cuando lanzó un brazo sobre él y solo encontró el vacío, se incorporó.

—Hola —dijo, con una somnolienta sonrisa.

Booker se imaginó a Katie en la granja, con su enorme vientre y trató de convencerse de que Ashleigh era mucho más atractiva. Sin embargo, la última no podía reemplazar a la primera en su pensamiento.

—Hola —replicó.

—¿Por qué te has levantado tan temprano?

—Tengo que trabajar.

—¿Cómo dices? —rugió ella. Entonces se sentó, sin importarle que se le cayera la sábana y que dejara al descubierto sus pechos desnudos—. Todavía no te puedes marchar. Anoche estabas demasiado borracho como para poder hacer nada. Te quedaste dormido en el momento en el que te quité la ropa. Venga, ven aquí...

–Lo siento, tengo que marcharme.
–Eres muy guapo, ¿lo sabías? –susurró ella, mirándolo de arriba abajo con una sonrisa destinada a hacerle cambiar de opinión.
–Me han llamado muchas cosas –replicó él, mientras se ponía los pantalones–, pero ésa no suele ser una de ellas.
–En ese caso es que no has estado escuchando a la gente adecuada.

Ashleigh hizo un puchero cuando vio que sus palabras no tenían el efecto deseado. Booker, por su parte, terminó de vestirse y dudó. ¿Cómo debía terminar aquella aventura de una noche? ¿Debía darle un beso de despedida? Solo deseaba marcharse, pero se temía que eso sería poco cortés. Se decidió a darle un beso en la frente.

–Siento que no haya salido bien.
–Booker...
–¿Sí?
–¿Es que... no soy suficiente para ti? –le preguntó Ashleigh.
Él suspiró y la miró durante un segundo.
–No eres tú, Ashleigh –dijo. Era Katie, pero no quería admitirlo con nadie–. Soy yo –añadió. Entonces se marchó maldiciendo a su testarudo corazón.

Katie estaba sentada en la cocina con una sudadera de Booker porque ya no cabía en la suya, tomándose un té de hierbas. A través de la ventana veía cómo Delbert jugaba con Bruiser... al igual que el espacio vacío donde Booker solía aparcar su furgoneta.

No había regresado a casa la noche anterior. De eso estaba segura. Había llamado al Honky Tonk antes de que cerraran y le habían dicho que se había marchado con Ashleigh Evans, por lo que sabía perfectamente dónde había dormido. Lo que no acababa de entender era por qué pensar que Booker podía estar con otra mujer la hacía sentirse tan triste.

Cuando se llevó la taza a los labios la mano le tembló estrepitosamente. Ya no tenía reservas emocionales. Había estado pensando si dar al niño en adopción o no. Había estado tratando de aprender mucho en muy poco tiempo. Prácticamente había cortado todos los vínculos con sus padres. Lo último que necesitaba era la distracción añadida de tener que enfrentarse a un hombre, especialmente a un exnovio por el que, evidentemente, aún sentía algo.

Tras tragarse el nudo que le atenazaba la garganta, tomó el teléfono y llamó a Mike Hill. Era muy temprano, pero sabía que él estaría despierto.

–Rancho High Hill.
–¿Mike?
–¿Sí?
–Soy Katie Rogers.
–Hola, Katie. ¿Cómo estás?
–Bien, escucha. Me estaba preguntando si... tú me alquilarías una de las cabañas del rancho, la que me mencionaste la última vez que nos vimos. ¿Cuánto me costaría el alquiler?
–Son muy pequeñas, Katie. En realidad, solo son un lugar en el que dormir, así que no mucho.
–¿Me podrías dar una cifra?
–Creo que cuatrocientos al mes sería justo, dado que tenemos una cocinera que se ocupa de las comidas.
–Estupendo. Estaba pensando que podría hacer un trato contigo.
–¿Qué clase de trato?
–Si me dejas estar en una de esas cabañas durante seis meses, me aseguraré de que recibes dos mil cuatrocientos dólares en concepto de servicios de Internet.
–¿De servicios de Internet?
–Ahora me dedico a diseñar sitios web. Anoche estuve navegando por Internet y me di cuenta de que vosotros no aparecéis en la red.
–Es cierto –dijo Mike, muy sorprendido–. Queríamos contratar a alguien, pero todavía no nos habíamos puesto a ello.
–En ese caso, ya sabes lo útil que es un sitio web para promocionarse.
–Sí. Aquí tenemos acceso a Internet, pero sé que no lo estamos aprovechando al máximo.

–Estupendo. En ese caso, me comprometo a crear tu sitio web. Soy nueva en ese campo, así que no te puedo mostrar mi trabajo, al menos por el momento, pero he aprendido mucho. Soy trabajadora y creo que puedo crear un sitio web que muestre a la perfección lo que es el rancho High Hill. Te prometo que, como mínimo, sacarás el equivalente del alquiler de la cabaña.

–De acuerdo –dijo Mike, tras pensarlo unos segundos–. Estoy dispuesto a aceptar tu oferta.

–Maravilloso. ¿Cuándo puedo mudarme? –le preguntó. Justo en aquel instante escuchó que un vehículo se detenía en el exterior.

–Cuando tú quieras.

–En ese caso, hoy mismo –replicó Katie. Entonces, colgó el teléfono justo en el momento en el que Booker entraba por la puerta.

Se volvió para mirarlo, con la esperanza de que él dijera algo. Sin embargo, no fue así. Se limitó a abrir el armario, a sacar los analgésicos y a tomarse al menos dos pastillas con un vaso de agua.

–¿Te lo pasaste bien anoche? –le preguntó Katie. Él la miró de soslayo, pero no respondió. Se dirigió hacia las escaleras justo en el momento en el que Delbert asomaba la cabeza por la puerta.

–Booker...

Él hizo un gesto de dolor, como si la voz de Delbert fuera lo suficientemente fuerte como para partirle la cabeza en dos.

–¿Sí?

–¿No vamos a ir hoy a trabajar?

–Ya te lo he dicho afuera. Nos vamos en cuanto me dé una ducha.

–Oh, eso es. ¿Estás enfadado conmigo, Booker? –preguntó Delbert. Parecía muy preocupado.

–No –respondió él, con voz baja y tranquila.

–En ese caso, te estaré esperando ahí fuera. Estoy preparado cuando tú lo estés, Booker, ¿de acuerdo? Estoy preparado.

Booker asintió muy lentamente y siguió subiendo las escaleras.

***

Cuando salió de la ducha, Booker encontró la sudadera con la que había visto vestida a Katie cuidadosamente doblada sobre la cama, lo que le sorprendió bastante. Ella no tenía ninguna sudadera que le sirviera ya. Si le había devuelto la suya, ¿con qué estaba pensando en substituirla?

No estaba seguro, pero tenía tantas ganas de marcharse de la casa que no iba a preocuparse por ello. A pesar de los analgésicos, la cabeza seguía doliéndole. Se temía que, si se detenía durante unos segundos, se pondría a pensar de nuevo sobre lo ocurrido la noche anterior, algo que no quería hacer.

Se puso unos vaqueros, una camisa y un par de botas de trabajo y se dispuso a bajar la escalera. Entonces, notó algo que le parecía muy raro. Oyó que Katie estaba en su dormitorio, abriendo y cerrando cajones. ¿Qué estaría haciendo? Sin poder resistirse, llamó a la puerta.

Cuando ella la abrió, iba ya vestida de calle.

—¿Sí?

Booker miró la cama, donde pudo ver una maleta abierta.

—¿Qué es lo que pasa?

—Me voy a mudar.

—¿Por qué? —preguntó. A pesar de que había esperado algo como aquello, no le resultó más fácil de aceptar.

Katie se alejó de la puerta y siguió recogiendo sus cosas. Al ver que ella no respondía, Booker volvió a insistir.

—¿Katie?

—No quiero interponerme en tu camino nunca. Eso es todo.

—Tú no te estás interponiendo en mi camino. ¿Tiene esto algo que ver con Andy?

—¿Con Andy? —preguntó ella, atónita—. No.

—¿Sabes que ha vuelto al pueblo? Lo vi anoche.

Aquella frase hizo que Katie se detuviera. Tiró al suelo los zapatos que había estado tratando de meter en la maleta y se sentó en la cama.

—Espero que estés bromeando.

—No.

—¿Sabes por qué está aquí?

—Supongo que ha venido para llevarte con él. ¿Qué te parece a ti?

—No importa —replicó ella. Entonces, se levantó y siguió recogiendo sus cosas—. No quiero nada con él.

—Entonces, ¿a qué viene todo esto? —quiso saber Booker mientras señalaba la ropa sobre la cama—. ¿Es porque no vine anoche a casa a dormir?

—No —mintió ella.

Booker sabía que aquella era la razón. La noche anterior en el Honky Tonk, había sabido que si se iba con Ashleigh, destrozaría la relación que se estaba desarrollando entre Katie y él. ¿Acaso no era aquella la razón por la que lo había hecho? Había echado a Katie antes de que ella pudiera hacerlo por sí sola.

—¿Adónde vas? —preguntó él. Sentía un extraño dolor en el pecho—. ¿A casa de tus padres?

—Por supuesto que no. Le he alquilado una cabaña a Mike Hill.

—¿Cómo?

—Voy a crearle un sitio web a cambio de alojamiento y manutención.

—Pero si acabas de recibir tu servicio de Internet —dijo Booker, tratando de encontrar alguna razón lógica que la empujara a quedarse.

—Mike tiene Internet en el rancho. Utilizaré la de él.

—¿Qué quieres que le diga a Andy si llama aquí?

—Hagas lo que hagas, no le digas dónde estoy.

—Katie...

Ella había terminado de recoger sus cosas. Cerró la maleta y trató de levantarla. Booker se apresuró a impedírselo antes de que se hiciera daño a sí misma o al bebé. Durante un momento, estuvieron a pocos centímetros. Booker vio que ella tenía lágrimas en los ojos, lo que incrementó un poco más el dolor que tenía en el pecho. Observó cómo una de ellas se le deslizaba por la mejilla y levantó un dedo para secársela.

—¿Qué es lo que quieres de mí, Katie? —preguntó suavemente.

Ella cerró los ojos y sacudió la cabeza.

—Nada. No quiero nada de ti, Booker. Tan solo que me lleves al rancho High Hill.

12

Katie solo tardó dos horas en instalarse en su nueva casa. Cuando Mike le dijo que las cabañas eran muy pequeñas, no estaba exagerando. Tan solo tendría unos dieciocho metros cuadrados. Cada cabaña tenía una pequeña cocina en un rincón, un sofá cama, una mesa, una pequeña televisión, un escritorio y una silla. El cuarto de baño no podía contener apenas más que una minúscula ducha. Apenas habría sitio para la cuna del bebé, si es que conseguía comprarla.

Miró el libro que estaba a punto de colocar sobre el escritorio. *Una opción valida: la adopción*. Después de terminar de deshacer su equipaje, había estado leyendo historias reales de madres que habían entregado a sus hijos en adopción. Sin embargo, leerlas no estaba haciendo que la decisión de Katie fuera más fácil. Además, tenía tantas otras cosas en las que pensar...

Recordó la expresión de Booker cuando la había dejado allí. Su nueva casa parecía demasiado tranquila sin Delbert, Bruiser y él. Era como si echara de menos a su familia. Sin embargo, sabía que había tomado la decisión correcta. No podía pasar de vivir con Andy a hacerlo con Booker, porque en realidad no sabía cómo podía ser amiga de este último. La relación que había entre ambos no encajaba en ninguna categoría y nunca había quedado más claramente de manifiesto que la noche anterior, cuando se había ido con Ashleigh. Katie sentía muchas cosas que no debería experimentar como amiga. Dolor, traición incluso envidia. Sabía lo que era estar debajo de Booker, cómo sabía y cómo se movía...

Alguien llamó a la puerta, lo que hizo que se tensara inmediatamente. Booker había dicho que Andy estaba en la ciudad, lo que significaba que solo era cuestión de tiempo que la encontrara.

–¿Quién es? –preguntó. La puerta no tenía mirilla.
–Mike.

Katie lanzó un suspiro de alivio y abrió la puerta.

–Te he traído un par de cosas –dijo, señalando una silla de plástico y un geranio que acababa de colocar en la pequeña plataforma de cemento que servía de porche.

Katie se sorprendió mucho por aquel gesto. Mike siempre parecía tan absorto por su trabajo que no esperaba que se preocupara especialmente por ella.

–¿Están ya ocupadas las otras cabañas? –preguntó Katie. Las miró y vio que ninguna de ellas tenías silla ni geranio.

–La mayoría. Solo tenemos una vacía, pero probablemente no la utilizaremos este año porque ya hemos contratado a todos los jornaleros que necesitamos.

–¿Dónde está todo el mundo?

–Trabajando. Estoy segura de que los conocerás más tarde. Aún falta una hora o así para que regresen.

–Gracias por los accesorios para el porche –comentó ella.

–No hay de qué. No se trata de algo que se vea en las revistas que realizan reportajes sobre los ricos y famosos, pero espero que te haga sentirte más cómoda. Bueno, la cena se sirve a las seis todas las noches en la casa principal.

–Muy bien.

–El desayuno es también a las seis. Los bocadillos para el almuerzo se preparan también a esa hora, si quieres tomar uno para comer. Si no es así, tendrás que procurarte tus propios alimentos hasta la hora de cenar. Por último, tengo unas llaves que me gustaría que tuvieras –dijo Mike. Entonces, se metió las manos en el bolsillo.

–¿Llaves para qué?

–Quiero que puedas disponer de una de las furgonetas del rancho... por si acaso –comentó él. Entonces, le miró el vientre–. Por supuesto, si necesitas que te lleve a alguna parte, siempre puedes llamarme, pero, si, por alguna razón, yo no estoy por aquí... Creo que es lo mejor.

–Yo no puedo aceptar uno de tus vehículos.

–Claro que puedes. Estas llaves son del Nissan pequeño que está aparcado al lado del establo. No hay razón alguna para que esté parado si existe la posibilidad de que tú lo puedas necesitar. Casi nadie lo conduce, así que no le vendrá mal que tú lo utilices durante los próximos meses.

–Gracias –afirmó Katie tras tomar las llaves–. Tendré mucho cuidado.

–Condúcelo donde necesites. A mí no me importa. Bueno, ¿crees que podrías cortarme el pelo en los próximos días?

–Claro. Esta noche si quieres.

–Tengo que terminar algunas cosas antes de cenar. ¿Podría venir sobre las ocho?

A Katie le sobraba el tiempo. Tenía instalado el ordenador, pero no dispondría de conexión a Internet durante al menos unos días.

–Me viene bien.

–Estupendo. Hasta entonces –dijo Mike inclinando un poco el sombrero a modo de despedida.

Katie se había llevado sus utensilios de peluquería de San Francisco. No tenía el sillón ajustable ni la capa que utilizaba en el salón, pero solo era un simple corte de pelo. Podría cubrir a Mike con una toalla y sacudirla cuando hubiera terminado. Después, barrería el suelo. No había problema.

Mike llegó con algo de antelación, de lo que se alegró Katie. Después de lo poco que había dormido la noche anterior, se sentía exhausta. Además, el estrés de la mudanza y no saber lo que iba a hacer con el bebé no la ayudaba en absoluto.

–Te lo agradezco mucho –dijo Mike en cuanto llegó–. Podría ir al salón, pero siempre estoy tan ocupado que no hago más que posponerlo.

Se quitó el sombrero y se sentó en la silla que Katie había colocado en el centro de la cabaña.

—Hasta que tenga servicio de Internet, no tengo mucho que hacer —respondió ella.

—Creo que te lo instalarán el martes o el miércoles.

—Puedo esperar hasta entonces —afirmó ella. Cubrió los hombros de Mike con una toalla y le mojó el cabello con un pulverizador—. ¿Cómo te va con Mary?

—Bien, supongo.

—¿Cuándo empezasteis a salir? —preguntó ella mientras le peinaba el cabello para poder cortárselo.

—No estamos saliendo.

—Entonces, ¿cómo lo llamarías tú?

—Solo somos amigos. Quedamos de vez en cuando.

—¿Qué pasó con aquella mujer de McCall con la que estabas saliendo? Todo el mundo estaba seguro de que te casarías con ella.

—Ella me dijo que nuestra relación no progresaba y rompió conmigo para salir con otros hombres. Se casó hace unos seis meses.

—¿Lamentas no haberte lanzado cuando tuviste oportunidad? —quiso saber Katie. Empezó a cortarle la parte delantera.

—En realidad no.

—Me parece notar que tienes un problema con el compromiso...

—No me asusta el compromiso. Es que... no sé... Supongo que aún no he conocido a la mujer adecuada.

—Bueno pues yo, por una vez, he decidido que estar soltera no está nada mal.

—¿Qué ocurrió entre Andy y tú?

—Es una historia muy larga y muy triste —replicó Katie—. Podríamos decir que...

—No está en tu onda.

—Es una forma muy agradable de decirlo —comentó ella, con una sonrisa.

—Es cierto. ¿Sabías que está en el pueblo?

—Eso me han dicho —contestó ella. Comenzó a cortarle la parte de atrás.

—¿Se ha puesto en contacto contigo?

—Todavía no.

—¿Crees que volverías con él?

—¿Crees que «ni muerta» sería una respuesta demasiado fuerte?

—¿Y el niño?

—Al niño le estoy haciendo un favor. Créeme.

—¿Tan mal te fue con él?

—Debería haber regresado a casa hace mucho tiempo. Así, no estaría en esta situación.

—¿No te emociona saber que vas a ser madre?

—En cierto modo sí —musitó—. ¿Sabes si... si Josh y Rebecca han tenido suerte... ya sabes, con lo del embarazo?

Mike pareció algo asombrado por el cambio de tema.

—Todavía no. Creo que se están planteando otras alternativas.

Katie le afeitó la nuca y las patillas con su maquinilla eléctrica. Entonces, le quitó la toalla y la sacudió para que el pelo cayera al suelo. Si Josh y Rebecca se estaban planteando otras alternativas, la adopción sería seguramente una de ellas.

—¿Crees que podrían estar interesados en adoptar... a mi hijo, Mike? —le preguntó, de repente.

Mike la miró fijamente durante varios segundos.

—¿Hablas en serio, Katie?

—Todavía no he tomado una decisión firme, pero lo estoy considerando —confesó—. No es que no lo quiera, pero yo tengo tan poco que darle a este niño... Ellos, por el contrario...

Sin poder terminar la frase, Katie se dio la vuelta y se cubrió el rostro con las manos para que Mike no viera las lágrimas que le llenaban los ojos. Rápidamente, él se puso de pie y la obligó a mirarlo.

—Katie, tu situación no será siempre tan mala.

—Seguramente tienes razón, Mike. Me va a ir bien en mi nuevo negocio. Si por lo menos pudiera salir adelante ahora...

—Saldrás adelante. Date tiempo y no te desanimes. Las cosas no tardarán en mejorar.

—Solo me quedan unos pocos meses antes de que llegue el niño.

–En ese caso, acepta un poco de ayuda. Ya pagarás a la gente más tarde. Admiro tu independencia, pero no quiero ver que tomas una decisión de que la que podrías arrepentirte el resto de tu vida.

–Ya sabía yo que había una razón por la que me gustabas –bromeó ella, para aligerar la situación.

Mike no pareció nada sorprendido por su confesión. Seguramente recordaba cómo ella lo había seguido a todas partes cuando solo era una adolescente. Entonces, con una sonrisa, se sacó la cartera para pagarle, pero ella negó con la cabeza.

–No puedo aceptar tu dinero.

–Katie...

–Necesito sentir que puedo hacer algo para contribuir al mundo que me rodea...

–En ese caso, ¿te puedo invitar a cenar el viernes?

–Me mudé aquí porque tú y yo hicimos un trato. Me has prestado un coche...

–Y tú me vas a diseñar el mejor sitio web, ¿te acuerdas? No subestimes tus servicios. Además, solo es una cena.

Katie sonrió. Conocía a Mike lo suficiente como para saber que no le estaba ofreciendo nada más que su amistad y un amigo era precisamente lo que ella más necesitaba en aquellos momentos.

–De acuerdo –dijo.

En cuanto Mike se marchó, Katie decidió meterse en la cama. No había nada en la televisión y no quería leer sus libros de maternidad. Desgraciadamente, no podía dejar de pensar en lo que estaría haciendo Booker. ¿Estaría con Ashleigh? ¿Se habría ido al Honky Tonk? Era sábado por la noche. Podría estar en cualquiera de los dos lugares.

Miró las llaves que Mike le había dado y contuvo la tentación de ir al pueblo para ver si podía ver la furgoneta de Booker. Decidió que solo utilizaría la furgoneta en caso de emergencia, pero, cuanto más tiempo permanecía mirando al techo, más le parecía que era una emergencia encontrar a Booker.

Por fin, concluyó que no iba a ir a buscarlo. Para ella, Booker solo representaba problemas.

Cuando cerró los ojos, recordó que había muchos aspectos de Booker que distaban mucho de ser problemáticos. Había acogido a Delbert, le había dado un hogar, había sido capaz de ir a la cárcel solo por protegerlo... También la había acogido a ella, a pesar del modo en el que lo había abandonado hacía dos años.

Miró el teléfono que tenía al lado de la cama. Podía llamar a la granja con la excusa de preguntar por algo que creía haberse olvidado solo para ver si estaba allí y, mejor aún, para escuchar su voz. Tras luchar contra su decisión durante unos minutos, agarró el auricular y marcó el número.

–Hola, Katie.

Había respondido Delbert. Katie sonrió y sintió una mayor melancolía.

–Hola Delbert. ¿Cómo estás?

–No muy bien, Katie.

–¿Qué ocurre? –preguntó ella, alarmada.

–Booker ha quemado la cena y la ha tirado a la basura. A la basura, Katie. Toda la cena. Y la sartén. Todo está en la basura.

–Seguramente se le estropeó, Delbert. ¿Has cenado algo?

–Sí. Fuimos al restaurante.

–Muy bien.

–Booker está enfadado, Katie. Sé que está enfadado.

–¿Por qué?

–Porque tú te marchaste. A él no le gusta. Lo sé.

–No creo que su actitud tenga nada que ver conmigo...

– Entonces, ¿crees que está enfadado conmigo?

–¡Claro que no, Delbert! –exclamó ella enseguida–. Booker nunca se enfada contigo.

–Sí. Booker es mi amigo, pero... No habla. No hace más que darle golpes a todas las cosas. Y no habla.

–Déjame hablar con él.

–No puedo. Se ha ido.

–¿Adónde? –preguntó Katie, a pesar de que ya sospechaba la respuesta.

–No lo sé. Se marchó. Iba conduciendo muy rápido.

–No te preocupes –replicó ella–. Seguro que tan solo está quemando adrenalina. Mañana estará mejor.

–Eso espero, Katie.

–Yo también –afirmó. Por mucho que tratara de convencerse que no sentía algo más de lo recomendable por Booker, era demasiado tarde. Ya no podía negar sus sentimientos.

Los siguientes días pasaron muy rápidamente. Mike le facilitó la conexión a Internet el miércoles, por lo que Katie se zambulló de lleno en crear un sitio web para el rancho. Algunos días se sentía satisfecha con su trabajo y otros completamente frustrada por lo que aún le faltaba por conocer. En general, Mike parecía satisfecho con sus progresos, lo que enorgullecía a Katie. Aún no había tomado decisión alguna sobre su vida personal, pero se estaba ganando su manutención. Incluso le gustaba vivir en el rancho. Mike pasaba a verla todas las tardes. Juntos revisaban los últimos cambios en el sitio web y corregían y mejoraban algunos detalles. Algunas veces, él la llevaba a cenar a un restaurante y con frecuencia iban a la casa principal del rancho para ver una película.

El domingo, dos semanas después de que se mudara a la cabaña, Mike se presentó inesperadamente después de las diez de la mañana.

–¿Qué tienes planeado para hoy? –le preguntó en cuanto Katie le abrió la puerta.

–Estaba empezando un nuevo proyecto. Estoy empezando a recibir algunos encargos gracias a mis esfuerzos de marketing.

–¿De qué esfuerzos hablas?

–Bueno, me anuncio en tablones y boletines, visito chats... Cosas así.

–Eso está muy bien, pero ya sabes lo que dicen del trabajo sin diversión. Tienes que distraerte.

–Me he estado distrayendo –comentó ella–. Me llevaste a cenar a McCall hace unos días y fue estupendo.

–Bueno, pues hoy te voy a llevar a desayunar.
–¿Adónde?
–Al restaurante de Jerry.

Katie recordó inmediatamente que el restaurante de Jerry estaba justo enfrente del taller de Booker. Aunque no solía abrir los domingos, a menudo iba a trabajar. Katie no lo había visto desde que se marchó de la granja.

–Anoche nevó un poco –dijo, a modo de excusa–. ¿Por qué molestarnos en ir a ninguna parte? Tal vez nos hayamos perdido el desayuno del rancho, pero yo puedo preparar aquí unas tortillas...

–¿Sigues pensando en dar al niño en adopción, Katie? –le preguntó Mike, de repente.

–Sí. Quiero que mi hijo tenga una familia al completo. Así me enseñaron que debía ser.

–En ese caso, me estaba preguntando si podríamos invitar a Josh y a Rebecca a salir con nosotros esta mañana.

–¿Saben ellos que estoy pensando en la adopción? –quiso saber Katie. De repente se sintió muy alarmada.

–No. Yo no les he dicho nada. Eso debes hacerlo tú. Solo pensé que hablar con ellos como posibles padres podría ayudarte a tomar una decisión. Josh, Rebecca y yo nos vamos esta noche a Houston para ver un purasangre que está en venta. Eso podría darles la oportunidad de pensar en la situación.

–Cuando te mencioné que podría dar a mi hijo en adopción, me dijiste que tenías miedo de que yo me arrepintiera después...

–Y así es, pero Josh está muy preocupado por Rebecca. Ella está desesperada por tener un niño y, hasta ahora, parece que nada les funciona. No quiero ver que cometes un error, pero ahora que Delaney vuelve a estar embarazada...

–No lo sabía.

–Ella no le ha dado mucho bombo a la noticia porque sabe lo mal que lo está pasando Rebecca. Además, creo que no les hará mal hablar de otras opciones...

–No creo que sea buena idea decírselo en estos momentos. No quiero que Rebecca se haga ilusiones antes de que yo haya tomado una decisión.

–Está tomando una medicación para la fertilidad, por lo que no está muy decidida por la adopción. Solo quiero introducir el tema, por si el tratamiento de fertilidad no tiene éxito. Tanto si termina adoptando a tu hijo como al de otra mujer, podría ayudarle ver que hay madres que necesitan un buen hogar para sus hijos.

Katie dedujo que Mike quería mostrarle a su cuñada que no todo estaba perdido si no era capaz de concebir. Él había sido tan bueno con ella que no le gustaba decirle que no. Miró su bello rostro, el que tanto había admirado durante tanto tiempo, y decidió darle una oportunidad.

–De acuerdo –dijo–. Dame treinta minutos para prepararme.

13

Katie jugueteó nerviosamente con los azucarillos mientras Mike y ella esperaban a Josh y a Rebecca. Como vivían en el mismo lugar, podrían haber ido juntos, pero, afortunadamente, Mike les había dicho que se reunirían en el restaurante. Así, Katie había tenido tiempo para prepararse mentalmente para saber cómo iba a hablar con Rebecca sobre el tema de la adopción.

–¿Te encuentras bien? –le preguntó Mike observándola con una expresión preocupada en el rostro.

–Estoy bien –respondió ella, tras mirar de soslayo el taller de Booker por la ventana.

–Supongo que te has enterado de lo de Booker –comentó Mike. Se había dado cuenta de que ella había estado mirando por la ventana.

–¿Qué quieres decir?

–Su juicio por esa pelea que tuvo con los Small fue el viernes.

–No lo sabía. ¿Cómo le fue?

–Lo multaron con quinientos dólares y, «a la luz de su turbulento pasado», el juez le ordenó que tendría que asistir a clases para controlar su ira una vez a la semana en Boise.

–¿Cómo sabes todo eso?

–Rebecca me lo dijo cuando llamé para invitarlos a Josh y a ella a desayunar esta mañana.

–¿Les ocurrió algo a los Small?

–No. Ni siquiera tuvieron que comparecer.

–¡Es tan injusto! Booker no inició esa pelea. Solo estaba tratando de proteger a Delbert.
–Me lo creo.
–¿De verdad?
–En realidad no conozco mucho a Booker, al igual que la mayoría de la gente, pero Rebecca haría cualquier cosa por él. Y sé que tú también te preocupas mucho por él. Debe de ser un buen tipo.
–Lo es.
–Recuerdo que, hace unos años, os veía siempre juntos a Booker y a ti. ¿Erais pareja?
–Supongo que sí.
–¿Qué ocurrió?
–Bueno, resulta algo difícil de explicar... Cuando conocí a Booker, mis padres y casi todos los habitantes del pueblo me advirtieron que me alejara de él, pero yo seguía tan colada por ti que no me preocupaba lo de enamorarme –dijo. Al oír aquellas palabras, Mike se echó a reír–. Al principio, empecé a salir con Booker como de mala gana, pero, entonces, las cosas comenzaron a ponerse serias. Cuando me di cuenta de lo mucho que me estaba empezando a gustar, supe que tenía que hacer algo al respecto. Estaba perdiendo el corazón por un expresidiario que nunca me había hecho promesa alguna. Entonces, Andy vino a pasar el verano con sus primos.
–Andy es completamente diferente a Booker.
–Creo que fue eso lo que me atrajo. Era mucho más sociable y simpático que Booker. Además, tenía un título universitario.
–¿Dejaste de ver a Booker?
–Sí. Empecé a pasar cada vez más tiempo con Andy. Parecía tan seguro, tan cercano al hombre de familia que yo había estado buscando... Creí que se parecía más a ti...
–Solo que no te trató como a una hermana pequeña.
–No. Sin que pasara mucho tiempo, Andy empezó a decirme que me amaba y que quería casarse conmigo. Empezó a dibujarme un cuadro tan idílico de la gran ciudad antes de crear una familia que yo me lo creí todo.

—Y creíste que a tus padres les gustaría que te alejaras de Booker. Sin embargo, por lo que he oído, Andy tampoco les gustó.
—No. Se habían enterado de que sus tíos protestaban porque era muy vago y eso siempre les preocupó. Querían saber por qué, si tenía un título universitario, estaba viviendo de su familia y perdiendo el tiempo en Dundee en vez de comenzar a trabajar. A Andy le gusta mucho divertirse y a mí no me resultó tan raro que quisiera tomarse un respiro después de terminar sus estudios.
—¿Cómo reaccionó Booker cuando rompiste con él?
—No dijo mucho. Supongo que me dolió un poco que pareciera no importarle. Después de eso, yo me centré completamente en Andy. Entonces, para mi sorpresa, Booker se presentó en mi casa justo después de que muriera Hatty y me pidió que me casara con él.
—¿De verdad? Nunca habría dicho que Booker es de los que se casan.
—La mayoría de la gente diría lo mismo que tú.
—¿Qué le dijiste?
—Que ya había tomado la decisión de marcharme con Andy. Resulta muy irónico cómo han salido las cosas, ¿no te parece? Probablemente yo fui la única virgen de mi clase el día de la graduación y, sin embargo, he regresado a casa soltera y embarazada. Andy, el señor Perfecto, se ha convertido en un drogadicto y Booker, que ni siquiera terminó el instituto, es un próspero hombre de negocios.
—Debería haberte robado el corazón y así haberte salvado de los dos.
—Pero tú no me amabas —murmuró ella, entre risas.
—Yo siempre me he preocupado por ti.
—Eso es diferente.
En aquel momento, Josh y Rebecca entraron en el restaurante. Mike llamó su atención y los dos se dirigieron inmediatamente a la mesa. Rebecca parecía estar muy ocupada contándole algo a su esposo.
—¿Qué es lo que pasa? —les preguntó Mike, cuando llegaron a la mesa.

—Robaron anoche a la señora Willoughby —respondió Rebecca.

—¿A la anciana señora Willoughby? ¿A la señora que vive a poco más de tres kilómetros de nuestro rancho?

—Sí. Al parecer, alguien entró en su casa con una media en la cabeza —explicó Josh.

—Y se exhibió ante ella y le metió un susto de muerte —añadió Rebecca.

Rebecca se sentó al lado de Katie y Josh lo hizo al lado de su hermano.

—También le apuntó con un rifle de caza y le limpió el joyero —dijo él—. Hola, Katie.

—Hola, Josh —respondió ella—. ¿Se sabe quién puede ser responsable del robo?

—Se ha acusado al sobrino de Slinkerhoff del resto de los robos que han ocurrido en la ciudad —comentó él. Lleva en libertad condicional varias semanas, así que estoy segura de que están comprobando su paradero. Sin embargo, en estos momentos, el sheriff Clanahan dice que no se sabe nada.

—¿Tenía alguna característica que lo pudiera identificar? —preguntó Mike. Evidentemente, estaba bromeando.

—Si se hubiera exhibido ante mí, te aseguro que tendría más de una cicatriz —comentó Rebecca.

—Entonces, ¿la señora Willoughby vive a unos pocos kilómetros del rancho? —preguntó Katie. Nunca le había preocupado vivir sola antes, pero si había un ladrón cerca se sentía algo nerviosa.

—¿Conoces la casa de mi abuelo? —le preguntó Mike.

—Es esa casa de estilo victoriano tan grande, ¿no?

—Efectivamente. La señora Willoughby vive en una caravana en una parcela de esa finca.

—Está muy cerca —murmuró Katie—. ¿No será el ladrón uno de los vaqueros que has contratado, Mike?

—No —respondió Josh—. Yo he trabajado en varias ocasiones con la mayoría de esos hombres y no me los imagino asustando a una anciana, y mucho menos robándole.

Taylor, la camarera, fue a anotar qué era lo que deseaban

tomar. Rebecca y Josh se decidieron por las tortitas con patatas, huevos, cebolla y beicon. Mike pidió huevos al estilo Benedict y Katie eligió lo más barato que había en el menú: dos huevos con dos tiras de beicon y una tostada.

–¿Cómo va tu embarazo? –le preguntó Rebecca en cuanto se marchó la camarera.

–Bien –respondió ella, aunque recientemente había experimentado muchos dolores de espalda que le recordaban sospechosamente a los dolores de parto prematuros que había notado en San Francisco. Como no habían pasado de ahí, suponía que era por pasar muchas horas frente al ordenador.

Josh y Mike comenzaron a hablar inmediatamente, en un descarado intento de distraer a Rebecca de la conversación.

Katie abrió la boca para sacar a colación el tema de la adopción, pero no pudo hacerlo. En vez de eso, le dijo a Rebecca:

–Quería veros aquí hoy porque... porque yo quería pedirte si te importaría ayudarme durante el parto.

Rebecca se quedó boquiabierta. Josh y Mike parecieron alarmarse mucho... hasta que una sonrisa apareció en el rostro de Rebecca.

–¿Quieres decir que deseas que te acompañe a las clases para ayudarte a respirar y a todo lo demás?

–Sí. Las clase empiezan el miércoles que viene, pero son en Boise. ¿Te importa?

–Claro que no.

–Estupendo.

Katie le dijo a Mike con la mirada que no estaba dispuesta a hablar más del tema aquel día. Él asintió para decirle que había comprendido.

–Yo te habría acompañado en el parto –dijo él, fingiendo sentirse molesto.

–Tú eras el siguiente de la lista –respondió Katie. Entonces, se dio cuenta de que Rebecca la estaba mirando muy intensamente–. ¿Qué ocurre?

–Booker está enamorado de ti. Lo sabes, ¿verdad?

Katie se quedó demasiado atónita como para poder hablar. Aquello era lo último que había esperado escuchar.

—¿Crees que a Booker le gustaría que compartieras esa información con los demás, Rebecca? —le recriminó Josh.

—Yo quiero que sea feliz —replicó ella—. Quiero que los dos sean felices. Además, tampoco estoy traicionando ninguna confidencia. Booker nunca me lo ha dicho, pero yo lo sé.

—Debes de estar equivocada —dijo Katie—. Ha estado viendo a Ashleigh Evans.

—No sé cómo se ha relacionado con Ashleigh. Ella lleva acosándolo desde mucho antes de que tú regresaras. Tal vez se haya mostrado simpático con ella, pero no ha demostrado nunca la menor inclinación de llegar a más con ella.

—Estoy segura de que, en las últimas semanas, sí lo ha hecho.

—Bueno —replicó Booker—, a menos que tú establezcas que Booker es tuyo, no tiene razón alguna para no ver a otras mujeres.

Katie sabía que no tenía ningún derecho a enfadarse con Booker, pero eso no cambiaba el hecho de que le hubiera dolido su reacción.

—Andy me engañó tantas veces que yo no puedo...

—Booker no se parece en nada a Andy —le aseguró Rebecca con bastante brusquedad.

Katie miró la puerta. De repente, sintió deseos de salir huyendo, pero ni siquiera les habían llevado el desayuno.

—Rebecca, cálmate —le dijo Josh a su esposa, como si hubiera sentido el pánico de Katie.

—Sí, Rebecca. Katie tiene mucho encima en estos momentos. ¿Qué hay de malo en dejar que salga conmigo? —preguntó Mike.

—No tiene nada de malo, si eso es lo que verdaderamente desea. Solo le he dicho lo que pienso porque soy su amiga y la de Booker.

—Pues muchas gracias por la información —replicó Mike—. ¿Estás bien, Katie?

—Sí, estoy bien.

—Mira, Katie —prosiguió Rebecca—. Desde que te marchaste de su casa, Booker no ha salido con Ashleigh. Casi no ha hablado con nadie, ni siquiera conmigo. Trabaja dieciocho horas al día. Si sientes algo por él, piensa en lo mucho que está sufriendo ahora.

Katie recordó las palabras que Delbert le había dicho la noche que llamó por teléfono. Aunque de un modo más sencillo, reflejaban exactamente lo que acababa de decirle Rebecca. ¿Podrían estar los dos en lo cierto?

–Estoy embarazada del hijo de otro hombre –dijo Katie–. Este no es el momento para preocuparse por lo que siento o no siento sobre Booker.

–A mí me parece que no hay un momento mejor. Ahora es cuando lo necesitas, Katie –concluyó Rebecca. Entonces, se reclinó en su asiento y se cruzó de brazos–. Creo que, como todos los demás, lo estás subestimando.

Booker se metió las manos en los bolsillos de los vaqueros. Estaba de pie frente a la ventana de su oficina. Había hecho lo correcto al forzar la salida de Katie yéndose con Ashleigh. Se había terminado. Para siempre, y estaba satisfecho. Era mejor poner punto y final a lo que se estaba desarrollando entre ellos que tropezar una y otra vez con la misma piedra, ¿no? Sin embargo, toda la lógica del mundo no servía para ahogar el arrepentimiento ni el anhelo que se adueñaba de él al verla.

La puerta de la oficina se cerró con un portazo cuando Delbert entró, pero Booker ni se inmutó. Estaba demasiado absorto viendo cómo Josh, Rebecca, Mike y Katie salían del restaurante de Jerry. Katie llevaba en el rancho de High Hill más de dos semanas y aquella era la cuarta vez que Booker la veía con Mike. Más revelador aún era el hecho de que Mike no había vuelto a salir con Mary Thornton. Una vez más, Booker tenía el privilegio de ver cómo Katie lo dejaba por otro hombre...

–Katie está en el restaurante, Booker –anunció Delbert–. Acabo de verla –añadió. Booker no respondió–. Ahí está –prosiguió, como si Booker no la estuviera viendo–. Se marcha ahora mismo. ¿Podemos ir a decirle hola? ¿Podemos, Booker?

—Ve tú —dijo Booker—. Yo me quedo aquí.

En aquel momento, Katie levantó la mirada y la cruzó con la de Booker. El anhelo que él sintió amenazó con derrotarlo. Sin embargo, él consiguió mirarla de una manera con la que parecía decirle que no le importaba nada y se dio la vuelta.

—Mike me ha dicho que Katie está viviendo en el rancho —dijo Barbara Hill.

Tami Rogers frunció el ceño al escuchar las palabras de su mejor amiga. A las dos les gustaba mucho hacer edredones y estaban en el sótano de Barbara hojeando libros y revistas. Solían vender sus trabajos para obras de caridad.

—¿En el rancho? ¿Desde cuándo?

—Lleva casi un mes.

—Bueno, supongo que allí está mejor que en la casa de Booker Robinson.

—A mí me parece que Booker Robinson no tiene nada de malo —replicó Barbara. No estaba en absoluto de acuerdo con el modo en el que Tami y Don habían tratado a Katie.

—Pues seguro que sí pensaste que tenía algo de malo cuando Katie empezó a salir con él hace dos años.

—Entonces no lo conocía. Ahora, lleva por aquí el tiempo suficiente y te puedo decir que es un buen tipo.

—¿Desde cuándo conoces tan bien a Booker Robinson?

—Desde que empezó a ocuparse de nuestros coches. Es honrado, muy rápido y siempre se muestra respetuoso.

—Mira, Barbara, no quiero hablar de Booker. No tengo nada en su contra siempre que se mantenga alejado de mi hija.

—Tampoco quieres hablar de Katie —replicó Barbara—. Mientras tanto, mi hijo no hace más que decirme la pésima situación en la que se encuentra y me pregunta por qué mi mejor amiga, que resulta ser su madre, no la ayuda.

—¿Le has dicho que es porque Katie necesita salir del lío en el que ella misma se ha metido?

—Sí, se lo he dicho.

—¿Y qué te ha dicho?

—Que todo el mundo necesita ayuda de vez en cuando.

Tami sacudió la cabeza. Aunque estaba empezando a tener dudas sobre el modo en el que se habían comportado con Katie, sabía que Don seguía pensando que habían hecho lo correcto. Admitir que ya no estaba de acuerdo con su esposo le parecía una deslealtad.

—Le irá mucho mejor si no vamos siempre a su rescate –dijo, repitiendo lo que Don le decía siempre.

—¿Estás segura?

—Barbara...

—Mira, Tami. Sé lo que Don y tú sentís sobre este asunto, pero a mí me resulta muy duro no ofrecerle a Katie la ayuda que tú le niegas. Si no fuéramos amigas, habría ido a verla hace mucho tiempo.

—Tú deberías apoyarme a mí. Me muestro firme frente a lo que está bien. ¿Por qué es eso tan terrible?

—Estás intentando decirle cómo debe vivir.

—¡Es mi hija!

—Tiene veinticinco años.

—¡Si me hubiera escuchado, no estaría en la situación en la que se encuentra ahora!

Barbara frunció los labios con desaprobación. Evidentemente, tenía mucho más que decir, pero se estaba conteniendo. Tami pensó en marcharse antes de que terminaran discutiendo, pero las dudas que estaba teniendo hicieron mella en su resolución. Apartó los libros y se encaró con su amiga.

—Vamos, Barbara. Dime lo que estás pensando.

—De acuerdo. Solo me estaba preguntando adónde crees que esto va a llegar.

—¿Qué quieres decir?

—¿Qué bien puede salir de la postura que habéis tomado?

—Tal vez Katie nos escuchará la próxima vez.

—¿La próxima vez? Por muy difícil que te resulte escuchar esto, Tami, el papel que representas en su vida ha cambiado. Ahora que es mayor, tienes que apoyarla de un modo diferente.

—¡Resulta muy fácil decir eso! Tú no tienes que enfrentarte a una hija que ha arruinado su vida, ni tampoco tienes que hacerlo para conducir por buen camino a un adolescente de catorce años. Tus hijos ya son todos adultos y les va fenomenal.

–Todos hemos tenido momentos malos, Tami. Tú sabes eso mejor que nadie. Mis hijos tuvieron muchos problemas mientras crecían. Además, yo creí que me iba a morir cuando Josh me dijo que se casaría con Rebecca. Sin embargo, yo deseaba tener relación con mis futuros nietos, así que tuve que confiar en él. Y me alegro de haberlo hecho. Rebecca es una buena mujer. No la cambiaría por nadie.

–Entonces, ¿crees que me debería olvidar del hecho de que Katie va a tener un hijo fuera del vínculo del matrimonio y darle la bienvenida con los brazos abiertos?

–Mira, Tami. Lo único que te estoy diciendo es que todos cometemos errores. Algunas veces, hay que echar una mano a los que amamos y darles un poco de espacio para que aprendan las lecciones por sí solos.

Tami recordó la imagen de Katie en el porche bajo la lluvia. En aquel momento, se había sentido tan desilusionada, tan furiosa... Se había asegurado que estaba en lo cierto al rechazar a Katie. Ya no estaba tan segura.

La noche se extendía por delante de Booker, tranquila y solitaria. Estaba demasiado agotado para regresar al taller, pero tampoco podía dormir. Hizo algunas tareas en la casa y entonces, incapaz de encontrar nada más que hacer, se sentó a ver la televisión durante media hora antes de subir las escaleras para irse a la cama. Delbert se había acostado hacía varias horas, pero Bruiser abrió la puerta del dormitorio al oír que Booker subía. Entonces, el animal lo siguió a la entrada de la habitación de Katie.

Mientras acariciaba la cabeza del perro, contempló la cama y la cómoda vacías. Vacía era precisamente la palabra que mejor describía la granja en aquellos días.

–¿Ves? Por fin nos hemos librado de ella. Ahora, la vida podrá regresar a la normalidad, ¿verdad, Bruiser?

El perro inclinó la cabeza y lo miró de un modo como si

se apiadara de él. Al ver el gesto de Bruiser, Booker se echó a reír.

—Dios, tú también...

Se dispuso a marcharse, pero, de repente, algo que había debajo de la cama le llamó la atención. Se acercó y se dio cuenta de que era el canto de un libro. Evidentemente, Katie se había olvidado de algo. Suponía que sería uno de sus manuales de informática, pero cuando lo sacó, vio que era un libro de la biblioteca sobre bebés.

—¿Qué te parece? —le preguntó a Bruiser mientras le enseñaba la portada.

El perro bostezó. Evidentemente, no se sentía demasiado impresionado. Booker, por su parte, tenía mucha curiosidad. Se sentó en la cama y lo estuvo hojeando. Miró las fotografías. Algunas eran de mujeres embarazadas, otras del parto. Sin embargo, las que más le gustaron fueron las que mostraban cómo se desarrollaba el bebé. Katie estaba de siete meses. Según el libro, un feto de siete meses pesaba un kilo y medio y podía abrir y cerrar los ojos. El cerebro se le estaba desarrollando con mucha rapidez y era un ser consciente. El libro indicaba que hasta podía reconocer la voz de su madre. Booker nunca se había imaginado que un feto de siete meses estaría tan desarrollado. Lo de ser padre tampoco estaba entre sus objetivos, pero hasta eso parecía estar cambiando. Recordó el momento en el que colocó las manos sobre el vientre de Katie y se sintió como si formara parte del círculo que constituían ella y su bebé. En realidad, no era parte de nada.

—Al diablo —gruñó.

Cerró el libro de un golpe. Estaba levantándose para salir de la habitación cuando comenzó a sonar el teléfono. Miró el reloj y se dio cuenta de que eran casi las dos de la mañana. ¿Quién podría estar llamando a aquellas horas de la noche?

—¿Sí?

—Hoy he visto a Delbert en el pueblo.

La persona que llamaba tenía una voz ronca y muy suave, tanto que casi no se podía escuchar.

—¿Cómo?

—Puede que no quieras que tu pequeño retrasado vuelva a ir solo por ahí, Booker. El pobre podría volver a hacerse daño.

—¿Quién diablos eres?

—Sé que te encantaría saberlo —comentó el aludido, con una carcajada.

—Jon, si eres tú, eres un canalla mayor de lo que había pensado.

—Ten cuidado, Booker. Tal vez te lleves una sorpresa.

—Reúnete conmigo ahora mismo en el parque —le dijo Booker—. Ya veremos quién se lleva una sorpresa.

—¿Acaso quieres volver a la cárcel? —le preguntó el desconocido, entre risas.

—Lo que te aseguro es que te arrancaré la cabeza solo porque mires mal a Delbert.

—Vaya, vaya... Menudo genio. Veo que las clases para controlar tu ira no te están sirviendo de nada. Conmigo hicieron maravillas. ¿No lo ves? —le espetó el desconocido, entre más risas. Entonces, colgó.

Booker permaneció mirando el teléfono. Estaba seguro de que era Jon Small. Tomó la guía, buscó el número de Jon y marcó. Contestó una voz de mujer muy somnolienta.

—¿Está Jon?

—¿Quién es?

—Booker Robinson.

—¿Por qué llamas tan tarde, Booker? Si no dejas en paz a mi marido vamos a conseguir una orden de alejamiento.

—Solo permíteme que hable con Jon.

—No está en casa —repuso ella, después de una pausa.

—¿Dónde está?

—¿Cómo quieres que lo sepa? A mí no me informa de sus movimientos.

Booker soltó una maldición.

—Cuando hables con él, dile que lo estoy buscando —dijo. Entonces, colgó.

14

Katie miró el último sitio web que había creado, «Taller de reparaciones de coches de Booker T.». Tenía muy buen aspecto, pero ella no estaba convencida de que a Booker le gustara. De hecho, ni siquiera pensaba mostrárselo. Tampoco estaba muy segura de por qué lo había creado. Booker no tenía necesidad de aparecer en la red. Sus principales clientes eran los habitantes del pueblo y todo el mundo sabía dónde estaba el taller. Aquel proyecto era tan solo algo en lo que había estado trabajando durante las largas y solitarias noches en las que no podía dormir. Además, si Booker cambiaba alguna vez el nombre del taller, podría ser que no utilizara la inicial de su segundo nombre. Sin embargo, a ella le gustaba cómo sonaba «Booker T».

Se colocó la mano en la espalda, que le dolía bastante. Se puso de pie y se estiró. Tenía que llamar al médico a la mañana siguiente. Los dolores que estaba experimentando parecían cada vez más agudos. Como había estado muy bien en los dos últimos meses, dudaba que se tratara de algo serio, pero había momentos en los que se preocupaba.

Sabía que dormir la ayudaría un poco. Si por lo menos pudiera relajarse... Si pudiera dejar de pensar en el gesto que Booker tenía cuando lo vio al salir del restaurante... Habría jurado que la odiaba, lo que significaba que Rebecca estaba equivocada. Booker no amaba a ninguna mujer. Protegía su corazón demasiado fieramente... Sin embargo, había bajado la guardia una vez...

Se tumbó en la cama para aliviar la tensión que tenía en la

espalda. Entonces, recordó la primera noche que hicieron el amor. Estaban en la casa de alquiler de dos habitaciones que ella compartía con su amiga Wanda, haciendo galletas de chocolate para llenar latas de Navidad. Wanda estaba trabajando y, justo antes de la puesta de sol, una tormenta de nieve había oscurecido el cielo. Booker había encendido el fuego mientras ella preparaba el chocolate... que nunca se utilizó para hacer las galletas. Booker empezó a juguetear, levantándole la camisa para echarle chocolate caliente en el vientre. Lo que había empezado como un juego se convirtió muy pronto en algo más cuando él le desabrochó el sujetador, le puso chocolate en un pezón y se lo lamió con la lengua.

Solo con recordar aquel momento, Katie sintió que los pechos le vibraban. Nunca había pasado una tarde más erótica. Booker la había excitado tanto que prácticamente le había suplicado que la llevara hasta el fin. Así había sido, pero él se había mostrado tan cuidadoso, a pesar de la urgencia que los dos sentían, que Katie supo en aquel mismo instante que se estaba enamorando de él, de la oveja negra del pueblo...

Entonces, el pánico se apoderó de ella.

Mientras el viento arreciaba en el exterior, Katie pensó en la noche en la que Booker apareció en su casa justo antes de que ella se marchara con Andy. Bajo la luz del porche tenía un aspecto muy atractivo, casi peligroso con su barba de varios días y sus enigmáticos ojos. Entonces, él le había pedido que se casara con ella, pero Katie lo había rechazado. A pesar de todo, no había podido dejar de temblar durante horas. Si se ponía en su lugar, se daba cuenta de lo difícil que había tenido que ser para él. Le había hecho mucho daño y la odiaba por eso. Lo entendía perfectamente...

«Cierra los ojos. Duérmete. Olvídate de él...».

El viento se iba haciendo cada vez más fuerte, produciendo ruidos que sonaban como si hubiera alguien en el exterior de la cabaña. Katie sabía que no era nada, pero no podía evitar sentirse algo vulnerable cuando recordaba lo que le había ocurrido a la pobre señora Willoughby. Miró el teléfono y deseó que Mike estuviera en casa aquella noche. El rancho estaba muy cerca y se habría sentido mejor sabiendo que él estaba más cerca... especialmente cuando escuchó unos pasos muy claros en el porche.

Se tensó y sintió un dolor agudo en el abdomen. Agarró el teléfono, pero, antes de que pudiera llamar a nadie, alguien llamó con fuerza a la puerta.

—Katie, soy yo, Andy...

¡Andy! Llevaba varias semanas en el pueblo y no había hecho nada por ponerse en contacto con ella. Sin embargo, Katie había sospechado que, tarde o temprano, él se presentaría.

—¿Qué estás haciendo aquí, Andy? —le preguntó ella mientras se dirigía hacia la puerta.

—¡Tengo que hablar contigo, Katie!

—¿Sobre qué?

—Venga, llevas a mi hijo en las entrañas. Estoy seguro de que eso significa algo para ti. Me estoy congelando aquí fuera.

Con un suspiro, Katie abrió la puerta. No quería que Andy despertara a los vaqueros que dormían en las cabañas cercanas, aunque dudaba que nadie pudiera escuchar nada con la fuerza del viento.

—La tormenta está a punto de empezar, Andy. Es muy tarde. ¿Por qué estás aquí?

—Quiero el dinero que me debes —le dijo él, de repente. Entonces se metió en la cabaña.

—¿Qué dinero?

—¿Acaso pensaste que podrías vender nuestras cosas y marcharte sin darme nada?

—Todas esas cosas eran mías. Las compré yo.

—Yo trabajaba... de vez en cuando.

Andy ni siquiera le miró el vientre. No la había visto desde hacía más de dos meses, pero no le importaba. Lo único que quería era dinero.

—¿Cuándo trabajaste? Te pasabas el tiempo de una fiesta en otra. ¡Te gastabas casi todo lo que yo ganaba en drogas y en alcohol!

—Vamos, Katie, necesito una dosis. Ya sabes cómo es esto... Solo dame cincuenta dólares y estamos en paz.

–¡No tengo cincuenta dólares! Además, aunque los tuviera, no te los daría. ¿Cómo crees que voy a mantener a este niño?

–A mí me parece que te va muy bien. Por lo que me han contado, tienes al bueno de Mike cuidándote. Ese hijo de perra es más rico que el rey Midas.

–¿Quién te ha dicho que Mike está cuidándome?

–Una mujer llamada Mary se puso a hablar conmigo anoche en el Honky Tonk. No está muy contenta contigo, por cierto. No le gusta ver que le has echado el ojo a su hombre.

–Yo no he... Mira, Andy, ¿sabes una cosa? Ya tengo suficientes problemas sin Mary y sin ti. Quiero que te marches.

–En ese caso, dame cincuenta dólares. O al menos cuarenta. Algo con lo que pueda pasar...

–No tengo dinero, Andy –susurró ella. Su dolor de espalda empeoraba por momentos–. No tengo dinero que darte. Ahora, márchate de aquí.

–¡Eso es mentira! –le espetó él–. Mírate. Mira ese ordenador. Los ordenadores no son baratos.

El pánico se apoderó de Katie al ver que Andy se había fijado en el ordenador. Su futuro entero dependía de aquella máquina. Rápidamente se colocó entre Andy y el escritorio y señaló a la puerta.

–Vete antes de que llame a la policía.

–Está bien, pero eso se viene conmigo.

–¡No! –gritó ella. Un agudo dolor atravesó el vientre de Katie cuando trató de moverse, pero no iba a dejar que Andy se llevara el ordenador.

–¡Apartate! –aulló él. Entonces, arrancó el enchufe de la pared.

–¡No voy a consentir que me hagas esto!

Katie lo agarró por la camisa, pero Andy se zafó muy fácilmente.

–Este ordenador debe de valer cincuenta dólares.

Cuando se dirigió hacia la puerta con su CPU, Katie salió corriendo detrás de él. Sin embargo, él le pegó una patada a la silla y la tiró al suelo. Katie se tropezó con ella y cayó.

Se giró para proteger al bebé, pero se golpeó con mucha

fuerza contra el suelo. Sintió que rompía aguas. Los pantalones se le llenaron de un líquido que empapó inmediatamente el suelo mientras ella sentía otro fuerte dolor en el vientre. Aquella vez fue tan agudo que no se dio cuenta de que Andy ya se había marchado.

Esperó a que el dolor remitiera, pero no fue así. Supo que tenía que moverse. Si no hacía algo, iba a perder al bebé.

Solo estaba embarazada de treinta y dos semanas y la unidad de prematuros más cercana estaba a dos horas.

Como pudo, se arrastró hasta la cama y agarró el teléfono. Recordó que no había servicio de ambulancias en Dundee. Mike, Josh y Rebecca estaban en Austin y no sabía los números de ninguno de los vaqueros que había en las cabañas cercanas. De hecho, casi ni siquiera sabía sus nombres. Por supuesto, su familia ocupaba el último lugar en la lista.

Decidió que llamaría a la policía. Ellos le enviarían un coche patrulla. Sin embargo, se sentía demasiado vulnerable como para que Orton se presentara en su casa.

En el fondo de su corazón, supo que solo había una persona a la que podía llamar: Booker.

Booker se sobresaltó al escuchar el teléfono. Se levantó de la cama pensando que podría ser Jon. Tenía muchas ganas de hablar con él, tanto si era de madrugada como si no. Sin embargo, cuando contestó, no habló nadie.

–¿Quién es? –rugió con voz impaciente.

Como no escuchó respuesta alguna, estuvo a punto de colgar. Entonces, escuchó una voz muy débil y la aprensión de apoderó de él. Era Katie. Algo le había ocurrido.

–¿Booker?

–¿Qué pasa? –preguntó él. El corazón le latía con tanta fuerza que amenazaba con salírsele del pecho.

–Necesito... ayuda.

–¿Dónde estás?

–En mi cabaña.

–¿Y dónde está Mike? Él está mucho más cerca.

—Se ha marchado de viaje.
—¿Te encuentras bien? ¿Y el bebé?
—¿Vas a venir? —susurró ella.
Booker se estaba poniendo los vaqueros mientras hablaba.
—Voy de camino.

Booker atravesó Dundee a más de cien kilómetros por hora. Como no había nadie más, no había muchas posibilidades de causar un accidente. Además, no le importaba que los tres policías de Dundee fueran a por él en masa. Podían perseguirlo si querían. No pensaba detenerse hasta que no llegara al lado de Kate.

El tiempo era tan malo que le obligó a aminorar la marcha al entrar en las montañas que había al otro lado del pueblo. Sin embargo, no se arredró. Llegó al rancho en un tiempo récord. Se detuvo bruscamente delante de la cabaña de Katie y vio que la puerta estaba abierta de par en par. Al ver aquello, sintió que se le hacía un nudo en la garganta. ¿Qué le habría ocurrido?

Rápidamente saltó de la furgoneta. Al principio no la vio, porque había una silla por el suelo. Cuando la llamó, ella gimió y por fin la encontró tumbada al otro lado de la cama, envuelta en las mantas. Tenía los ojos cerrados y estaba temblando.

—Katie, soy Booker —susurró él mientras le apartaba el cabello de la frente.

—El bebé —musitó ella, tras abrir los ojos—. Ya viene el bebé...

Booker respiró profundamente y se pasó una mano por el cabello. Se lo había temido. Tenía que llevarla al médico.

—Vamos —le dijo.

La envolvió en una manta y, tras tomarla en brazos tan suavemente como pudo, la llevó a la furgoneta. Rápidamente, se puso al volante.

—Todo va a salir bien —le dijo. Entonces, comenzó a dar la vuelta a la furgoneta tratando de no pillar muchos baches.

—¿Vamos a Boise?

—No. Hatcher está a quince minutos de aquí.

—Tenemos que ir... a Boise —insistió ella, con dificultad—. Es demasiado pronto para que nazca. Llegar al hospital es probablemente... la única oportunidad del bebé...

—Ni hablar. Está demasiado lejos. En dos horas podría pasar cualquier cosa. Necesitas un médico ahora mismo.

—Ni siquiera... ni siquiera confías en Hatcher.

—Está mejor preparado para ocuparse de eso que yo.

—He de decirte —confesó Katie. Entonces, apretó la mandíbula. Estaba tan pálida que su rostro casi relucía en la oscuridad—... que he tomado una decisión.

—¿Qué decisión?

—Si sobrevive... me voy a quedar con el bebé.

—No sabía que te lo hubieras cuestionado —replicó él, atónito.

—Ya no... ¿Quieres... quieres llevarme a Boise?

—Katie, con las montañas y la tormenta no podré utilizar la radio si tenemos problemas. Además, aquí no hay cobertura para el móvil. De hecho, ni siquiera tengo móvil.

—Por favor, Booker —susurró ella, con lágrimas en los ojos—. Si tú... tú sentiste algo por mí alguna vez... hazme este favor.

—Me estás pidiendo que ponga en riesgo tu vida a cambio de la de tu hijo. No puedo hacerlo.

—Debería ser... ¡Oh, Dios! Debería ser... yo quien tome... esa decisión.

Ver a Katie sufrir le dolía. Se sentía furioso consigo mismo por no saber qué hacer.

—¡Maldita sea, Katie! ¿De verdad quieres correr un riesgo como ese?

—Ese niño es parte de mí, Booker... Debo protegerlo...

—Para eso tienes que seguir con vida.

—Todo irá bien. No puedo defraudar a mi bebé. Es lo único que tengo.

¿Qué iba a hacer? Aquello era una locura. Sin embargo, no podía ignorar la decisión que había en la voz de Katie, ni la desesperación de sus ojos. Recordó las fotografías que había visto en el libro sobre maternidad. El bebé de Katie estaba completamente indefenso, como Delbert. Entonces, lo comprendió todo. Él había sentido lo mismo cuando se puso a pelearse con los Small. Sin embargo, arriesgarse él era una cosa. Arriesgar la vida del bebé otra muy distinta.

—Por favor... —susurró ella.

Tras lanzar una maldición, Booker giró a la izquierda en la carretera. Quince minutos más tarde, pasó delante de la consulta de Hatcher y esperó haber tomado la decisión correcta.

Katie trató de descansar entre contracción y contracción, pero cada vez venían más rápidas y más fuertes. En silencio, se tranquilizó un poco por estar camino del hospital. Aparte de un médico con experiencia, Booker era la única persona entre sus amigos con la que deseaba estar en aquellos momentos. Si había alguien que podría llevarla a Boise a tiempo, ese era él.

El mal tiempo no ayudaba en absoluto. Se agarró a la puerta con fuerza para no moverse demasiado con las curvas. Sesenta segundos entre contracciones. Cincuenta y ocho...

—¿Qué te ocurrió antes de que yo llegara?¿Por qué tenías la puerta abierta de par en par y la silla tirada sobre el suelo?

Katie no pudo contestar inmediatamente. Sintió otra fuerte contracción y apretó los dientes para respirar correctamente. Al mismo tiempo, rezó para no dar a luz en la furgoneta. El dolor remitió por fin y se relajó sobre el asiento.

—Katie... ¿Qué ocurrió antes de que yo llegara?

—Andy vino a verme.

—¿Quería que volvieras con él?

—No. Quería que yo le diera dinero.

—¿Y se lo diste?

—No.

—No te pegó, ¿verdad?

—No...

El dolor volvió a apoderarse de ella con otra contracción, solo que aquella vez fue mucho peor que la anterior porque sintió la necesidad de empujar. El pánico se apoderó de ella, pero trató de contener la necesidad sabiendo que faltaba al menos una hora para llegar a Boise.

No le sirvió de nada. Parecía que su cuerpo ya no aceptaba las órdenes que le daba el cerebro. Otra contracción la desgarró por dentro y luego otra, separadas únicamente por pocos segundos. Empezó a sudar y a temblar violentamente. Sabía que muy pronto se quedaría sin fuerzas.

Alarmada, sintió que el bebé se le deslizaba hacia abajo, como si estuviera preparándose para nacer. Entonces, Katie notó una nueva clase de dolor. ¿Sería el dolor del parto? Entonces, comprendió que no iban a llegar a tiempo.

15

Booker miró con ira la mojada carretera. Solo llevaban cincuenta y tres minutos de camino y se había pasado cada uno de ellos maldiciendo la lluvia.

—Booker...

—¿Qué pasa? —respondió él. Cuando la miró brevemente, no le gustó lo que vio. Ella estaba llorando y deslizándose hacia él para poder tumbarse.

—Tienes que... detenerte...

—No podemos. Aquí no hay nadie que pueda ayudarnos. Llegaremos a Boise dentro de otros cuarenta y cinco minutos. Aguanta un poco, ¿de acuerdo? La carretera mejorará dentro de unos pocos kilómetros y entonces podré ir a más velocidad...

—Booker, por favor...

—No me irás a decir que el bebé va a nacer ahora mismo, ¿verdad?

—No puedo impedírselo —susurró ella con lágrimas en los ojos.

Booker hubiera preferido tener que enfrentarse a cualquier cosa en vez de ayudar a Katie en el parto de su bebé prematuro, pero, ¿qué elección le quedaba? Lo peor parecía inevitable. Tras ahogar una serie de maldiciones, aminoró la marcha y buscó un lugar seguro en el que detenerse. Al cabo de unos segundos, vio un estrecho camino a la derecha. Estaba lleno de barro, pero Booker tenía un todoterreno. Aparcó a unos cien metros de la carretera, pero dejó el motor encendido para poder utilizar la calefacción.

Se dio cuenta de que Katie estaba mal colocada para que él pudiera ayudarla. Como no deseaba exponerla al frío aire de la noche, encendió la luz interior del coche y, como pudo, se colocó detrás de ella. Un momento después, estaba arrodillado frente al asiento del pasajero.

—Cierra los ojos —dijo ella—. Tengo que... tengo que quitarme los pantalones.

—¿Qué cierre los ojos dices? ¿En estos momentos te preocupas de eso?

—Sé que parece una tontería, pero me siento dolorida, estoy sangrando y... nunca me he sentido tan vulnerable y tan poco atractiva como en estos momentos. Ahora, me tengo que quitar los pantalones y...

—¿Y?

—Estaré completamente desnuda en la peor de las situaciones en las que podrías verme.

—¿Y qué importa? Voy a verte desnuda de todos modos.

—No... —susurró ella, después de soportar otra contracción—. Este... este es mi problema, no el tuyo.

—No te entiendo.

—¿Qué pensará Ashleigh de que estés aquí conmigo?

—Olvídate de Ashleigh —le espetó—. Ella no tiene nada que ver con... nada. Puede que yo no sea la persona más indicada para esto, pero soy lo único que tienes.

Sus miradas se cruzaron. Una vez más, los ojos de Katie se llenaron de lágrimas.

—¿La amas?

Booker no se podía creer que estuvieran teniendo aquella conversación cuando Katie estaba a punto de tener un bebé.

—No. Nunca la he querido. Ahora, quítate los pantalones.

Sin permitir que ella le ayudara, Booker le quitó los vaqueros y la ropa interior. Entonces los tiró al suelo. Subió un poco más la calefacción para asegurarse de que el niño estuviera lo suficientemente caliente y sujetó las piernas de Katie. Al principió, ella se resistió a separarlas para que él pudiera ver lo que le estaba pasando al bebé, pero otra contracción le hizo cambiar de opinión.

Con cada contracción, salían sangre y fluidos del interior del cuerpo de Katie. Sin embargo, no se veía bebé alguno. Pensó que tal vez habían interrumpido el viaje demasiado pronto y que podrían haber llegado un poco más lejos, pero entonces, ella gritó y empujó con fuerza... Una cabecita emergió lentamente.

Al ver al bebé, el pulso de Booker se le aceleró y comenzó a ver estrellas. Durante un momento, pensó que se iba a desmayar allí mismo.

–Booker... –dijo Katie. Evidentemente, se había dado cuenta de que le ocurría algo.

–Estoy bien. Estoy bien...

–Muy bien, te creo, pero yo tengo tanto miedo...

–Todo va a salir bien –le aseguró, también para convencerse a sí mismo.

Con el interior de su camiseta, que era lo más limpio que tenía disponible, limpió la sangre y el fluido del rostro del bebé. Tenía los ojos y la boca cerrados... Transcurrieron varios segundos. Al ver que no volvía a ocurrir nada más, Booker sintió que el pánico se apoderaba de él. Aquello no podía ser normal. No le parecía que el niño pudiera sobrevivir la mitad dentro y la mitad fuera de su madre. En realidad, ya parecía muerto...

–Empuja –le dijo a Katie. No se le ocurrió nada más.

Katie asintió, pero Booker se dio cuenta de que ya no le quedaban fuerzas. A pesar de todo, ella apretó los dientes y empujó con fuerza, hasta que las venas del cuello se le hincharon. Él jamás se había sentido tan orgulloso de nadie en toda su vida.

–Ya está, cielo, ya está...

Entonces, milagrosamente, el bebé cayó entre sus manos. Se dio cuenta de que era un niño. Un niño muy pequeño y muy azul... ¿Azul? ¿Estaría vivo? Se colocó al pequeño contra el pecho y lo secó con la manta. Sin embargo, el niño seguía sin moverse...

–Booker, ¿está bien? –preguntó Katie, alarmada

–Es un niño –comentó él. No se le ocurrió nada más que decir.

—¿Por qué no llora? ¿Respira...?

Booker metió un dedo en la boca del pequeño para comprobar que no tenía obstruidos los conductos del aire. La boca estaba despejada. Entonces, con mucho cuidado, puso al bebé boca abajo y le dio un azote en el diminuto trasero. No sabía si aquello era lo correcto, pero fue lo único que se le ocurrió. El bebé se quedó colgando, completamente inmóvil, sin responder en modo alguno.

—¡Booker! —gritó ella, alarmada.

Con la frente cubierta de sudor por los nervios y el calor que hacía en la furgoneta, Booker volvió a golpear el trasero del bebé y esperó. Entonces, sin poder evitarlo, contuvo la respiración y rezó. No había rezado desde que era un niño, pero en aquellos momentos le suplicó fervientemente. «Permite que este bebé sobreviva, Señor. Te lo suplicó. No por mí, sino por Katie».

Un segundo más tarde, el niño rompió a llorar.

Booker se apoyó sobre la pared para llamar a la granja desde un teléfono público. Aún llevaba puesta la camiseta manchada de sangre y los vaqueros, ya que no tenía nada para cambiarse. Se había pasado la última hora mirando una pantalla de televisión en la sala de espera del hospital. Nunca había experimentado tanta adrenalina en toda su vida, y eso que se había visto en situaciones bastante arriesgadas.

Tampoco había experimentando nunca tanto alivio como cuando llegó a las Urgencias del centro médico San Alfonso de Boise y vio que el equipo médico se llevaba a Katie y a su hijo para que recibieran cuidados médicos. Los médicos le habían asegurado que había hecho lo correcto. Afortunadamente, el niño tenía los pulmones bien como para poder respirar adecuadamente. Aunque Katie sangraba mucho, a los médicos no les pareció excesivo.

Delbert por fin respondió al teléfono.

—¿Sí?

—Hola, Delbert.

—¿Quién es? —preguntó él, algo temeroso.
—Soy Booker. ¿Por qué estás tan preocupado? ¿Es que te ha molestado alguien desde que yo me marché?
—¿Molestarme? No, pero... ¿por qué no estás en tu dormitorio?
—Estoy en el hospital.
—¿En qué hospital?
—En el de San Alfonso, en Boise.
—¿Y qué estás haciendo en el hospital, Booker? ¿Es que estás enfermo?
—No, estoy bien. Katie acaba de tener a su bebé. Es un niño.
—¿Un niño?
—Sí, es muy pequeño.
—¿Y cómo se llama? ¿Pete? ¿Henry? ¿O Chase, como el Chase del taller? ¿O tal vez...?
—No lo sé todavía.
—Oh. ¿Puedo hablar con Katie?
—En estos momentos no. Los médicos están con ella. Yo solo quería que supieras dónde estoy. No llegaré a tiempo para abrir el taller, así que llamaré a Chase para que se ocupe él. Tú quédate en casa hasta que yo regrese.
—¿Que me quede en casa? ¿Significa eso que no puedo ir a trabajar?
—Yo no podré llevarte.
—Puedo hacer autoestop. Siempre hago autoestop.
Al oír aquellas palabras, Booker recordó la advertencia de la persona que le había llamado por teléfono.
—Normalmente sí, pero no quiero que hagas autoestop durante un tiempo. ¿De acuerdo, compañero? Te puedo llevar yo, o Chase, o alguien a quien conozcas muy bien, como Rebecca o Delaney, pero no quiero que salgas solo.
—¿Por qué?
—Porque creo que Jon Small está algo resentido.
—¿Qué significa estar resentido, Booker?
—Nada de lo que tengas que preocuparte, pero haz lo que te he dicho durante un tiempo y todo saldrá bien.
—De acuerdo.

Cuando Booker colgó, llamó a Jon Small. Aquella vez contestó la hija de Jon.

–¿Está tu padre?
–Está dormido.
–Dile que Booker quiere hablar con él.

La niña dudó, pero al final accedió. Booker oyó que dejaba el teléfono y, unos minutos más tarde, Jon lo tomó. Sonaba medio dormido y no muy contento de que se le hubiera molestado.

–¿Qué quieres?
–Quiero saber si fuiste tú el que llamó a mi casa a horas intempestivas.
–¿Cómo dices?
–¿Acaso seguimos con el problema, Jon?
–No sé de qué estás hablando.
–Alguien amenazó a Delbert anoche.
–No fui yo.
–¿Estás seguro?
–Llama a Earl Wallace. Estuve jugando al póquer con él y con otros amigos hasta las dos de la mañana.
–¿Y tus hermanos?
–También estaban jugando al póquer. Si no dejas de molestarme, voy a llamar a la policía.

Jon colgó. Booker hizo lo mismo. No quería creer a Jon, pero le había parecido que era sincero y que se sorprendía de verdad por lo que él le decía. Eso significaba que la persona que había llamado la noche anterior era un chalado... o alguien más que deseaba hacerle daño a Delbert.

Completamente hipnotizada, Katie miró al minúsculo bebé que tenía entre sus brazos. Pesaba algo menos de dos kilos, pero los médicos le habían dicho que saldría adelante.

Tenía que estar en la incubadora durante un tiempo para mantener la temperatura corporal hasta que hubiera engordado un poco, pero era capaz de respirar, de mamar y de tragar, lo que significaba que no tendrían que conectarlo a un respirador o darle de comer por un tubo.

No quería pensar en cómo pagaría todos los gastos médicos, por lo que no dejó que aquellos pensamientos turbaran la paz de la que disfrutaba en aquellos momentos con su hijo. Acababa de darle el pecho al pequeño por primera vez. Como la temperatura del pequeño parecía estable, la habían dejado quedarse con él un rato. Mientras le colocaba el gorrito que le habían puesto para evitar que perdiera calor por la cabeza, trató de pensar en un nombre, pero no se le ocurrió ninguno. Al cabo de unos minutos, levantó la cabeza y vio que Booker estaba en la puerta de la habitación. Cuando lo vio, sintió que el corazón le daba un vuelco. Estaba tan guapo como siempre.

–Ah, estás aquí –dijo–. Pensé que tal vez ya te habrías marchado a casa.

–Todavía no –respondió él. Entonces, entró en la habitación.

–¿Quieres tomarlo en brazos?

–Creo que no. Es muy... muy pequeño.

–Tú fuiste la primera persona en tocarlo, Booker. Después de lo que pasó anoche, creo que lo harás muy bien. Siéntate.

Booker no parecía muy convencido, pero acercó la silla a la cama y tomó al bebé en brazos. Katie sonrió al ver el contraste entre Booker y su hijo. La piel de Booker era morena y estaba llena de cicatrices, la del bebé era casi transparente. Las manos del pequeño eran pequeñas y delicadas, las de Booker hablaban de las experiencias de toda una vida. A pesar de la incomodidad de Booker, los dos parecían encajar perfectamente.

–Estoy tratando de encontrarle un nombre. ¿Alguna sugerencia?

–¿No habías pensado ya en los nombres?

–No.

–¿Porque ibas a darlo en adopción?

–Lo estaba pensando.

–¿Por qué?

–Considerando mi situación... Yo no tengo nada que darle, Booker. Una pareja como Josh y Rebecca podrían proporcionar mucho más a un niño... Sin embargo, ahora sé que nunca podría separarme de él. Así que, supongo que los dos estamos unidos para siempre.

En aquel momento, recordó que Andy se había llevado su ordenador y se preguntó cómo iba a salir adelante. Tal vez tendría que volver a trabajar en la peluquería hasta que pudiera ahorrar para otro ordenador. Sin embargo, si regresaba al salón de belleza, ¿quién cuidaría de su hijo mientras estuviera trabajando?

—¿Qué te pasa? —preguntó Booker.

—Ahora no quiero hablar de ello.

—Venga, Katie. Dime lo que pasó anoche con Andy —insistió él. Suponía que aquella era la razón de la repentina tristeza de Katie.

—Ya te lo he contado.

—Me dijiste que quería dinero y que tú no se lo diste. Lo que no me dijiste fue cómo es que tú estabas detrás de la cama, con la puerta de par en par y la silla tirada por el suelo.

—Cuando me negué a darle cincuenta dólares, agarró mi ordenador. Yo traté de impedírselo y me tropecé con la silla. Esto es todo.

—Entonces, ¿qué?

—Se marchó.

—¿Con tu ordenador?

—Sí.

—¿Sabía que ya estabas de parto? —quiso saber él. Su rostro se había endurecido.

—No se detuvo lo suficiente como para darse cuenta. Necesitaba una dosis y solo podía pensar en eso.

—Algún día, Andy y yo vamos a tener una conversación muy en serio.

—Yo solo espero que se marche del pueblo. No creo que sea lo suficientemente entretenido para él. Seguramente se aburrirá y volverá a San Francisco.

—Tal vez se lo sugiera yo personalmente —afirmó Booker. Entonces, se puso de pie y dejó al bebé en brazos de Katie.

—Booker, no —suplicó ella—. Ya has tenido suficientes roces con la policía. No busques más problemas.

—Ahora duerme un poco —replicó él—. Yo me marcho a casa para darme una ducha.

–¿No tienes ninguna sugerencia para el nombre del bebé?
–Creo que deberías llamarlo Troy.
–¿Por qué?
–Troy es un nombre muy bonito –comentó él, con una sonrisa que despertó las sospechas de Katie.
–No será T. la inicial de Troy, ¿verdad?
–Tal vez sí, pero fui yo quien lo trajo a este mundo. Además, me has preguntado mi opinión.
–Troy Rogers... Me gusta. ¿Alguna sugerencia para el segundo nombre?
–Solo se me ocurre Troy.
Booker se dispuso a marchase, pero Katie lo retuvo durante un instante.
–Gracias por lo de anoche –dijo.
Booker asintió brevemente con la cabeza y se marchó.

16

Booker estuvo durmiendo la mayor parte del día. Cuando se despertó, casi a la hora de la cena, se marchó con Delbert al taller para ayudar a Chase a cerrar. En su ausencia no había ocurrido nada fuera de lo corriente, a excepción de que el alcalde había ido a llevar su coche para que Booker pudiera echarle un vistazo al motor. Como el padre de Rebecca llevaba siempre sus coches a Boise, Booker comprendió que aquello era como contar con el sello de aprobación de la ciudad.

Cuando estaba felicitando a Chase por su buen trabajo y todos estaban a punto de marcharse, un carraspeo femenino interrumpió la conversación. Booker se dio la vuelta y se encontró con Mary Thornton, vestida con un traje rojo y zapatos de tacón de aguja. Su deportivo estaba aparcado frente al taller.

–Siento interrumpiros –dijo, dulcemente–. Esperaba que tuvieras un minuto para hablar conmigo, Booker.

–¿Le ocurre algo a tu BMW? –preguntó Booker, a pesar de que Mary siempre llevaba el coche a un taller de Boise.

–No, no le ocurre nada –respondió–, aunque tal vez le vendría muy bien que le cambiaras el aceite...

–En esta época del año estamos bastante ocupados. Tal vez quieras llevarle el coche a quien se ha ocupado de revisarlo desde que lo compraste.

–Bueno... –repuso Mary, completamente atónita por aquella respuesta–, ¿podemos hablar al menos? ¿En privado? –añadió, mirando a Chase.

—Yo ya me marchaba —dijo el muchacho—. Hasta mañana, Booker.

Booker se despidió de su empleado y se volvió de nuevo a mirar a Mary.

—¿Qué puedo hacer por ti?

—No sé lo que te parece a ti, pero creo que hace ya tiempo que deberíamos haber resuelto los asuntos que hay entre nosotros.

—¿Qué asuntos?

—Bueno, en primer lugar el resentimiento. Es decir, tenemos casi la misma edad, vivimos en el mismo pueblo, conocemos a las mismas personas y vamos a los mismos lugares. Sin embargo, yo nunca me he sentido cómoda contigo. Estoy segura de que, después de trece años, podemos dejar atrás nuestras diferencias. Bueno... me estaba preguntando si te apetecería reunirte conmigo más tarde en el Honky Tonk para tomar una copa.

—Anoche estuve levantado hasta muy tarde. No creo que baje al pueblo esta noche, pero si voy, te buscaré —replicó. No era que sintiera antipatía por Mary, pero nunca le había gustado la necesidad que ella tenía de aparentar más de lo que era.

—Muy bien... Claro —susurró. La sonrisa se le heló en los labios, pero no por eso se rindió—. Te estaré esperando —añadió, con un renovado brillo en los ojos—. Ahora que Mike y Katie están saliendo juntos, creo que los dos deberíamos unirnos más, ¿no te parece?

—¿Mike y Katie?

—Sí. Se les ha visto juntos por todas partes. Ahora que ella vive en el rancho, quién sabe lo que estará pasando entre ellos.

De repente, Booker comprendió la razón de la visita de Mary. Se temía que estaba perdiendo a Mike por otra mujer, tal y como había perdido a Josh por Rebecca. Quería que se sintiera celoso para que se interpusiera entre ellos e incluso tratara de recuperar a Katie. Sin embargo, él ya había jugado todas sus cartas. A partir de entonces, se iba a quitar del camino y a no implicarse más.

—No me gusta que me manipulen —dijo—. Así que no te molestes en intentarlo.

—¿Cómo dices?
—Deja de disimular. Yo soy la última persona en el mundo que haría algo para evitar que Mike y Katie terminaran juntos. Ella lleva enamorada de él desde que era una niña. Todo el mundo lo sabe.
—¿Y a ti no te importa?
Booker no se podía negar, al menos a sí mismo, que era más bien lo contrario. La noche anterior habría sido capaz de andar encima del fuego para llegar a Katie. Seguía enamorado de ella y nada podría cambiar aquel hecho, pero también sabía que la apreciaba demasiado como para impedir que tuviera el hombre al que siempre había deseado, un hombre que sería bueno con ella y con su hijo.
Se había dado cuenta de la verdad después de la noche que había pasado con Ashleigh. Por eso, sabía que no debía regresar al hospital y que necesitaba hacer saber a Mike lo ocurrido para que Katie no estuviera mucho tiempo sola en allí.
—No —replicó.

Mike estaba sentado en un pub de Austin, viendo un partido de baloncesto y cenando con Josh y Rebecca. El purasangre que habían ido a ver era un maravilloso animal y habían decidido comprarlo. Llevaban veinte minutos echando cuentas, tratando de dar con la oferta que podrían hacerle al vendedor. Sin embargo, por una vez, la cabeza de Mike no estaba en los negocios. Había llamado a Katie en varias ocasiones y no había podido hablar con ella. Estaba empezando a extrañarle que la joven no estuviera en la cabaña a aquellas horas, sobre todo porque, como trabajaba allí, no solía dejar su casa.
—Bueno, ¿vas a darme una respuesta? —le preguntó Josh.
—¿Cuál era la pregunta? —replicó Mike. Dejó de fingir que miraba la televisión y se centró en su hermano.
—¿Qué te pasa, hombre? No has dicho más de dos palabras seguidas en toda la noche.
—Eso te lo estás inventando. Hemos estado tratando de encontrar una cifra adecuada para la oferta —protestó él.

—Rebecca y yo hemos estado tratando de encontrar esa cifra. Tu contribución ha sido un gruñido de vez en cuando y, durante un rato, te hemos perdido por completo. ¿Qué te pasa?

—Nada, es que... me preguntaba dónde estaría Katie. No he podido hablar con ella en todo el día.

—¿Y por qué la has llamado? —replicó Rebecca, a la que no gustaba que Mike se preocupara tanto de Katie por la amistad que la unía a Booker.

—Solo quiero saber que está bien —contestó, tratando de que su voz sonara neutral.

—Pero si solo llevamos lejos del rancho un día y medio...

—¿Y qué?

—¿Sois pareja? —le espetó ella entornando los ojos.

—Yo no diría eso.

—Pero Katie te interesa, ¿verdad?

—Tal vez.

—Pensaba que considerabas a Katie como si fuera tu hermana. Tú mismo lo has dicho una y otra vez.

—Eso era antes.

—¿Antes de qué? —preguntó Rebecca, alarmada.

—Antes de que regresara.

—¿Y qué ha cambiado? —quiso saber Josh.

—No lo sé... Supongo que ha madurado.

—Está embarazada —señaló Rebecca.

—Pues no me había dado cuenta —repuso Mike.

—¿Y eso no te importa? —inquirió Josh—. Por si no te has dado cuenta, una mujer embarazada no es alguien con quien se pueda salir de forma casual. Las mujeres embarazadas quieren un nido. Entonces, buscan casarse y sentar la cabeza.

—Normalmente, cualquiera de esas palabras habría sido suficiente para que echaras a correr, Mike —dijo Rebecca—. Además, tú siempre le has gustado a Katie, así que sabes que ella va a querer un anillo.

—Creo que yo ya no le gusto —comentó Mike—. Como os he dicho, parece muy diferente. Además, a mí no me da miedo el compromiso. ¿Cuántas veces tengo que decíroslo? Lo que ocurre es que no he encontrado todavía a la mujer adecuada.

—¿Y crees que Katie podría serlo? —preguntó Rebecca.

—No lo sé —respondió Mike—. En estos momentos necesita a alguien. Eso es todo. Estoy tratando de ser su amigo. Si entonces nuestra relación va a más... realizaremos los ajustes necesarios.

Josh le dedicó a Rebecca una mirada significativa.

—¿Qué te parece? ¿Crees que mi hermano mayor por fin se está enamorando de alguien?

—Me temo que podría ser —replicó Rebecca—. Pobre Booker. ¿Por qué ha tenido que ser Katie?

Mike se puso de pie y dejó un poco de dinero sobre la mesa.

—Yo no empezaría aún a hacer planes de boda —dijo—. Me voy a mi habitación para comprobar mis mensajes.

Cuando estaba a punto de marcharse, Rebecca volvió a hablar.

—Mike, creo que Katie no se va a equivocar con ninguno de los dos —afirmó.

Mike sonrió. Cuando Josh le había dicho que se iba a casar con Rebecca, él había creído que estaba cometiendo un terrible error. Sin embargo, desde entonces, había aprendido a apreciar la pasión, la lealtad y la determinación de Rebecca, y, sobre todo, el amor que profesaba a su hermano.

Suponía que Rebecca y él se estaban convirtiendo en familia de verdad.

Mientras el bebé mamaba, Katie lo miraba fijamente, abrumada por las sensaciones que estaba experimentando. El ligero peso de Troy, el dulce aroma que emanaba del pequeño, parecían satisfacer un profundo anhelo. Era madre. No tenía mucho que ofrecerle, pero, como fuera, encontraría el modo de proporcionarle todo lo que necesitaba. Era su hijo e iba a protegerlo a cualquier coste.

—Hola —dijo la enfermera al entrar en la habitación—. ¿Ha terminado?

Katie frunció el ceño. Sabía que la enfermera había acudido a llevárselo a la unidad de neonatos para devolverlo a su incubadora.

—¿No puede tomarle la temperatura para ver si está estable y se puede quedar conmigo un poco más?

—Se la tomamos hace quince minutos.

—¿Podemos volverlo a hacer? Estoy esperando a alguien.

Esperaba que Booker fuera a verla. Estaba segura de que lo haría. La ternura que había demostrado a lo largo de todo el proceso indicaba que sentía algo por ella, al menos cariño. Seguramente, eso era suficiente para que fuera a verla al hospital.

—Me gustaría dejar que su bebé se quedara por más tiempo, señorita Rogers, pero me temo que ya ha estado más que suficiente fuera de la incubadora.

Resignada, Katie le entregó el bebé a la enfermera. Además, eran las diez, es decir, demasiado tarde para que Booker fuera a Boise, especialmente cuando tenía dos horas de camino para regresar. Seguramente se había equivocado al pensar que él se tomaría la molestia de hacer un viaje tan largo cuando sabía que ella ya estaba en buenas manos.

Decidió tratar de dormir un poco, pero antes se puso a masajearse el vientre del modo en el que le había enseñado la enfermera para asegurarse de que el útero se contraía adecuadamente. Mientras lo hacía, empezó a pensar en su familia. ¿Debería llamarlos para darles la noticia del nacimiento de Troy? No había querido implicar a sus padres en el embarazo, pero, en aquellos momentos, le pareció mal ocultarles la noticia del nacimiento de su nieto.

Miró el teléfono y pensó en llamarlos a pesar de que no estaba segura de si podría soportar un disgusto aquella noche. Decidió que, solo con que sus padres se mostraran contentos por el nacimiento de Troy sería suficiente para hacer las paces. En todos los libros había leído lo importantes que eran los abuelos y los tíos para un bebé. Levantó el auricular y comenzó a marcar, pero no tenía una tarjeta de crédito que le permitiera establecer una conferencia y no podía llamarlos a cobro revertido. Colgó de nuevo y se levantó para ir al cuarto de baño. Cuando vio lo despeinada y lo pálida que estaba, trató de convencerse de que se alegraba de que Booker no hubiera ido a verla. No le sirvió de consuelo, pero, cuando regresó a la cama, se quedó dormida casi inmediatamente.

A Katie le pareció que llevaba dormida solo diez minutos cuando oyó la voz de un hombre llamándola. Con cierto esfuerzo, se despertó, pensando que Booker había ido a verla. Sin embargo, cuando levantó los párpados y vio la figura que había de pie al lado de la cama, se dio cuenta de que no se trataba de Booker. Era Mike Hill y llevaba un jarrón de lirios en la mano. Iba vestido como siempre, pero parecía desaliñado y desaseado.

—Mike —murmuró—, ¿qué estás haciendo aquí?

—Booker me dejó un mensaje en mi buzón de voz en el que me decía que habías tenido a tu hijo y...

—¿Que Booker te llamó?

—Sí. Pensó que me gustaría saberlo y estaba en lo cierto —afirmó Mike. Entonces, colocó las flores sobre la mesa.

—Gracias, pero no debería haberte molestado. Estabas en viaje de negocios...

—Yo ya he visto al caballo y he dicho que quiero comprarlo. Rebecca y Josh dijeron que se ocuparían del resto.

—Oh —susurró ella. Entonces, miró hacia la ventana y vio que la luz del día entraba ya a través de las cortinas—. ¿Qué hora es? Debes de haber venido en cuanto te has enterado.

—Son casi las ocho y media. Tuve suerte de poder tomar el primer avión que salía de Austin. Como tenía mi coche en el aeropuerto, vine aquí directamente.

—Gracias —repitió Katie. Evidentemente, Mike se había tomado muchas molestias.

—¿Cómo está el bebé?

—Estupendo. ¿Quieres que llame a la enfermera para que puedas verlo?

—Claro.

Katie apretó inmediatamente el botón que avisaba a la enfermera.

—Entonces, ¿Rebecca y Josh se van a quedar en Austin unos días más?

—Quieren seguir negociando con el dueño del purasangre. Es un caballo muy especial. Nos gustaría mucho comprarlo, pero, en estos momentos, el dueño pide más de lo que estamos dispuestos a pagar. Por cierto, cuando llamé anoche a Booker, él me dijo que Andy te había robado el ordenador.

—Así es —admitió ella.

—No te preocupes. Yo te lo recuperaré.

—Estoy segura de que, a estas alturas, ya lo ha vendido. No creo que tengamos posibilidad alguna de recuperarlo. Lo único que espero es que se aleje de mí para siempre. Si está apartado de nosotros durante un año, se considera abandono y yo puedo solicitarle a un tribunal que revoquen sus derechos como padre.

—Veo que has estado estudiando las leyes.

—He mirado un par de cosas en Internet. Tengo que hablar con un abogado para comprobar que lo que yo he leído se aplica en el estado de Idaho, pero estoy segura de que es así.

—¿Crees que Andy volverá para darte más problemas?

—Cuando me quedé embarazada, él quería que abortara, así que sé que no le interesa ser padre ahora. Sin embargo, en un futuro podría cambiar de opinión.

—¿No te gustaría que enderezara su vida?

—No lo sé. Era un buen tipo antes de lo de las drogas, las fiestas y todo lo demás. Tal vez consiga algún día volver a ser esa persona o tal vez no. Sea como sea, no quiero estar siempre especulando con la posibilidad de que él pueda regresar e interferir en la vida de mi hijo.

—¿Y sus padres?

—Tengo la intención de llamarlos dentro de unas pocas semanas para darles la opción de participar en la vida de su nieto. Por lo que sé de ellos, son básicamente buena gente. Creo que se lo debo.

—A mí me parece que te muestras muy generosa.

—Es lo justo —dijo. Miró los lirios, pensando si debía decirle a Mike que Mary había sido la instigadora de la visita de

Andy. Finalmente, decidió abordar el tema–. ¿Sigues saliendo con Mary?

–Ya te dije que no estuvimos saliendo nunca –replicó él, algo molesto, mientras se quitaba la cazadora–, y mucho menos regularmente.

–Creo que ella no lo comprende así.

–Pues debería. Nunca le he hecho creer que quiero que seamos algo más que amigos.

–Tal vez deberías llamarla, no sé... para aclarar las cosas.

–¿Por qué?

–Parece que ella cree que yo estoy interfiriendo en vuestra relación. Le dijo a Andy que tú me estás dando mucho más que un lugar en el que vivir. Así él justificó el hecho de llevarse el ordenador. También dijo otras cosas...

–¿El qué?

–Ella le insinuó que te estoy dando algo más personal que mi trabajo en tu página web a cambio de la renta.

–¿Cree que nos estamos acostando juntos?

–Supongo que sí –comentó ella, con una sonrisa–. No se da cuenta de que tú me consideras una hermana pequeña.

Mike la miró atentamente durante unos instantes.

–Yo ya no te considero precisamente eso.

Katie lo miró atónita. Cuando era solo una adolescente, había realizado una lista con los atributos del hombre perfecto. Mike encajaba con todas las categorías. Guapo. Leal. Valiente. Sexy. Además, había estudiado en la universidad, tenía una gran reputación y provenía de una buena familia. Incluso era rico. Sin embargo, años después, algunos de esos rasgos le parecían más importantes que otros y Booker parecía poseer todos los que le importaban en realidad. Tal vez no fuera tan perfecto como Mike, pero era más guapo e incluso más sexy. Cuando se imaginaba al hombre ideal, no podía pensar en nadie más que en Booker.

–Mike, yo...

En ese momento, la enfermera entró en la habitación.

–¿Me necesita, señorita Rogers?

–¿Cómo está mi hijo?

–Estupendamente.
–¿Podría verlo?
–Claro. Además, ya es hora de que vuelva a darle el pecho. Solo estaba esperando unos minutos más porque creía que usted seguía dormida.

La enfermera le dedicó una simpática sonrisa a Mike y dijo que volvería enseguida.

–Me alegro de que Booker pudiera traerte al hospital –comentó Mike, cuando volvieron a estar solos.

–No se alegró mucho cuando tuvimos que parar.

–¿Es que le ocurrió algo al coche para que tuvierais que parar?

–No, más bien al bebé.

–¿No conseguisteis llegar a tiempo al hospital?

–No. Di a luz en la furgoneta de Booker.

–¿De verdad? –preguntó él, atónito–. ¿Y cómo lo llevó Booker?

–Se mostró... increíble. Se hizo cargo de la situación perfectamente.

–¡Vaya! Booker me dijo que te habías puesto de parto en el rancho y que le llamaste para que te llevara al hospital. Nada más. No me dijo nada de que hubieras tenido al bebé de camino.

–Nunca lo hubiera hecho –dijo Katie. Aún estaba pensando en los posibles motivos que Booker había tenido para llamar a Mike–. Tendrías que conocer a Booker para saber que siempre subestima todo lo que hace.

Al escuchar la admiración que teñía la voz de Katie, Mike puso un gesto muy curioso en el rostro.

–Las cosas han cambiado desde que tú me esperabas para montarte en mi bicicleta, ¿verdad?

–Me temo que sí, Mike.

Efectivamente, las cosas habían cambiado mucho desde que era una niña, pero no tanto en los últimos dos años. Cuando se marchó de Dundee estaba enamorada de Booker, igual que estaba enamorada de él en aquellos instantes. Sin embargo, después de lo que había pasado con Andy y de lo que Booker había hecho con Ashleigh, no estaba segura de que pudiera confiar en él lo suficiente como para confesárselo. Aunque pudiera hacerlo, tal vez se reiría en su cara considerando lo mal que se había portado con él. Además, tenía un hijo en el que pensar y una vida que reconstruir. Por el momento, estaba mucho mejor sola. Desgraciadamente, Mike llegaba dos años tarde. Booker probablemente opinaba lo mismo de ella.

Por fin, la enfermera apareció con Troy.

–Te presento a Troy –le dijo a Mike mientras tomaba a su hijo en brazos.

–¿Troy? ¿Cómo se te ha ocurrido ese nombre?

–Me lo sugirió Booker. Es su segundo nombre.

–¿Has llamado a tu hijo como Booker?

–Él lo trajo al mundo.

–¿Es ésa la única razón? –preguntó Mike. Katie no pudo mirarlo a los ojos–. ¿Sabe Booker lo que sientes?

–Creo que no.

–Pues deberías decírselo. Es muy duro, pero Rebecca lo conoce mejor que nadie y ya sabes cuál es su opinión.

–He oído que dice que Booker nunca le ha dicho lo que siente. Probablemente se ocupa de mí como lo hace de Delbert. Nada más. Además, en estos momentos ya tengo bastante de lo que ocuparme, ¿no te parece?

Mike estudió a Troy durante un instante.

–Tal vez tengas razón.

17

–Katie tuvo anoche a su hijo. Todo el mundo está hablando de ello –le dijo Tami a su esposo cuando él volvió a entrar en la panadería después de sacar la basura.
–¿Quién te lo ha dicho?
–La señora Bertleson se enteró en la peluquería.
–¿Ha estado aquí la señora Bertleson?
–Sí.
–Pensaba que estaba a régimen.
–Vino a comprar donuts para sus nietos. ¿Me oyes?
–Sí, te he oído. La señora Bertleson te ha dicho que Katie ha tenido ya a su hijo. ¿Y qué es, niño o niña?
–No lo sé. Me dio la enhorabuena. Yo no quise que se enterara de que no sabía que había nacido mi nieto por preguntarle el sexo del bebé. Me limité a darle las gracias. Estamos en abril, lo que significa que el niño de Katie es sietemesino. Un niño prematuro puede tener muchos problemas...
–Si el bebé no estuviera bien, la señora Bertleson te habría comentado algo.
–¿Qué vamos a hacer ahora?
–¿Qué quieres decir?
–Tenemos que ir al hospital a ver a Katie y al bebé. Barbara me dijo el otro día que Katie estaba en el rancho High Hill y que creaba sitios web para ganarse la vida, pero estoy segura de que no ha tenido tiempo de ahorrar suficiente dinero.
–Si quiere que le dé dinero, va a tener que darme la disculpa que me merezco.

—Don... ¿no te han enseñado nada las últimas semanas?
—¿Qué quieres decir?
—Si ella debe disculparse con nosotros, nosotros también tenemos que hacerlo con ella.
—¿Y por qué tenemos que disculparnos nosotros?
—Lo he estado pensando mucho tiempo. Barbara hizo que me diera cuenta. Más que nada, nos enfadamos porque ella nos dejó en ridículo delante de nuestros amigos y vecinos y ahora estamos tratando de castigarla por eso. Sin embargo, Katie es ya una mujer y vive su propia vida. Tiene derecho a escoger lo que desea hacer, sin chantaje emocional.
—¡Nosotros no la estamos chantajeando! Solo estamos tratando de enseñarle lo que está bien.
—Mira, Don... No estoy diciendo que haya tomado las decisiones más correctas, pero ¿cómo definirías lo correcto, Don? ¿Qué es lo correcto para nosotros?
—Tal y como yo lo veo, le toca a ella devolver la pelota.
—Esta vez te equivocas, Don, pero tienes demasiado orgullo para admitirlo. Yo no. Ya no. Algunas cosas son demasiado valiosas como para perderlas tan fácilmente.
—¿Adónde vas, Tami?
—A ver a nuestra hija.

Tami estaba en el pasillo, con el asiento para el coche que había comprado para el bebé en un brazo. Llevaba varios minutos tratando de entrar en la habitación, pero no se atrevía. Se temía que Katie le dijera que se marchara o que se negara a enseñarle al bebé. Sin embargo, si reaccionaba de aquella manera, comprendería su decisión. Al final, respiró profundamente y abrió la puerta. La televisión estaba puesta, pero Katie estaba dormida. Debió de notar la presencia de Tami, porque abrió los ojos casi inmediatamente.
—Mamá –dijo, algo confusa.
Tami dejó la sillita en el suelo y se acercó a la cama. Katie estaba muy pálida y parecía cansada.
—Hola, Katie, ¿cómo te encuentras? –preguntó. Entonces,

mientras esperaba la respuesta de su hija, contuvo el aliento.

–Bien.

–¿Cómo está el bebé?

–Es perfecto. Es un niño muy hermoso. ¿Lo has visto ya?

–Todavía no. Quería verte a ti primero.

Una lágrima resbaló por la mejilla de Katie y se le perdió entre el cabello.

–Lo siento, cielo –añadió Tami. Entonces, estuvo a punto de echarse a llorar cuando Katie le ofreció una trémula sonrisa y le agarró con fuerza la mano.

Booker dejó caer el paquete de información que había recibido en su primera clase para controlar la ira sobre la mesa de la cocina y fue a buscar un bolígrafo. El señor Boyle, su profesor, le había dado muchos ejercicios que tenía que hacer para que le dieran el visto bueno después de siete semanas, y tenía que conseguir ese visto bueno para evitar ir a la cárcel.

–Booker, ¿qué estás haciendo? –le preguntó Delbert, que entraba en aquel mismo instante en la cocina.

–Mis deberes –respondió él. Estaba buscando el bolígrafo en uno de los cajones.

–A mí no me gustan los deberes –comentó Delbert mientras abría el frigorífico y sacaba un refresco.

–A mí tampoco –gruñó Booker. Cuando hubo encontrado el bolígrafo, volvió a la mesa y se sentó en una de las sillas.

En aquel momento, el teléfono comenzó a sonar. Delbert fue a contestar.

–Es Rebecca –dijo–. Quiere hablar contigo.

Booker tomó el auricular que Delbert le ofrecía y se lo colocó sobre el hombro.

–¿Sí?

–¿Qué haces?

–Acabo de regresar de mis clases para controlar la ira.

–Lo sé. Hablé con Delbert hace una hora.

–No me ha dicho nada.

—Le dije que volvería a llamar. ¿Qué has aprendido esta noche?

—Que me gustaría asesinar al profesor.

—Eso es lo que yo llamo un buen comienzo. ¿Y qué es lo que tienes que hacer en las clases? ¿Yoga?

—No. Tengo que empezar con un montón de cuestionarios. Bueno, ¿qué?

—¿Cómo que qué?

—¿Vas a ponerme al día?

—No sé de qué estás hablando.

—Claro que lo sabes, Rebecca.

—¿Quiere que te cuente cosas de Katie?

—¿De quién si no?

—Es la primera vez que me lo preguntas directamente.

—Venga, ¿cómo está?

—Bien. Cuando le dieron el alta en el hospital se quedó en un hotel en Boise para poder seguir dándole el pecho al bebé, dado que a él no le habían dado todavía el alta. Sin embargo, ya han dejado que Troy se marche también y los dos están en el rancho.

Troy... Booker sonrió al escuchar el nombre.

—Me alegro —dijo.

—Yo he ido a verla para llevarle algunas cosas para el bebé.

—¿Necesita algo más?

—Creo que no. Delaney y yo le llevamos una cuna y algo de ropa. Delaney le ha hecho también un edredón para el bebé. La madre de Katie le ha comprado la bañera y una mecedora, además del asiento para el coche.

—Entonces, ¿su madre sigue ayudándola?

—Sí. Las vi ayer. Tami llevaba en brazos a Troy.

—¿Consiguió Mike recuperar el ordenador de Katie?

—No. Le va a prestar uno hasta que Katie se pueda permitir comprarse otro.

—Yo he estado en casa de los primos de Andy una docena de veces, pero siempre me dicen lo mismo. Andy se ha ido.

—Debe de haber vuelto a San Francisco. Si yo estuviera en su lugar y supiera que tú me estás buscando, me habría marchado. ¿Te he dicho que Katie va a empezar mañana a trabajar en el salón de belleza? Todavía no lo sabe, pero le vamos a dar una fiesta para el bebé dentro de dos semanas.

–¿Quién va a cuidar del bebé mientras ella trabaja?

–Yo le dije que se lo podría traer, pero creo que su madre está pensando en ocuparse de él durante las primeras semanas.

–Parece que ha solucionado la situación con sus padres.

–Por lo que Katie me ha dicho, la relación sigue siendo algo tensa con su padre. Por eso, Tami va a cuidar de Troy a la cabaña.

–¿Sigue ella saliendo con Mike?

–Solo son amigos.

–Tú me dijiste que él quería más.

–Sí, pero ella parece que no.

–Creció deseando casarse con él.

–Tal vez las cosas hayan cambiado.

–O está esperando a que el niño se haga mayor.

–Rebecca, tengo que dejarte. Están llamando a la puerta.

Booker colgó el teléfono y se dirigió hacia la puerta principal para ver quién había llamado. Delbert se le había anticipado. Era el oficial Orton. Había ido a verlos por un asunto oficial, pero Booker no se podía imaginar por qué. Había pagado su multa y estaba asistiendo a las clases.

–Ha habido otro robo –anunció el policía.

–¿Esta noche?

–Así es.

–¿Dónde?

–¿Es que no lo sabes?

Booker sintió que el vello se le ponía de punta al escuchar la acusación implícita de Orton.

–¿Y cómo iba a saberlo yo?

–Porque ocurrió en el 1028 de Robin Road.

Booker no reconoció el número, pero no le hizo falta. Sólo conocía a una persona que viviera en Robin Road y era Jon Small.

***

A Katie no le importaba cruzarse por la calle con Ashleigh Evans o encontrársela en la gasolinera, pero no quería trabajar con ella. Solo pensar que tendría que estar a su lado en el salón, mientras todas compartían historias de los hombres que había en sus vidas, como hacían a menudo, la ponía enferma. No quería escuchar detalles íntimos de Ashleigh con Booker ni quería recordar lo que había ocurrido entre ellos.

Sin embargo, tenía que regresar al trabajo. Gracias a la amabilidad de Mike, volvía a disponer de ordenador, pero necesitaba dinero rápidamente para poder ocuparse de Troy, pagar la factura del hospital y devolverle a su madre el dinero que le había prestado en las últimas semanas. Katie y su padre seguían sin hablarse, lo que ponía a Tami en una posición muy difícil, algo que la joven sentía especialmente.

Se bajó del Nissan que Mike le había prestado y entró en el salón de belleza con la cabeza muy alta. Vio que Ashleigh estaba al lado de la caja. Cuando ésta vio a Katie, se acercó a ella con una brillante sonrisa y le dio un fuerte abrazo.

–¡Katie, me alegro tanto de que hayas vuelto!

–Gracias –respondió ella, con una sonrisa–. Yo me alegro mucho de volver a estar aquí.

–Me alegro mucho de que vuelvas a trabajar con nosotras –le dijo Mona–. ¿Cómo está tu hijo?

–Está maravilloso, Mona. Cada día lo quiero más. Cuando sea un poco mayor, os lo traeré para que podáis verlo.

–¡Me muero de ganas! –dijeron las dos al unísono.

El entusiasmo de Ashleigh hizo que Katie se sintiera algo culpable. No podía crucificarla solo porque encontrara atractivo a Booker. Como Rebecca le había dicho, ella aún no había afirmado que Booker fuera suyo. Sin embargo, aquello no le facilitaba las cosas.

–He dado cita a Heather Frye para que la peines dentro de quince minutos –le dijo Ashleigh–. El baile de fin de curso es esta noche y muchas de las chicas del instituto van a venir a peinarse.

Después de preparar sus cosas, Katie fue a llamar a su madre. Solo hacía veinte minutos que se había marchado de casa, pero aquella era la primera vez que confiaba a su hijo a otra persona y necesitaba asegurarse de que estaba bien.

Estuvo hablando unos minutos con ella y, tras comprobar que su hijo estaba perfectamente, colgó el teléfono justo en el momento en el que Heather entraba por la puerta.

—Me han dicho que esta noche vas al baile de fin de curso —le dijo—. ¿Qué querías hacerte en el cabello?

Mientras se dirigían al sillón, Heather le explicó el peinado que deseaba. Katie le estaba poniendo una bata cuando oyó que Winnie McGiver, otra clienta que se estaba haciendo la manicura, comentaba algo que le llamó la atención.

—No sé por qué la policía no ha descubierto ya quién está haciendo esos malditos robos. Es una vergüenza que una persona no esté segura en su propia casa —decía la mujer.

—¿Estás hablando de lo que le pasó a la pobre señora Willoughby, Winnie? —le preguntó.

Justo en aquel momento, la puerta volvió a abrirse y entró Mary Thornton. Iba vestida con un conjunto morado y su rostro se tiñó de un color similar cuando vio a Katie. Ésta no pudo creer que tuviera la mala suerte de tener que enfrentarse a Ashleigh y a Mary en el mismo día.

—Hola, Mary —le dijo, decidida a mostrarse simpática.

Las demás también la saludaron. Mary respondió a Katie con una fría inclinación de cabeza y se sentó para esperar a Mona. Katie sabía que no era ninguna coincidencia que Mary fuera a hacerse la manicura en el día libre de Rebecca. Las dos nunca se habían llevado bien, y mucho menos después de que Rebecca se casara con Josh.

—Winnie nos estaba contando lo del robo de anoche —comentó Mona refiriéndose a Mary.

—Todo el mundo está hablando de ello —murmuró ella mientras hojeaba una revista.

—Vuestro bufete defiende al sobrino de Slinkerhoff, ¿verdad? —le preguntó Winnie—. ¿Cree la policía que él también fue el responsable de los últimos robos?

Cuando Mary levantó la mirada, miró a Katie, a pesar de que había sido Winnie la que había hablado.

—¿No te has enterado? —le preguntó.
—¿De qué? —replicó Katie.
—El lugar en el que robaron fue la casa de Jon Small. No se llevaron mucho, por lo que se piensa más bien en una venganza.

Katie sintió que se le hacía un nudo en la garganta, pero se negó a mostrar su miedo.

—¿Y qué?
—Creen que lo hizo Booker.

18

Después de su primer día de trabajo, Katie estaba deseando regresar a casa para volver con su hijo, pero no podía pasar frente al taller de Booker sin detenerse. Después de lo que le había dicho Mary, estaba muy preocupada por él aunque aquello significara romper la promesa que se había hecho de mantenerse alejada.

Entró en el taller y notó que Chase y Delbert ya se habían marchado, pero se oía a Booker hablando por teléfono en su despacho. Se acercó hasta allí y esperó a que él terminara de hablar.

Cuando Booker colgó el teléfono, se dio la vuelta. Al verla, se quedó completamente atónito. Estaba sentado sobre una silla y estiró las piernas para cruzarlas por los tobillos. Entonces, observó atentamente los zapatos de tacón de Katie y fue subiendo poco a poco por las piernas, la falda vaquera y la camiseta que ella llevaba puesta.

—¿Qué quieres?

—He oído que robaron anoche en la casa de Jon Small.

—¿Quién te lo ha dicho? —preguntó él.

—Mary Thornton. Ha ido al salón de belleza.

—Ten cuidado con esa mujer.

—¿Por qué?

—Porque tú tienes al hombre que ella desea y tiene intención de recuperarlo.

—Yo no tengo a Mike. Solo somos amigos.

—Creía que te ibas a casar con él —comentó él, frunciendo una ceja.

—¿Por eso me lo enviaste al hospital?
—Yo no lo envié al hospital. Solo le dije que habías tenido a tu hijo.
—Pero no le dijiste que tú habías traído a Troy a este mundo.
—Me imaginé que no le interesaría esa parte.
—Entonces, ¿ahora ejerces de Cupido, Booker?
—No. Simplemente me he quitado de en medio.
—Ahora yo tengo que trabajar con Ashleigh –replicó ella, sin saber por qué.
—Si tú no sientes nada por mí, Ashleigh no debería importarte en absoluto, ¿no te parece?

Al ver el derrotero que estaba tomando la conversación, Katie volvió al asunto que la había llevado allí.

—Solo he venido para que me digas lo que ha ocurrido entre Jon Small y tú.
—Nada.
—Entonces, ¿por qué cree la policía que fuiste tú el que irrumpió en su casa?
—Porque la policía necesita un sospechoso. El problema es que no saben cómo resolver los delitos, así que tienen que escoger a alguien por el que no tienen simpatía y culparlo de todo.
—En ese caso, dime que tienes coartada... preferiblemente una que no dependa de Delbert... O de Ashleigh –añadió, sin poder contenerse.
—Noto cierta hostilidad –dijo Booker. Entonces, se levantó y cerró la puerta–. Tal vez deberíamos hablar sobre ello.
—No hace falta. Con lo que he dicho no quería decir nada –susurró Katie. Entonces, dio un paso atrás, pero no le sirvió de nada. Un instante más tarde, Booker la tenía acorralada contra la pared.
—En primer lugar, tú me dejaste por Andy.
—Lo sé –musitó ella. El aroma que emanaba del cuerpo de Booker la distraía irremediablemente.
—En segundo lugar, nunca te lamentaste por ello.

Aquello no era del todo cierto. Se había pasado noches en vela en San Francisco por lo mucho que echaba de menos a

Booker. Desgraciadamente no había tenido la seguridad en sí misma como para volver con él.

—¿Y lo tercero? —preguntó ella.

—En tercer lugar, cuando yo me fui a casa con Ashleigh, no había ningún compromiso entre nosotros. Entonces, ¿por qué no haces más que recriminarme lo que ocurrió?

—Yo no te recrimino nada.

—Pues a mí sí que me lo parece.

—Tal vez porque se te ha olvidado el número cuatro.

—¿Y cuál es?

—Aquella noche tú me rompiste el corazón...

Booker le miró los labios. Katie supo que iba a besarla. También sabía que debía apartarse de él y marcharse de allí, pero las piernas parecían estar pegadas al suelo. Cerró los ojos, inclinó la cabeza y, casi sin darse cuenta, notó cómo levantaba los brazos y le rodeaba el cuello con ellos. Él no la había besado aún, pero no importaba. Fue ella la que encontró la boca de Booker y la besó como si se estuviera muriendo por sentir su sabor.

El beso resultó familiar y satisfactorio. Gruñó de placer cuando él le ofreció la lengua y la besó más profundamente. Sentir las fuertes llanuras del torso de Booker y su potente erección la excitó rápidamente.

—Booker, no creo que se acordaran de tus pepinillos.

Delbert acababa de abrir la puerta y entró en el despacho con Bruiser. Llevaba en la mano una bolsa de comida para llevar. Booker se apartó de ella rápidamente, pero no lo suficiente como para que Delbert no se diera cuenta de lo ocurrido.

—Hola, Kate —dijo algo confuso.

—Hola —respondió ella mientras trataba de recuperar la compostura.

—Me han dicho que ya has tenido a tu hijo. ¡Vaya! Si vuelves a estar muy delgada.

—Cada día regreso un poco más a la normalidad —comentó ella, con una sonrisa.

—Booker me dijo que me llevaría a tu casa. Tengo muchas ganas de ver a tu hijo. No hago más que pedírselo, pero... él siempre está demasiado ocupado.

—Claro que está ocupado, pero tú puedes venir cuando quieras.

—¿Podemos ir esta noche?

—Claro —respondió Katie. Poco a poco, fue dirigiéndose hacia la puerta.

—¿Podemos ir a ver al bebé esta noche, Booker? —le preguntó Delbert.

Booker no respondió, por lo que Katie se aventuró a mirarlo.

—¿Vais a venir esta noche? —quiso saber ella. Entonces, contuvo el aliento mientras esperaba su respuesta.

—Ya veremos.

—Booker, se está haciendo tarde. Si no nos marchamos inmediatamente, el niño se va a ir a la cama —se quejó Delbert. Se moría de ganas por ir a casa de Katie.

Booker miró el reloj. Eran las ocho. Los minutos pasaban muy lentamente y la impaciencia de Delbert no le facilitaba las cosas. Había esperado que, si aguardaba lo suficiente, Delbert se olvidaría de la visita al menos por aquella noche. Después de lo que había ocurrido en su despacho, no estaba seguro de querer ver a Katie. Ya habían estado en aquella situación antes y no habían llegado a ninguna parte.

—De todos modos, creo que Troy se pasa la mayor parte del tiempo durmiendo —dijo.

—No me importa. Quiero verlo. Por favor, Booker...

—Está bien —repuso. Se puso de pie y apagó la televisión—. Te llevaré a la casa de Katie, pero Bruiser tiene que quedarse aquí.

—Muy bien. Gracias, Booker. ¡Muchas gracias!

Mientras él se ponía la cazadora y se dirigía a la puerta, Delbert fue corriendo a su dormitorio y regresó con un regalo, muy mal envuelto en papel de periódico.

—¿Qué es eso? —le preguntó Booker.

—Es para el niño —respondió él, con una sonrisa.

—¿Qué hay dentro?

—Una sorpresa.

***

Katie solía pasarse las veladas dando de mamar y bañando a Troy para luego acunarlo en la mecedora que su madre le había regalado. Algunas veces dormía si podía. Troy se despertaba al menos dos veces por la noche y ella aún no se había adaptado a su nuevo horario.

Sin embargo, aquella noche no se fue a la cama. Se rizó el cabello y se retocó el maquillaje por si acaso tenía visita. Se acababa de poner unos vaqueros y un jersey que sacaban el máximo beneficio de la figura que estaba recuperando, cuando sonó el teléfono. Era su madre.

—¿Cómo está el niño?

—Bien.

—Es un cielo. Hoy, mientras estabas en el trabajo, se portó muy bien. Me lo llevé en el coche para ver a Travis.

—Te agradezco mucho que hayas cuidado de él esta noche. Como hoy era el baile del instituto, me gané un buen dinero.

—Me alegro. ¿Quedamos también para mañana?

—¿No se va a enfadar papá porque vengas a ayudarme a mí en vez de echarle una mano en la panadería?

—Yo me levanto mucho antes que tú. Cuando me voy, lo único que él tiene que hacer es vender los productos mientras limpia el horno.

—No quiero interponerme entre vosotros, ¿sabes?

—No te preocupes por eso.

En aquel momento, llamaron a la puerta. La excitación se apoderó de Katie ante la perspectiva de ver a Booker. Sabía que era una locura sentirse de aquel modo, pero no podía evitarlo. Quería que él volviera a besarla aquella noche...

—Tengo que dejarte, mamá.

—¿A qué hora me necesitas mañana?

—A las diez, pero regresaré a casa para darle el pecho cuando le toca.

—Muy bien.

Katie colgó el teléfono. Como su madre y ella estaban empezando a llevarse bien, no quería que escuchara la voz de Booker por si acaso volvía a quejarse. En cuanto abrió la puerta, Delbert la saludó de un modo muy entusiasta.

–¡Hola, Katie! Aquí estamos. Booker me ha traído. Hemos venido a ver al niño.

Booker estaba en el porche, con su habitual palillo en la boca. Cuando Katie lo miró, él asintió levemente con la cabeza. Por deferencia al bebé, vio que habían dejado a Bruiser en casa.

–Entrad.

Delbert le entregó un paquete envuelto en papel de periódico.

–Te he traído una cosa. Es para el niño.

–Gracias, Delbert.

–También es de Booker.

–¿De verdad? –preguntó ella. Entonces miró a Booker y vio que él se encogía de hombros y sonreía.

Al ver la cuna, Delbert se dirigió directamente a ella.

–¿Es este el bebé, Katie? ¿Puedo tomarlo en brazos?

–Claro, Delbert. Siéntate en el sofá y yo te lo colocaré en los brazos.

Katie dejó el paquete mientras Delbert se sentaba obedientemente. Cuando ella le colocó al bebé en los brazos, lo miró con los ojos muy abiertos.

–¡Vaya! Es muy pequeño.

–Así es. Ten cuidado de sujetarlo con mucho cuidado

–Sí, Katie, tendré mucho cuidado. No dejaría que le ocurriera algo. Es maravilloso, ¿verdad, Katie?

–Es muy dulce. Como tú.

Delbert se sonrojó, pero no por eso dejó de mirar al niño. Después de varios minutos, se acordó de su regalo.

–¿Vas a abrir el regalo ahora? Creo que al niño le gustará.

–Por supuesto.

Booker observaba atentamente la escena. Katie era consciente de que la estaba mirando y le costaba centrarse, pero quería darle al regalo de Delbert la atención que merecía. Se sentó en el sofá y rasgó el papel. En su interior, vio el coche a escala que él le había enseñado la primera noche que pasó en casa de Booker.

–¡Delbert! –le dijo–. ¿Estás seguro de que se lo quieres dar a Troy? ¡Es tu posesión más preciada!

–Booker me ayudó a construirlo –respondió.

–Gracias. Ya sabes que Booker y tú sois muy especiales para mí. Colocaré este coche en una estantería, donde pueda verlo constantemente y me recuerde así a vosotros.

Katie se puso de pie y se inclinó sobre Delbert para darle un abrazo.

–¿No le vas a dar un abrazo también a Booker? –le preguntó él.

–Oh, sí, claro... Gracias Booker –comentó. Entonces, le dio un abrazo muy breve y muy formal.

–Booker, ¿quieres tomar en brazos al bebé?

Para sorpresa de Katie, se acercó a Delbert y tomó a Troy con mucho cuidado. Entonces, se sentó en la mecedora.

–¿Tienes alguna película? –preguntó.

Estuvieron viendo las noticias y una serie, dado que Katie no tenía reproductor de vídeo. Delbert se quedó dormido casi inmediatamente y Katie comenzó a sentir que los párpados le pesaban cada vez más.

–¿Quieres que lo tome en brazos? –murmuró. Se preguntaba si Booker se estaba cansando también y quería irse a casa.

–Estoy bien. Tú descansa un poco.

Katie se quedó completamente dormida Le pareció escuchar que Troy protestaba en algunas ocasiones, pero no lloró. Cuando su hijo reclamó por fin su atención, se sorprendió mucho al ver que habían pasado casi tres horas.

–Tiene hambre –dijo. Inmediatamente, Booker se lo colocó en el regazo.

Booker había apagado la televisión y había bajado la luz. La habitación tenía un ambiente muy íntimo. Katie se puso de espaldas a Delbert y se colocó al bebé para que pudiera mamar. Al verla, Booker se apartó un poco. Sin embargo, ella no quería que se marchara. Le agarró la mano y se frotó la mejilla con sus nudillos.

Booker la miró a los ojos durante un largo instante. Entonces, centró su atención en ver cómo Troy mamaba. Al sentir su interés, ella se levantó un poco más el jersey. Booker se arrodilló a su lado y acarició suavemente la montaña del pecho hasta llegar a la boca de Troy.

—Qué hermoso —susurró.

Entonces, inclinó la cabeza. Katie pensó que iba a besar el mismo lugar que acababa de acariciar. El vientre se le tensó de anticipación y contuvo el aliento. Sin embargo, él le besó la cabeza a Troy.

—Eres muy tierno.

—Sí, pero no se lo digas a nadie, ¿de acuerdo?

—Tengo miedo, Booker —dijo ella mientras admiraba sus ojos oscuros y las largas pestañas.

—¿De qué?

—¿Van a arrestarte?

—No. Se llevaron unas cuantas cosas de la casa de Jon. Si Orton consigue una orden, registrará la granja y el taller mañana por la mañana. Cuando no encuentre nada, espero que se olviden del tema.

—¿Y si no es así?

—No hay nada que me vincule a mí con ese delito. Yo estaba en Boise o conduciendo cuando ocurrió.

—Entonces, ¿cómo pueden creer que fuiste tú?

—Dicen que lo pude hacer de camino a casa, pero creo que terminarán por darse cuenta de que no tuve tiempo.

—Eso espero.

En aquel momento, Delbert se estiró y empezó a bostezar. Booker se puso de pie.

—Vamos, Delbert —dijo él—. Nos vamos ya.

—Gracias por tener en brazos a Troy durante tanto tiempo y dejarme dormir.

Mientras Delbert se frotaba los ojos, Booker volvió a levantar el jersey de Katie para ver cómo mamaba Troy.

—Ha merecido la pena —repuso con una pícara sonrisa. A continuación, Delbert y él se marcharon.

Katie no se lo podía creer. A Booker le gustaba el niño. Al recordar el dulce beso que le había dado a Troy la noche anterior, esbozó una sonrisa. Rápidamente, terminó de maquillarse. Si no se daba prisa, iba a llegaría tarde a trabajar y Rebecca ya la había llamado para decirle que tenía una cita a las diez.

Afortunadamente, su madre se presentó enseguida. Antes de marchase, Katie le dio a su hijo un beso en la cabeza y luego se lo entregó a Tami.

–Me he sacado leche. Está en el frigorífico –le dijo, mientras agarraba el bolso y las llaves–. Y...

–Lo sé. Te llamaré si necesito algo –comentó su madre, entre risas.

–Gracias, mamá –repuso Katie dándole un abrazo–. No sé qué haría sin ti. Cuando Andy me robó el ordenador... Bueno, eres un regalo de Dios.

–A mí me gusta mucho estar con mi nieto.

–¿Te ha puesto problemas hoy papá cuando te venías?

–Le molestaría aún menos si tú fueras a hablar con él.

Katie hizo un gesto de tristeza. Quería hacer las paces con su padre, pero estaba segura de que no quería hacerlo en los términos de su progenitor.

–Lo pensaré.

Cuando llegó al salón de belleza, Rebecca estaba colocando una remesa de productos y Delaney estaba sentada a su lado, tomándose un zumo de naranja mientras las dos charlaban. Emily, la hija de Delaney, debía de estar con su padre.

–¿Dónde está todo el mundo? –preguntó Katie.

–Mona ha llamado para decir que va a llegar tarde. Ya ha cambiado la hora para su primera cita. Ashleigh no viene hoy hasta la una –respondió Rebecca.

–¿Se sabe algo ya? –inquirió Katie. Quería preguntarle a Rebecca algunas cosas, pero no deseaba hacerlo delante de Rebecca.

–¿Sobre qué? –replicó ella.

–Sobre Booker.

–¿Qué es lo que le pasa? –quiso saber Rebecca.

–¿Sabes que se produjo un robo en la casa de Jon Small?

–No.

–Hace dos noches, alguien entró en la casa de Jon. Lo revolvieron todo, robaron algunas cosas y...

–No me irás a decir que la policía cree que fue Booker, ¿verdad? –replicó Rebecca. Katie asintió–. ¿Por la pelea de hace algunas semanas?

–Y por su reputación. Estoy segura de ello.

–¡Eso es una locura! –exclamó Delaney–. Booker jamás haría algo así.

–Eso ya lo sabemos. El oficial Orton esperaba registrar su casa y su taller esta mañana para ver si podía encontrar algo. No sé si lo habrá hecho ya –explicó Katie.

–Booker me llamó ayer, pero Josh y yo estábamos tan ocupados que no le devolví la llamada. Iba a llamarlo hoy –explicó Rebecca.

–Él no parece estar demasiado preocupado –dijo Katie.

–¿No estuviste tú con Booker hace dos noches? –le preguntó Delaney a Rebecca.

–No, pero... Ésa fue la noche que estuve hablando por teléfono con él. Acababa de llegar de Boise, de las clases que le impuso el juez.

–Creen que lo hizo de camino a casa –les informó Katie.

–¡Eso es imposible! –exclamó Delaney

–Es verdad. Voy a llamar a mi padre.

Katie y Delaney la acompañaron junto al teléfono. Después de una larga conversación con su padre, en la que Rebecca trató de convencerlo de la inocencia de Booker, el alcalde le dijo que, a pesar de que no le parecía que Booker fuera culpable, tenía que dejar que la policía actuara sin influir en la investigación. Para tranquilizarla un poco, su padre prometió llamarla cuando supiera los resultados del registro en la casa y en el taller de Booker.

La clienta de Katie llegó justo en el momento en el que Rebecca colgó el teléfono. Al ver que tanto Rebecca como Katie tenían trabajo, Delaney se marchó, aunque prometió regresar más tarde para ver qué sabían. Las horas pasaron muy lentamente. Katie se fue a casa a dar de mamar a su hijo y volvió rápidamente. Cuando Ashleigh llegó a la una, ella casi no se percató de su presencia. Estaba demasiado pendiente del teléfono.

El padre de Rebecca no llamó hasta mucho después de la hora de comer. Al oír de quién se trataba, Katie dejó de peinar a su clienta y, peine en mano, escuchó atentamente. De pronto, se dio cuenta de que no se trataba de buenas noticias y, sin poder evitarlo, se acercó a Rebecca.

–¿Qué han encontrado?

–No me lo puedo creer –susurró Rebecca, tras colgar el teléfono–. No me lo puedo creer.

–¿El qué? Dímelo –preguntó Katie. Estaba desesperada.

–Han encontrado un coche.

–¿Un coche?

–Sí. Aparentemente estaba en una hondonada dentro de la finca de Booker, completamente cubierto de maleza. Mi padre ha estado allí. Dice que resulta bastante evidente que alguien se tomó muchas molestias para ocultarlo bien. Por supuesto, ahora piensan lo peor.

19

Cuando Katie pasó por delante del taller de Booker después de trabajar, vio que estaba cerrado, igual que lo había estado a la hora de almorzar. Se preguntó si la policía lo habría arrestado. Sabía que era imposible que él hubiera robado aquel coche. Tenía que haber otra explicación. Sabía que había cometido muchos errores en el pasado, pero ese capítulo de su vida había quedado ya olvidado. Desde una cabina, llamó a la granja, pero nadie respondió al teléfono. Ni siquiera Delbert.

A pesar de que sintió la tentación de ir a la granja, no lo hizo. Troy necesitaba mamar y su madre tenía que marcharse a casa. Tami llevaba cuidando del pequeño casi siete horas.

–¿Qué pasa? –le preguntó su madre en el momento en el que entró por la puerta.

–Nada. ¿Por qué?

–Pareces disgustada.

–Solo estoy cansada –mintió Katie–. Y me resulta muy duro dejar a mi hijo.

–¿Te has enterado de lo de Booker?

–¿A qué te refieres?

–Tu padre me ha llamado para decírmelo. Parece ser que Booker ha robado otro coche.

–Eso no se sabe todavía.

–¿Significa eso que has hablado con Booker? –le preguntó su madre.

–Rebecca comentó algo en el salón, pero no he hablado con él para averiguar qué es lo que realmente está pasando.

—Yo te diré lo que está pasando –replicó su madre–. Ha estado robando coches y molestando a los Small.

—Mamá...

—Trudy Johnson, mi vecina, es muy amiga de Leah. Me dijo que Leah le había contado que Booker estaba tratando de vengarse de Jon. Culpa a Jon por el hecho de que lo metieran en la cárcel hace unas pocas semanas.

—Y debería culparlo –replicó Katie, muy indignada–. Booker encontró a Jon, a sus hermanos y a su primo pegando a Delbert. Booker solo lo defendió.

—Tal vez eso sea lo que Booker te quiso contar, pero...

—Sé que eso fue lo que ocurrió porque yo estaba viviendo con Booker por aquel entonces y vi a Delbert y a él cuando llegaron a la casa. Delbert me contó lo sucedido.

—Él diría cualquier cosa con tal de proteger a Booker. Lo idolatra.

—Delbert no mentiría. Y tampoco sabría.

—Cuando alguien no está bien de la cabeza, hija, no se puede dar nada por sentado –replicó su madre. Entonces, recogió su bolso y su abrigo–. Sé que siempre has sentido mucha simpatía por Booker, pero...

—No. No siento simpatía por Booker, mamá. Estoy enamorada de él –le espetó ella.

—¿Cómo dices, Katie?

—Es cierto. No quería admitirlo, ni siquiera conmigo misma. Por eso me marché de aquí con Andy. Estaba enamorada de Booker y tenía miedo de estar cometiendo un error terrible. Sin embargo, el error fue marcharme con Andy.

—Katie, Booker es un ladrón de coches.

—No me lo creo.

—Entonces, ¿de dónde ha sacado ese coche que han encontrado en su granja? Los coches no se materializan así como así.

—La policía está investigando. Estoy segura de que se darán cuenta de que era un antiguo coche de Hatty o... algo así.

Tami se colocó las manos sobre el pecho.

—¿Y qué me dices de Mike? Esperaba que terminarais juntos. Sois la pareja ideal. Su madre me dijo que él estaba interesado por ti desde antes de que tú tuvieras el niño. ¿Te lo imaginas? El hombre que siempre has deseado está interesado en ti después de todo lo que te ha ocurrido...

—Lo siento, mamá. Sé que ni a papá ni a ti os gusta Booker, pero...

—Piensa en la vida que llevarías si te casaras con Mike. Piensa en la casa que tendrías. En el padre que él sería.

Troy había empezado a llorar de hambre, y Katie se acercó a la cuna para darle de mamar.

—No puedo cambiar mi modo de sentir, mamá. Llevo dos años intentándolo, pero vuelvo a estar donde empecé.

—¿Qué le voy a decir a tu padre? —preguntó Tami completamente apesadumbrada.

—Dile que... ¿Por qué no le dices que tenga un poco de fe?

—¿De fe?

—En mí.

Su madre la contempló durante varios segundos.

—¿Estás segura de que es a Booker a quien quieres?

—Sí, pero eso no significa que vaya a conseguirlo. Él me pidió una vez que me casara con él y yo le rechacé. No sé si volveré a tener otra oportunidad.

—Supongo que en eso sí podemos tener fe —comentó Tami. Sonrió de mala gala y, al verla, Katie no pudo evitar soltar una carcajada.

Katie estuvo esperando toda la noche al lado del teléfono, deseando que Booker la llamara. Había dejado varios mensajes en su contestador, pero ya eran casi las once y se temía que no tendría noticias suyas. Pensó en llamar a Rebecca, ya que, seguramente, ella habría conseguido hablar con Booker, con su padre o con la policía, pero le pareció que era demasiado tarde para hacerlo.

Después de esperar un rato más, fue a darse una ducha. No dejaba de pensar en aquel coche. ¿Por qué estaría escondido en la granja de Booker? A pesar de que no tenía respuesta para aquellas preguntas, sabía que existía.

Cuando salió de la ducha, decidió que no podría dormir sin haber hablado primero con Booker. No le gustaba tener que sacar a su hijo a aquellas horas, pero si lo abrigaba bien, no pensaba que pudiera perjudicarlo. Tras tomar la decisión de marcharse, se sintió mucho mejor. Encontraría a Booker, estuviera donde estuviera y convencería a la policía de que lo creyeran. Si estaba en la cárcel, haría todo lo posible para sacarlo. No sabía si Booker tenía dinero, pero, si no podía pagar la fianza, ella se lo pediría a Mike.

Booker estaba comenzando a sentir la tensión de haber estado todo el día en la comisaría cuando por fin llegó el fax que estaban esperando. El oficial Bennett lo recogió y se llevó las dos hojas de papel al despacho del sheriff Clanahan.

Clanahan se quitó las gafas y miró a Booker, que estaba sentado al otro lado de su escritorio. Orton los observaba desde la puerta.

—Parece que dice la verdad —dijo el sheriff, después de repasar bien el documento.

—Entonces, ¿el coche que encontramos era de Katie? —preguntó Orton, incrédulo.

—Eso parece. No realizó los papeles correctamente, pero su firma resulta legible en el documento de compra.

—Antes de dejar que se vaya, creo que deberíamos llamar a Katie para comprobarlo.

—¡Por el amor de Dios, Orton! Son más de las once. No pienso llamar a Katie Rogers a estas horas. Creo que si a ella le hubieran robado el coche lo habría denunciado.

—Probablemente —afirmó Orton—, pero algo no encaja.

—¿El qué? —preguntó Booker. Después de tantas horas allí, se sentía impaciente—. Como he dicho antes, su coche se estropeó antes de que llegara al pueblo. Cuando se lo arreglé, ella no me pudo pagar, así que me regaló el coche a cambio. Yo traté de venderlo, pero, como no generaba interés alguno, decidí que era una pérdida de tiempo y lo retiré. ¿Qué es lo que resulta tan difícil de comprender?

Booker no quería contar la verdadera historia en primer lugar porque la comprometería a ella y, en segundo lugar, porque nadie comprendería que hubiera comprado un coche para terminar dejándolo en una zanja.

–Efectivamente, yo vi el coche en venta frente al taller –afirmó Bennett–. Estuvo allí por lo menos dos semanas.

–Yo también lo vi –replicó Orton–, pero eso no significa que lo consiguiera honradamente.

–Katie habría dicho algo –insistió Clanahan.

–Entonces, ¿por qué lo oculta? –dijo Orton–. Dímelo, Booker.

–Lo que yo haga con mis propiedades es asunto mío y nada más –le espetó Booker, con cierta insolencia–. Si quiero, lo puedo llenar de agujeros, ¿de acuerdo?

–Escúchele, jefe –dijo Orton–. ¿Va a dejar que marche así por las buenas?

–A menos que hayáis encontrado algo más en la casa de este hombre, algo de lo que no me hayáis hablado y que lo vincule con el robo en la casa de los Small, no podemos retenerlo por más tiempo. El alcalde ya me ha llamado dos veces y no pienso seguir por este camino. Ahora, los dos vais a llevar a Booker a su casa.

Orton sacudió la cabeza y lanzó una maldición. Cuando Clanahan lo miró fijamente, se volvió para observar a Booker y musitó:

–Vamos.

Booker suspiró y se puso de pie. A continuación, siguió a Orton. Mientras Bennett le abría la puerta.

–¿Dónde has puesto las cosas que le robaste a Jon Small? –le espetó Orton en cuanto salieron a la calle.

–Ya me lo dirás tú –replicó Booker–. Vosotros habéis registrado mi casa y mi taller.

–Esto no se ha terminado –prometió Orton.

–En eso estoy de acuerdo contigo –afirmó Booker antes de entrar en el coche patrulla.

***

Cuando Orton detuvo el coche patrulla a poco más de un kilómetro del pueblo, Booker se tensó.

—¿Y ahora qué pasa? —preguntó, desde el asiento trasero.

—Que salga —le dijo Orton a Bennett, quien iba en el asiento del copiloto.

—¿Cómo dices? —replicó, muy sorprendido—. ¿Aquí? Seguramente le quedan casi dieciocho kilómetros para llegar a su casa.

—Y yo no pienso llevarlo ni uno más en este coche. Si este capullo quiere irse a su casa, tendrá que ir andando.

—Clanahan dijo que...

—Clanahan no está aquí.

—Pero...

—Pero nada. Que salga del coche.

—A Clanahan no le va a gustar...

—¿Y quién se lo va a decir? —repuso Orton.

—¿Y si se lo dice él? —preguntó Bennett mientras señalaba a Booker.

—Me limitaré a decirle al sheriff que empezó a insultarme y a hacerme la vida imposible, por lo que me negué a llevarlo a su casa. No tenemos por qué llevarlo. Es una cortesía que no merece. Además, es su palabra contra la nuestra. ¿A quién crees que va a creer Clanahan?

Bennett dudó, pero Booker supo que, tarde o temprano, iba a ceder.

—Lo que tú digas, Orton —dijo, tal y como Booker había supuesto.

Un momento después Booker se bajaba del coche. Antes de que se marcharan, se volvió para decirles:

—En vez de estar maltratándome a mí, tal vez deberíais estar buscando a quien está cometiendo esos robos contra los buenos ciudadanos de Dundee.

—Desgraciadamente, creo que no tenemos que buscar muy lejos —le espetó Orton, con una sonrisa en los labios—. El culpable está aquí mismo.

—Eso no dice mucho sobre la inteligencia de nuestra policía —repuso Booker.

La sonrisa de Orton se desvaneció. Apretó con fuerza el acelerador y volvió a toda velocidad hacia el pueblo. Booker apretó los puños y se quedó observando al coche patrulla hasta que perdió de vista las luces. Sin poder evitarlo, pensó que daría cualquier cosa por estar cinco minutos a solas con Orton. Entonces, empezó a caminar.

Tras comprobar que la comisaría ya estaba cerrada, Katie decidió irse a la granja de Booker para ver si él había llegado a casa desde que ella le llamó.

Cuando llegó, vio que la furgoneta de Booker estaba aparcada frente a la granja, al igual que su moto. También vio a Delbert por la ventana de la cocina. Movía constantemente los labios, como si no dejara de hablar consigo mismo y paseaba muy inquieto de un lado a otro.

Katie tomó a Troy y llamó a la puerta. Delbert miró y pareció reconocerla, pero no mostró intención alguna de abrir. Afortunadamente, la puerta estaba abierta, por lo que Katie pasó sin llamar.

—Delbert, ¿te encuentras bien? —le preguntó. No respondió—. ¿Dónde está Booker?

Una vez más, Delbert no respondió, pero, cuando Katie se acercó a él lo suficiente, pudo oír lo que estaba murmurando.

—Regresará pronto. Dijo que regresaría pronto. No lo meterán en la cárcel. Vive aquí. No ha hecho nada malo. Volverá muy pronto. Él me lo dijo. No lo meterán en la cárcel...

Katie nunca había visto a Delbert tan agitado.

—Bueno, ahora sé por qué no respondías al teléfono, Delbert. Este asunto te ha alterado mucho.

Katie dejó la sillita de Troy en el suelo. Entonces, trató de detener a Delbert y, cuando lo consiguió, se esforzó por llamar su atención.

—Delbert, escúchame. Voy a encontrar a Booker, ¿de acuerdo? No tienes que preocuparte por él. Todo va a salir bien. ¿Me comprendes?

El volumen de lo que Delbert decía se incrementó. Aquella fue la única señal de que había escuchado las palabras de Katie.

—Voy a volver al pueblo para ver si puedo encontrarlo —insistió ella—. ¿Quieres venir conmigo? Tengo el Nissan de Mike Hill. Es pequeño y no tiene mucho espacio por la sillita de Troy, pero creo que te sentirías mejor si me acompañaras.

—Regresará pronto. Él dijo que regresaría...

—¡Delbert! Sé que estás disgustado, pero si quieres venir conmigo, por favor respóndeme.

Delbert negó con la cabeza. Eso solo significaba que había escuchado sus palabras. Inmediatamente, siguió paseando de arriba abajo.

—Muy bien. Espéralo aquí —dijo Katie—. Regresaré tan pronto como sepa algo.

—Katie dice que espere aquí... —respondió él, añadiendo así aquella frase a su letanía—. Booker vendrá pronto...

Con un suspiro, Katie tomó de nuevo a su hijo y se dirigió hacia el todoterreno. Booker debía de haber ido al Honky Tonk. ¿Dónde podría estar si no? Era casi medianoche, pero, con sus dos medios de transporte en la granja, ¿cómo iba a regresar?

Sin poder evitarlo pensó en Ashleigh, pero se negó a creer que Booker estaba con ella o con otra mujer. No dejaría en casa solo a Delbert sabiendo que estaría muy preocupado por él. Habría regresado a casa... si hubiera podido.

20

Booker habría jurado que el pequeño Nissan que había visto pasar hacía unos minutos era el que había visto conducir a Katie por el pueblo, pero era imposible. Tenía que ser otra persona. Lo más probable era que Katie estuviera en su cabaña con su hijo. No había razón alguna para que estuviera a aquellas horas conduciendo...

Se levantó el cuello de la cazadora para combatir el frío de la noche. Llevaba andando casi una hora y se sentía furioso y enojado.

En la distancia aparecieron los faros de un vehículo. Si hubiera ido en dirección contraria, se habría escondido tal y como llevaba haciendo toda la noche. No quería atraer la atención de nadie. Estaba demasiado enfadado como para pedir que lo llevaran. No quería necesitar a nadie. Tal solo que lo dejaran en paz.

El vehículo pasó y, en aquel momento, Booker se dio cuenta de que era el Nissan rojo que había visto antes. Sin poder evitarlo, se volvió para mirar. La persona que iba al volante se parecía tanto a Katie...

Fuera quien fuera el conductor, detuvo inmediatamente el vehículo y dio marcha atrás. Un segundo después, Katie bajó la ventanilla.

—¿Qué estás haciendo aquí? —le preguntó él. No estaba seguro de alegrarse de verla. No sabía qué pensar. Katie no había ido a la granja desde que se había marchado al rancho de High Hill.

—¿Y a ti qué te parece?
—¿Dónde está Mike?
—Supongo que en su casa.
—¿Y el niño?
—Aquí adentro conmigo.
—¿No te parece un poco tarde para que lo saques?
—Alguien tenía que encontrarte...
—Puedo cuidar de mí mismo.
—Para serte sincera, Booker, estoy empezando a dudarlo. ¿Vas a subir al coche sí o no?
—Esta noche no soy muy buena compañía, Katie.
—No te estoy pidiendo que me entretengas. Solo quiero saber que estás en casa sano y salvo para poder dormir tranquila. Además, tal vez quiera saber por qué la policía piensa que has vuelto a las andadas de tu juventud y has robado otro coche.
—¿Tal vez?
—Solo si no va a disgustarme.
—¿Tienes miedo de que yo sea culpable?
—Mira, sé que no lo hiciste. Si no, no estaría aquí. ¿Por qué vas andando?
—Digamos que a Orton no le apetecía tanto llevarme a mi casa como le gustó llevarme a la comisaría.
—No me gusta ese hombre.
—Ya somos dos —dijo Booker. En aquel momento, vieron el reflejo de dos faros que bajaban de la montaña—. Se acerca alguien. Es mejor que te vayas.
—Sube —le ordenó Katie—. Delbert está a punto de tener un ataque de nervios.
—¿No está dormido?
—No. Va a dejar surcos en el suelo de tu cocina. No hace más que murmurar que vas a regresar muy pronto.
—Dios...
Booker venció por fin la testarudez que lo había empujado durante todo el día y se subió al coche. Katie esperó a que el otro coche pasara y dio la vuelta.
—El niño está dormido, ¿no? —comentó mientras se acomodaba en el asiento trasero.

—Creo que le gusta el movimiento del coche. Bueno, ¿de quién es ese vehículo? –le preguntó, mientras se dirigían a la granja.

—¿Qué vehículo?

—El que han encontrado en tu granja –replicó Katie. Booker se encogió de hombros–. ¿No lo sabes?

—Supongo que lo abandonaría alguien –mintió.

—¿Y la policía se ha dado ya cuenta de eso?

—Sí. Por eso me dejaron marchar.

—¿Qué hay acerca del robo en la casa de Jon Small?

—Orton cree que yo tengo algo que ver al respecto, pero no han encontrado ninguna prueba cuando han registrado mi taller o mi casa. Además, no tienen testigos. Nadie me vio por la zona aquella noche. No me pueden arrestar solo por una sospecha.

—Bien.

—¿Qué hace Mike está noche? –preguntó Booker, unos segundos más tarde.

—No lo sé.

Katie se quedó en un completo silencio, pero la expresión de su rostro indicaba que estaba sumida en sus pensamientos.

—¿En qué estás pensando?

—En Mike –respondió ella, justo cuando llegaron frente a la granja. Inmediatamente, apagó el motor del coche.

—Últimamente, habéis estado juntos con frecuencia.

—Sí...

Katie se mordió el labio, como si tuviera algo más que decir. Booker se preparó para lo que suponía que venía a continuación. Estaba seguro de que Katie le iba a declarar el amor que sentía por Mike y el hecho de que se iban a casar en un futuro próximo. Recordó cómo ella le daba de mamar a su hijo, la intimidad que había sentido al ser testigo de algo tan tierno. Había estado a punto de decirle que seguía enamorado de ella, que sería un buen padre para Troy... Evidentemente, se había equivocado al pensar que a ella le gustaría escuchar una confesión como aquella. Rebecca le había dicho que Katie no sentía nada por Mike, pero él no lo creía. Mike era todo lo que Katie había deseado siempre...

—¿Tienes algo especial que decirme sobre Mike? —le preguntó Booker, tras apretar con fuerza la mandíbula.

—Sí, supongo que sí.

Se lo había imaginado. Sin embargo, no podía soportar escuchar aquellas palabras. Deseó poder decirle a Katie que lo esperaba y que nunca había albergado falsas esperanzas, pero no fue capaz. Se sentía demasiado vulnerable. No quería volver a quedar en ridículo por tratar de convencerla de que podía hacerla feliz... como ya lo había intentado hacía dos años.

—Preferiría que no me dijeras lo siguiente, si no te importa. Sin embargo, espero que los dos seáis muy felices.

Con eso, salió del vehículo y se dirigió a la casa.

Katie permaneció sentada en su coche mucho tiempo después de que Booker hubiera entrado en la casa. Había estado a punto de decirle que, por fin se había dado cuenta de la diferencia que sentía entre la obsesión que había sentido hacia Mike y el amor que sentía hacia él. No obstante, para que lo entendiera tendría que explicarle todo lo ocurrido en aquellos últimos dos años y no sabía exactamente por dónde empezar. Además, él no le había dado tiempo.

Vio a Booker en el interior de la casa tratando de tranquilizar a Delbert. Al cabo de unos minutos, el último empezó a sonreír y se dirigió a las escaleras, probablemente para irse a la cama.

Booker apagó la luz de la cocina sin mirar siquiera si ella se había marchado. Le estaba dando la espalda, pero ella no estaba dispuesta a marcharse. Empezó a desabrochar la sillita de Troy y salió del vehículo.

—Allá vamos —le dijo a su hijo en voz muy baja. Entonces, se acercó a la puerta y llamó rezando para que no fuera Delbert quien abriera. Afortunadamente, cuando la puerta se abrió, la luz de la luna reveló el rostro que estaba deseando ver. Descalzo y con el torso desnudo, Booker estaba muy atractivo.

—Te marchaste antes de que pudiera terminar —dijo ella.

—Por si no te habías dado cuenta, lo hice aposta.

—Veo que no me lo vas a poner fácil, ¿verdad?

Booker agarró la sillita del bebé y lo metió en la casa, pero a ella no la invitó a entrar.

—¿Por qué iba yo a querer escuchar cómo dices que estás enamorada de otro hombre, Katie? Mike te gusta desde que eras pequeña. Ya lo he escuchado todo antes.

—De eso se trata precisamente. Mike y yo solo somos amigos. No estoy enamorada de él.

—¿Desde cuándo es eso?

—Desde... desde... desde que me enamoré de...

—¿De quién?

—De ti —susurró ella, por fin.

Tras hacerla pasar muy delicadamente, Booker cerró la puerta. Katie notó el aroma familiar de la cocina de la granja y supo que los próximos segundos iban a ser cruciales...

—Katie, nada ha cambiado —dijo él, suavemente—. Estoy fichado. Tus padres me odian. Sigo siendo el mismo hombre al que abandonaste hace dos años.

—Lo sé.

—¿Y?

—Abandonarte entonces fue un error, Booker.

Él le acarició suavemente la mejilla y le tocó el labio inferior. Katie deseó con tanta fuerza que la besara...

—¿Y bien? —preguntó—. Ahora es cuando tú me debes responder, Booker... Preferiblemente con algo parecido a lo que dijiste hace dos años.

—Refréscame la memoria —susurró él. Se acercó a ella y dejó que el aliento le caldeara la piel.

—Me pediste que me casara contigo porque sabrías cómo hacerme feliz.

—¿Eso dije? —musitó. Entonces, le besó las comisuras de la boca antes de hacerlo más profundamente.

—Creo que tenías razón. Puedes hacerme feliz. De hecho, ya lo estás consiguiendo... Vamos arriba.

—¿No es demasiado pronto? —preguntó Booker muy seriamente.

—El médico me dijo que debía esperar un mes.

—¿Y cuánto tiempo ha pasado?
—Un mes.
—¿Estás segura?
—Hace veintiocho días que Troy nació, pero nunca se me han dado muy bien las matemáticas.
—A mí tampoco —replicó él, con una sensual sonrisa.
Booker agarró la silla de Troy y, tras rodear con el brazo los hombros de Katie la condujo hasta las escaleras.
—Veamos si puedo conseguir que tu felicidad alcance el éxtasis.

—No me puedo creer que no me hayas hecho el amor —se quejó Katie, casi en cuanto abrió los ojos a la mañana siguiente.
—Supongo que se me dan mejor las matemáticas que a ti —replicó Booker entre bostezos.
—Eres demasiado protector, ¿lo sabías?
—¡Venga ya! —bromeó él—. Vas a arruinar mi reputación. Además, no me puedo creer que te quejes por lo de anoche. Hicimos casi todo lo que se me ocurrió. De hecho, debería conseguir puntos extra por mi creatividad.
—Sí, fue bueno... Muy bueno...
—Debió de serlo. Gritabas tan fuerte que creí que ibas a despertar a Delbert.
—Yo no gritaba.
—¿Acaso era yo? —preguntó él, con una irresistible sonrisa.
—Bueno, al menos dime que me guardas lo mejor para el final —protestó ella.
—Pregúntamelo dentro de una semana...
—A mí una semana me parece una eternidad.
—¿Se tarda mucho en planear una boda?
—No veo por qué... No tenemos que invitar a muchas personas. Seguramente, mis padres ni siquiera van a venir.
—¿Te importa eso?
—Me gustaría que hubiera paz entre nosotros, pero no voy a dejar que eso me impida estar contigo.

—¿Quieres que hable con ellos para tratar de solucionar las cosas?

—Lo haré yo. ¿Estás seguro que puedes perdonarme por lo que ocurrió en el pasado?

—Sugiero que empecemos con tabla rasa.

—Eso me gusta.

—Lo que significa...

Troy empezó a llorar. Rápidamente, Booker se acercó a mirarlo.

—Creo que nuestro bebé tiene hambre —dijo. Entonces, tomó al niño en brazos y lo colocó en la cama, entre ambos.

«Nuestro bebé...». Katie besó afectuosamente la mejilla de su hijo y se echó a reír cuando él empezó inmediatamente a buscarle el pecho.

—¿Qué ibas a decir antes? —preguntó ella, retomando la conversación.

—Que te olvides de Ashley y que me creas cuando te digo que no me acosté con ella.

—Pero te fuiste a su casa...

—Te aseguro que no hicimos nada. Además, yo nunca me habría ido con ella si nosotros hubiéramos estado juntos. Eso lo sabes, ¿verdad? Yo nunca te engañaría.

—Lo sé —admitió ella. No recordaba haber estado nunca más feliz.

El lloriqueo de Troy comenzó a volverse frenético. Inmediatamente, comenzó a llorar a pleno pulmón.

—Creo que alguien está impaciente.

—Primero hay que cambiarlo —dijo Katie.

—¿Has traído pañales?

—Sí, pero están en el todoterreno.

—Yo iré por ellos mientras tú le das de comer.

De repente, escucharon la voz de Delbert. Sonaba tan cerca que parecía que estaba al otro lado de la puerta.

—Booker...

—¿Sí? —preguntó él. Acababa de levantarse de la cama y se estaba poniendo los pantalones.

—¿Está Katie ahí contigo?

—Sí, ¿por qué?

—Quiero tomar en brazos al niño.

—En estos momentos está comiendo. Ya podrás tomarlo en brazos cuando bajemos a desayunar, ¿de acuerdo?

Delbert accedió, pero Katie no lo oyó marcharse.

—Creo que sigue ahí fuera —susurró.

—¿Hay algo más? —le preguntó Booker a Delbert.

—Sí...

—¿El qué?

—Anoche te llamó alguien...

—¿Quién? —quiso saber Booker mientras se ponía una camiseta.

—Mmm... ¿Puedes acercarte un poco?

—¿Por qué?

—Quiero susurrártelo

—Eso significa que fue una mujer —aventuró Katie.

—No importa —le dijo Booker a Delbert—. Puedes decirlo en voz alta.

—Se llamaba Chevy. Como el coche —explicó Delbert—. Quiere venir a verte.

—Muy bien, Delbert. Llámala tú —respondió Booker. Entonces, besó a Katie en la cabeza para tranquilizarla.

—¿Yo? —preguntó Delbert.

—Sí. ¿Por qué no?

—¿Qué debo decirle, Booker?

Booker miró tiernamente a Katie y le dedicó una sonrisa.

—Dile que me voy a casar.

21

Katie estuvo a punto de no ir a trabajar. Booker le había preparado un buen desayuno y se había ocupado del bebé mientras ella se duchaba. Le apetecía pasar el resto del día con él. Sin embargo, había prometido trabajar durante unas horas por la tarde y no quería dejar a Rebecca en la estacada.

Había tenido que llevarse a Troy al trabajo. No podía pedirle a su madre que lo cuidara cuando sabía lo disgustada que se pondría al saber que le había confesado sus sentimientos a Booker y que él le correspondía. A pesar de que le gustaría tener el apoyo de sus padres para variar, se casaría con él con o sin su aprobación.

Por su parte, Rebecca llegó tarde al salón. Cuando entró, se disculpó ante sus compañeras y se hizo cargo rápidamente de su cometido.

–Se suponía que Rita Price tenía que venir hoy –comentó.

–No sé qué puede haberle pasado –comentó Katie–. La he llamado varias veces, pero no me ha contestado.

–¡Qué raro! –exclamó Rebecca–. Viene cada dos meses a hacerse su permanente y nunca ha faltado a una cita...

Justo en aquel momento, Troy empezó a espabilarse, pero, antes de que Katie pudiera acercarse a su hijo, Ashleigh se abalanzó sobre él.

–Oh... se ha despertado. ¿Puedo tomarlo en brazos?

Katie sonrió y asintió. No sabía lo que había pasado la noche en la que Booker se fue con ella, pero ya no importaba. Además, desde el principio, Ashleigh se había mostrado abierta y simpática. A Katie no le había costado sentir simpatía por ella.

—¿Te has traído al bebé? —preguntó Rebecca mientras se acercaba también.

—Como solo voy a estar aquí unas pocas horas, pensé que no importaría —contestó Katie.

—Claro que no. Ya te dije que lo puedes traer cuando quieras. Mira qué bonito...

—Es precioso —comentó Ashleigh—. Yo estoy deseando tener hijos... Es decir, la otra noche conocí a un chico monísimo en el Honky Tonk. Es alto y guapo... —añadió, cambiando de tema al ver la expresión del rostro de Rebecca.

—Creía que te gustaba Booker —replicó Rebecca, sin dejar de mirar a Troy. Al oír aquel comentario, Katie se tensó.

—Sí, Booker es muy mono, pero lo nuestro no saldría bien.

—¿Por qué no?

—Sé que él no está interesado por mí —contestó Ashleigh. Entonces, lanzó a Katie una mirada de envidia—. Si quieres que te diga la verdad, creo que sigue enamorado de Katie. Tal vez ella se haya olvidado de él, pero él no lo ha hecho.

—Te lo dije —le recordó Rebecca a Katie—. Todo el mundo se da cuenta menos tú.

—En realidad...

Justo cuando estaba a punto de confesarle lo ocurrido entre Booker y ella la noche anterior, se abrió la puerta del salón. Era su madre, acompañada por Travis y, lo más increíble, por su padre.

—Katie, nos gustaría hablar contigo, si no te importa —dijo Tami—. Te llamamos a la cabaña esta mañana temprano, pero no estabas en casa.

El tono formal de su madre no auguraba nada bueno. Katie sintió que el pulso se le aceleraba y miró a sus dos compañeras.

—¿Podéis... podéis cuidar un rato de Troy?

Por lo que Katie sabía, su padre no había visto nunca al niño. Notó la curiosidad con la que miraba al bebé, pero Don no mostró intención alguna de acercarse más a él.

—¿Vamos al almacén? —sugirió Katie.
—Si crees que es lo mejor...
—Por aquí —dijo ella, mostrándoles el camino—. ¿Ocurre algo? —añadió, en cuanto estuvieron solos.
—Tu madre me ha contado lo que le dijiste ayer sobre Booker, Katie —anunció su padre.
—Yo no formo parte de eso —explicó Travis, de repente—. Solo estoy aquí porque me han hecho venir.
—¿A qué te refieres exactamente, papá? —quiso saber Katie.
—Tu madre me dijo que creías estar enamorada de Booker.
—Así es.
—Katie —repuso su padre. Se notaba que la afirmación de su hija no le había gustado—. Después de lo que has pasado yo habría esperado que mostraras un poco más de cautela. Estoy seguro de que no quieres...
De repente, Rebecca la llamó desde el exterior.
—Katie, ha llegado Booker —gritó—. Te ha traído algo de comer.
Katie no supo qué hacer. Decidió que lo mejor era incluirlo en la conversación que estaban teniendo.
—Booker, ¿puedes venir al almacén?
—Katie, te lo ruego. Esta es una reunión familiar —dijo Tami.
—Booker es parte de mi familia —afirmó ella.
Un instante después, Booker entró en el almacén. Al ver a los padres de Tami, los miró con una expresión inescrutable. En cuanto a Travis, le hizo una inclinación de cabeza a modo de saludo.
—Yo no formo parte de eso —reiteró el muchacho.
—Sí, tal vez sea mejor que Booker esté aquí —dijo Don—. Creo que es hora de que hablemos de este tema abiertamente.
—¿De qué tema? —preguntó Booker.
—Nos hemos enterado de los últimos problemas que has tenido con la ley —repuso Don—. Primero la pelea, luego el robo. Ahora, nos hemos enterado de que has robado otro coche.
—¡Él no ha robado nada! —protestó Katie.
—Tranquila, Katie. No tienes por qué defenderme —afirmó Booker.

—No veo cómo nadie puede defenderte –le espetó Tami–. Katie tiene ahora un niño en el que pensar y nosotros somos los abuelos de ese niño. Tenemos una responsabilidad con él. Ella no tiene por qué volver a implicarse con gente como tú –añadió, con desprecio.

A pesar de que se notaba por su rostro que estaba furioso, Booker conservó la calma.

—Aparte de la pelea, no participé en ninguno de esos actos que ha enumerado.

—Entonces, ¿cómo explicas que hayan encontrado un coche escondido en tu granja? –replicó Don–. Nadie esconde un coche que funciona perfectamente y lo deja abandonado durante meses sin tener alguna razón.

—Le aseguro que yo no lo robé –insistió Booker.

—¿Y esperas que te creamos?

—Hable con el jefe de policía Clanahan, si así lo desea.

En aquel momento, Rebecca entró en el almacén con Troy en brazos.

—Troy quiere estar contigo – le dijo a Katie. Entonces, le entregó a su hijo.

—Gracias –susurró ella. Inmediatamente besó a su hijo y este se calló. Sin embargo, Rebecca no se marchó.

—Sé que esto no es asunto mío –afirmó–, pero no puedo soportar lo que está ocurriendo. ¿Por qué no me acompañan ustedes dos para que podamos llamar a mi padre? –les dijo a los padres de Katie–. Él les dirá lo que me ha contado a mí esta mañana. El coche que encontraron en esa zanja pertenecía a Katie.

—¿A mí? ¿De qué estás hablando, Rebecca?

—¿Acaso no lo sabías? ¿Booker?

—Eso no importa –repuso él–. Ese coche no es asunto de nadie más que mío.

De repente, Katie recordó el momento en el que Booker le había entregado tres mil dólares.

—¡Dios mío! –exclamó–. Es el Cadillac, ¿verdad? ¡Han encontrado el Cadillac en esa zanja! Booker, ¿qué hace allí?

—Nada en particular. Siempre puedo venderlo.

—No se lo vendiste a nadie, ¿verdad? –dijo Katie. De repente, lo comprendió todo–. Lo has estado escondiendo para que yo no supiera que me diste los tres mil dólares por nada. Solo lo hiciste porque necesitaba el dinero. ¿Por qué lo hiciste?

–¿Por qué crees tú?

Katie pensó en todo lo bueno que Booker había hecho por ella. No le importó ni su reputación, ni los errores del pasado. La opinión de los demás carecía de importancia. Ella lo conocía de verdad. Le entregó a Troy a su atónita madre y abrazó a Booker con fuerza.

–Nunca he conocido a nadie con un corazón más hermoso que el tuyo –susurró. Entonces lo besó.

Booker parecía algo incómodo por tener testigos de tantos halagos. Sin embargo, casi no pudo reprimir una sonrisa. Todos, incluso los padres de Katie, estaban asombrados.

–¿Y ahora qué? –preguntó Don.

–Vamos a casarnos –respondió Booker.

–¿Cuándo? –quiso saber Tami.

–Tan pronto como sea posible.

–Al menos esperad un poco para aseguraros de que...

Tami le impidió que terminara la frase.

–Es demasiado tarde para eso, Don –dijo–. Tan solo dime una cosa, Booker. Prométeme que cuidarás de mi nieto. No te importa que no sea tu hijo, ¿verdad?

–Ahora es mi hijo –afirmó él.

–¿Y Delbert? –preguntó Don.

–Él seguirá viviendo donde lo está haciendo ahora –contestó Katie.

–¿Vas a dejar que ese hombre viva contigo?

–Por supuesto que sí.

–Oye, ¿puedo yo también vivir con vosotros? –quiso saber Travis–. Que no... Tan solo era una broma –añadió entre risas, al ver el modo en el que lo miraban sus padres.

–¿Vendrás a la boda, papá? –inquirió Katie.

–No lo sé... No sé qué pensar...

–¿Lo considerarás al menos?

Don asintió justo en el momento en el que Ashleigh entraba corriendo en el almacén.

—Rita Price acaba de llamar. No os vais a creer por qué tuvo que cancelar su cita de esta mañana. Alguien entró en su casa esta mañana mientras estaba en la iglesia... y seguía allí cuando ella llegó a casa.

—¡Pero si la pobre mujer tiene sesenta años! –exclamó Rebecca.

—Y vive sola –añadió Tami.

—Tal vez, pero consiguió atrapar al ladrón. Él se exhibió ante ella, pero no se pudo subir los pantalones con la rapidez suficiente para poder escapar. Trató de salir huyendo por la puerta de atrás, pero se tropezó y se cayó. Ella le golpeó en la cabeza con una sartén. Lo dejó completamente inconsciente.

—¿Quién era? –preguntó Booker.

—No os lo vais a creer...

—Venga, dínoslo –insistió Rebecca.

—El hijo del oficial Orton.

22

–¿Crees que mi padre vendrá a la boda? –preguntó Katie aquel día algo más tarde, mientras Booker y ella recogían sus cosas de la cabaña.

–No lo sé. ¿Por qué no lo llamas?

–No. Creo que lo llamaré mejor mañana.

–Si quieres, podríamos pasar por su casa cuando vayamos a la mía.

–No, no importa. Se marcharon muy rápidamente porque tenían visita. Ya hablaré con ellos en otra ocasión.

Alguien llamó a la puerta abierta. Cuando Katie se volvió, vio que Mike estaba apoyado contra el umbral con las manos en los bolsillos.

–¿Necesitáis ayuda?

–No, gracias. Creo que ya está todo –respondió Booker.

–Sabes que me robaste a mi chica, ¿verdad? –replicó Mike.

–Creo que estuvo muy reñido hasta el final.

–No. Tú ya me habías derrotado hace mucho tiempo –afirmó Mike con una sonrisa.

–¿Vas a volver a salir con Mary? –quiso saber Booker.

–¡Repito una vez más que no estuve saliendo con Mary! Me aburría y quería alguien con quien cenar de vez en cuando. Ella estaba disponible. Sin embargo, estoy empezando a creer que jamás podré deshacerme de ella.

Katie se rio por la desesperación que mostraba Mike. Entonces, colocó a Troy sobre su sillita y lo tapó bien con una manta.

–No creo que ella sea la mujer para ti –comentó.

–Yo tampoco.

–Pero algún día encontrarás a alguien.

–Esperemos que sea antes de que cumpla los cuarenta.

–Primero, tendrás que superar tu miedo al compromiso...

–¡No le tengo miedo al compromiso!

Todos se echaron a reír.

–Muchas gracias por todo, Mike –dijo. Mientras Booker sacaba sus maletas, le dio un fuerte abrazo a su amigo.

–En realidad, he venido a verte para decirte que he encontrado a Andy.

–¿Dónde? –preguntó Katie, asombrada.

–En San Francisco. Ahora está viviendo con una tal Margot.

–Es la mujer que trabajaba conmigo, con la que lo encontré en la cama. ¿Cómo lo has encontrado?

–Sus primos me pusieron en contacto con sus padres, que a la vez se pusieron en contacto con él. Supongo que los ha estado llamando para pedirles dinero.

–¿Te dijo lo que había hecho con mi ordenador?

–No. Me temo que no pude recuperarlo...

–No importa, Mike. Gracias por...

–Espera un momento. Tengo algo mucho mejor. Es mi regalo de boda para vosotros dos –afirmó Mike. Entonces se sacó un documento de aspecto muy oficial del bolsillo y se lo entregó a Katie.

–Cesión de los derechos paternos –dijo Katie, leyendo el documento en voz alta. A continuación, examinó rápidamente los párrafos que venían a continuación–: «Yo, Andy Bray, renuncio por el presente documento a mis derechos paternos con respecto a mi hijo, Troy Matthew Rogers...»

Al final del documento, Katie encontró la firma de Andy.

–¡No me lo puedo creer! –exclamó ella–. ¿Cómo lo has conseguido?

–Ojalá pudiera decirte que me resultó muy difícil, pero no fue así. Lo llamé para ver si podía reclamar tu ordenador, pero me dijo que ya no lo tenía. Entonces, yo le dije a él que me olvidaría del ordenador y le pagaría una pequeña suma de dinero si firmaba este documento y me lo enviaba por correo. Accedió. Lo recibí ayer.

–¿Cuánto tuviste que pagarle?

–Cien dólares.

Que Andy hubiera renunciado a su hijo por cien dólares era muy triste, pero Katie no se quejaba. Mike había resuelto lo único que le preocupaba de verdad.

–Gracias, Mike. Eres un amigo maravilloso.

Booker regresó de la furgoneta en aquel momento.

–¿Qué ha pasado?

–Mike acaba de darnos nuestro regalo de boda con anticipación –respondió ella. Entonces, le entregó el documento a Booker.

–Esto significa que puedo adoptar a Troy.

–Exactamente –repuso Mike.

–Cuando hablé con Mike después de que Troy naciera, mencioné que quería asegurarme de que Andy no regresaría nunca. Él se ha ocupado de ello –explicó Katie.

–Bueno, espero una pequeña compensación.

–¿De qué se trata? –quiso saber ella.

–Vas a terminar mi sitio web en cuanto consigas otro ordenador.

–Cuenta con ello –afirmó.

–Sí –dijo Booker–. Le voy a conseguir otro ordenador enseguida.

–¿Te vas a dedicar a la informática de ahora en adelante, Katie?

–Exclusivamente no. He decidido que me gustaría trabajar en el salón un par de días a la semana, solo para salir un poco. El resto del tiempo, cuando no me esté ocupando de Troy, me dedicaré a lo de los sitios web o ayudaré a Booker con el papeleo del taller.

–Eso es lo mejor que tiene poseer uno su propio negocio –le dijo Mike a Booker–. Uno se puede llevar a su esposa y a su hijo a trabajar.

–Tienes razón, Mike. Muchas gracias por haber cuidado de ella mientras estuvo aquí.

Mike aceptó las llaves del todoterreno rojo que Booker le entregaba y le estrechó la mano.

–Me alegro de que tú ya hayas encontrado pareja –dijo–. Tal vez ahora pueda encontrarla yo.

Booker no podía creer que se llevaba a Katie a su casa para siempre.

Iba a casarse con ella al cabo de una semana y, algún día, tendrían más hijos, aunque en realidad ya eran una familia. Nunca se habría imaginado que sentaría la cabeza, pero así era.

–¿Estás contenta? –le preguntó a Katie.

–Sí. Deberíamos habernos casado hace dos años.

–Tal vez entonces no habríamos apreciado lo que tenemos ahora.

Cuando llegaron a la granja, se sorprendieron mucho al ver un coche aparcado frente a la casa.

–¿Quién está aquí? –preguntó Katie.

–Es Leah Small –dijo, cuando reconoció a la mujer que esperaba frente a la casa.

–¿Qué crees que quiere?

–No lo sé.

Después de que aparcaran y salieran del coche, Booker se acercó a Leah.

–Hola.

–Hola, Booker. ¿Podría hablar contigo a solas, por favor?

–Por supuesto. Katie, meteré las maletas dentro de un minuto.

Katie asintió y entró a la casa. Entonces, Booker invitó a Leah a que se sentara en el balancín que había en el porche.

–No, gracias. No voy a tardar mucho.

–¿Qué ocurre?

–Yo... Me temo que te debo una disculpa.

–¿Por qué?

–Porque la policía haya pensado que fuiste tú el que entró en mi casa.

–¿Acaso sabías tú que no había sido yo?

—Claro que no, pero... no habría pensado que eras tú si yo no hubiera estado creando problemas entre Jon y tú.

—¿De qué estás hablando, Leah? —preguntó él, atónito.

—Fuimos Trip Bell y yo los que llamamos aquella noche a tu casa para amenazar a Delbert. Conoces a Trip, ¿verdad?

—Sí. Me suele llevar el coche al taller.

—Es mi vecino.

—¿Y él también quería crear problemas entre nosotros?

—Digamos que me aprecia mucho por el modo en el que mi marido me trata... Después de lo que ocurrió en el parque, sabía que tú pensarías que se trataba de Jon. Yo quería darle a él una lección.

—¿Te importa explicarte un poco mejor?

—Lo hice porque es un canalla y le odio.

—¿Y por qué simplemente no lo abandonaste? —preguntó Booker. Estaba atónito por lo que había escuchado.

—No es tan fácil como parece. No creía que dejase que me marchara. De hecho, sigo sin estar segura. Tenemos hijos y... Además, está su orgullo. No le va a gustar verse avergonzado delante de su familia y del pueblo entero. Sin embargo, yo me voy a casar con Trip y seré feliz de una vez. Me niego a soportar el comportamiento de Jon ni un día más. Veinte años ya es más que suficiente.

—¿Y por qué me cuentas a mí esto, Leah?

—Porque yo no soy como Jon. Cuando descubrí que había sido el hijo de Orton y no tú el que había entrado en mi casa, supe que había estado muy mal lo que yo había hecho. Había provocado que la gente se volviera contra ti por tu pasado y tú no has hecho nada malo desde hace mucho tiempo. Lo siento mucho y también lo siento por Delbert. No le deseo mal alguno.

—Lo sé, Leah...

—Entonces, ya está. Solo quería decirte la verdad.

—Te lo agradezco mucho. Sé que no te ha resultado fácil venir aquí —afirmó él. Leah asintió y se dirigió hacia su coche—. Leah —añadió, antes de que ella pudiera marcharse.

—¿Sí?

–Buena suerte. Creo que dejar a Jon merecerá la pena.

–Eres dos veces mejor hombre de lo que es él –afirmó Leah, con una breve sonrisa.

En cuanto Leah se marchó, Katie salió inmediatamente al porche.

–¿A qué se ha debido su visita? –preguntó.

–A la desesperación.

Muy nerviosa, Katie esperaba en el interior de la pequeña iglesia para ver si su familia se presentaba. Tres días antes de la boda, había llamado a su casa para darles la fecha y la hora de la boda, pero Travis le había dicho que sus padres habían ido a Boise. Desde entonces, Katie no había tenido noticias suyas.

Booker estaba a su lado, ataviado con camisa y corbata para la ocasión. Estaba muy elegante, pero a Katie le gustaba más con su cazadora de cuero y sus vaqueros.

–¿Te importará que no vengan? –murmuró él, después de besarle el reverso de la mano.

Katie negó con la cabeza. Estaba tan enamorada de Booker que no iba a permitir que nadie le estropeara aquel día. Además, todos sus amigos estaban presentes. Para ser una boda íntima preparada con tanta precipitación, la capilla estaba prácticamente llena. No obstante, el día hubiera sido perfecto si su familia se hubiera presentado.

Troy comenzó a llorar. Katie se dio la vuelta y vio que Rebecca lo acunaba suavemente sobre el hombro. Ella se había hecho cargo del bebé en el momento en el que había llegado y no se lo había dejado a nadie a pesar de las numerosas peticiones que había tenido.

–Mira... –susurró Katie–. A Rebecca le gustan tanto los niños... Ojalá pueda tener uno algún día.

Booker no dijo nada, pero le apretó la mano de tal modo que ella supo que sentía lo mismo.

–Katie, es hora de empezar –dijo el pastor Richards.

–¿No podemos esperar unos minutos más? –preguntó ella.

–Por supuesto –admitió el pastor.

En aquel momento, la puerta de la iglesia se abrió. Katie contuvo el aliento, pero no era su familia, sino los padres de Rebecca. La puerta volvió a cerrarse. Entonces, la novia se convenció de que sus padres no iban a asistir. Desgraciadamente, parecía que no podían renunciar al pasado. Respiró profundamente y esbozó una triste sonrisa.

–Empecemos –dijo.

–¿Estás segura? –le preguntó Booker–. Podríamos esperar un poco más.

–No. No van a venir.

–Lo siento...

El pastor se puso de pie y se dispuso a comenzar la ceremonia. Justo en aquel momento. La puerta volvió a abrirse. Aquella vez, Katie ni siquiera miró para no volver a desilusionarse, pero Booker sí lo hizo. Aquel gesto hizo que ella no pudiera contenerse. Cuando giró la cabeza, vio a su madre, a su padre y a Travis. Su madre la miró y sonrió. Entonces, su padre sonrió también. Katie sintió que un enorme peso se le retiraba de los hombros.

Inmediatamente, Rebecca se puso de pie y acompañó a los Rogers hasta el banco donde Josh y ella estaban sentados. Entonces, renunció al bebé por primera vez... para entregárselo al padre de Katie.

Epílogo

Seis meses más tarde...

Con Troy en brazos, Booker dio un paso atrás para comprobar el efecto del nuevo cartel de su taller. Taller de reparaciones Booker T. e Hijo. Por fin había conseguido pagar por completo a Lionel y Katie y él habían empezado a ampliar el negocio con el terreno que había detrás del taller. Necesitaban más espacio porque Katie había creado un próspero negocio de venta de llantas por Internet a través del sitio web que había hecho.

–¿Qué te parece? –le preguntó a Katie.

–Es estupendo –dijo ella, con una amplia sonrisa–, pero tendremos que cambiarlo si tenemos otro hijo.

–Para eso aún faltan un par de años. Troy ni siquiera ha empezado a andar.

Entonces, besó al niño en la mejilla y Troy empezó a balbucear inmediatamente.

–Pa, pa, pa, pa...

–¿Has oído eso, Katie?

–¿El qué?

–Troy ha empezado a decir sus primeras palabras.

Katie miró a su hijo y vio que Troy se había metido un dedo en la boca. No estaba hablando.

–No dice nada.

–Acaba de decir pa, pa, pa, pa. Escucha –le pidió. Le sacó al niño el dedo de la boca y lo miró a los ojos–. Dilo otra vez, Troy. Pa, pa, pa, pa...

Troy parpadeó y lo miró completamente atónito. Al verlo, Katie se echó a reír.

—Creo que lo has soñado.

—Espera. Lo dijo hace un minuto. Venga, Troy...

—¡No! —le dijo Katie a su hijo—. Di mamá... Ma-má...

Troy los miró a ambos y se echó a reír. En aquel momento, un coche se detuvo frente al taller. Al darse la vuelta, vieron que era Rebecca en su recién estrenado Jaguar.

Delaney, que había tenido un niño hacía tres semanas, iba con ella.

—¡Vaya! —exclamó Booker—. ¿Es tu regalo de Navidad, Rebecca?

—Iba a serlo —respondió Rebecca. Entonces, intercambió una mirada con Delaney—. Iba a serlo, pero creo que voy a devolverlo.

—¿Por qué? —preguntaron Katie y él al unísono.

Los ojos de Rebecca se llenaron de lágrimas. A pesar de eso, se notaba que estaba feliz.

—Porque acabo de recibir uno mucho mejor.

—¿De qué se trata? —preguntó Katie. Se sentía tan confusa como Booker.

—Ayer me llamaron del laboratorio.

—¿Del laboratorio? —repitió Booker.

—Sí. Fui porque no me fiaba de la prueba que me había hecho en casa —susurró. Una lágrima le rodó por la mejilla. Se la secó rápidamente y sonrió llena de felicidad—. ¡Estoy embarazada!

www.ingramcontent.com/pod-product-compliance
Lightning Source LLC
LaVergne TN
LVHW091614070526
838199LV00044B/791